Serie: Romantik am Arbeitsplatz

Druckfrisch Verliebt

alia smith

BAL
KON
media

DRUCKFRISCH VERLIEBT

Erschienen bei Balkon Media

ISBN der Taschenbuchausgabe: 978-1-916970-51-9
Auch als E-Book erhältlich

Lektorat: Hanna Elizabeth
Umschlagillustration & -gestaltung: graphichouse123

Impressum
Balkon Media B-08-12, Rivervale Condominium, Lorong Stutong 11B3 93350, Kuching, Sarawak, Malaysia jon@balkonfilms.com +60 016 400 4579
www.balkon.media

AUCH VON ALIA SMITH

Romantik am Arbeitsplatz

Die Plus-Eins-Klausel (Kostenlose Novelle)

Bücher, Betten und Benefits

Das Maine Event

Begegnung um Mitternacht

Hot Off the Press

Mind the App

Für die Person, mit der plötzlich alle Sätze Sinn ergeben.

EINS

GRACE

Ich bahnte mir meinen Weg durch die einst respektable Hälfte der *Chronicle*-Redaktion und zählte die neuen Espressomaschinen und »Breakout-Areas«, die seit der Fusion mit *The Express* dazugekommen waren. Heute war der Großraumbereich noch offener als sonst – ganze Reihen von Schreibtischen waren über Nacht dem Erdboden gleichgemacht worden und hatten nur noch Knäuel aus Ethernet-Kabeln wie Steppenläufer zurückgelassen. Jedes Gesicht, an dem ich vorbeikam, klebte an einem Bildschirm oder einem Handy, aber die Luft war dick vor Erwartung: Etwas Großes stand bevor, und ausnahmsweise war es kein Tipp von der Polizei oder ein Promi, der in einer Kneipentoilette Koks schnupfte.

Ich umklammerte meine Kaffeetasse wie eine heilige Reliquie, den Daumen durch den Henkel gehakt, mein letzter Anker der Ordnung in diesem Chaos. Die Tasse selbst war eine limitierte Auflage von *Chronicle Christmas* 2022 und längst zu einem kränklichen Grau verblasst. Irgendein Arschloch hatte mit einem Permanentmarker einen Penis über den Gedenk-Titelkopf gemalt. Es machte mir nicht einmal etwas aus; es fühlte sich ehrlich an.

Ich machte einen Bogen um eine Gruppe von Praktikanten in

T-Shirts mit Slogans, die alle in diesem Singsang der Gen Z sprachen, der jede Aussage wie eine Frage klingen ließ. Hinter der niedrigen Trennwand holte der Crime-Desk bereits den Gin hervor. Typisch. Da war das Feuilleton-Team vom *Express*, das letzte Woche ins Büro gezogen war und in seinem Glaskasten wie ein Rudel verkaterter Wölfe finster dreinblickte. Meine Kollegen von der seriösen Zeitung erkannte man an ihren Schals und der Art, wie sie alles mit einer leichten, kultivierten Enttäuschung betrachteten.

Mein »Hot Desk« für heute lag im Niemandsland: der Pufferzone zwischen der sterbenden Welt des Printjournalismus und der blogartigen, viralen, klickgeilen Katastrophe, die unsere digitale Zukunft war. Von hier aus konnte ich die Trümmer von beidem sehen.

Ich ließ mich auf einen Stuhl sinken und suchte die Umgebung kurz nach Gefahrenquellen ab – verschütteter Energydrink, verirrte Post-its, Zeitungsdruckerschwärze von letzter Woche, die wie Asche in den Teppich getreten war. Zufrieden klappte ich meinen Laptop auf und tat zwei volle Minuten lang so, als würde ich meine E-Mails lesen, während ich in Wirklichkeit die Bewegungsmuster meiner Kollegen beobachtete. Von hier aus konnte man erkennen, wer bereits zu einem morgendlichen Meeting mit seinem Chef gerufen worden war – alle anderen gingen wie zum Tode Verurteilte, resigniert, aber auf einen Aufschub in letzter Minute hoffend.

Ein fröhliches Ping von meinem Handy: Dad, der mich daran erinnerte, »die Familie stolz zu machen«. Denn nichts schrie so sehr nach Stolz wie der Abgleich der zehn Jahre alten Spesenabrechnung des Premierministers mit einer Tabelle voller Abonnement-Belege von Sugarbabys. Ich schickte ihm ein Daumenhoch-Emoji zurück und steckte mein Handy mit einem Seufzer weg.

Es war 09:29 Uhr. Das Meeting war für 09:30 Uhr angesetzt. Ich musterte mein Spiegelbild im schwarzen Bildschirm eines ausgeschalteten Monitors. Die Haare zu einem überarbeiteten Pferdeschwanz zurückgekämmt, der Blazer in einem aggressiven Marineblau, der Lippenstift (wie durch ein Wunder) noch vorhanden. Ich zupfte an meinem Jackett, strich das Revers glatt und kniff mir etwas Farbe in die Wangen. Mum hätte es »die Rüstung polieren« genannt. Ich nannte es Überleben.

Die Chefredakteurin trat exakt um 09:30 Uhr auf: ein Tornado mittleren Alters im Trenchcoat, die Schuhe vernünftig, aber die Augen Mordlust pur. Sie schwang ein neuartiges Megafon – vermutlich ein weiteres ihrer Motivationsgeschenke vom Management – und schlug damit auf die Kante eines Schreibtisches, um die Aufmerksamkeit aller auf sich zu ziehen. Eine Stille trat ein, nur unterbrochen vom leisen Surren der Kaffeemühle des Feuilleton-Teams.

»Also, gut zuhören!« Ihre Stimme dröhnte durch das Megafon und löste in der Sportecke eine kleine Panik aus. »Wie ihr alle wisst, befinden wir uns in der aufregenden, herausfordernden und, offen gesagt, verdammt angsteinflößenden ersten Woche des neuen, verbesserten *Chronicle* nach unserer Fusion mit *The Express*. Einige von euch sind hier, seit wir noch Kohlepapier und Faxgeräte benutzt haben. Einige von euch können kaum ihren eigenen Namen buchstabieren. Gemeinsam werden wir das Ding schaukeln oder bei dem Versuch draufgehen. Alles klar?«

Einige gemurmelte Zustimmungen. Das Feuilleton-Team, das nie Schwäche zeigte, zog lediglich die Augenbrauen hoch und tippte weiter.

»Gut!« Die Chefredakteurin grinste wölfisch. »Und nun. Eine der großen Veränderungen ist unsere gegenseitige Befruchtung von Talenten. Das bedeutet, alle Schreibtische sind Hot Desks, alle Storys können gepitcht werden, und ihr werdet alle gleich jemanden sehr, sehr intim kennenlernen, den ihr mögt oder auch nicht.«

Unbehagen machte sich im Raum breit. Ich spürte ein leises Pochen in meiner Kehle, eine Art Reptiliengehirn-Panik, aber ich hielt den Kopf oben und meinen Blick ausdruckslos.

»Die Paarungen werden jetzt bekannt gegeben«, fuhr die Chefredakteurin fort, »und ja, es ist zufällig, und nein, ihr könnt nicht tauschen, es sei denn, es gibt eine tatsächlich gerichtlich angeordnete einstweilige Verfügung.« Sie raschelte mit einem

Blatt Papier. »Erstens: Anna und Jacek. Zweitens: Monty und Prisha. Drittens: Grace Hampton und –« Sie hielt inne, und ich wusste es bereits, noch bevor sie es aussprach. »Paul Callaghan.«

Ich erstarrte, die Kaffeetasse auf halbem Weg zu meinen Lippen. Irgendwo in der Nähe fiel ein Tacker mit einem gedämpften Klappern zu Boden. Ich zählte einen, zwei, drei Herzschläge, bevor ich die Tasse absetzte und darauf achtete, nichts zu verschütten. Jeder Muskel in meinem Gesicht war auf Gelassenheit trainiert; nur ein winziges Zucken in meinem Kiefer verriet mich.

Mein Blickfeld verengte sich, eine Lochkamera, die auf die andere Seite des Raumes gerichtet war. Da war er. Schwarze Jeans, weißes Hemd, die Ärmel bis zu den Ellbogen hochgekrempelt, die Bartstoppeln ein paar Tage über den anständigen Punkt hinaus. Paul Callaghan lehnte sich in seinem Stuhl zurück, als wären die letzten sieben Jahre ein einziger, langer Groll gewesen. Er erwiderte meinen Blick und zuckte kaum merklich mit den Schultern, als wollte er sagen: *Na, das kann ja heiter werden.*

Ich schaffte ein gezwungenes Lächeln. Professionell. Geschliffen. Und hundertprozentig unecht.

Mein Gehirn ließ die Vergangenheit im Schnelldurchlauf Revue passieren: Sheffield University, die Studentenzeitung, diese Art von spätabendlicher Magie, die zu heiß brannte, um zu halten. Die Debatten, die Deadlines, die Insiderwitze, die zu Streitereien wurden. Und dann das Praktikum – meines, nicht seines. Eine einzige Entscheidung, die alles andere in die Luft gejagt hatte.

Ich hatte gedacht, der Stachel säße mit der Zeit nicht mehr so tief. Aber anscheinend hatte Verbitterung ein verdammt gutes Gedächtnis.

Die Chefredakteurin machte ungerührt weiter. »Ihr bekommt einen gemeinsamen Schreibtisch und ein wöchentliches Briefing. Die Leistung wird überwacht. Wenn ihr nicht zusammenarbeiten könnt, werdet ihr beide gefeuert und durch KI ersetzt.« Sie musterte den Raum nach Fragen. »Nein? Dann legt mal los.«

Das Meeting löste sich in Gemurmel auf. Ich erhob mich, die

Beine wackelig, aber funktionstüchtig, und spürte die Blicke von mindestens drei Personen, die Löcher in meinen Rücken brannten. Ich schaffte es, meinen Laptop und die Reliquien-Tasse einzusammeln, ohne jemanden anzusehen, aber als ich am Feuilleton-Team vorbeiging, hörte ich sie: »Ist das *die* Grace Hampton?« »War sie nicht mal –?« »Ja, mit ihm. Drama.«

Ich presste die Lippen aufeinander, biss mir auf die Innenseite meiner Wange, bis ich Kupfer schmeckte.

Am neuen Schreibtisch – einem dieser scheußlichen modernen Dinger mit Glasoberfläche und ohne Privatsphäre – ordnete ich meine Sachen mit chirurgischer Präzision an. Laptop genau in die Mitte. Kaffee nach rechts. Notizblock nach links, Stift ohne Kappe und aufmerksam daneben. Ich konzentrierte mich auf meine Atmung, zwang sie, langsamer zu werden, zwang meine Hände, nicht zu zittern.

Paul rutschte mir gegenüber auf seinen Platz mit einer Lässigkeit, die mit ziemlicher Sicherheit einstudiert war. Er sagte nichts, klappte nur seinen Laptop auf und begann zu tippen, als wären die letzten sieben Jahre eine bloße Einleitung gewesen. Er war so groß wie immer, die Beine unter dem Schreibtisch ausgestreckt, und nahm mehr Platz ein, als unbedingt nötig war.

Ich spürte, anstatt es zu sehen, eine Welle des Interesses aus dem Rest der Redaktion. Einige Leute waren wegen der Storys hier, andere wollten nur Blut sehen. Verdammte Journalisten.

Paul blickte endlich auf und schenkte mir dieses unverschämte, schiefe Lächeln. »Na«, sagte er, »hätte nicht gedacht, dich hier zu sehen.«

Ich lächelte zurück, gezwungen und professionell. »Die Welt ist klein, nicht wahr?«

Er neigte den Kopf. »Manche würden sagen, inzestuös.«

Es war ein Test. Ich weigerte mich, darauf anzuspringen. Stattdessen überprüfte ich meinen Lippenstift im Spiegelbild meines Bildschirms und begann, die Kolumne für den Tag zu entwerfen.

Gegen Mittag traf die erste E-Mail von der Personalabteilung ein: »Willkommen im neuen *Chronicle Express* Team!« Darauf war der Cartoon einer Biene, falls wir die Metapher der gegenseitigen Befruchtung nicht verstanden hatten.

Ich löschte sie ungelesen.

Um dreizehn Uhr hatte ich meinen ersten Absatz zwölfmal getippt und umgeschrieben, konnte Pauls Anwesenheit in meinem peripheren Sichtfeld aber nicht ausblenden. Er summte bei der Arbeit; eine Angewohnheit, die ich vergessen hatte und die mir sofort gegen den Strich ging. Er schrieb schnell, hielt dann inne, trommelte mit den Fingern und starrte an die Decke wie ein Mann, der in der Klimaanlage nach Gott suchte.

Ich stand auf, um meinen Kaffee nachzufüllen, und als ich an seiner Seite des Schreibtisches vorbeiging, erhaschte ich einen Blick auf seinen Bildschirm: Es war eine Tabelle mit alten *Chronicle*-Enthüllungsstorys, deren Namen in grellem Gelb markiert waren. Es gab eine Spalte mit der Überschrift »Ungenutzte Storys«. Mein eigener Name stand ganz oben in einer Zelle, direkt über dem Wort »Leichen?«.

Ich unterbrach meinen Schritt nicht. Ich gab ihm nicht die Genugtuung, zurückzublicken.

An der Kaffeemaschine stütze ich meine Hände auf der Arbeitsplatte ab. Sie zittern, nur ein wenig, aber genug, dass ich mich dafür hasse.

Es ist nicht so, als wären wir jemals zusammen gewesen. Nicht wirklich. Was wir hatten, war zu schnell, zu intensiv und verglüht, bevor einer von uns beiden es für sich beanspruchen konnte. Aber die Wut – die ist ewig. Die Erinnerung an seine Hand auf meinem unteren Rücken, als wir auf eine Deadline für die Studentenzeitung hinrannten; die Art, wie seine Augen ausdruckslos und kalt wurden, wenn er im Begriff war, mich zu verletzen, nur aus reiner Bosheit.

Ich fülle meine Tasse auf, nehme einen brühend heißen Schluck und wappne mich für den Weg zurück.

An meinem Schreibtisch beobachtet Paul mich. Nicht offen, aber doch. Ich setze mich, logge mich wieder ein und schicke der Chefredakteurin eine Idee: »Der Tod des Printjournalismus – ein Bericht aus den Schützengräben.« Sie antwortet in drei Sekunden: »Find ich super. Tun Sie sich mit Callaghan zusammen, mal sehen, was dabei rauskommt.«

Natürlich.

Ich füge die Idee in ein geteiltes Google Doc ein, schicke ihm den Link per E-Mail und warte.

Paul tippt: »Guter Einstieg. Du bist seit der Uni weicher geworden.«

Ich antworte: »Du bist es nur gewohnt, mit Kindern zu arbeiten.«

Er erwidert: »Die sind leichter zu dressieren.«

Ich: »Und fallen einem jedenfalls seltener in den Rücken.«

Er antwortet nicht, aber ich sehe das Zucken seines Mundwinkels, wie er das hier genießt. Ich weigere mich, ihm mehr zu geben.

Um fünf Uhr haben wir die Kolumne entworfen, die Arbeit des anderen redigiert und es geschafft, uns nicht gegenseitig umzubringen. Gerade so. Wir haben auch kaum miteinander gesprochen, die Kommunikation beschränkte sich auf Kommentare im Dokument. Bizarr. Ich packe meine Sachen zusammen, stehe auf und sehe ihm in die Augen.

»Bis morgen«, sage ich, meine Stimme wie Eissplitter.

Er lehnt sich zurück, streckt sich und sagt: »Ich freu mich drauf.«

Ich glaube ihm.

Als ich gehe, spüre ich, wie die Redaktion zusieht und auf das erste Anzeichen von Blut wartet. Ich gebe ihnen nichts. Meine Hände sind ruhig, mein Mund zu einem unbewegten Strich verzogen und mein Panzer sitzt wieder an seinem Platz.

Morgen, denke ich, müssen sie sich mehr anstrengen.

Am nächsten Morgen hat Paul Callaghan seinen Auftritt, wie nur er es kann: die Angeberei auf ein Maß heruntergeschraubt, das man noch glaubhaft leugnen kann, die Ärmel hochgerollt, um Bereitschaft für harte Arbeit zu signalisieren, aber mit diesem für ihn typischen schiefen Lächeln, das einen daran erinnert, dass das alles nur ein Spiel ist und er der amtierende Champion.

Er hält an der Schwelle zum Großraumbüro inne und mustert das Terrain, als wäre es eine Wildtierdokumentation und er das neue Alphatier. Der Effekt ist unmittelbar – Gespräche verstummen, die Bildschirmschoner leuchten auf, und eine geballte Ladung Aufmerksamkeit trifft erst ihn, prallt dann zu mir und wieder zurück zu ihm. Hinter der Trennwand beginnt die Sportredaktion eine Wette darüber abzuschließen, wie viele Tage wir durchhalten, bevor die Personalabteilung eingeschaltet wird.

Er weiß, dass der ganze Raum zusieht. Er spielt damit, die Hände in den Taschen, das Kinn erhoben, die Augen den Horizont absuchend, bevor sie sich schließlich auf mich richten. Unsere Blicke treffen sich. Mein Körper verrät mich und fährt einen kompletten Systemcheck durch: Puls hoch, Schultern zurück, Kiefer so fest zusammengebissen, dass ich ihn tagelang massieren werden muss.

Er grinst breiter, hebt eine Augenbraue. Hebt die Hand zu einem trägen, ironischen Gruß. Diese unverschämte Dreistigkeit bringt mich beinahe zum Lachen, aber ich zwinge meinem Gesichtsausdruck die eiserne Gelassenheit auf, die ich auf der gesamten Busfahrt perfektioniert habe.

Er bahnt sich mit langsamen, abgemessenen Schritten einen Weg durch die Schreibtische, ein Auftragsmörder, der will, dass jeder das Messer sieht. Drei Meter entfernt von mir bleibt er stehen, um sich über den Schreibtisch eines Nachwuchsreporters zu beugen – wahrscheinlich flüstert er ihm gerade ein obszönes Wortspiel für die Schlagzeile des nächsten Tages zu. Zwei Meter. Einer.

Er bleibt vor mir stehen und verharrt gerade lange genug, um das kollektive Lufteinziehen der gesamten Feuilleton-Abteilung zu registrieren. »Morgen, Grace«, sagt er, ganz Höflichkeit und Unfug.

»Morgen, Paul.«

Wir stehen da, alte Feinde, neue Partner, und stehen uns mit dem höflichen Grinsen von Politikern vor einer Fernsehdebatte gegenüber.

Die Feuilleton-Leiterin, Sarah, von einem untrüglichen sechsten Sinn für Dramatik herbeigerufen, rauscht mit bereits ausgestreckten Armen heran. »Da wären wir ja!«, kräht sie. »Das Dream-Team!« Sie sagt es in demselben Tonfall, den die meisten Leute für einen Anruf beim Kammerjäger reservieren.

Sie postiert sich zwischen uns und strahlt eine künstliche Wärme aus. »Also, ich weiß, die kurzfristige Sitzordnung ist ein Schock, aber sehen Sie es als eine Gelegenheit, um, Sie wissen schon, Vertrauen aufzubauen. Zusammenzuarbeiten.« Sie macht eine dramatische Pause, ihr Blick springt zwischen uns hin und her. »Zwei unserer Besten, zusammen an einem einzigen Gemeinschaftstisch. Das ganze Büro summt förmlich!«

Hinter ihr tut es das. Buchstäblich. Mindestens fünf Leute halten ihre Handys so, dass ich zu neunzig Prozent sicher bin, dass das hier bereits live getwittert wird.

Sarah deutet auf den makellosen Tisch mit Glasplatte direkt unter dem großen Fenster – erstklassige Lage, aber null Privatsphäre und die unergonomischsten Stühle, die die Menschheit kennt. »Das hier ist Ihr Platz. Sorgen Sie dafür, dass es funktioniert. Reichen Sie weiterhin Ihre eigenen Artikel ein, aber schicken Sie Ihre erste gemeinsame Kolumne bis Freitag. Denken Sie daran, das Schlüsselthema ist: Partnerschaft.« Sie klatscht in die Hände, und das scharfe Geräusch hallt nach, eine Ohrfeige.

Sie beugt sich vor und senkt ihre Stimme auf eine Lautstärke, die sie vermutlich für vertraulich hält. »Ich meine es ernst, Sie beide. Die da oben wollen Chemie sehen. Selbst wenn Sie sie vortäuschen müssen.« Dann ist sie verschwunden, auf dem Weg, einen kleinen Aufstand in der Nachrichtenredaktion aufzulösen.

Wir bleiben zurück und starren auf die Glasplatte, unsere eigene kleine Insel in einem Meer der Erwartung.

Paul lässt seine Umhängetasche von der Schulter gleiten und lässt sie mit einem schweren ‘Plumps‘ auf den Boden fallen. »Ich hoffe, es macht dir nichts aus«, sagt er, »aber ich habe mir erlaubt, uns nach der Arbeit für ein Brainstorming im Pub einzutragen. Neutraler Boden.«

Natürlich hat er das. Ich zwinge mich zu einem Lächeln.

»Auf keinen Fall. Ich möchte der Bürowette keine vorzeitige Auszahlung bescheren.«

Er lacht, kurz und scharf. »Gott bewahre. Ich habe darauf gewettet, dass wir es bis Donnerstag aushalten.«

Ich setze mich an den Schreibtisch und beginne mit dem Ritual, mein Revier zu markieren: Notizblock, Stifte, Tasse. Paul richtet sich direkt gegenüber ein und ahmt jede meiner Bewegungen mit nervtötender Präzision nach. Wir sind so nah, dass sich unsere Knie unter dem Tisch fast berühren.

Er klappt seinen Laptop auf, auf dessen Deckel ein Aufkleber mit der Aufschrift prangt: »Frag mich nach meinem Datenleck.« Er macht eine Show daraus, ihn hochzufahren, und trommelt mit den Fingern, während der Anmeldebildschirm lädt. Es ist derselbe Rhythmus, den er auf meinem Oberschenkel unter dem Tisch im Red Lion getrommelt hatte, in der Nacht, in der wir die Story brachten, die uns beide zu Legenden und, indirekt, zu Todfeinden machte.

»Willst du direkt im Google Doc schreiben oder sollen wir uns einfach gegenseitig anschreien, bis irgendetwas dabei herauskommt?«, fragt er mit leiser Stimme, sodass nur ich ihn hören kann.

»Wie es für dich am besten passt. Ich bin flexibel.« Ich kann die Herausforderung in meinen eigenen Worten hören und hasse mich dafür.

Er neigt den Kopf und gesteht mir den Punkt zu. »Dann fange ich mal mit der Recherche an?«

»Perfekt.« Ich beginne zu tippen, aber jeder Tastenanschlag wird von der Möglichkeit heimgesucht, dass er zusieht, urteilt und auf einen Fehler wartet.

Aus dem Augenwinkel sehe ich, dass die Aufmerksamkeit der Redaktion immer noch auf uns gerichtet ist. Das Feuilleton-Team hat eine Tippliste aufgestellt, ein roter Stift markiert unsere Namen in verschiedenen Feldern mit den Bezeichnungen »Todesfälle«, »romantischer Rückfall« und »gegenseitige Zerstörung«.

Ich beschließe, es nicht mit einer Reaktion zu würdigen.

Stattdessen vertiefe ich mich in den Auftrag, entschlossen, ihn zu überholen, ihn an die Wand zu schreiben, ihn zu überdauern. Ich weiß, wie das laufen wird: Er wird versuchen, mich zu bezaubern, zu provozieren, mich zu sticheln, damit ich meine Deckung fallen lasse. Aber ich bin jetzt älter, härter. Ich werde ihm nicht diese Genugtuung geben.

Eine Stunde vergeht wie ein Grabenkrieg – Phasen angespannter Stille, dann plötzliche Ausbrüche von hingeworfenen Fragen und passiv-aggressiven Bearbeitungen im Dokument.

Einmal räuspert er sich und sagt: »Weißt du, ich habe deine Arbeitsmoral immer bewundert. Rücksichtslos. Das meine ich als Kompliment.«

Ich lasse meine Augen auf dem Bildschirm. »Und ich habe immer deine Kreativität bewundert. Auch wenn sie hauptsächlich dem Selbsterhalt dient.«

Er lehnt sich vor und faltet die Hände. »Das ist doch die einzige Art von Kreativität, die zählt, oder?«

Ich sehe auf, lasse meinen Blick nur eine Sekunde zu lange auf ihm ruhen. »Kommt drauf an, was du zu erhalten versuchst.«

Er antwortet nicht sofort. Er sieht mich an, sieht mich wirklich an, und ich spüre, wie mein Magen einen Satz macht, auf eine Art, von der ich dachte, ich hätte sie mir abtrainiert.

Eine Stille breitet sich zwischen uns aus, bis die Stimme der Chefredakteurin von der anderen Seite des Raumes dröhnt: »Hampton! Callaghan! Wie gefällt Ihnen die neue Anordnung?«

Paul hebt seine Tasse zu einem schelmischen Toast. »Nahtlose Integration«, ruft er zurück.

Ich hebe meine eigene Tasse, das Kinn erhoben. »Als wären wir dafür geschaffen.«

Sarah strahlt. »Das ist die richtige Einstellung!«

Als sie sich abwendet, senkt Paul seine Stimme wieder, nur für mich. »Du wirst mich also wirklich hart dafür arbeiten lassen, was?«

»Erwartest du etwas anderes?«, sage ich.

Unsere Knie stoßen unter dem Tisch an, und keiner von uns beiden weicht zurück.

Für den Rest des Tages simulieren wir einen Waffenstillstand. Aber jeder im Büro weiß, dass es nur eine Frage der Zeit ist, bis der erste Schuss fällt.

Und das, wird mir klar, ist es, was ich am allermeisten vermisst habe.

ZWEI

---❤---

PAUL

Das neue Büro sieht aus, als hätte ein Apple Store einen One-Night-Stand mit einem WeWork gehabt, und jetzt weiß niemand, wessen Balg der Bastard ist. Keine einzige weiche Kante ist in Sicht – alles ist aus Glas, Chrom und LED-Lichtleisten, die auf einen Farbton von »klinischem Optimismus« eingestellt sind. Ich halte am Rande des Großraumbüros inne, zwei Einkaufstüten beschweren meine linke Hand, und nehme das Gemetzel in Augenschein. Sogar die Luft riecht feindselig, nach den Ausdünstungen von billigen Möbeln und der Verzweiflung des Managements.

Mein neuer Schreibtisch für den heutigen Tag steht in der ersten Reihe, direkt im Epizentrum des Großraumbüros, und er ist so durchsichtig, dass ich praktisch meine eigene Scham darin widergespiegelt sehe. Da ist Grace, bereits an ihrem Platz; sie strahlt eine seltsam gelassene Aggressivität aus. Ihr Sakko ist heute marineblau, so scharf geschnitten, dass man es als Angriffswaffe betrachten könnte, und sie hat ihr Notizbuch und ihr Handy perfekt parallel zur Schreibtischkante angeordnet. Keine Spur von einem Kaffeering oder einem zerlesenen Post-it. Typisch für sie, ihr Revier abzustecken, bevor die Tinte auf dem Sitzplan überhaupt trocken ist.

Ich lasse meine Tragetüten zu meinen Füßen fallen und stelle sicher, dass mindestens drei Leute den Aufprall hören. Jemand aus dem Feuilleton blickt auf, erkennt mich und duckt sich dann mit einer Geschwindigkeit weg, die vermuten lässt, wir wären wieder in der Oberstufe und ich wäre gerade aus dem Arrest entlassen worden. Der Rest des Raumes gibt sich alle Mühe, so zu tun, als würden sie arbeiten, aber ich kann das niederfrequente Summen der Schaulust spüren. Ich weiß, wie das aussieht. Die Rückkehr des verlorenen Drecksacks. Der verbannte Sohn der Boulevard-Hölle, heimgekehrt, um in der ersten Liga mitzuspielen – falls die erste Liga jetzt bedeutet, drei Listicles pro Woche zu schreiben und mit jeder Clickbait-Überschrift ein bisschen mehr innerlich zu sterben.

Grace blickt nicht auf, aber sie nimmt mich wahr. Ihre Augen zucken einmal, blitzschnell, dann kehren sie zu ihrem Laptop zurück. Ich sehe die leichte Anspannung in ihrem Kiefer – der verräterische Zug, von dem sie glaubt, dass ihn niemand kennt, der aber für mich so offensichtlich ist wie ein Feueralarm. Beinahe lächle ich. Stattdessen drücke ich meine Handflächen flach auf das Glas und lasse die Kälte in meine Knochen kriechen.

Der ergonomische Stuhl ist auf eine für ein Kleinkind angemessene Höhe eingestellt. Ich lasse mich hineinsinken, meine Glieder klappen auseinander wie ein Liegestuhl, der seinen Lebenswillen verloren hat. Der Bezug quietscht. Ich mache mir eine gedankliche Notiz, ihn für maximalen komischen Effekt während eines zukünftigen Teammeetings zu sabotieren. Vorerst rutsche ich nur so weit nach vorne, bis meine Knie drohen, an Graces zu stoßen. Sie rührt sich nicht. Sie will mich wissen lassen, dass dies ihr Schreibtisch ist, ihr Revier, ihre Regeln. Sie ist *Chronicle* und ich bin *Express*, und einen Schreibtisch und sogar ein Büro zu teilen, wird das niemals ändern.

Ich erweise ihr den Gefallen, ihn in einen Tatort zu verwandeln.

Zuerst klappe ich meinen ramponierten Laptop auf – die Aufkleber auf dem Deckel sind zu einem grauen Schmierfleck verblasst – und stelle ihn in einem Winkel auf, der garantiert das

Sonnenlicht direkt in Graces Netzhaut reflektiert. Dann ziehe ich mein Notizbuch hervor, der Rücken gebrochen, die Ränder voller gekritzelter Galgenmännchen und anatomisch unwahrscheinlicher Genitalien. Ich lege es mit einem leisen Klatschen auf den Tisch und schlage eine beliebige Seite auf. Zur Sicherheit schnippe ich gegen die Oberfläche, als ob ich nach unsichtbarem Staub suchen würde, und ziehe meine Finger so lange an der Kante entlang, bis das Glas protestierend quietscht. Dann packe ich meine Stifte aus und richte sie so aus, dass sie Graces ordentliche Auswahl widerspiegeln. Grace reagiert immer noch nicht, aber ich sehe, wie sich ihre Hand fester um ihren Stift schließt.

Wir sitzen zwei volle Minuten so da, die Welt reduziert auf ein zwei Quadratmeter großes Kriegstheater. Mein ganzer Körper juckt. Das Hemd, das ich heute Morgen von meinem Schlafzimmerboden aufgehoben habe, besteht mindestens zur Hälfte aus Polyester und weigert sich, sich zu benehmen – es klebt statisch an meiner Brust, rutscht an den Schultern hoch, verhakt sich an meinen Ellbogen. Ich zerre grob daran und sehe dann zu Grace, die (natürlich) eine perfekt gebügelte Bluse trägt, die so gestärkt ist, dass sie von allein stehen könnte.

Sie hat sich verändert, aber nicht wirklich. Sie hat einen neuen Anstrich bekommen – dunklerer Lippenstift, disziplinierteres Haar, Make-up, das die Augenringe verbirgt –, aber darunter ist sie immer noch dieselbe. Hyperkompetent. Unfähig, irgendetwas nur halbherzig anzugehen, außer vielleicht ihr eigenes Glück. Die Art von Person, die einen Goldstern fürs Sterben bekommen würde, wenn es auf dem Lehrplan stünde. Sieben Jahre sind vergangen und sie riecht immer noch nach Ehrgeiz und edlem Parfüm, mit einem Hauch von Tinte, wenn man nahe genug herankommt. Ich frage mich, ob sie immer noch die Grammatik auf Straßenschildern korrigiert.

Ich komme ihr nicht nahe. Ich weiß es besser.

Stattdessen logge ich mich ein und fange an zu arbeiten, oder tue zumindest so. Meine erste Handlung: Ich google »Wie man seinen eigenen Tod vortäuscht und damit durchkommt«. Meine zweite: Ich tippe eine Liste all der Geschichten ab, die ich nie schreiben werde, jetzt, da meine Tage gezählt sind. Ich bin auf halbem Weg durch »Die 25 korruptesten Stadtratsvorsitzenden: Ein Ranking!«, als ich spüre, wie sie mich wieder ansieht. Ich erwidere ihren Blick direkt und gebe ihr das kleinste Nicken. Ich kann die Frage in ihren Augen klar wie gedruckt sehen: *Warum bist du wirklich hier?*

Ich würde mich dasselbe fragen, wenn ich die Antwort nicht schon wüsste. Sie ist einfach. Ich habe eine Wette, einen Job und meine Selbstachtung verloren, in dieser Reihenfolge. Jetzt bin ich hier, damit ich meine Miete bezahlen, die Anrufe meiner Mutter vermeiden und so tun kann, als wäre ich nicht einen schlechten Tag davon entfernt, in die Gig-Economy einzusteigen. Ich rede mir ein, dass es nur vorübergehend ist. Eine Woche. Eine Kolumne. Dann kann ich durch den Notausgang schlüpfen und nie wieder zurückkommen und allen – einschließlich mir selbst – erzählen, dass ich der Fusion eine Chance gegeben, es aber einfach nicht gepasst hat.

Grace bricht zuerst den Augenkontakt und kritzelt etwas in ihr Notizbuch. Ihre Handschrift hat sich nicht verändert – unmöglich sauber, in ihrer Regelmäßigkeit an der Grenze zum Erotischen. Ich frage mich, ob sie jemals wütend schreibt. Wahrscheinlich nicht. Wahrscheinlich schottet sie es ab, staut es auf, heftet es unter »Bei Gelegenheit zu bearbeiten« ab. Ich versuche mir vorzustellen, wie sie jemanden im Verkehr anschreit, und schaffe es nicht.

Mein Handy summt in meiner Tasche. Ich schaue verdeckt unter dem Schreibtisch nach. Drei verpasste Anrufe von einem Kollegen vom *Express*, dem am Tag nach der Bekanntgabe der Fusion ein Aufhebungsvertrag angeboten und den er auch angenommen hat. Eine Voicemail von meiner Mutter. Eine SMS von meinem Buchmacher, der immer noch glaubt, ich säße beim *Express* an der Quelle und hätte daher einen heißen Tipp für Premier-League-Leaks. Ich lösche sie alle und lasse das Handy dann so über das Glas schnellen, dass es Zentimeter vor Graces perfekt ausgerichteten Handy zum Stehen kommt.

Das Büro ist jetzt lauter, die Leute bewegen sich zielstrebig und erledigen tatsächlich etwas Arbeit. Sarah, meine neue Chefin, sitzt in ihrem Glaskasten, tippt mit zwei Fingern und starrt missmutig auf ihren Bildschirm, als hätte er sie persönlich beleidigt. Ich fange ihren Blick in unsere Richtung auf, dann weg, dann wieder zurück. Sie wartet darauf, dass wir in die Luft gehen. Vielleicht hofft sie sogar darauf.

Ich erlaube mir eine kurze, hässliche Genugtuung bei dem Gedanken, dass, wenn jemand zusammenbricht, ich es nicht sein werde. Ich bin ein alter Hase in öffentlicher Selbstverbrennung. Grace, bei all ihrer Kontrolle, macht sich immer noch was draus. Das ist ihr Problem.

Meine Hände sind rastlos. Ich trommle mit ihnen auf den Tisch und fahre dann mit meinem Daumennagel an der Naht entlang, wo das Glas auf den Metallrahmen trifft. Ich beuge und strecke meine Finger. Das Büro fühlt sich jetzt kälter an und ich möchte fast zittern, tue es aber nicht. Stattdessen werfe ich einen Blick auf Grace, die ihre Notizen mit einem Ausdruck leichten Ekels erneut liest.

Ich warte darauf, dass sie etwas sagt, aber sie tut es nicht. Also tue ich es.

»Dachte, du hättest inzwischen den Beruf gewechselt«, sage ich, meine Stimme gerade so tief, dass nur sie mich hören kann.

Sie hebt das Kinn, ihre Augen ausdruckslos. »Warum? Das Gehalt hier ist doch so konkurrenzfähig.«

Ich schnaube, halb ein Lachen, halb ein Warnschuss. »Hättest ins Management gehen können. Oder Lehrerin werden. Die lieben Kontrollfreaks.«

Ihr Mund zuckt, nur für eine Sekunde. »Und du hättest in die Werbung gehen können. Oder ins Gefängnis.«

»Ist noch nicht zu spät«, sage ich und meine es tatsächlich so.

Es gibt einen kurzen Waffenstillstand. Wir starren uns an, dann weg, dann wieder zurück. Die Redaktion fühlt sich kleiner an, die Glaswände rücken näher. Irgendwo im Hintergrund kichert eine Praktikantin in ihren Ärmel. Die Sportredaktion beginnt langsam zu klatschen und hört dann auf, als sie merkt, dass wir nicht wirklich kurz davor sind, handgreiflich zu werden.

Grace hebt ihre Tasse und nimmt einen langen, bedächtigen Schluck. Sie mochte noch nie Konfrontationen, aber sie ist gut darin, wenn sie dazu gezwungen wird. Das respektiere ich, auch wenn ich es mir zur Lebensaufgabe mache, sie so oft wie möglich dazu zu zwingen.

Ich beobachte sie über den Rand meiner eigenen Tasse, und für einen Moment erinnere ich mich daran, wie es war, auf derselben Seite zu stehen. Es gab eine Zeit, da konnten wir die Sätze des anderen beenden, und nicht immer mit einer Pointe. Jetzt können wir es kaum ertragen, dasselbe Gespräch zu beenden.

»Also.« Ich räuspere mich. »Tun wir so, als ob das hier funktionieren wird, oder sind wir nur hier, um die Moral der Massen zu heben?«

Sie stellt ihre Tasse vorsichtig ab und lächelt. »Warum sollten wir uns einschränken?«

Ich nicke und gestehe den Punkt ein. »Immer die Überfliegerin.«

Es gibt einen Moment der Stille, dann durchschneidet Sarahs Stimme den Lärm: »Callaghan! Hampton! In mein Büro, sofort.«

Wir stehen gleichzeitig auf, keiner weicht zurück, und sammeln unsere Sachen mit gleicher Effizienz ein. Als wir durch das Großraumbüro gehen, spüre ich die Blicke auf unseren Rücken, die Wettquoten, die live aktualisiert werden. Ich hoffe, jemand ist klug genug, um auf den Außenseiter zu setzen. Wenn ich untergehen muss, dann nehme ich mindestens drei Karrieren mit mir.

Im Glaskasten wartet die Chefin. Sie winkt uns herein und schließt dann mit einem leisen Zischen die Tür hinter uns. Die Wände sind so dünn, dass das ganze Büro uns hören wird, wenn wir schreien.

Ich fange Graces Spiegelbild im Glas auf. Zum ersten Mal sieht sie fast nervös aus.

Ich beschließe, es zu genießen.

Sarahs Glaskasten ist mehr ein Besprechungsraum als ein Büro. Der große Tisch wurde wie eine Frühstücksbar aufgebaut, so hoch, dass meine Knie bei jeder Bewegung drohen, sich mit denen von Grace zu verheddern. Auf dem Tisch stehen drei Gläser Wasser, jedes auf eine andere Höhe gefüllt, wie eine Art psychologischer Test. Ich nehme aus Prinzip das vollste.

Die Chefin selbst – Sarah, aber immer die Chefin, auch außerhalb des Dienstes – hockt auf einem Barhocker und blickt zwischen uns hin und her, mit einem Ausdruck, der normalerweise der Bombenentschärfung vorbehalten ist. Ihr Handy klebt an ihrer Handfläche, der Daumen zuckt über den Bildschirm, als könnte sie jeden Moment zu etwas Wichtigerem gerufen werden, wie einer Massenentlassung oder einem Hund, der in einem Abflussrohr feststeckt.

Sie räuspert sich und setzt ihr bestes »coole Chefin«-Gesicht auf. »So. Zuerst einmal möchte ich sagen, wie begeistert ich bin, dass Sie beide zusammenarbeiten. Wirklich.« Sie nickt Grace zu, dann mir, als ob sie erwartet, allein durch Augenkontakt ansteckende Begeisterung zu übertragen. »Sie sind zwei der meist ausgezeichneten Autoren unserer jeweiligen Zeitungen. Ihre Arbeit spricht für sich.«

Grace setzt sich aufrechter hin, den Stift gezückt. Ich lümmele mich gerade so weit hin, dass ich zeige, dass ich es ihr nicht abkaufe.

Die Chefin schaut wieder auf ihr Handy und macht dann weiter. »Ich weiß, das ist ein kleiner Schock – die Zusammenlegung der Ressorts, die gemeinsame Kolumne. Das Management drängt wirklich auf ... Integration.« Sie verzieht das Gesicht, das Wort hinterlässt einen schlechten Geschmack. »Sie wollen, dass es klug, aber zugänglich ist. Hart, aber unbeschwert. Ein bisschen gesunder Schlagabtausch.« Sie gestikuliert zwischen uns, als wären wir die zwei Hälften eines neuartigen Salz- und Pfefferstreuersets. »Sie wissen schon, ›charmant-kämpferisch‹.«

Ich mache mir eine Notiz in meinen Block: »*Charmantkämpferisch = zum Kotzen.*« Dann, zu meinem eigenen Vergnügen, kritzele ich ein Galgenmännchen. Die Chefin beobachtet meinen Stift, ihr Kiefer spannt sich an.

Grace ist ganz bei der Sache und macht sich Notizen in einer Handschrift, die so sauber ist, dass es eine Schriftart sein könnte.

»Behalten wir den Styleguide des *Chronicle* bei oder sollen wir das Niveau für die *Express*-Leser senken?«

Die Chefin blinzelt. »Oh, es gibt ein Briefing. Es ist im gemeinsamen Laufwerk.« Sie sagt nicht, ob sie es gelesen hat. »Aber eigentlich geht es um die Chemie. Sie beide haben doch eine gemeinsame Vergangenheit, oder? Ich dachte, warum nutzen wir das nicht zu unserem Vorteil?«

Ich huste in meine Hand. »Nicht sicher, ob die Instrumentalisierung ungelöster sexueller Spannung HR-konform ist.«

Graces Stift hält inne. Sie sieht mich nicht an, aber ihre Wangen verfärben sich einen Hauch dunkler.

Die Chefin macht unbeeindruckt weiter. »Nun ja ... sehen Sie es als Experiment. Die besten Kolumnen haben doch alle ein bisschen Reibung, nicht wahr? Die Leser fressen das.«

Ich sage: »Sie wollen also, dass wir uns auf Papier zanken und das Journalismus nennen.«

Sie zuckt mit den Schultern. »Hat für den *Telegraph* jahrelang funktioniert.«

Grace greift ein, bevor ich zurückfeuern kann. »Haben Sie einen Titel für die Kolumne im Sinn?«

Die Chefin zögert. »Nun. Das Marketing hat ein paar Vorschläge, aber ich dachte, es wäre besser, wenn er von Ihnen käme. Authentischer. Leser lieben Authentizität.«

Sie sagt »Leser«, wie Politiker »das Volk« sagen. Ich bin nicht überzeugt, dass sie jemals einen getroffen hat.

Grace nickt und listet bereits Optionen in ihrem Notizbuch auf. Ich kann sehen, wie ihre Zahnräder arbeiten – sie ist sich nicht zu schade, das Spiel mitzuspielen, solange sie die Regeln schreiben darf. Ich überlege, mir eine Zigarette anzuzünden, nur um zu sehen, was passieren würde. Stattdessen beuge ich mich vor und lasse meinen Vorschlag auf den Tisch fallen.

»Er sagt, sie irrt.«

Die Chefin erbleicht, ihre Augen huschen zu Grace, die zu ihrer Ehre nicht mit der Wimper zuckt.

Grace legt ihren Stift ab und richtet ihn an der Kante des Notizbuchs aus. »Oder vielleicht etwas weniger ... provokant. ›Zwei Seiten einer Geschichte‹?«

Ich grinse sie an. »Deiner ist diplomatischer. Meiner wird die Klicks bekommen.«

»Meiner wird uns keine Klage einbringen.«

Die Chefin atmet aus, ein langes, langsames Entweichen der Hoffnung. »Warum brainstormen Sie nicht ein paar und schicken sie bis zum Ende des Tages rüber? Ich lasse sie nur zur Sicherheit von der Rechtsabteilung prüfen.« Ihr Lächeln ist jetzt das reinste Geiselvideo.

Sie schiebt zwei Mappen über den Tisch, eine für jeden von uns. »Lassen Sie alles fallen, woran Sie gerade arbeiten. Ihr erstes Thema ist ›Der Tod der Wahrheit‹. Fassen Sie sich kurz. Maximal zwölfhundert Wörter, fünfzig-fünfzig aufgeteilt.« Sie sieht Grace an, dann mich, dann wieder Grace, als würde sie einen von uns anflehen, sich wie ein Erwachsener zu benehmen. »Sie haben zweiundsiebzig Stunden Zeit. Am Freitag gibt es eine Launch-Party, also versuchen Sie bitte, es bis dahin fertig zu haben.«

Grace öffnet die Mappe und macht sich bereits Notizen. Ich werfe einen Blick auf meine und stecke sie ungeöffnet in meine Tasche. Ich lese sie später, oder nie.

Die Chefin fummelt an ihrem Handy herum und blickt dann auf. »Noch Fragen?«

Ich frage: »Ist das ein Test oder werden wir für etwas bestraft?«

Sie lacht, aber es klingt wie ein Todesröcheln. »Ein bisschen von beidem, nehme ich an.«

Grace lächelt, professionell bis zum Ende. »Danke, Sarah. Wir werden Sie nicht enttäuschen.«

Ich nicke, nicht ganz zustimmend. »Ich freue mich darauf.«

Die Chefin sieht aus, als müsste sie sich gleich übergeben. »Gut. Also. Dann mal los.«

Wir stehen auf, Grace sammelt ihre Sachen in perfekter Ordnung ein, ich stoße mein Wasserglas um, nur so zum Effekt. Grace kommentiert es nicht, reicht mir nur ein Taschentuch aus ihrer Tasche. Ich wische die Pfütze auf, lasse das Glas aber genau dort stehen, ein Halbmond aus Wasser, der sich langsam zur Mitte des Tisches ausbreitet.

Zurück im Großraumbüro hat sich die Spannung gelegt. Die Sportredaktion streitet über etwas Belangloses, die Praktikanten spielen Spiele auf ihren Handys und die Leute vom Feuilleton sind in ihren natürlichen Zustand des Grübelns zurückgekehrt. Ich folge Grace zurück zum Schreibtisch, und für einen Moment gehen wir im Gleichschritt, als hätten wir das schon immer getan.

Sie setzt sich und blickt dann zu mir auf. »Wir sollten uns nach der Arbeit treffen. Wirklich brainstormen, falls du dazu in der Lage bist.«

»Ich hab dir einen Abend im Pub angeboten.«

Sie seufzt. »Na gut. Aber ich suche den Ort aus.«

»Abgemacht. Neun?«

Sie zögert, dann nickt sie. »Neun.«

Ich beobachte, wie sie ihren Arbeitsplatz neu anordnet, kleine, unsichtbare Korrekturen vornimmt, bis alles passt. Ich frage mich, ob sie das Gleiche mit ihrem Leben macht – endlose, winzige Anpassungen in der Hoffnung, dass eines Tages alles einfach passt.

Wird es nicht. Nicht, solange ich hier bin, um es zu versauen.

Ich klappe mein Notizbuch auf und beginne meinen Entwurf, wobei ich die Worte unterstreiche: »*Tod der Wahrheit.*« Ich unterdrücke den Drang, einen Grabstein zu zeichnen.

Stattdessen stelle ich mir vor, wie es wäre, wenn wir tatsächlich gewinnen würden. Wenn wir die Kolumne schreiben, wieder zu Legenden werden und allen das Gegenteil beweisen. Der Gedanke ist so fremd, dass ich beinahe lache.

Ich blicke zu Grace hinüber. Sie tippt bereits, das Gesicht entschlossen, der Kiefer angespannt, als wappne sie sich für ein Erdbeben.

Ich könnte einen schlechteren Sparringspartner haben.

Werde ich wahrscheinlich noch.

DREI

♥

GRACE

Meine Wohnung sieht aus, als wäre sie von einer ganz bestimmten Sorte Einbrecher heimgesucht worden: einer, die sich nur für Printjournalismus, Koffein und die flüchtige Aussicht auf Schlaf interessiert. Auf der Anrichte steht eine halb leere Weinflasche, auf dem Fenstersims reiht sich ein Friedhof von Tassen aneinander, und auf jeder verfügbaren horizontalen Fläche breitet sich eine wilde, spiralförmige Diaspora von Notizbüchern aus. Der einzige Fleck, der nicht von Papier kolonisiert ist, ist der Laptop, der mich von der Mitte des Couchtischs aus anstarrt, während Arbeits-E-Mails finster von seinem nicht blinzelnden Bildschirm blicken.

Ich bin beim dritten Glas Wein und der zweiten Stunde von dem, was Mum gerne »auf den neuesten Stand bringen« nennt. In Wirklichkeit ist es ihr Versuch, mein Glück per Bluetooth per Crowdsourcing zu beschaffen. Sie hat mich auf Lautsprecher gestellt, ihre Stimme ist so klar, als säße sie mir auf der Schulter.

»Ich finde einfach, das ist so eine komische kleine Schicksalswendung«, sagt sie jetzt zum vierten Mal. »Du, er, endlich wieder zusammen, nach all den Jahren! Es ist, als ob das Universum euch eine zweite Chance gibt.«

»Mm«, mache ich und fahre den Rand meines Glases nach.

Es hinterlässt einen nassen, perfekten Kreis auf einem Block, der bereits mit durchgestrichenen Ideen für unsere *gemeinsame* Kolumne vollgesogen ist.

Sie lässt sich nicht beirren. »Und wenn ich daran denke, dass ich immer gesagt habe, ihr hättet noch eine Rechnung offen! Selbst als du darauf bestanden hast, es sei nur eine ›berufliche Meinungsverschiedenheit‹ gewesen.« Sie legt so viel Betonung auf den Ausdruck, dass ich die Anführungszeichen in der Luft hören kann.

Von ihrer Seite ist ein Klirren zu hören – wahrscheinlich ist die Katze gegen eine dem Untergang geweihte Vase gesprungen – und dann ist ihre Stimme wieder da, näher am Mikrofon, sirupsüß vor Nostalgie. »Er war immer so gut aussehend, selbst mit dieser unmöglichen Frisur. Hat er die immer noch?«

»Unglücklicherweise«, sage ich. »Sie ist jetzt länger. Sieht aus, als hätte er in einem Zelt gelebt.«

Sie lacht. »Das steht ihm! Er hatte schon immer eine rebellische Ader. Ich erinnere mich, als er zum Abendessen kam und dein Vater fast an seinem Risotto erstickt ist, weil Paul ein T-Shirt von den Sex Pistols trug.«

»Dad hat sich verschluckt, weil Paul eine zehnminütige Geschichte darüber erzählt hat, wie er versucht hat, an seiner alten Schule das Catering-Personal gewerkschaftlich zu organisieren.«

Sie kichert, hell und fröhlich. »Na ja, man trifft nicht jeden Tag einen jungen Mann mit Prinzipien.«

»Oder einer Vorstrafe als Jugendlicher«, murmle ich.

Sie hört es, ignoriert es aber. »Weißt du, was ich denke? Ich denke, du bist insgeheim begeistert. Es ist wie Romeo und Julia, nur mit mehr Kommas.«

»Auch mit mehr Opfern«, sage ich, schenke mir nach und bereue es sofort. Ich muss diese Woche irgendwann schlafen, aber die Chancen stehen nicht gut für mich.

Sie ist jetzt in Fahrt und walzt wie ein Panzer über meinen Sarkasmus hinweg. »Ich weiß, du sagst, ihr seid nur Kollegen, aber ich habe deine Texte gelesen, Liebling. Niemand kann einen

Mann so wunderschön zerlegen, wenn sie nicht in ihn verliebt ist.«

Ich schließe die Augen. »Mum, bitte.«

Sie wird nur lauter. »Versprich mir einfach, dass du ihm eine Chance gibst, okay? Ihr seid beide älter, weiser, mehr ... emotional verfügbar.« Sie spricht die letzten Worte wie ein Rezept aus, wohl wissend, dass ich weder weiser noch emotional verfügbar bin, jedenfalls nicht in einem Sinne, der nicht das Lastschriftverfahren betrifft.

Ich nehme einen langen, entschlossenen Schluck. »Mum. Das ist keine Liebeskomödie. Er ist nicht mal technisch gesehen mein Ex.«

»Technikalitäten«, sagt sie, als würde sie einen unbedeutenden Strafzettel beiseitewischen. »Du zerdenkst diese Dinge immer.«

Meine Fingerknöchel sind weiß um das Weinglas gekrallt. Ich stelle mir mich selbst als Cartoon vor, mit zusammengebissenen Zähnen, zu Berge stehenden Haaren und kleinen Gewitterwolken über meinem Kopf. Ich werfe einen Blick in den Spiegel über dem Heizkörper und sehe nur eine Frau im Schlafanzug, die Wimperntusche halb entfernt, umgeben von Papierkram wie eine gescheiterte Zauberin, die ihre Probleme nicht wegzaubern konnte.

Sie redet immer noch: »Hast du schon darüber nachgedacht, was du heute Abend anziehen wirst? Du solltest einen Eindruck machen. Ich erinnere mich, dass du dieses schöne rote Kleid hattest —«

»Es ist ein Meeting, Mum. Keine Hochzeit. Und das Kleid passt nicht.«

Sie schnalzt mit der Zunge, als sei dies ein moralisches Versagen meinerseits. »Du bist zu hart zu dir selbst. Das warst du schon immer.«

»Anscheinend nicht hart genug«, sage ich und denke an die Kolumne, die ich schreiben muss, das Treffen mit der Chefredakteurin und die Tatsache, dass Paul Callaghan jetzt eine wiederkehrende Figur in der erbärmlichen Seifenoper meiner Karriere ist.

Sie spürt den Umschwung und versucht eine neue Taktik. »Was ist denn wirklich los, Liebling?«

Ich zögere. Ich könnte ihr die Wahrheit sagen – dass der Job mich bei lebendigem Leibe auffrisst, dass ich in einer Schleife abnehmender Erträge gefangen bin, dass ich meinen nächsten Gehaltsscheck darauf wetten würde, dass Paul implodieren und mich mit in den Abgrund reißen wird –, aber stattdessen sage ich: »Nichts. Ich bin nur müde.«

Sie kauft es mir nicht ab. Das tut sie nie. »Du musstest schon immer doppelt so hart arbeiten, nicht wahr? Selbst als kleines Mädchen hast du deine Hausaufgaben neu geschrieben, wenn die Handschrift nicht perfekt war.«

Ich möchte sagen: *Ich habe sie nur neu geschrieben, weil du mich dazu gezwungen hast.* Aber das tue ich nicht. Ich nippe nur und starre auf das orangefarbene Leuchten der Straßenlaternen hinter meinem Fenster. Auf der anderen Straßenseite wühlt ein Fuchs in den Mülltonnen, seine Augen leuchten, sein Schwanz eine Zurschaustellung von selbstzufriedenem Trotz. Ich beneide ihn.

Mum seufzt. »Du musst netter zu dir selbst sein. Und zu Paul.«

Das ist neu. »Warum braucht er meine Nettigkeit?«

»Weil er schon immer ein bisschen verloren war, nicht wahr? Du hast es selbst gesagt. Vielleicht bist du genau das, was er braucht, um sich wiederzufinden.«

Ich lache, aber es klingt hohl. »Dann kann er Google Maps benutzen wie wir alle, Mum.«

Sie ignoriert mich, jetzt auf der Zielgeraden. »Versuch es einfach, Grace. Für mich. Gib der Sache eine Chance. Man weiß ja nie, was passieren könnte.«

»Ich weiß genau, was passieren wird«, sage ich. »Wir werden gezwungen sein, zusammenzuarbeiten, bis einer von uns durchdreht und tot in einem Treppenhaus gefunden wird, wahrscheinlich ich, und du wirst immer noch denken, es sei ein Zeichen unterdrückter sexueller Spannung.«

Sie lacht, als hätte ich einen Witz erzählt und keine Prophezeiung. »Du bist so dramatisch! Wie auch immer, ich muss los. Es fängt gerade eine neue Serie auf BBC One an und die Katze hat schon die meisten Köpfe von den Pfingstrosen abgefressen.«

Sie schickt einen Luftkuss durch den Lautsprecher, den ich aus Gewohnheit auffange. »Hab dich lieb«, sagt sie.

»Ich dich auch«, sage ich, obwohl ich das Gespräch beende und das Telefon auf das Sofa werfe.

Für einen Moment ist die Stille so dicht, dass ich das Summen des Kühlschranks hören kann. Ich stehe da, das Glas in der Hand, und versuche, die Leere auf mich wirken zu lassen. Stattdessen vibriert mein Körper mit einer rastlosen, sinnlosen Energie. Ich drehe mich langsam und ziellos im Kreis, als ob ich hoffen würde, die Zentrifugalkraft würde meine Gefühle glattbügeln.

Ich erhasche mein Spiegelbild im schwarzen Bildschirm des Fernsehers: eine Frau am Rande des Nervenzusammenbruchs, die Haare aus ihrem Zopf explodiert, der Lippenstift zu einer Umrisslinie wie bei einem Tatort verblasst. Ich sehe aus wie jemand, der gerade von einem Pizzaboten geghostet wurde.

Ich stelle das Weinglas mit mehr Kraft als nötig ab. Es schlägt gegen den Rand einer Tasse und spritzt einen Schauer Rot auf den Stapel halb geschriebener Kolumnen. Ich starre eine Sekunde darauf, dann nehme ich ein Küchentuch und tupfe das Chaos weg, meine Bewegungen hektisch, als ob ich durch festes Schrubben die letzten zehn Minuten aus der Existenz löschen könnte.

Als die Arbeitsfläche so sauber ist, wie sie nur werden kann, stütze ich meine Hände darauf, beuge mich vor und lasse meine Stirn auf die kühle Oberfläche sinken. Zum ersten Mal an diesem Abend erlaube ich mir, wirklich müde zu sein.

Nach einer Minute setze ich mich wieder auf, hieve den Laptop auf meinen Schoß und starre auf den blinkenden Cursor in meinem Posteingang. Da ist eine neue E-Mail von der Chefredakteurin, Betreff: »BRIEFING FÜR GEMEINSAME KOLUMNE (DRINGEND)«. Ich klicke sie auf, und der Text besteht nur aus einem einzigen Aufzählungspunkt: »Machen Sie sie schlagkräftig. Das Management wird zusehen.«

Ich schließe den Tab, öffne einen neuen und tippe ein: »Wie

man beruflichen Mord vermeidet.« Die Suchergebnisse füllen sofort den Bildschirm, eine Parade von Clickbait-Artikeln und Hotlines für psychische Gesundheit.

Für einen Moment lache ich tatsächlich. Es ist kein schönes Geräusch, aber es ist besser als nichts.

Ich leere, was von meinem Wein übrig ist, klappe den Laptop zu und sage mir, dass morgen alles einfacher wird.

Ich weiß, dass es das nicht wird. Aber ich war schon immer eine gute Lügnerin, wenn es darauf ankam.

Als ich ankomme, ist The Inkwell ziemlich voll, seine Fenster sind vom Kondenswasser beschlagen, und an der Bar stehen Leute, die mehr an IPA als an tatsächlicher Unterhaltung interessiert sind. Der Laden ist genauso, wie ich ihn aus meiner Praktikantenzeit in Erinnerung habe: die Holzvertäfelung an den Kanten abgeschlagen, Bierdeckel mit passiv-aggressiven Sprüchen und eine echte Tafel über der Bar, auf der immer noch die Namen von Journalisten prangen, die sich zur Legende getrunken haben. Ich finde den einzigen freien Tisch – einen Zweiertisch in der Ecke, eingeklemmt zwischen einer künstlichen Pflanze und einer Wand mit gerahmten Schlagzeilen – und mache meinen Anspruch geltend.

Ich packe aus: Notizbuch genau in der Mitte, Agenda in dreifacher Ausfertigung, drei verschiedenfarbige Stifte (blau für Notizen, grün für Aufgaben, rot nur für Notfälle). Ich bestelle ein halbes Pint Camden Hells und stelle es auf einen Bierdeckel, auf dem steht: »Alkohol: Ursache und Lösung aller Probleme in der Redaktion.« Der Tisch ist klebrig; ich positioniere alles zweimal neu, bevor es sich akzeptabel anfühlt.

Paul hat natürlich zwanzig Minuten Verspätung. Bis dahin habe ich beobachtet, wie der Barkeeper die Rechnung für einen Kriegskorrespondenten im Halbruhestand abschließt, eine ehemalige *Newsnight*-Moderatorin im Séparée entdeckt und mich in einem Wurmloch von Tweets über unsere bevorstehende Kolumne verloren. Die meisten sind skeptisch, einige bösartig, einer nennt uns »das Torvill und Dean der professionellen Zickereien«. Den mache ich zum Screenshot und schicke ihn an Mum, die mit einem Herz-Emoji und, aus Gründen, die nur sie kennt, einem GIF von umfallenden Pinguinen antwortet.

Als Paul endlich auftaucht, hat er es geschafft, noch heruntergekommener auszusehen als bei der Arbeit: das Hemd am Kragen aufgeknöpft, die Ärmel hochgekrempelt, die Haare sehen aus, als hätten sie eine Geiselnahme überlebt. Er trägt nichts bei sich außer einem kaputten Handy und einem Ausdruck absoluten, unverdienten Selbstvertrauens.

Er steuert mit einem schiefen Grinsen auf mich zu, als ob Zuspätkommen ein Persönlichkeitsmerkmal wäre. »Hätte nicht gedacht, dass du wirklich auftauchst.«

»Hätte nicht gedacht, dass du nüchtern genug wärst, um es zu bemerken«, erwidere ich und stehe gerade so weit auf, dass der Händedruck komisch wird. Er ignoriert es, lässt sich in den Stuhl fallen und bestellt mit einem Zwei-Finger-Gruß ein Pint.

»Also«, sagt er, »das berühmte Inkwell. Hast du es wegen der Symbolik ausgesucht oder nur wegen des Alkohols?«

Ich ignoriere die Frage und schiebe meine Agenda über den Tisch. »Ich habe eine Liste möglicher Kolumnenthemen gemacht. Ich dachte, wir könnten sie durchgehen und die auswählen, die Potenzial haben.«

Er nimmt das Blatt, überfliegt es für eine halbe Sekunde und legt es dann mit der Vorderseite nach unten unter seinen Ellbogen. »*Der Tod der Wahrheit in den modernen Medien.* Herrgott, Grace, warum nennst du es nicht gleich ›Bitte mögt mich‹?«

»Hattest du eine bessere Idee?«

»Ich habe mehrere«, sagt er und grinst breiter. »Wir könnten einen Live-Blog über Pub-Quiz-Abende machen. Ich habe gehört, Millennials lieben partizipativen Journalismus.«

Ich starre ihn ausdruckslos an. »Du meinst, wir sollten eine gemeinsame Kolumne mit Pub-Kritiken füllen.«

Er zuckt mit den Achseln, nippt an seinem Pint und beugt sich dann verschwörerisch vor. »Oder wir könnten eine fortlaufende Serie machen, in der wir virale Internet-Hoaxes bewerten und schauen, wer zuerst gecatfisht wird. Das Geld liegt heutzutage in der Demütigung.«

»Dann bist du ja schon im Vorteil.«

Er lacht, voll und unkontrolliert, und das Geräusch ist ansteckend. Ich ertappe mich dabei, wie ich fast lächle, dann unterdrücke ich es verlegen.

Er sieht es natürlich und mildert seinen Ton gerade so weit ab, dass ich weiß, dass er kein völliger Mistkerl ist. »Hör zu, Grace. Wenn du eine Kolumne über den moralischen Verfall der Gesellschaft schreiben willst, gut. Aber du musst mich mindestens einmal pro Absatz auf die Schippe nehmen lassen, sonst liest es niemand.«

»Das stimmt nicht«, sage ich, aber ich weiß, dass es stimmt. Die Leute lesen seine Sachen wegen der Pointen, der Selbstsabotage, der Freude daran, jemandem dabei zuzusehen, wie er seine eigene Karriere in Zeitlupe in Brand steckt. Ich schreibe für die Leute, die Sätze unterstreichen und höfliche Korrekturen an den Posteingang des Ressorts schicken.

Er beobachtet mich, während ich das verarbeite, den Kopf schief gelegt, die Augen zusammengekniffen, als würde er meine Gedanken lesen und sie mit einem Rotstift durchstreichen.

Zwanzig Minuten lang tauschen wir Ideen aus, der Tisch füllt sich mit Notizen und leeren Gläsern. Ich schlage vor, er pariert, ich überarbeite, er bringt alles durcheinander. Es ist anstrengend und seltsam berauschend, wie Tennis mit scharfen Granaten. Das Barpersonal kapiert schnell; bei der dritten Runde erscheinen unsere Getränke, ohne bestellt worden zu sein, und die Stammgäste haben angefangen, Wetten darauf abzuschließen, wer die erste wirkliche Beleidigung landet.

Schließlich lehnt sich Paul zurück und streckt sich, die Arme hinter dem Kopf verschränkt, das Hemd rutscht gerade so weit hoch, dass ein verblasstes Tattoo und der Ansatz einer Narbe zu sehen sind. »Weißt du, was dein Problem ist?«, sagt er nicht unfreundlich. »Du willst die Welt retten, aber du kannst es nicht ertragen, dir die Hände schmutzig zu machen.«

Ich schnaube. »Und du willst die Welt in Brand setzen, aber nur, wenn jemand anderes die Streichhölzer liefert.«

Er sieht mich dann an, wirklich an, und für eine Sekunde sehe ich etwas Altes und Verletzliches und fast Süßes. Er sagt: »Vielleicht funktionieren wir deshalb.«

Die Worte hängen in der Luft, so plötzlich und aufrichtig, dass ich fast meinen Stift fallen lasse. Ich greife stattdessen nach meinem Bier und hoffe, die Kälte erstickt die Hitze, die mir den Hals hochkriecht.

Wir sitzen in seltener Stille da, der Lärm des Pubs wirbelt um uns herum, und für einen Moment erlaube ich mir, es mir vorzustellen: uns, nicht als Gegner, sondern als etwas, das eher Gleichgestellten nahekommt. Partner vielleicht, wenn auch nicht ganz Freunde.

Dann macht Paul alles kaputt. »Wie geht es eigentlich deiner Mum?«, fragt er und mimt Lässigkeit.

Ich erstarre, sofort misstrauisch. »Ihr geht es gut.«

Er grinst. »Sie mochte mich früher, weißt du.«

»Sie hat einen schlechten Geschmack.«

Er zuckt mit den Achseln. »Liegt in der Familie.«

Es ist ein guter Spruch, und ich sollte ihn stehen lassen, aber ich kann nicht. Nicht heute Abend, nicht nach der Woche, die ich hinter mir habe – und es ist erst Dienstag. »Du denkst, das alles ist ein Witz, nicht wahr?«

Er tut so, als würde er überlegen, aber die Antwort ist offensichtlich. »Kein Witz. Nur – weniger tragisch, als du es darstellst.«

Ich klappe mein Notizbuch mit einem Schnappen zu, das Geräusch laut genug, um Blicke auf sich zu ziehen. »Manche von uns haben nicht den Luxus, unser Leben wie eine misslungene Sketch-Show zu behandeln, Paul.«

»Oh. Empfindlich.«

»Versuch es mit verantwortungsbewusst.«

Die Stimmung ist ruiniert, der kurze Zauber gebrochen. Ich beginne, meine Notizen zu stapeln, tue so, als wäre es mir egal, dass er wieder gewonnen hat. Er beobachtet mich schweigend, seine Augen folgen jeder meiner Bewegungen, bis ich es nicht mehr aushalte.

»Wirst du nie müde, so ein Arsch zu sein?«, sage ich mit leiserer Stimme, als ich beabsichtige.

Er beugt sich vor, die Ellbogen auf dem klebrigen Tisch, voll gespielter Aufrichtigkeit. »Nicht, wenn es Ergebnisse bringt.«

»Du denkst, jeden um dich herum zu sabotieren, ist ein Ergebnis?«

»Es ist besser, als herumzusitzen und darauf zu warten, dass dir jemand anderes die Erlaubnis gibt.«

Ich will ihm mein Bier ins Gesicht schütten. Stattdessen atme ich tief durch, zähle bis fünf und stehe auf. »Weißt du was, Paul? Das brauche ich nicht.«

Er beobachtet mich mit unleserlichem Gesichtsausdruck, während ich meine Sachen zusammenpacke. »Wohin gehst du?«

»Nach Hause«, sage ich. »Im Gegensatz zu dir habe ich Arbeit zu erledigen.«

Er versucht nicht, mich aufzuhalten. Greift nicht einmal nach meinem Arm, als ich an ihm vorbeistreife. Ich schaffe es mit drei schnellen Schritten zur Tür und halte nur an der Schwelle inne, um zurückzublicken.

Er sitzt immer noch am Tisch, die Schultern hängend, sein Pint unberührt. Er sieht kleiner aus, als ich ihn in Erinnerung habe.

Ich trete hinaus in die Nacht, die Luft schneidend vor Regen und Möglichkeit. Ich schaue nicht mehr zurück.

VIER

PAUL

Nichts schreit so sehr nach Karriere-Abwärtsspirale wie ein Donnerstagmorgen in einem Café, in dem der Linoleumboden an den Schuhen klebt und die Bohnen so sehr nach Großkantine schmecken, dass sie mit eigenem Traumabegleiter geliefert werden. Ich bin bei der Hälfte eines Wurstsandwichs, das nach purem Natrium und Reue schmeckt, und bin mir immer noch nicht sicher, warum ich zugestimmt habe, mich hier mit Jamie zu treffen. Er war schon immer eher der Pret-a-Manger-Typ, die Art Mann, die auf dem Klo die *Wired* liest und an die heilende Kraft von Elektrolyten glaubt. Aber heute sitzt er hier, ausgestreckt in einer Kunstlederkabine, beide Arme hinter dem Kopf verschränkt, die Beine auf eine aggressiv-heterosexuelle Art gespreizt, und beobachtet mich mit dem Gesichtsausdruck eines gelangweilten Hais.

»Hast du schon immer so gekaut oder ist das erst seit der Fusion so?«, fragt er, ohne von seinem Handy aufzusehen.

Ich schlucke, wische mir den Mund ab und starre ihn finster an. »Man sagt, die Verdauung beginnt im Mund, Jamie. Ich will mir doch keinen Herzinfarkt holen, nicht, wo das Büro schon eine Wette auf meinen Tod abschließen will.«

Er grinst und scrollt weiter. »Dir ist schon klar, dass es nicht zwingend notwendig ist, sich in ein frühes Grab zu arbeiten? Das ist nur ein Vorschlag, so wie die Mülltonnen pünktlich rauszustellen.«

Ich ignoriere ihn und wende meine Aufmerksamkeit dem Becher vor mir zu. Der Tee hat die Farbe von Flusswasser unterhalb einer Gerberei. Ich nehme trotzdem einen Schluck. Er verbrennt meine Zunge und meinen Lebenswillen gleichermaßen.

Die fettige Spelunke ist um diese Zeit ruhig, die einzigen anderen Gäste sind eine Gruppe von Rentnern, die sich in einer erbitterten Schlacht darüber befinden, wer sich am lautesten über Parkbeschränkungen beschweren kann. Die Luft vibriert durch die vereinte Kraft von verbranntem Toast, frittiertem Teig und altem Desinfektionsmittel. Ich atme ein und huste dann. Jamie blickt mit hochgezogener Augenbraue zu mir auf, als ob dies irgendeinen Punkt beweist, den nur er versteht.

Ich stelle meinen Becher mit leicht zitternden Händen ab. »Ehrlich, die Fusion ist ein Witz. Die reden die ganze Zeit von Innovation und Disruption, aber es ist nur eine Ausrede für Kosteneinsparungen, indem man alle festangestellten Journalisten loswird und die Praktikanten die eigentliche Arbeit machen lässt.«

Jamie schnaubt. »Du hattest schon immer einen gesunden Respekt vor Konzern-Bullshit. Jetzt bist du nur eben mittendrin in der Wurstfabrik.«

»Ja, nun. Wenigstens beim *Express* wusste man, wer einen verarschen wollte.« Ich stochere in meinem Essen. »Jetzt geben sich alle auf LinkedIn als ›Vordenker‹ aus, aber hinter den Kulissen gibt es nur passiv-aggressive E-Mails und Sabotage durch Ausschüsse.«

Er legt sein Handy endlich weg und schenkt mir seine volle Aufmerksamkeit. »Geht es um deine neue Chefin oder um Grace?«

Ich erstarre, die Gabel auf halbem Weg zum Mund. Für einen Moment erwäge ich, es zu leugnen, aber ich bin zu müde, um überzeugend zu lügen. »Sie ist unmöglich, Mann.«

Er grinst. »Du meinst, sie ist besser als du, und das stört dich.«

»Ich meine, sie ist eine scheinheilige, mikromanagende Kontrollfanatikerin, die mehr Zeit damit verbringt, ihren Posteingang farblich zu kodieren, als tatsächlich zu recherchieren.« Ich kratze die letzten Bohnen auf meinen Toast und bereue es sofort. »Sie ist besessen von Systemen. Hat für alles eine verdammte Tabelle, einschließlich ihrer Kaffeepräferenzen. Wer macht denn so was?«

Jamie beugt sich vor, die Ellenbogen auf dem klebrigen Tisch. »Also, was ist das eigentliche Problem?«

Ich hole tief Luft und lasse sie dann langsam und kontrolliert entweichen. »Sie kann total schlecht teilen. Lässt mich nicht an den Artikel ran, gibt mir ständig Rechercheaufgaben und lässt mich *ihre Worte* korrekturlesen, als wäre ich der Büro-Azubi. Und jetzt müssen wir uns jeden Tag einen Hot Desk teilen, also darf ich ihr den ganzen Tag beim ›effizienten‹ Atmen zuhören.«

Er schnaubt einmal. »Vielleicht ist sie einfach besser in dem Job.«

Ich überlege, einen Rösti nach seinem Kopf zu werfen, entscheide mich aber dagegen. »Das ist es nicht. Sie war schon immer so. Wir haben dasselbe studiert, bei der Studentenzeitung gearbeitet – sie war bei den Nachrichten, ich beim Feuilleton – und jede Woche hat sie einen Streit über die Titelseite angefangen. Es war egal, dass ich die Story aufgedeckt hatte oder dass sie technisch gesehen in einem anderen Ressort war. Sie hat sie sich einfach – genommen.«

»Klingt vertraut«, sagt Jamie und sieht überaus zufrieden mit sich aus.

Ich starre ihn finster an. »Was?«

»Nichts. Nur – du hast eben einen Typ, das ist alles.«

Ich starre ihn an, dann schaue ich weg und male Kreise in die Soße auf meinem Teller. Ich will nicht zugeben, dass er recht hat. Stattdessen konzentriere ich mich auf die abblätternden Plakate über der Theke. Eines verspricht »Free Wi-Fi« in Comic Sans, ein anderes wirbt für das Sponsoring einer Jugendfußballmannschaft durch das Café. Nach dem Zustand der Speisekarte zu urteilen, bezweifle ich, dass das WLAN funktioniert, und die

Fußballmannschaft steht wahrscheinlich auf einer Beobachtungsliste.

Jamie kehrt zu seinem Handy zurück, aber ich spüre, wie er mich über den Bildschirm hinweg beobachtet. Er spricht nicht, was fast schlimmer ist, als wenn er es tut.

Ich seufze, lang und dramatisch. »Hör zu, es ist nicht so, dass es mich kümmert. Es ist nur – nach der Fusion sollten die Dinge besser werden. Neues Management, neues Geld, vielleicht die Chance auf etwas, das einer echten Karriere nahekommt. Stattdessen ist es nur derselbe Mist, anderes Logo. Jetzt bin ich an der Leine, und sie ist diejenige, die sie hält.«

Jamie legt sein Handy wieder weg. »Weißt du, manche Leute würden dafür extra bezahlen.«

Ich schnippe ihm einen Pommes zu. Er fängt ihn, isst ihn, unterbricht den Augenkontakt nicht. »Gehst immer noch nicht zur Therapie, was?«

»Verpiss dich. Außerdem hab ich ja dich.«

Er grinst und schnippt mit den Fingern. »Du bist nicht sauer auf sie. Du bist sauer auf dich selbst, weil du es an dich ranlässt.«

»Schreibst du ein Buch? Spar dir das für deinen Substack.«

Er tut so, als würde er auf seinem Handy tippen. »Ich sage ja nur, vielleicht solltest du aufhören, dich so aufzuführen, als wärst du der Einzige, der jemals vom System gefickt wurde. Wenn du es so sehr hasst, dann geh.«

»Ich brauche das Geld.«

»Dann mach dich wieder selbstständig.«

Ich lache, kurz und bitter. »Weißt du, was selbstständig heutzutage bedeutet? Es bedeutet, dass ich mich mit Teenagern um Clickbait-Jobs streiten darf, die denken, SEO sei eine Sexstellung. Und wenn ich richtig Glück habe, lande ich einen Fünfhundert-Wörter-Listenartikel über ›Die 10 besten Orte, um in der Öffentlichkeit zu weinen.‹«

Jamie lacht und zieht die Aufmerksamkeit der Rentner auf sich. »Darin wärst du tatsächlich spitze.«

»Danke, Kumpel.« Ich knülle meine Serviette zusammen, werfe sie auf den Teller und lehne mich dann zurück, wobei die Sitzbank protestierend ächzt. »Weißt du, was das Schlimmste ist?

Sie tut so, als wäre nie etwas passiert. Als hätten wir uns nicht zwei Jahre lang auf den Tod nicht ausstehen können und dann weitere fünf Jahre überhaupt nicht miteinander gesprochen. Jetzt lächelt sie einfach und fragt, ob ich ›schon darüber hinweggekommen bin‹.«

Jamie trommelt mit den Fingern auf dem Resopal. »Bist du?«

Ich denke darüber nach, wirklich nach, und schüttele dann den Kopf. »Nicht einmal annähernd.«

Er lächelt, langsam und wissend. »Weißt du, was ich denke?«

»Nein, aber ich bin sicher, du wirst es mir sagen.«

Er wartet und dehnt den Moment bis zur Unerträglichkeit aus. Dann sagt er: »Ich glaube, du bist immer noch stinksauer wegen des Praktikums.«

Mein ganzer Körper spannt sich an. »Das ist Jahre her.«

»Ja, aber du lässt die Dinge nie los. Nicht wirklich. Das ist wie emotionaler Zahnbelag – du brauchst alle sechs Monate eine professionelle Zahnreinigung.«

»Sie sagte, sie wollte den Job nicht einmal, und hat ihn mir dann vor der Nase weggeschnappt. Und als ich sie darauf ansprach, hat sie das Opfer gespielt. Als wäre ich derjenige, der unvernünftig ist.«

Jamie zuckt mit den Schultern. »Vielleicht war sie einfach besser darin, das Spiel zu spielen.«

»Ich bin nicht sauer, dass sie gewonnen hat. Ich bin sauer, dass sie darüber gelogen hat.«

Er beobachtet mich, wieder schweigend. Dann, nach einer langen Pause: »Vielleicht hat sie nicht gelogen. Vielleicht wollte sie einfach nur gewinnen und konnte es nicht zugeben. Hast du jemals daran gedacht?«

Ich antworte nicht. Stattdessen starre ich auf den Inhalt meines Bechers und wünsche mir, ich könnte mich in einen niedrigeren Aggregatzustand versetzen und einfach verdampfen.

Er wechselt das Thema. »Triffst du jemanden?«

Ich blinzle, aus dem Konzept gebracht. »Was hat das mit irgendwas zu tun?«

»Nur aus Neugier. Als du das letzte Mal *auf der Pirsch warst,* hast du immer noch das Foto von der Uni für dein Tinder-Profil benutzt.«

Ich spüre, wie mein Gesicht heiß wird. »Es ist ein gutes Foto.«

»Es ist ein Foto von dir in einer Toga, wie du eine Dose Red Bull hältst und versuchst, dich nicht zu übergeben.«

»Weiber stehen auf Selbstvertrauen.«

Jamie bricht in Gelächter aus, schlägt auf den Tisch und nimmt dann wieder sein Handy zur Hand. »Wollte nur mal nachsehen, ob du noch lebst, Mann. Manchmal mache ich mir Sorgen, dass du dich in puren, ungeschnittenen Zynismus auflöst und auf das Meer hinaustreibst.«

Ich antworte nicht. Stattdessen lege ich mein Besteck auf meinen Teller und schiebe dann alles weg. Die Rentner sind dazu übergegangen, die Parkgebühren von Krankenhäusern zu vergleichen, und das Café beginnt sich mit der Vormittags-Meute zu füllen – Bauarbeiter, Taxifahrer, Frauen mit NHS-Schlüsselbändern, die völlig erschöpft aussehen.

Jamie steht auf, streckt sich und wirft zwei Zehner auf den Tisch. »Wir sollten besser zurück ins Büro. Kommst du am Freitag mit zum Feiern?«

»Bezweifle ich. Muss mich ein oder zwei Wochen reinhängen, dem Management zeigen, dass ich vertrauenswürdig bin.«

Er zuckt mit den Schultern. »Wie du meinst. Lass sie nur nicht gewinnen, ja?«

Ich will etwas Schneidendes sagen, etwas, das ihn in seine Schranken weist. Stattdessen nicke ich nur, plötzlich erschöpft.

»Wir sehen uns später.«

Er geht, die Tür schlägt hinter ihm zu. Ich sitze eine Weile da, starre auf den öligen Wirbel auf der Oberfläche meines Tees und frage mich, ob es möglich ist, nostalgisch für etwas zu sein, das nie wirklich funktioniert hat.

Schließlich sammle ich meine Sachen und gehe zur Tür, die Hände in den Taschen vergraben. Als ich in das Grau hinaustrete, wirft mich ein Windstoß fast um, und für eine Sekunde fühle ich mich schwerelos.

Dann vibriert mein Handy, eine neue E-Mail von Grace, Betreff: »AW: Deadline morgen.«

Ich lösche sie ungelesen und gehe weiter.

Es ist immer der Geruch, der mich als Erstes erwischt – ein Hauch von Körpergeruch, verbranntes Ozon von sterbenden Computern und der schwache, tragische Moschus von Energydrinks, die sowohl ihre Blütezeit als auch ihr gesetzliches Verfallsdatum überschritten haben. Sieben Jahre später ist es dieselbe chemische Mischung, die mir jedes Mal entgegenschlägt, wenn ich eine Redaktion betrete. Damals, im Keller des geisteswissenschaftlichen Gebäudes, war er stärker, fast berauschend, aber vielleicht funktioniert Nostalgie einfach so: Sie lässt sogar den Gestank des Scheiterns wie etwas erscheinen, das es wert ist, in Flaschen abgefüllt zu werden.

Es ist Mitternacht. Ich bin allein im Büro, denke ich zumindest. Die Neonröhren flackern und werfen epileptische Schatten auf den Teppich und den Kadaver einer Pizza zum Mitnehmen, die es irgendwie geschafft hat, sowohl verbrannt als auch roh zu sein. Ich starre auf die Pinnwand, mein Kiefer ist angespannt, meine Hand umklammert einen Textmarker, als könnte ich ihn als Waffe benutzen.

Sie haben gerade die Liste ausgehängt. »Praktikumsnominierungen: Endrunde«. Vier Namen, zwei pro Ressort. Ich weiß, bevor ich überhaupt hinsehe, dass meiner nicht dabei ist. Ich weiß auch, mit der üblen Gewissheit eines Verurteilten, der seine eigene Beerdigung beobachtet, wessen Name dort steht.

Grace Hampton, mit Kugelschreiber hingeschrieben, mit einem kleinen Sternchen daneben. Ich will die Pinnwand in Brand setzen, stattdessen reiße ich den Ausdruck einfach vom Kork und fange an, ihn in Streifen zu zerreißen.

Die Tür knarrt hinter mir auf. Ich drehe mich nicht um. Ich höre den vorsichtigen Schritt – Absätze klacken, halten dann inne, als würde sie entscheiden, ob ich ein tollwütiger Hund bin oder nur ein normaler.

Sie sagt: »Du hast es gesehen?«

Ich bleibe mit dem Rücken zu ihr, stopfe das zerfetzte Papier in den Mülleimer und bereue sofort die Theatralik dieser Geste. »Herzlichen Glückwunsch«, sage ich, aber es kommt so flach raus, dass es wie eine Diagnose klingt.

Sie wartet, geht dann zum Schreibtisch neben mir, die Hände gefaltet, die Augen auf den Mülleimer gerichtet. Sie sieht müde aus. Schlimmer noch, sie sieht besorgt aus.

»Ich habe mich nicht beworben«, sagt sie.

»Klar«, sage ich und lache. »Sicher.«

Sie schüttelt den Kopf. »Nein, wirklich. Ich wollte ein Lückenjahr machen. Das habe ich ihnen gesagt. Mein Plan war, ein Jahr Auszeit zu nehmen, zu reisen, vielleicht als Freiberuflerin zu arbeiten –«

»Und der *Chronicle* hat deinen Namen einfach magisch aus einem Hut gezogen?« Ich wirble herum, die Worte sind scharfkantig. »Hör auf damit, Grace. Du willst es nicht einmal? Du bist doch seit der ersten Woche scharf darauf.«

Ihr Gesicht wird rot. »Das ist nicht fair.«

Ich schlage mit der Hand auf den Schreibtisch. Es tut weh, was gut ist. Zumindest etwas tut weh. »Weißt du, was nicht fair ist? Ich habe mir drei Jahre lang den Arsch aufgerissen. Nachrichten, Feuilleton, Sport, sogar das verdammte Kreuzworträtsel, als sie es brauchten. Aber in der Sekunde, in der du auftauchst – oh, das ist Grace, sie ist so reif, sie hat ›Führungspotenzial‹. Sie lieben dich. Schon immer.«

Sie schaut zu Boden. Mir wird klar, dass ich schreie und dass das einzige andere Geräusch im Raum das Surren des uralten iMacs am Fenster ist, der versucht, die BBC-Homepage zu laden. Ich will aufhören, aber etwas in mir lässt es nicht zu.

Sie versucht es noch einmal, leise: »Es tut mir leid, Paul.«

Ich möchte es glauben, aber alles, was ich sehen kann, ist ihr Name, mit Stift geschrieben, unterstrichen, dauerhaft.

»Tut es dir nicht«, sage ich, und plötzlich geht es nicht mehr um das Praktikum oder den Job oder irgendetwas anderes, außer um die Tatsache, dass ich einmal wollte, dass sie auf meiner Seite ist, und sie war es nicht.

Ich greife nach meiner Tasche, reiße fast den Reißverschluss ab, und gehe zur Tür. Sie folgt mir nicht. Sie steht nur da, statuenhaft still, während ich mich an ihr vorbeidränge.

Im Flur spüre ich meinen eigenen Herzschlag. Ich schlage die Tür trotzdem zu, denn das ist der einzige Sieg, der mir noch bleibt.

Erst als ich auf halbem Weg über den Campus bin und die Kälte an meinen Fingern nagt, wird mir klar, dass ich ihr das niemals, niemals verzeihen werde.

FÜNF

GRACE

Hätte ich gewusst, dass der Tag damit enden würde, dass ich plane, wie ich Paul Callaghan ermorden und es wie einen Arbeitsunfall in der Personalabteilung aussehen lassen kann, hätte ich etwas getragen, das nicht ausschließlich für die chemische Reinigung geeignet ist.

Die Ressortbesprechung ist für Punkt 9:00 Uhr angesetzt, denn Sarah – die Chefredakteurin und gerüchteweise ein Vampir – ist der Meinung, dass Pünktlichkeit den Charakter bildet. Um 9:04 Uhr ist der glasverkleidete Konferenzraum eine Schwitzhütte nervöser Energie, und jeder anwesende Journalist erzeugt genug Spannung, um einen Geigerzähler durchdrehen zu lassen. Um den langen Tisch drängen sich Gesichter: einige alt, einige neu, alle tun entweder so, als würden sie E-Mails lesen, oder umklammern ihre Kaffeebecher zum Mitnehmen, als wären es Rettungsringe. Die Lichter sind migränehell. Die Luft riecht nach löslichem Kaffee, Antitranspirant und Furcht.

Ich nahm auf meinem üblichen Platz Platz, der dritte von links, und ordnete meinen Notizblock, mein Tablet und meinen Kuli mit der Akribie einer Person an, die einmal einen Sommer damit verbracht hatte, wettkampfmäßig Kalligrafie zu lernen. Mein Puls war hörbar. Ich blickte zu Paul hinüber, der wie in einer Hängematte in seinem Stuhl hing, die Beine ausgestreckt und die Arme verschränkt. Sein Haar sah, erstaunlicherweise, noch schlimmer aus als gestern. Er bemerkte meinen Blick, zwinkerte und formte das Wort »Morgen« mit den Lippen, als würde er einen unanständigen Vorschlag machen. Ich schaute weg, bevor mein Gesichtsausdruck vor Gericht als Beweismittel hätte herangezogen werden können.

Sarah wartete bis genau 9:05 Uhr, dann klatschte sie einmal in die Hände. Das Geräusch war so scharf wie ein Pistolenschuss.

»Danke, dass Sie alle gekommen sind, und besonderen Dank dafür, dass Sie eine so positive Energie mitbringen«, sagte sie in einem Ton, der jeden herausforderte, ihren Sarkasmus infrage zu stellen. Sie ließ den Blick durch den Raum schweifen, wobei ihre Augen bei den verletzlicheren Freiberuflern verweilten, wie eine Hauskatze, die überlegt, welche Maus sie zuerst quälen soll.

»Wir fassen uns kurz. Wie Sie wissen, befindet sich der *Chronicle* in einem Zustand der« – sie machte Jazz-Hände – »Evolution. Das bedeutet, ja, wir haben alle ein bisschen Angst, aber es bedeutet auch, dass es eine Chance für Innovationen gibt. Gute Nachrichten! Das Feuilleton ist beim digitalen Engagement zum ersten Mal führend, seit ich bei der Zeitung bin. Schlechte Nachrichten: Engagement reicht nicht aus, wenn wir unsere Jobs behalten und nicht durch KI ersetzt werden wollen.«

Eine Welle gezwungenen Lachens ging durch den Raum. Ich machte nicht mit. Stattdessen warf ich einen weiteren verstohlenen Blick auf Paul, der Sarah mit dem gebannten Interesse von jemandem beobachtete, der noch nie ein Mitarbeiterhandbuch gelesen hatte.

Sarah fuhr fort. »Der neue Ansatz zieht Klicks an. Das ist gut. Aber was das Management will, ist ein Anstieg. Etwas Virales. Kontroverses. Etwas, das geteilt wird. Also, weniger ›Denkanstoß‹ und mehr ›Denk-Bombe‹.« Sie lächelte über ihren eigenen Witz und deutete dann auf mich und Paul. »Und da kommen Sie beide ins Spiel. Sie sind beide Veteranen der Empörungswirtschaft. Also, das Thema der nächsten Woche?«

Eine Stille senkte sich über den Raum, die nur durch das synkopierte Klopfen eines Daumens auf eine Handyhülle unterbrochen wurde. Ich wartete eine Sekunde, dann zwei, dann beugte ich mich vor.

»Angesichts der aktuellen Lage«, begann ich, »dachte ich, wir könnten etwas über die Ethik der Berichterstattung im Zeitalter der Falschinformationen machen. Vielleicht eine gemeinsame Untersuchung über die menschlichen Kosten von viralen Falschmeldungen. Wenn wir Interviews oder sogar Berichte aus erster Hand bekommen—«

Paul unterbrach mich, nicht mit Worten, sondern mit einem theatralischen Gähnen, bei dem er die Arme über den Kopf streckte und ein Tattoo entblößte, von dem ich ziemlich sicher war, dass es neu war und definitiv in jemandes Küche gestochen wurde.

»Oder«, sagte er, »wir könnten einen Stunt-Artikel machen. Live-Journalismus, in Echtzeit. Die Leser vom *Express* lieben eine gute öffentliche Schlacht.«

Sarahs Augen leuchteten auf. »Weiter.«

Paul richtete sich plötzlich auf, sichtlich belebt. »Schicken Sie uns zusammen raus, werfen Sie uns in eine Situation und lassen Sie uns abwechselnd aus unseren Perspektiven berichten. Wie Gonzo-Journalismus, aber mit mehr seelischen Schäden.«

Rund um den Tisch regte sich ein wenig Interesse. Ich wollte protestieren, aber ich spürte, wie meine eigene Idee entschwand und in der Flut des billigen Spektakels unterging. Sarah nickte bereits.

»Das gefällt mir«, sagte sie. »Was für eine Situation?«

Paul warf mir einen Blick zu, und für eine Sekunde sah ich den Satansbraten, der er gewesen sein musste. »Speed-Dating. Oder, falls das nicht klappt, alles, was uns in unmittelbare Nähe und hohe Verlegenheit bringt. Ein Blind Date, ein Yogakurs für Paare, vielleicht sogar eine Paartherapeutin—«

Er machte eine Pause, ließ den Raum lachen und ließ dann die eigentliche Bombe platzen. »Oder wir könnten alle drei machen. Sehen, welches davon uns zuerst umbringt.«

Diesmal gab es ein echtes Lachen, und sogar die alte Garde des *Chronicle* am Ende des Tisches – diejenigen, die noch echte Notizbücher bei sich trugen und in ganzen Sätzen sprachen –

lächelte. Ich grub meine Nägel in meinen Oberschenkel und achtete darauf, keine sichtbaren Spuren zu hinterlassen.

Sarah klatschte erneut in die Hände. »Perfekt! Das ist der Ansatz. Wir nennen es ›Moderne Romanze: Ein *Chronicle*-Experiment‹. Sorgen Sie dafür, dass es in den Trends landet. Bringen Sie die Millennials zum Weinen.«

Meine Kaffeetasse zitterte ein wenig in meiner Hand. Ich zwang sie zur Ruhe. »Wir könnten einen Parallelartikel machen«, bot ich an. »Erfahrungsbasierte und datengestützte Perspektiven vergleichen. Einige tatsächliche Statistiken hinzufügen—«

Paul, der sich bereits in der Aufmerksamkeit sonnte, winkte ab. »Oder wir könnten einfach die Demütigung in Echtzeit dokumentieren. Ungefiltert. Die Leser fressen das.«

Sarah schrieb das auf, ihr Stift war nur noch ein verschwommener Fleck. Sie sagte: »Ich will den ersten Entwurf bis Montag auf meinem Schreibtisch. Und Grace, können Sie einen Begleitartikel zum kulturellen Kontext schreiben? Paul, Sie kümmern sich um den Live-Ticker. Lassen Sie die Social-Media-Abteilung das Ganze aufzeichnen. Wir werden es als Multi-Plattform-Event bewerben.«

Ich nickte. Mein Kiefer war so angespannt, dass er Backenzähne hätte zerspringen lassen können. Neben mir lehnte sich Paul zufrieden zurück, die Ärmel hochgekrempelt, als ob er sich auf eine Operation am offenen Herzen vorbereitete. Er fing meinen Blick auf, und das Grinsen war wieder da – voller Leuchtkraft und ohne Gnade.

»Ich freue mich darauf, Hampton«, sagte er, leise genug, dass nur ich es hören konnte.

»Ganz meinerseits«, erwiderte ich mit einer Stimme wie Trockeneis.

Sarah entließ die Sitzung mit einem »Lassen Sie uns das zu einem Ereignis machen, das in die Geschichte eingeht, Team!«, und alle erhoben sich in einer langsamen, resignierten Welle. Stühle scharrten, die Leute verließen den Raum, und das Summen des vorauseilenden Klatsches begann, bevor wir überhaupt die Tür passiert hatten. Ich sammelte meine Sachen ein, meine Hände waren jetzt durch reine Willenskraft ruhig.

Paul wartete im Flur auf mich, die Schulter an die Wand gelehnt, als wäre er nur zufällig da. Er hielt eine Dose mit etwas Koffeinhaltigem in der Hand, und die Art, wie er den Verschluss öffnete, war sowohl unreif als auch einschüchternd selbstsicher.

»Gut gespielt«, sagte ich, ohne ihn anzusehen.

Er zuckte mit den Schultern. »Im Krieg und in der Liebe ist alles erlaubt und so weiter. Außerdem kommst du dazu, deine Abhandlung über Romanzen und Tabellenkalkulationen zu schreiben. Ich bin nur wegen des Contents hier.«

Ich gab ihm nicht die Genugtuung einer Antwort. Stattdessen schritt ich an ihm vorbei, den Kopf hoch erhoben, und ging zum Aufzug. Ich spürte seine Augen auf meinem Rücken, ein Druck, der noch lange anhielt, nachdem sich die Türen geschlossen hatten.

Zurück an meinem Schreibtisch starrte ich auf den blinkenden Cursor eines leeren Dokuments und stellte mir in Zeitlupe die verschiedenen Arten vor, wie dieser Auftrag schiefgehen könnte. Die Demütigung, die viralen Memes, die unvermeidliche Selbstgefälligkeit von Paul Callaghan, wenn alles in die Hose geht und die Kommentatoren nach Blut lechzen.

Aber da war auch ein Fünkchen Neugier. Ein Teil von mir – vergraben unter Schichten von Vorsicht und Bitterkeit – wollte sehen, wie es endet.

Vielleicht würde ich dieses eine Mal diejenige sein, die das letzte Wort hat.

Das Speed-Dating-Event fand in einer Bar statt, die aussah, als wäre dem Bühnenbildner von *Love Island* das Geld ausgegangen und er hätte dann mit einem Groupon-Gutschein für LED-Lichtleisten noch einen draufgesetzt. Der offizielle Name war »Amors Tisch«, aber nach dem Dekor zu urteilen – schlierige Spiegel, klebrige Lederbänke, ein dekorativer Neonpfeil über der Herrentoilette – vermutete ich, dass sein Hauptanspruch auf Ruhm darin bestand, in Kotzreichweite der Bushaltestelle zu sein.

Ich kam fünf Minuten zu früh an, denn es gab immer noch

einen Teil von mir, tief in meiner Seele, der glaubte, Pünktlichkeit könne eine Katastrophe abwenden. Der Rest von mir hatte sich damit abgefunden, dass dieser Abend eine Übung in Selbstsabotage sein würde, die nur durch die Anzahl der Belege, die ich für die Spesenabrechnung einreichen konnte, gemildert werden würde. Ich überflog den Raum und musterte ein demografisches Spektrum von »optimistischer Hochschulabsolvent« bis »geschiedener Immobilienmakler mit Krawatte mit Comic-Motiv«. Die Tische standen in sauberen Reihen, jeder mit einer einzelnen Kerze, einem Stapel Mini-Bleistifte und einem nervös aussehenden Single dekoriert. Auf dem Podium der Organisatorin stand eine Glocke, die weitere Demütigungen versprach.

Ich trug einen Blazer über der einzigen Bluse, die ich besitze, die unter Blaulicht keine Weinflecken zeigt. Mein Notizblock passte in meine Tasche, aber ich entschied mich, ihn offen zu tragen, als Schild und als Warnung. Ich konnte mich nicht entscheiden, ob ich wie eine verdeckte Ermittlerin oder wie jemand aussah, der im Begriff war, eine feindliche Übernahme eines veganen Lebensmittel-Kooperativs durchzuführen.

Paul war noch nicht da. Ich suchte mir einen Platz an der Bar, bestellte einen Campari Sprizz (um keinen Verdacht zu erregen) und beobachtete, wie sich der Raum bis zu seiner vorgesehenen Kapazität für Einsamkeit füllte. Die Organisatorin war eine Frau in einem geblümten Midikleid, mit einem Klemmbrett in der Hand und einem Lächeln, das so starr und undurchdringlich war wie das von Sarah bei einer Betriebsversammlung. Sie dirigierte die Neuankömmlinge in geschlechtergetrennte Schlangen. Ich fühlte einen flüchtigen Anflug von Solidarität und erstickte ihn dann im Keim.

Paul traf um 18:58 Uhr ein und sah aus, als wäre er gerade durch drei Akte einer griechischen Tragödie hierher gesprintet. Das Haar zerzaust, das Hemd aus der Hose, der Fünf-Uhr-Schatten, der sich in den vielleicht faulsten Ziegenbart der Welt verwandelte. Er entdeckte mich an der Bar, schlenderte hinüber und schaffte es, sich mit maximaler Lässigkeit und minimaler struktureller Unterstützung an den Tresen zu lehnen.

»Schön, dich hier zu sehen«, sagte er. Sein Atem roch nach Kaugummi und, ganz schwach, nach etwas Medizinischem.

Ich hob mein Glas. »Hätte nicht gedacht, dass du es schaffst.«

Er grinste. »Konnte ich mir nicht entgehen lassen. Ist schon eine Weile her, dass ich dir den Abend persönlich verderben durfte.«

Die Organisatorin erblickte uns, erkannte die Dynamik und stürzte sich auf uns. »Willkommen! Die Namen auf der Liste, bitte. Wir geben Ihnen Armbänder und dann können Sie sich unter die Leute mischen.«

Paul warf mir einen Blick zu. »Sie ist die Ehrgeizige«, sagte er und nickte in meine Richtung. »Ich bin nur zur Recherche hier.«

Ich verdrehte die Augen, gab meine Daten an und ließ mir ein leuchtend pinkes Armband anlegen. Pauls war blau. »Traditionell«, bemerkte er leise, als wäre dies eine verschlüsselte Botschaft.

Wir wurden an entgegengesetzte Enden des Sitzrasters getrieben. »Die Herren rücken weiter, die Damen bleiben sitzen«, verkündete die Organisatorin. »Fünf Minuten pro Tisch, dann läutet die Glocke und Sie starten ins nächste Abenteuer!« Es gab eine Runde leisen Gelächters, und ich sah, wie Paul dem Barkeeper einen Zehner zusteckte, bevor er Platz nahm. Ich war halb beeindruckt, halb angewidert.

Mein erstes »Date« war ein Assistenzarzt namens Olly, der meinen Notizblock ansah, als würde dieser ihm gleich etwas Tödliches diagnostizieren. Er verbrachte die gesamten fünf Minuten damit, seinen Lebenslauf aufzusagen, und hielt nur inne, um auf sein Handy zu schauen. Ich machte mir zwei Notizen: »NHS-Burnout ist real« und »Möglicherweise verdrängte Mutterkomplexe«. Ich fragte nach seinen Hobbys; er gab zu, Kriegsspiele zu spielen, wurde dann rot und versuchte, sich zu retten, indem er behauptete, er schreibe einen Roman. Ich vermutete, dass er log.

Mein nächster Verehrer war ein Anwalt, zugeknöpft, ganz geschäftsmäßig, der die halbe Runde damit verbrachte, mich über die DSGVO auszufragen. Ich wich aus, indem ich den Unterschied zwischen übler Nachrede und Verleumdung erklärte, was ihn zu erregen schien. Die Glocke läutete, bevor er mir einen Antrag machen konnte, aber er schob mir beim Aufstehen eine Visitenkarte unter meinen Notizblock.

Der dritte war ein Buchhalter namens Rohan, der versuchte, mich runterzumachen, indem er kommentierte, Journalisten seien »die wahren Fake News«. Ich antwortete, indem ich ihm seine LinkedIn-Empfehlungen vorlas, bis er ins Schwitzen kam. Die Glocke läutete gnädigerweise schnell.

An jedem zweiten Tisch erhaschte ich einen Blick auf Paul. Er tat dasselbe – charmierte, zankte, starrte mich gelegentlich direkt an und schnitt Grimassen, um seine Dates zum Lachen zu bringen. Er war ein Naturtalent darin, was mich nicht ärgern sollte, es aber tat.

Nach der fünften Runde wurde eine Pause ausgerufen, und unsere Wege kreuzten sich an der Bar. Er hatte Lippenstift auf der Wange verschmiert, was ihm entweder nicht bewusst war oder was er wie eine Auszeichnung trug.

Er sah meinen Notizblock an und sagte: »Machst du dir Notizen? Das ist ja typisch Grace Hampton.«

»Wenigstens einer von uns arbeitet«, schoss ich zurück.

Er beugte sich näher. »Tust du das wirklich? Denn es sieht so aus, als würdest du nur Erpressungsmaterial sammeln.«

»Das ist Journalismus, Paul. Erpressung, nur mit Fußnoten.«

Er lachte volltönend und bestellte uns beiden einen Gin Tonic. »Dieser Ort ist die Hölle«, sagte er beiläufig.

»Passt dann ja zu dir.«

Bevor er antworten konnte, läutete die Glocke erneut. Wir waren wieder im Umlauf.

Mitten in der siebten Runde stieß ich auf einen Mann, der so schön war, dass ich überprüfen musste, ob er nicht ein Lockvogel vom PR-Team der Veranstaltung war. Sein Name war Jan. Er arbeitete in der Stadtplanung und hatte einen schwedischen Akzent, der »Infrastruktur« wie eine Anmache klingen ließ. Zum ersten Mal an diesem Abend hörte ich tatsächlich zu.

Er fragte, was mich hierhergeführt habe. Ich überlegte zu lügen, gab dann aber die Wahrheit zu, oder eine Version davon:

»Eine Mutprobe bei der Arbeit. Ich soll für meine Zeitung den Tod der Romantik protokollieren.«

Jan nickte, amüsiert, aber nicht abgeschreckt. »Und findest du, was du erwartet hast?«

»Größtenteils«, sagte ich. »Viele Männer, die denken, eine Persönlichkeit sei dasselbe wie eine Berufsbezeichnung.«

Er lachte und deutete dann diskret auf Paul, der am Nebentisch saß und einer Frau in einem Schottenmuster-Jumpsuit gestenreich etwas erzählte. »Ist das dein Kollege?«

»Gott, nein«, sagte ich mit zu viel Nachdruck.

Jan zog eine Augenbraue hoch. »Ihr seht aus wie ein Paar. So wie ihr ständig nacheinander schaut.«

Ich zwang mich zu einem lauten, wenig überzeugenden Lachen. »Er ist nur ein Kumpel. Wir sind ... Konkurrenten. Beruflich.«

Jan lächelte, als hätte er das schon einmal gehört. »Weißt du, wenn Leute zu sehr beteuern—«

Die Glocke läutete. Gerettet durch den Gong.

Der Rest des Abends verschwamm. Da war ein Mann, der behauptete, ein »Angel Investor« zu sein, aber nicht erklären konnte, worin er investierte; ein Stand-up-Comedian, der sein Material an mir ausprobierte und einen langsamen Tod starb; und ein Spieleentwickler, der vier Minuten lang den Unterschied zwischen VR und AR erklärte. Meine Geduld und mein Gin gingen zur Neige.

In der letzten Runde wurde ich einem Architekten namens Daniel zugeteilt. Er war sanft, nachdenklich und sprach über Gebäude, wie manche Leute über Haustiere sprechen. Er fragte, ob ich schon einmal in Barcelona gewesen sei und erzählte mir von der Sagrada Familia, der Schönheit im Unvollendeten. Es war fast entwaffnend.

Mitten in seiner Beschreibung von Strebepfeilern spürte ich ein Kribbeln im Nacken und blickte durch den Raum. Paul beobachtete mich, nicht spöttisch oder mit einem Grinsen, sondern mit einer unergründlichen Sanftheit. Unsere Blicke trafen sich, und für einen Moment verklang der Lärm der Bar, die Luft dick von unausgesprochenen Fragen.

Ich verlor den Faden. Daniel bemerkte es.

»Entschuldigung«, sagte er. »Ich schweife ab, wenn ich nervös bin.«

»Nein, schon gut«, sagte ich. Aber mein Gehirn hing an der Art, wie Paul gerade ausgesehen hatte, als wollte er etwas sagen, konnte aber nicht. Oder wollte nicht.

Die Glocke läutete ein letztes Mal. Daniel stand auf, schüttelte mir die Hand und dankte mir für das nette Gespräch. Ich sah ihm nach, wie er davondriftete, sammelte dann meine Sachen ein und ging zur Bar, wo Paul ein Pint hegte und in den Schaum starrte.

Ich ließ mich auf den Hocker neben ihm fallen, nicht sicher, was ich sagen wollte.

Er sprach zuerst. »Wie lief's? Die Liebe deines Lebens getroffen?«

Ich zuckte mit den Schultern. »Vielleicht. Wenn ich plötzlich einen Fetisch für Tabellenkalkulationen entwickle.«

Er lächelte müde. »Aber du hast doch einen Fetisch für Tabellenkalkulationen.«

Ich wollte einen Witz machen, um den Moment zu entschärfen, aber ich tat es nicht. Stattdessen saßen wir in einer Stille, die weniger unangenehm war, als ich erwartet hatte. Nach einer Weile klopfte Paul auf den Rand seines Glases.

»Weißt du, einige von ihnen tun mir fast leid«, sagte er. »Als würden sie nicht merken, dass das Spiel gezinkt ist.«

Ich nickte. »Wir sind alle nur hier, um beurteilt zu werden.«

Er sah mich an, wirklich an, und für eine Sekunde sah ich die Version von ihm aus der Uni – diejenige, die sich zu viele Gedanken machte und es zu laut sagte. Diejenige, die Dinge zerbrach, wenn er nicht wusste, wie man sie repariert.

»Hast du jemals gedacht«, sagte er mit leiser Stimme, »dass vielleicht wir das Problem sind?«

Ich lachte, aber es klang ein wenig brüchig. »Nur jeden einzelnen Tag.«

Wir tranken unsere Getränke aus. Er bezahlte. Wir gingen zusammen hinaus, der Neonpfeil flackerte über uns wie eine kosmische Pointe.

Auf dem Weg zur Bushaltestelle sprach keiner von uns. Es gab nichts mehr zu sagen, was nicht gefährlich war.

Ich war vor Mitternacht zu Hause. Ich stellte meine Tasche auf den Boden, zog den Blazer aus und ließ mich auf das Sofa fallen. Ich starrte an die Decke und ließ die Nacht in meinem Kopf Revue passieren.

Wenn ich die Augen schloss, sah ich nicht den Architekten, nicht den Arzt oder den Mann mit der Krawatte mit Comic-Motiv.

Ich sah Paul und den Ausdruck auf seinem Gesicht, als er dachte, ich würde nicht hinsehen.

Ich redete mir ein, dass es nichts zu bedeuten hat. Ich log so gut, dass ich es fast selbst glaubte.

SECHS

PAUL

Es ist noch nicht mal Mittag, aber im Inneren des The Blue Anchor ist es so dunkel wie um Mitternacht auf dem Planeten Neptun. Alle Glühbirnen sind kaputt oder geben den Geist auf, und das einzige Zugeständnis an das Sonnenlicht ist ein einziges Fenster, das so dick mit Kondenswasser und altem Fritteusenfett beschmiert ist, dass es zu einer lichtstreuenden Membran geworden ist. Ich habe mich am üblichen Tisch niedergelassen, einer runden Höhle mit einem Bein, das kürzer ist als die anderen, sodass das ganze Ding jedes Mal zittert, als hätte es Delirium tremens, wenn ich meine Ellbogen aufstütze. Passend.

Jamie taucht aus dem Halbdunkel auf und bringt die statische Aufladung von jemandem mit, der heute Morgen bereits drei Espressi und einen Twitter-Streit hinter sich hat. Er trägt ein zerknittertes Karohemd und eine abgenutzte All-Saints-Jacke, die wahrscheinlich mehr gekostet hat als meine Miete, aber sein Haar ist von der Art von Ordentlichkeit, die sich nur nach einem absichtlichen, hochaufwendigen Chaos einstellt. Er bleibt einen Moment stehen, mustert den Friedhof der Pintgläser, den die Frühschicht – hauptsächlich Rentner und Krankenschwestern nach dem Dienst – hinterlassen hat, und lässt sich dann auf den

Stuhl gegenüber sinken, wobei er das Gesicht verzieht, als stünde ihm eine kleinere Operation bevor.

»Du siehst scheiße aus«, sagt er, nicht unfreundlich.

»Danke. Schön, dich auch zu sehen.« Meine Zunge fühlt sich an, als wäre sie sandgestrahlt worden. Ich habe den Drang, mit ihr gegen meine Zähne zu schnalzen, nur um zu sehen, ob ich über Nacht welche verloren habe.

Jamie legt sein Handy auf den Tisch – mit dem Display nach unten, ein seltener Akt des Respekts – und beugt sich mit gefalteten Händen vor, so wie er es früher tat, wenn er ein Interviewopfer auf eine richtige Grillpartie vorbereitete.

»Also, du ziehst es eine zweite Woche durch. Fühlt es sich immer noch an wie eine Schicht im Bergwerk?«

»Ich wäre lieber in einem echten Bergwerk«, sage ich und bereue sofort mein Selbstmitleid. »Es ist okay. Journalismus ist eine Wachstumsbranche, wenn man in unbezahlten Überstunden misst.«

Jamie grinst. »Hab letzte Woche deine Kolumne gesehen. War mir nicht sicher, ob das Satire oder nur sehr postmoderne Selbstverletzung war.«

»Ich nehme an, für beides gibt es einen Markt«, sage ich und versuche zu lächeln, was mir wahrscheinlich nicht gelingt. Der Kater hat ein Ausmaß erreicht, das gegen die Genfer Konvention verstoßen würde. »Jedenfalls ist das alles nur Clickbait. Niemand liest über die Überschrift hinaus, also warum sich die Mühe machen, den Text zu schreiben?«

Er mustert mich mit dem zusammengekniffenen Blick eines Mannes, der einmal für einen Artikel Microdosing ausprobiert hat und nie wieder ganz runtergekommen ist. »Du hast einen Fan in den Kommentaren. Jemand namens ›HampsterFan69‹ schreibt ständig Abhandlungen über deinen Mangel an moralischer Integrität. Ich glaube, das könnte ein russischer Bot sein, aber die Syntax ist zu kompetent.«

»HampsterFan ist meine Mutter«, sage ich todernst.

Jamie wirft mir einen Blick zu, der sagt: *durchaus möglich.*

Ich winke der Barkeeperin zu – dieselbe wie immer, schwerer Eyeliner, die mit einem Ausdruck des bevorstehenden

Martyriums hinter der Bar arbeitet – und bestelle einen schwarzen Kaffee und was auch immer für ein Frühstück sie nach elf noch zu servieren bereit sind. Die Barkeeperin nickt, ihr Pferdeschwanz schwingt wie ein Richterhammer, und verschwindet.

Jamie beobachtet den Austausch mit milder Neugier und wendet sich dann wieder mir zu. »Also, die neue Doppelkolumne. Du und Grace. Das war ja mal Content-Generierung auf hohem Niveau. Wirklich viral.«

Ich unterdrücke ein Stöhnen. »Es war Speed-Dating, kein Boxkampf.«

Er zuckt mit den Schultern. »Jacke wie Hose. Von meinem Platz aus sah es wie ein erbitterter Zweikampf aus.«

»Wo saßt du denn?«

Er grinst und zeigt seine Zähne. »Hinten links. Neben dem Junggesellenabschied in den ›Trauzeugen‹-T-Shirts. Wir haben Wetten abgeschlossen, wer zuerst rausfliegt, du oder der Typ im braunen Mr-Bean-Anzug.«

»Mr Bean hatte definitiv die besseren Quoten«, sage ich und schließe die Augen. Die Erinnerung an das »Event« vom letzten Freitag ist ein Flickenteppich aus Demütigung und hochprozentigem Gin. Ich kann mich nicht entscheiden, was schlimmer ist: dass Grace tatsächlich ziemlich gut darin war oder dass ich so offensichtlich überfordert war.

Jamie trommelt mit den Fingern auf die Tischplatte, fünf schnelle Stakkato-Schläge. »Du hast einen Tick, weißt du. Jedes Mal, wenn ihr Name fällt, machst du dieses Ding mit deinem linken Auge. Als würde man dich mit einer Schreibtischlampe verhören.«

Ich kämpfe gegen den Drang an, mein Gesicht zu berühren. »Sei nicht albern.«

Er ignoriert mich, nimmt sein Handy in die Hand, aber entsperrt es nicht. »Magst du sie, oder hasst du sie nur genug, um bei ihrem Sexleben einen auf Sherlock Holmes zu machen?«

»Es ist nicht ...«, setze ich an, breche den Satz dann aber ab, bevor er sich selbst zerstören kann. »Ich mag sie nicht. Es ist nur ... die Vergangenheit. Wir sind beide beruflich verpflichtet, so zu tun, als ob wir uns nicht an die Uni oder die darauffolgenden ... Konsequenzen erinnern.«

Jamie zieht eine Augenbraue hoch, das universelle Zeichen für »erklär dich mal«.

Ich starre missmutig auf den Tisch, auf die eingebrannten Bierringe und die krude Liebeserklärung, die ins Holz geschnitzt ist (»FAYE 4 KELVIN 4EVAH«, das »FAYE« wurde später mit einer Zigarette ausgebrannt). »Sie hat mich vor Jahren um einen Job gebracht. Es wie einen Unfall aussehen lassen, aber es war Sabotage wie aus dem Lehrbuch. Hat es nie zugegeben, nicht mal danach.«

Er lässt die Stille einen Moment lang wirken. »Bist du immer noch wegen des Jobs sauer oder wegen ihr?«

»Schreibst du ein Porträt oder versuchst du nur, mich in der Öffentlichkeit zum Heulen zu bringen?« Mein Ton ist zu scharf, aber ich bin zu müde, um ihn zu korrigieren.

Jamie grinst. »Nur Neugier. Du tust so, als wärst du drüber hinweg, aber du kannst nicht aufhören, über sie zu reden.«

Die Barkeeperin kehrt mit meinem Kaffee zurück – industriestark, atomschwarz – und einem Frühstückssandwich, das so dicht ist, dass es förmlich in den Teller einsinkt. Sie knallt den Teller mit Schwung auf den Tisch und stolziert dann davon, ohne auf ein Danke zu warten.

Ich nehme einen Bissen von dem Sandwich, hauptsächlich um Zeit zu gewinnen, aber auch, weil ich seit dem Pret-Wrap von gestern nichts mehr gegessen habe. Das Brot ist fest, der Speck ist echt, und das Ganze wird von einer strukturellen Überdosis Ketchup zusammengehalten. Es treibt mir fast eine Träne ins Auge.

Jamie rührt in seinem eigenen Kaffee, den er wohl schon auf dem Weg hierher bestellt haben muss, und sieht mich mit einem Blick an, der halb Belustigung, halb Sorge ist. »Hör zu. Ich versteh's ja. Sie ist *Die Eine, die entkommen ist*, nur dass sie nicht so sehr entkommen ist, als vielmehr dich auf der Ziellinie geschlagen und dir dann ihren Sieg auf den Arsch tätowiert hat.«

Ich schnaube. »Nette Metapher.«

»Gern geschehen.« Er lehnt sich zurück, die Arme

verschränkt. »Es ist nur – vielleicht würdest du dich besser fühlen, wenn du tatsächlich mit ihr reden würdest, anstatt jede Woche Granaten aus deiner Kolumne zu werfen.«

»Vielleicht«, gebe ich zu. »Aber dann müsste ich mir ihre Version anhören. Und was, wenn ihre Version tatsächlich ...«

»Wahr ist?«, ergänzt Jamie.

Ich zucke mit den Schultern und starre in den Abgrund meines Kaffees. »Davor habe ich Angst.«

Wir verfallen in ein Schweigen, das nicht ganz kameradschaftlich, aber auch nicht feindselig ist. Es liegt ein Trost im Halbdunkel und der sicheren Anonymität eines Pubs außerhalb der Stoßzeiten. Hier erwartet niemand von dir, etwas anderes zu sein als am Leben.

Schließlich sagt Jamie: »Sie hat ein tolles Lachen, weißt du. Nicht das, was man erwartet.«

Ich blinzele. »Wie meinst du das?«

»Es ist nicht affektiert, nicht aufgesetzt. Es ist irgendwie ... erschütternd. Durchbricht den ganzen Scheiß. Als hätte sie keine Angst davor, gehört zu werden.«

Ich denke einen Moment darüber nach, über die Art, wie ihr Lachen beim Speed-Dating durch die Bar schnitt, wie es nachhallte, nachdem sie schon zum nächsten Tisch weitergegangen war. Ich kann mich nicht erinnern, wann ich das letzte Mal so gelacht habe.

Jamie beobachtet mich und wartet auf eine Reaktion. Stattdessen stochere ich in meinem Sandwich herum und sage dann: »Sie trägt immer noch dasselbe Parfüm. Irgendein französisches Zeug. Ich hatte immer wieder Anflüge davon, selbst als sie am anderen Ende des Raumes war.«

Er zieht eine Augenbraue hoch und versucht nicht einmal, sein Lächeln zu verbergen. »Du bist ein echter Poet, wenn du verkatert bist.«

»Fahr zur Hölle.«

»Du zuerst, Kumpel.«

Wir sitzen eine Weile so da, ich an meinem Kaffee nippend, Jamie mit seinem immer noch verdeckten Handy, beide so tuend, als ob nichts unter der Oberfläche lauern würde. Ich schaue auf meine Uhr. Die Zeit hat wieder angefangen, sich zu bewegen.

Schließlich sagt Jamie: »Du wirst über sie schreiben, nicht wahr? Nicht über den Job, nicht über die Rivalität, nur über sie.«

»Ich weiß nicht, wie«, sage ich ehrlich. »Jedes Mal, wenn ich es versuche, kommt es wie ein Verriss heraus. Oder ein Nachruf.«

Er zuckt mit den Schultern. »Dann schreib einen Liebesbrief und tu so, als wäre es ein Kriegsbericht. Niemand wird den Unterschied bemerken.«

Ich schnaube wieder, aber diesmal bleibt mir das Lachen im Hals stecken, rau und peinlich. Ich greife nach meinem Kaffee, aber er ist leer.

Jamie steht auf und streicht sich imaginäre Fussel vom Ärmel. »Du bist am Arsch«, sagt er grinsend. »An deiner Stelle würde ich mich mit dem Gedanken anfreunden.«

Er geht weg, in Richtung Bar, und ich starre auf den Tisch und fahre mit dem Daumen die alten Messerrillen nach.

Er hat Unrecht, denke ich. *Ich schaffe das noch. Ich kann mich noch zusammenreißen.*

Aber meine Finger hören nicht auf, auf dem Holz zu trommeln, und der Duft ihres Parfüms ist immer noch in meinem Kopf, süß und scharf und unmöglich zu vergessen.

Nach dem Pub laufe ich eine Stunde durch die Stadt, dann noch eine. Am Ende beschließe ich, dass es sich nicht einmal lohnt, zurück in die Redaktion zu gehen. Der Tag ist ein unentschlossener Mistkerl – halb Nieselregen, halb ein knochentrockener Wind, der durch meine Jacke schneidet und alte, unverheilte Wunden weckt. Als ich meine Wohnung erreiche, schmecke ich endlich nicht mehr das billige Lager von letzter Nacht.

Hinter der Haustür wartet eine abgestandene Stille, dick wie der Staub vom letzten Jahr. Ich streife meine Stiefel ab, nehme die Treppe zwei Stufen auf einmal und schließe die winzige Wohnung auf, die ich mein Zuhause nenne, seit ich aus Sheffield geflohen und in London aufgeschlagen bin. Die Einrichtung hat sich nicht verbessert. Immer noch ein Flickenteppich aus Second-Hand-Möbeln und von Kondenswasser fleckigen Wänden, immer noch dieselbe flackernde Glühbirne in der Küche, die mit Epilepsie droht, aber nie liefert.

Ich lasse meine Tasche fallen und lasse mich in den Sessel plumpsen, der älter ist als die meisten europäischen Demokratien und die Rückenstütze einer Qualle hat. Der Raum ist halb Licht, halb Düsternis, ganz und gar Unbehagen. Die einzige wirkliche Veränderung ist der Stapel ungeöffneter Briefe auf dem Tisch – Rechnungen, Kontoauszüge, der unbeanspruchte Schutt des modernen Lebens. Ich blättere sie aus Gewohnheit durch, nicht aus Hoffnung.

Ich erinnere mich an das einzige Mal, dass ich jemals etwas gelesen habe, das ich mit der Post erhielt:

Eine ramponierte Postkarte, blauer Luftpostaufkleber, die exotische Briefmarke vom Regen etwas verschwommen. Mein Name steht in schräger, spitzer Schrift da. Ich erkenne sie, bevor ich die Absenderadresse lese: Vientiane. Laos. Meine Hand verkrampft sich, der Daumen gräbt sich in den Knick in der Mitte. Das Bild zeigt ein Kloster bei Sonnenuntergang, ganz in Gold und Orange, wie ein Portal in eine andere, weniger boshafte Dimension.

Die Nachricht ist kurz. Graces Handschrift ist sauberer als zu Uni-Zeiten, aber immer noch irgendwie drängend, als ob die Worte versuchen, der Tinte davonzulaufen.

Paul –

Wollte keine E-Mail schreiben. Dachte, eine Postkarte wäre persönlicher. Laos ist wunderschön. Das Licht ist hier anders. Habe an dich gedacht, an alles. Hoffe, wir können eines Tages richtig reden.

—G

Das »G« ist geschwungen, eine Unterschrift, aber auch ein Fragezeichen.

Ich starre darauf. Der Raum vibriert ein wenig, oder vielleicht ist es mein Puls, der durch die Dielen hallt. Mein Mund schmeckt nach Kupfer und Bedauern.

Die Postkarte kam ein paar Wochen, nachdem ich ihren Namen zum ersten Mal gedruckt gesehen hatte, kurz nachdem sie das *Chronicle*-Praktikum bekommen hatte und ich gegen jemanden verloren hatte, der statt eines Punktes ein Herz über das »i« malte. Die Woche, in der ich anfing, der Bitterkeit Zähne wachsen zu lassen.

Ich erinnere mich auch an den Tag, an dem sie ankam. Ich hatte ihre Namenszeile in der digitalen Ausgabe des *Chronicle* gesehen, einen Leitartikel über Postfaktizität und die Illusion der Objektivität. Ich hatte jedes Wort gelesen, jeden Satz zerlegt, die Tippfehler und die ungeschickten Formulierungen angestrichen. Am Ende vibrierte ich vor einer Wut, die so rein war, dass ich sie hätte abfüllen und als handwerklich hergestellte Raserei verkaufen können.

Die Postkarte hatte im Briefkasten gelegen, leuchtend und unschuldig, wie eine Bombe aus Hoffnung. Ich trug sie nach oben, starrte sie unter dem flackernden Küchenlicht an und schleuderte dann ein Pintglas so heftig gegen die Wand, dass das Glas ein Spinnennetz bildete und dann in Stücken auf den Boden fiel. Das Geräusch lockte meinen Mitbewohner an, der mich ansah, das Chaos betrachtete und sagte: »Kannst du das nächstes Mal bitte nicht vor zehn Uhr morgens machen?«

Ich ignorierte ihn. Setzte mich an den Tisch und las die Karte wieder und wieder und wieder, bis ich sie im Schlaf hätte aufsagen können. Das letzte Mal zerriss ich sie in zwei Hälften, dann in Viertel, dann in Sechzehntel, als ob ich durch die Zerkleinerung in Atome die Tatsache auslöschen könnte, dass sie überhaupt geschrieben hatte.

Die Stücke habe ich immer noch, irgendwo. Ich habe ein paar Jahre lang welche in meiner Brieftasche aufbewahrt, zwischen meinem Notfall-Fünfer und einem alten Studentenausweis. Ich sah sie jedes Mal, wenn ich für einen Kebab bezahlte oder meine Oyster-Card auflud – winzige, scharfkantige Erinnerungen an das, was ich zerstört hatte, anstatt mich ihm zu stellen.

Jetzt, im Halbdunkel meiner Wohnung, ziehe ich die Schublade auf, in der ich alte Quittungen und Passfotos aufbewahre. Die Fragmente sind immer noch da, an den Rändern verblasst, das »G« auf einem zerrissenen Schnipsel gerade noch sichtbar. Ich lege sie auf dem Tisch aneinander, ein Puzzle aus dem, was hätte sein können, und erkenne mit kranker Klarheit, wer ich bin: eine Person, die zweite Chancen zerreißt, bevor er sie überhaupt zu Ende gelesen hat.

Ich soll eine Kolumne schreiben, irgendeinen viralen Leitartikel über moderne Romantik, aber alles, woran ich denken kann, ist dies: das eine Mal, als ich eine Nachricht von der einzigen Person erhielt, die mich jemals wirklich gesehen hat, und ich sie aus Bosheit zerfetzte.

Ich greife nach meinem Laptop, öffne ein neues Dokument und starre auf den blinkenden Cursor, bis sich der Bildschirm so leer anfühlt wie mein Gehirn.

Draußen hat der Regen wieder eingesetzt, erst sanft, dann stärker, als ob die Stadt selbst für die Rolle der traurigsten Kulisse der Welt vorspricht.

Ich schreibe nichts. Stattdessen stelle ich mir die Postkarte ganz vor, die Worte ungebrochen, die Botschaft intakt.

Ich stelle mir vor, was ich sagen würde, wenn ich eine zurückschicken könnte.

Ich sage mir, dass ich das nächste Mal antworten werde. Ich lüge so gut, dass es sich fast wie Hoffnung anfühlt.

SIEBEN

GRACE

Man weiß immer, wann man die Pointe eines Witzes ist, denn niemand will einem in die Augen sehen, aber jeder will die eigene Reaktion sehen. Das Büro ist ein lebendes Diorama der Schadenfreude, als ich hereinkomme, zehn Minuten zu früh und es bereits bereuend: Schreibtische in dichten Grüppchen, das Summen unterdrückten Lachens, das Leuchten eines Dutzends Handybildschirme, die gerade so geneigt sind, dass sie den Inhalt verbergen, aber nicht die Absicht. Mein Weg zum Großraumbüro der Reportagen-Abteilung ist ein Spießrutenlauf aus »Hast du gesehen ...?« und »Warte, warte, da kommt sie ...«, untermalt von der Art Lächeln, das man einer Leiche in einem offenen Sarg schenkt.

An meinem Schreibtisch hat jemand einen Post-it an meinen Monitor geklebt: #GRALLAGHAN. Ich zupfe ihn ab, meine Handfläche ist schweißnass, und lasse mich auf meinen Stuhl gleiten. Die Überschrift unseres ersten gemeinsamen Artikels ist immer noch auf meinem Bildschirm: »Liebe im Zeitalter der Metriken: Zwei Autoren, zwölf Dates, null Chemie.« Darunter dreht sich der Social-Media-Zähler wie ein Gaszähler in einer Wohnung mit Gasleck. Sechsundsiebzigtausend Mal geteilt. Die Kommentarspalte ist eine radioaktive Wüste.

Paul ist schon da. Er hat die Füße auf dem Rollcontainer hochgelegt, den Stuhl so weit nach hinten gekippt, dass die Rollen wegen Misshandlung klagen sollten. Er liest den Artikel mit einer Art träger Freude und scrollt genau in der Geschwindigkeit, die mich glauben lässt, er würde gar nicht lesen. Sein Haar sieht noch schlimmer aus als gestern, und auf seinem T-Shirt steht »Error 404: Motivation Not Found.« Er schaut nicht auf, aber ich weiß, dass er darauf wartet, dass ich zuerst etwas sage.

Stattdessen vergrabe ich mich in den heutigen E-Mails, in der Hoffnung, dass vielleicht eine echte Krise ausbricht, um das andauernde PR-Desaster meines eigenen Lebens in den Schatten zu stellen. Vergeblich. Die ersten sechs Nachrichten sind von der internen Kommunikation, Betreffzeile: »WIR GEHEN VIRAL!« und »Haltet den Schwung bei!«. Die nächsten vier sind von der Personalabteilung und erinnern die Mitarbeiter daran, dass die Kleiderordnung immer noch existiert, auch wenn die Zeitung jetzt »multimedial« ist.

Ein kleiner, scharfer Schmerz trifft meinen Arm. Ein Gummiband, meisterhaft abgefeuert. Ich muss nicht hinsehen, um zu wissen, dass es Paul ist.

»Hast du das gesehen?«, sagt er mit einer Stimme, die auf maximale Hörbarkeit ausgelegt ist.

»Leider«, erwidere ich und schnippe das Gummiband zu ihm zurück. Es prallt von seiner Stirn ab. Er grinst.

Er hält sein Handy hoch, den Bildschirm in meine Richtung gedreht. »Wir sind in den Trends. Haben es sogar auf TikTok geschafft.«

Er tippt auf einen Link, und ein Video startet: ein paar Teen-ager in schlechten Perücken, die unsere Speed-Dating-Versuche vor einer Küchenspüle nachstellen, einer von ihnen kreischt in einer platten Parodie meines Akzents, der andere grinst einsilbig auf eine Art und Weise, die Paul tatsächlich schmeichelt. Die Kommentare sind eine Meisterklasse in digitaler Empathie und reichen von »OTP« bis zu »die beiden müssen vögeln oder beim Versuch sterben.«

Ich klappe meinen Laptop mit mehr Kraft als nötig zu. »Erinnerst du mich noch mal daran, warum wir das tun?«

Er zuckt mit den Schultern, die reinste Unschuld. »Ich dachte, dir liegt die Mission am Herzen. Den Standard der öffentlichen Debatte heben. Die Seele der modernen Romantik entblößen.«

»Witzig. Ich dachte, das Ziel wäre Journalismus, nicht Performance-Kunst für die Gen Z.«

Er steckt den Treffer ein, aber nur knapp. »Man muss ja von was leben.«

»Kaum«, sage ich, aber er hat sich schon wieder dem Artikel zugewandt, scrollt mit dem einen Daumen, während er mit der anderen Hand einen Tweet verfasst. Ich möchte ihn fragen, wie er mit so wenig Schamgefühl funktionieren kann, aber ich kenne die Antwort: Übung.

Um Punkt 9:32 Uhr stürmt Sarah aus dem Korridor herein und zieht den Duft von Bergamotte und Ehrgeiz hinter sich her. Sie trägt ihren typischen grünen Anzug – zweireihig – und einen Stapel ausgedruckter Analysen, jede Seite mit Eselsohren versehen und von einem Textmarker gezeichnet. Sie knallt den Stoß auf meinen Schreibtisch, sodass der Post-it auf den Boden flattert.

»Leute!«, kräht sie, als würde sie zum römischen Senat sprechen. »Wir sind offiziell ein Phänomen.«

Sie fächert die Diagramme auf, jedes eine exponentielle Kurve, alles steile Anstiege und kommentierte Meilensteine. »Sehen Sie sich das an. Sehen Sie! Die Interaktionsrate ist um einhundert Prozent gestiegen. Die Verweildauer auf der Seite schießt durch die Decke. Sie beide haben im Alleingang unsere Reichweite bei den unter Dreißigjährigen verdoppelt.«

Ich spüre den warmen Schwall des Erfolgs, gefolgt von dem eisigen Rinnsal des Schreckens. »Das ist ... gut?«

»Gut? Das geht viral, meine Liebe. Das ist der Heilige Gral.« Sie wendet sich Paul zu, der sich in Erwartung des Lobes ebenfalls in eine aufrechte Haltung begeben hat. »Sie beide sind das neue Gesicht des *Chronicle*. Das Geplänkel. Die Chemie. Der

Zoff. Das ist alles, was wir uns je von einer Kolumne gewünscht haben, und mehr.«

»Großartig«, sagt Paul und unterdrückt ein Lächeln. »Wann fangen wir an?«

Sarah klatscht in die Hände, der Klang ist scharf und endgültig. »Nächste Woche. Nein – diese Woche, wenn wir es schaffen. Wir nennen es ›Moderne Verbindung‹ oder etwas Klickstärkeres. Wir möchten, dass Sie beide gemeinsam schreiben, in Echtzeit, vielleicht streamen wir den Prozess sogar live. Die Kids fressen das.«

Ich spüre, wie mir der Magen in die Kniekehlen sackt, als ob der Boden plötzlich verschwunden wäre. »Ich bin nicht sicher –«

Sarah schneidet mir das Wort ab. »Sie sind Journalisten. Sie beobachten, Sie provozieren, Sie schaffen Verbindungen. Das ist es, was wir tun. Ich meine, wir könnten auf Hard News umschwenken, aber wer will schon über die G7 lesen, wenn es das hier gibt?« Sie gestikuliert auf die Analysen wie eine Zauberin, die einen Hasen aus reinen Daten enthüllt.

Paul lehnt sich zurück, die Arme verschränkt. »Was ist die Vorgabe?«

»Alles«, sagt Sarah mit leuchtenden Augen. »Dating, Freundschaft, sogar Hass-Mails. Gott, besonders Hass-Mails. Versuchen wir, alternative Orte für modernes Dating zu erkunden. Ich weiß nicht – einen Kochkurs, eine Kletterhalle, so etwas. Zwei einsame Herzen, vier Stunden, kein Entkommen. Schaffen Sie das?«

Er grinst. »Ist ja nicht so, als hätten wir nicht schon Schlimmeres gemacht.«

Ich will protestieren, den letzten Rest professioneller Würde zurückfordern, aber die Worte bleiben mir im Hals stecken. Stattdessen sehe ich zu, wie Sarah mit den Nägeln auf den Schreibtisch tippt, der Rhythmus wie ein Countdown zu einer unvermeidlichen Katastrophe.

»Gibt es dafür eine Gehaltserhöhung?«, frage ich und kenne die Antwort.

Sarahs Lächeln weicht nicht. »Nicht direkt, aber die Publicity ist von unschätzbarem Wert.«

Das Wort »Publicity« legt sich wie eine kalte Hand auf

meinen Nacken. Pauls Augen zucken zu mir, dann wieder weg. Ich frage mich, ob er dasselbe denkt: dass wir das schon einmal durchgemacht haben, auf der Jagd nach Relevanz durch einen dunklen Tunnel, unsicher, ob das Licht am Ende ein Sonnenaufgang oder nur ein weiterer verdammter Zug ist.

Sarah rafft ihre Diagramme zusammen, wirft einen Stressball aus ihrer Tasche und geht so schnell, wie sie gekommen ist. Der Stressball prallt von der Kante meines Schreibtisches ab und rollt unter Pauls Stuhl. Er hebt ihn auf und drückt ihn fest.

Wir sitzen eine lange Minute schweigend da, während das Büro zu seinem normalen Summen zurückkehrt. Ich überprüfe mein Handy, mein Daumen schwebt über der Benachrichtigung des Pflegeheims, dann sperre ich den Bildschirm und stecke es in meine Tasche.

Paul bricht zuerst das Schweigen. »Alles in Ordnung bei dir?«

Ich will Ja sagen, so tun, als wäre das, was in mir rumort, nur berufliche Anspannung, nicht existenzieller Horror. Stattdessen sage ich: »Ich dachte, ich würde mal etwas schreiben, das von Bedeutung ist.«

Er wirft den Stressball von einer Hand in die andere. »Vielleicht wirst du das. Irgendwann.«

»Oder vielleicht ist es das schon. Vielleicht sind wir jetzt der Witz, nicht die Pointe.«

Er sieht mich an, sieht mich wirklich an, und für einen Moment sehe ich etwas, das fast wie Mitgefühl aussieht. »Wenigstens werden wir diesmal dafür bezahlt.«

Ich schnaube. Es ist nicht lustig, aber es hilft. Er reicht mir den Stressball. Ich nehme ihn und drücke zu, bis meine Knöchel schmerzen.

Quer durchs Büro beginnt jemand, die TikTok-Parodie in einer Endlosschleife abzuspielen. Das Gelächter schwillt an, verebbt und beginnt von Neuem. Paul grinst, aber es ist jetzt sanfter, weniger angriffslustig.

Ich beobachte die Zahlen auf meinem Bildschirm, der Zähler tickt in Echtzeit nach oben, und frage mich, wie viele davon

Leute sind, die uns die Daumen drücken, und wie viele uns nur brennen sehen wollen.

Ich drücke den Stressball, bis er fast platzt, dann öffne ich meine Hand und lasse ihn fallen.

»Bereit für die nächste Runde?«, fragt Paul.

Ich sehe ihn an, dann den Artikel, dann eine weitere Benachrichtigung vom Pflegeheim, die auf meinem Handy blinkt.

»Nicht im Geringsten«, sage ich.

Aber als Sarahs nächste E-Mail in meinem Posteingang aufploppt – Betreff: »Ihr beide seid Gold wert« – öffne ich sie und beginne zu lesen.

Vor sieben Jahren war ich noch nicht die Art von Mensch, die wusste, wie man ein Lächeln als Waffe einsetzt.

Ich stand vor der gläsernen Festung des *Chronicle*-Hauptquartiers, die Arme an die Seiten gepresst, als würde ich erwarten, abgetastet zu werden, und versuchte, mein Spiegelbild in den Automatiktüren nicht anzustarren. Ich sah wie eine Touristin in meinem eigenen Leben aus – die Jacke zu neu, das Haar weigerte sich auch nach zwei Monaten tropischer Luftfeuchtigkeit immer noch, sich zu legen, die Haut schockierend blass unter der Oberflächenbräune, die bereits verblasste. Meine Tasche, eine gefälschte Mulberry, die nach dem Parfüm einer anderen roch, war so offensichtlich kein Original, dass ich sie am liebsten verbrennen wollte. Die Stadtluft schmeckte nach kaltem Metall und Möglichkeiten, aber das Hauptgefühl war ein leises, pochendes Gefühl einer drohenden Katastrophe.

Ich überprüfte wieder mein Handy. Eine neue Benachrichtigung von meiner Mutter, drei WhatsApps von Uni-Freunden (alles Varianten von »du rockst das«) und die Markierung auf meinen Google Maps war genau auf diesen Ort gesetzt. Keine Mailbox-Nachrichten. Keine Anrufe in letzter Minute, die mir mitteilten, es sei ein Verwaltungsfehler gewesen und ich solle nach Hause gehen. Ich war mir nicht sicher, ob ich enttäuscht war.

Drinnen bestand der Empfang nur aus Marmor und stiller Verurteilung. Die Frau am Tresen trug die Art von Eyeliner, für die man an meiner alten Schule von der Schule geflogen wäre, und sie scannte mein Namensschild mit einem Laser, der keine Spuren außer Scham hinterließ. »Sie sind früh dran«, sagte sie und deutete dann auf eine Bank bei den Aufzügen. »Warten Sie bitte dort. Jemand wird Sie abholen.«

Ich wartete, die Knie aneinandergepresst, die Hände in meinem Schoß wie eine besonders fleißige Nonne. Die Bank war strategisch platziert für maximale Bloßstellung: Jeder vorbeikommende Mitarbeiter, jeder Besucher, jeder echte Journalist sah mich, bewertete mich und ging weiter. Ein Mann in einem Rolling-Stones-T-Shirt musterte mich von oben bis unten und machte sich eine Notiz in seinem Handy. Zwei Praktikanten, noch feucht vom Regen, flüsterten hinter vorgehaltener Hand, ihre Augen zuckten zu den blonden Strähnen in meinem Pony. Ich lächelte niemanden an und versuchte auszusehen, als würde ich hierher gehören.

Nach elf Minuten erschien eine Frau in einem beigen Overall und winkte mich zu sich. »Grace? Hier entlang, bitte.«

Ihre Absätze hallten durch den Korridor, vorbei an offenen Büroinseln und verglasten Besprechungsräumen voller Menschen, die so taten, als würden sie nicht starren. Wir nahmen die Treppe, zwei Stufen auf einmal. Ich war schon atemlos, bevor wir oben ankamen.

Das Büro des Chefredakteurs war ein Gewächshaus: dreifach verglast, nach Süden ausgerichtet, jede Oberfläche so gestaltet, dass sie blendete. Der Mann hinter dem Schreibtisch war kleiner, als ich erwartet hatte, sein Haar ein Gestrüpp aus silbernen Drähten, die Brille saß auf der Spitze einer Nase, die für Herablassung gemacht schien. Er stand nicht auf, sondern deutete mir nur, mich auf einen Stuhl zu setzen, der quietschte und einen Zentimeter nach hinten rutschte, als ich mich darauf niederließ.

Er blätterte mit einem Anflug von Interesse durch meinen Lebenslauf. »Hampton, richtig? Sheffield. Ein paar Artikel für *The Independent*. Der Beitrag über Sri Lanka war sehr« – er machte eine Handbewegung – »souverän.«

»Danke«, sagte ich, mir bewusst, dass jedes Wort auf die Goldwaage gelegt wurde.

Er nickte und tippte mit einem Fingernagel auf den Lebenslauf. »Sie haben sich nicht für dieses Praktikum beworben, oder?«

Es war keine Frage. Meine Kehle zog sich zusammen. »Nein. Ich hatte nicht ... Ich hatte geplant, zwölf Monate zu reisen und mich nächstes Jahr zu bewerben. Dann bekam ich den Brief, und —«

Er hob einen Finger. »Wir haben hier eine starke Tradition. Wenn wir etwas sehen, das wir haben wollen, dann fragen wir danach. Nicht alle Kandidaten sind so ... proaktiv. Oder ehrlich, was das betrifft.« Er legte das Papier beiseite. »Wollen Sie es?«

Ich dachte darüber nach: die Miete, die ich mir nicht leisten konnte, die Streitereien mit meiner Mutter, der letzte Streit mit Paul, der gesagt hatte, das System würde immer seine Günstlinge auswählen. Ich dachte an die Tabelle, die ich auf meinem Laptop führte und in der die nächsten fünf Jahre wie eine NASA-Mission geplant waren.

»Ja«, sagte ich, und es war das Ehrlichste, was ich den ganzen Monat gesagt hatte.

Der Chefredakteur blickte zur Glaswand, dann zurück. »Sie hatten eine ziemliche Empfehlung. Professor Harlow, glaube ich. Er sagte, Sie wären« – er prüfte eine Notiz – »›abscheulich effizient. Ehrgeiziger als die Hälfte der Männer, die ich je unterrichtet habe.‹«

Ein kalter Tropfen lief mir den Rücken hinunter. Harlow. Pauls Held. Der Mann, der ihm gesagt hatte, er habe »die Gabe«. Ich versuchte, mein Gesicht unbewegt zu lassen, aber der Chefredakteur lauerte darauf.

»Die Welt ist klein«, sagte ich, meine Stimme blechern in meinen eigenen Ohren.

Er lächelte nicht. »Sehr. Diese Welt hier ist noch kleiner, Ms Hampton. Verstehen Sie den Druck?«

Ich nickte. »Das tue ich.«

Er betrachtete mich noch einen Moment, dann erhob er sich. »Sie fangen Montag an. Punkt acht. Bringen Sie ein Notizbuch mit, keinen Laptop.« Er streckte eine Hand aus. Seine Haut war kalt und trocken, wie eine gepresste Blume.

Ich schüttelte sie, dann stand ich auf. Der Stuhl machte dasselbe würdelose Geräusch wie zuvor. Ich wollte am liebsten im Boden versinken, aber stattdessen dankte ich ihm – zweimal – und ging hinaus.

Der Korridor war leer. Ich verweilte am Treppenhaus, meine Hände zitterten gerade so stark, dass es schwierig war, mein Handy zu greifen. Da war eine Nachricht von Professor Harlow (»Sie werden das großartig machen, meine Liebe – denken Sie daran, nichts ist je so zufällig, wie es scheint«) und eine E-Mail von der Verwaltung des Chronicle, die mein Anfangsdatum bestätigte. Ich scrollte hindurch, suchte nach etwas – einem Hinweis, einer versteckten Klausel – aber alles war nur vollkommen gewöhnlich, vollkommen unausweichlich.

Draußen war London sein übliches Grauweiß. Der Regen hatte aufgehört, aber die Straßen waren noch nass und bildeten in den Fugen des Pflasters Pfützen wie winzige unvollendete Seen. Ich zog meine Jacke enger und ging los, unsicher, wohin ich ging. Die Stadt klang lauter, als ich sie in Erinnerung hatte. Ich spürte das Gewicht des Gebäudes hinter mir, all der unsichtbaren Fäden, die mich zurückgezogen hatten.

An der ersten roten Ampel entsperrte ich wieder mein Handy. Pauls Kontakt war weit oben, immer noch mit einem Stern markiert. Ich schwebte über dem Anruf-Button, der Daumen bereit für die Katastrophe. In einem anderen Universum hätte ich ihn gedrückt – ihm die Wahrheit gesagt, gefragt, ob er es gewusst hatte, gefragt, ob er mich immer noch hasste. In diesem steckte ich das Handy ein und ging weiter.

Der Wind zerrte an meinem Haar und hob die blonden Strähnen an, bis sie fast weiß waren. Ich sah mein Spiegelbild in einem Schaufenster, mit Jacke und allem, und sah aus wie ein Kind, das Erwachsensein spielt. Oder vielleicht ein Geist, der bereits verblasst.

Ich ging weiter, den Blick starr nach vorn gerichtet. Es gab keinen anderen Weg als vorwärts.

ACHT

❤

PAUL

Wenn Cafés Menschen wären, dann wäre dieses hier das verwöhnte Bonzenkind auf der Party einer Kunsthochschule: protzig, bedürftig und überzeugt, den Zynismus erfunden zu haben. Die Speisekarte ist in Kleinbuchstaben geschrieben, die Baristas haben alle tätowierte Fingerknöchel, und das WLAN-Passwort ändert sich täglich, weil »digitale Sicherheit Selfcare ist«.

Ich bleibe am Eingang stehen, mustere die übliche Ansammlung von frühmorgendlichen Überfliegern und gescheiterten Drehbuchautoren und entdecke Grace im hinteren Teil des Cafés. Sie sitzt immer hinten – am nächsten an einer Steckdose, am weitesten von der Tür entfernt, unmöglich zu überrumpeln. Wenn ich es nicht besser wüsste, würde ich denken, sie hat tatsächlich Angst vor mir.

Natürlich ist sie schon da, obwohl ich nur sieben Minuten zu spät bin, was in unserer gemeinsamen Sprache quasi pünktlich ist. Ihr Laptop ist aufgeklappt, ein reglementierter Garten aus farbcodierten Post-its sprießt an den Rändern. Daneben ihr Notizbuch – jede Seite ein Akt kalligrafischer Gewalt, die Überschriften in drei verschiedenen Farben unterstrichen. Ich kann die Tagesordnung von hier aus sogar ohne Brille erkennen: 1.

Brainstorming. 2. Gliederung. 3. Fristen. 4. Tonfallprüfung. Sie hat sogar neben jeden Punkt ein kleines Kästchen zum Abhaken gezeichnet, bereit für den Dopaminschub, den die Erledigung mit sich bringt.

Sie blickt nicht auf, als ich näher komme, aber sie weiß, dass ich da bin. Das tut sie immer. Es ist, als wären wir durch einen unsichtbaren Stolperdraht verbunden, der permanent auf »Sarkasmus im Anflug« eingestellt ist.

Ich lese demonstrativ die Speisekarte, ignoriere die Schlange hinter mir und bestelle dann einen doppelten schwarzen Kaffee mit Hafermilch und »was auch immer für ein Sirup am teuersten ist«. Die Barista verdreht die Augen, tippt es mit einer Fingerfertigkeit ein, die auf einen Kurzkurs in Ausdruckstanz schließen lässt, und schiebt mir das Kartenlesegerät hin.

Graces Augen zucken nach oben, als ich auf sie zugehe. Sie trägt einen schwarzen Rollkragenpullover und eine Jacke, die so perfekt geschnitten ist, als wäre sie in einem Windkanal entworfen worden. Sie sieht müde aus, aber auf eine Art und Weise, an der aktiv gearbeitet wurde; ihr Lippenstift ist Kriegsbemalung, ihr Eyeliner eine Kampfansage.

»Morgen«, sage ich, lasse meine Tasche fallen und nehme den Stuhl gegenüber. Ich lasse ihn rein für den Effekt über den Betonboden quietschen.

»Du bist zu spät«, sagt sie und hakt den ersten Punkt auf ihrer Tagesordnung ab, bevor sie überhaupt Augenkontakt aufnimmt.

Ich zucke mit den Schultern. »Zeit ist ein soziales Konstrukt, Grace. Genauso wie Abgabetermine.«

Sie klappt ihr Notizbuch mit einem Schnappen zu. »Das ist die richtige Einstellung. Das Briefing dieser Woche ist übrigens in deinem Posteingang. Ich habe bereits ein Google-Doc angelegt. Mir ist aufgefallen, dass du noch nichts hinzugefügt hast. Sag Bescheid, wenn du Hilfe beim Zugriff brauchst.«

Ich ignoriere den Köder und überfliege stattdessen, was auf ihrem Tisch liegt. Neben dem Laptop stehen ein Flat White, von dem zwei Schlucke fehlen, und eine Plastikdose mit Overnight Oats mit Chiasamen und Blaubeeren, die in einem Muster angeordnet sind, das verdächtig der Fibonacci-Spirale ähnelt. Ich beuge mich vor und bringe es mit dem Rand meiner Kaffeetasse durcheinander.

Sie mustert mich mit einem finsteren Blick, korrigiert das Muster aber nicht. Ein Fortschritt.

»Also«, sage ich, »was ist der existenzielle Horror für heute?«

Sie ruft das Briefing auf, ihre Finger machen kaum ein Geräusch auf den Tasten. »›Wie man eine Beziehung vortäuscht (und warum man es nicht tun sollte)‹. Zwölfhundert Wörter. Die Redaktion will es bis Freitag, gibt sich aber auch mit Montag zufrieden, wenn wir vorher ›genügend Wirbel‹ in den sozialen Medien erzeugen können.«

»›Wirbel‹«, wiederhole ich. »Nennen wir das jetzt so?«

Sie lächelt nicht. »Du weißt doch, wie Sarah ist. Sie will Drama. Konflikt. Ein bisschen Skandal, idealerweise mit einer Prise emotionaler Nacktheit.«

»Ich ziehe mich nicht noch mal in einem Café aus. Es gibt da eine einstweilige Verfügung.«

»Bringen wir es einfach hinter uns. Ich habe eine Liste mit möglichen Ansätzen gemacht.« Sie schiebt ihr Notizbuch zu mir. Ich widerstehe dem Drang, darauf herumzukritzeln.

Ansatz 1: Die Psychologie performativer Beziehungen – Instagram-Pärchen, Fauxmances usw.

Ansatz 2: Die emotionalen Folgen des So-tun-als-ob – tun wir alle nur so, oder nur die, die erwischt werden?

Ansatz 3: Fallstudien aus unserem eigenen Leben (*siehe unten*).

Sie hat »siehe unten« kursiv geschrieben, als wäre es eine geheime Botschaft.

Ich tippe mit meinem Stift auf die Liste. »Du hast einen vergessen. Ansatz 4: Einfach mal die Wahrheit sagen und schauen, ob jemand stirbt.«

Sie hebt die Augenbrauen. »Das ist dein Vorschlag?«

»Es ist ein Arbeitstitel.«

Sie lehnt sich zurück, verschränkt die Arme. »Na gut. Wie würdest du es pitchen?«

Ich denke eine Sekunde nach. »Beginne mit der Prämisse, dass jeder lügt, und zwar ständig. Besonders die Leute, die sagen, dass sie es nicht tun. Dann verfolge es zurück – Kindheit, soziale Medien, Schule, Uni. All die Beziehungen, die wir vorgetäuscht haben, um zu überleben. Dann such dir eine aus und jag sie im letzten Absatz in die Luft, wie bei einer kontrollierten Sprengung.«

Sie erwägt dies und nickt langsam. »Das ist düster.«

»Düster ist authentisch. Authentisch geht viral.«

Sie notiert etwas auf ihrer Tagesordnung. »Was ist mit einem Kontrapunkt? Eine Verteidigung der Ehrlichkeit oder zumindest des Versuchs?«

Ich beuge mich vor. »Ist der Kontrapunkt nicht die Pointe? Dass niemand mehr den Unterschied erkennen kann?«

Sie wirft mir einen Blick zu, den ich nicht ganz entschlüsseln kann – halb Bewunderung, halb Verzweiflung. »Du hättest in die Politik gehen sollen.«

»Hab ich doch. Journalismus ist nur Politik für Leute, die nicht ernst bleiben können.«

Wir werfen uns in den nächsten zwanzig Minuten die Ideen zu, das Gespräch ist so schnell, dass es fast anaerob ist. Jedes Mal, wenn sie versucht, uns auf etwas Umsetzbares zu lenken, schwenke ich zurück ins Chaos. Sie hat auch kein Problem damit, mit unfairen Mitteln zu spielen; zweimal tut sie so, als würde sie meinem Punkt zustimmen, nur um zu sehen, wie ich mich selbst sabotiere. Es ist das, was unserem Flirten am nächsten kommt.

Mein Kaffee kommt endlich an, protzig verziert mit Blattgold und einem Spritzer von etwas, das ich für essbar halte. Ich starre ihn an, dann Grace, dann den Preis, der mit einem Kugelschreiber auf die Rechnung geschrieben ist. »Weißt du«, sage ich, »wenn das alles vorbei ist, sollten wir einen Laden wie diesen aufmachen. Wir nennen ihn ›Schadenfreude‹.«

Sie blickt nicht von ihrem Bildschirm auf. »Zu offensichtlich.«

»Ich bin eben nichts, wenn nicht wörtlich.«

Darüber lächelt sie, nur ein ganz klein wenig. »Du bist unmöglich.«

Ich nippe an meinem Getränk und lehne mich dann in

meinem Stuhl zurück. »Weißt du, was der wahre Betrug ist?«, frage ich aus heiterem Himmel.

Sie tippt, ohne innezuhalten. »Außer dem Kapitalismus?«

»Außer dem. Der wahre Betrug ist, wie einfach es ist, so zu tun, als wäre man nicht mehr wütend über etwas, das vor Jahren passiert ist. Man redet einfach genug, trinkt genug, vögelt genug, und irgendwann glaubt man es fast selbst.«

Sie hört auf zu tippen. Die Stille ist plötzlich, schwer.

Ich mache weiter, kann nicht anders. »Denkst du jemals darüber nach? Über uns?«

Sie ist für eine Sekunde regungslos, klappt dann den Laptop zu und faltet die Hände darauf. »Paul ...«

Ich hebe eine Hand. »Sorry. Ignorier mich. Es ist das Blattgold. Giftig in hohen Dosen.«

Sie seufzt, lang und dünn. »Was genau fragst du?«

Ich schaue auf den Boden, dann zu ihr. »Haben wir jemals nicht so getan, als ob?«

Die Frage hängt da, hässlich und real. Ich kann sehen, wie sie den Abstand zwischen uns abmisst, den emotionalen Explosionsradius berechnet. Für einen Moment sieht es so aus, als würde sie antworten.

Dann schlägt sie ihr Notizbuch wieder auf, blättert zu einer neuen Seite. »Kommen wir zur Kolumne zurück. Wir haben eine Deadline.«

»Sicher«, sage ich, aber das Wort schmeckt wie alte Münzen.

Wir arbeiten eine Weile schweigend, jeder in seiner eigenen Blase der Selbstrechtfertigung. Ich will immer wieder etwas anderes sagen, die ganze Sache hochgehen lassen, um zu sehen, ob wir beide überleben, aber ich tue es nicht. Stattdessen beobachte ich sie beim Schreiben, wie ihre Hand den Stift fester umklammert, wie sich ihr Mund bewegt, wenn sie nach der richtigen Formulierung sucht.

Schließlich bricht sie das Schweigen. »Wenn wir ehrlich sind, bist du nicht der Einzige, der sich das fragt.«

Ich blinzle. »Was?«

Sie sieht mich nicht an. »Ob es echt war. Ob irgendetwas davon echt war.«

Ich will sagen: »War es.« Ich will sagen: »Es tut mir leid.« Ich will sagen: »Lass es uns noch einmal versuchen, diesmal ohne all die Lügen und die Vorsicht.« Aber ich mache einen Witz, etwas über das Stockholm-Syndrom und Abgabetermine.

Sie lacht, aber es ist brüchig. Der Moment ist vorbei.

Wir beenden die Gliederung, einigen uns auf die Frist für den ersten Entwurf und packen in synchronisierter Stille zusammen. Auf dem Weg nach draußen sehe ich, dass sie einen Klebezettel auf meinem Laptop hinterlassen hat: »Sei nicht wieder zu spät.« Sie hat »spät« dreimal unterstrichen.

Ich sehe ihr nach, wie sie geht, ihre Absätze hallen auf dem polierten Beton wider, und frage mich, wie oft ich noch so tun kann, als würden wir nur so tun, als ob.

Wahrscheinlich nur dieses eine Mal.

Vielleicht nicht einmal das.

Der Journalismus-Korridor in Sheffield roch immer nach Instantkaffee und Panik. Die Wände waren ein Streichelzoo aus Flyern der Fakultät, Protestplakaten und verblassten satirischen Karikaturen, die sich seit der Brown-Regierung niemand die Mühe gemacht hatte abzunehmen.

Ich bin zu spät, weil ich immer zu spät bin, aber ich weiß, dass es den Dozenten egal sein würde, solange ich mit einer flotten Schlagzeile oder einem halbwegs anständigen Kater auftauche. Meine Tasche ist halb offen, das letzte Drittel eines Chicken Wraps lugt heraus, und ich habe mir keinen Mantel angezogen, weil der Weg zwischen den Wohnheimen und dem Medienblock höchstens drei Minuten dauert.

Ich bin auf halbem Weg zum Ende des Korridors, als mir jemand – Matt? Max? – so fest auf den Rücken klopft, dass ich am letzten Bissen Hühnchen fast ersticke. Er grinst, das Hemd aus der Hose, die Faust umklammert den Hals einer Zwei-Liter-Flasche Tango, als wäre es eine Trophäe.

»Glückwunsch, Kumpel!«, sagt er, die Augen funkeln vor lauter Klatschlust. »Hätte nicht gedacht, dass du und Hampton es durch die letzte Runde schafft, aber die Dozenten lieben das Drama.«

Ich schlucke und wische mir die Hand an der Jeans ab. »Was?«

Er lacht und schüttelt den Kopf, als würde ich mich zieren. »Tu nicht so dumm. Es ist im ganzen Gruppenchat. Sie ist dabei, oder? Dachte, du würdest schon feiern.«

Ich spüre ein seltsames Stottern in meiner Brust, eine mechanische Fehlzündung, aber ich lasse es vorübergehen. »Ja, nun. Ich warte auf die offizielle Bestätigung.«

Er zuckt mit den Schultern. »Geh zum Aushangbrett. Sie haben es früher ausgehängt.« Dann ist er weg, nimmt die Stufen zwei auf einmal und ruft einem Mädchen, mit dem er nie nüchtern gesprochen hat, »Legende« hinterher.

Ich weiß verdammt gut, dass ihr Name am Aushangbrett steht, ich habe ihn gestern selbst dort gesehen und den Aushang dann in winzige Stücke gerissen.

Ich warte, bis er um die Ecke gebogen ist, esse dann den Wrap auf und stopfe die Folie in den nächsten Mülleimer. Meine Hände sind klebrig, und der Korridor fühlt sich plötzlich kälter an, aber ich tue es ab und schiebe es auf die recycelte Luft.

Die Luft draußen ist rau. Ich brauche eine Minute, um zu erkennen, dass ich in Richtung ihres Wohnheimsblocks gegangen bin, der Weg ist so ausgetreten, dass er praktisch im Muskelgedächtnis verankert ist. Ich hätte etwas zu ihr sagen sollen, anstatt einfach an ihr vorbeizustürmen wie ein Kleinkind mit einem Wutanfall. Ich überlege, anzuhalten, ihr stattdessen eine SMS zu schreiben, aber die Vorstellung eines »Glückwunsch« per WhatsApp lässt es mir eiskalt den Rücken herunterlaufen.

Ihr Gebäude ist aus roten Ziegeln, Nachkriegszeit, die Art von Architektur, die dazu entworfen wurde, Träume sanft zu zerschmettern. Die Haupttüren sind mit einem Feuerlöscher aufgestemmt. Ich nehme die Treppe drei Stufen auf einmal und klopfe an ihre Tür, bevor ich einen Rückzieher machen kann.

Es ist ihre Mitbewohnerin Zoe, die öffnet. Sie trägt einen Morgenmantel, ein Auge ist mit der Wimperntusche von letzter Nacht umrandet, eine Tasse Tee in der Hand.

»Hey«, sagt sie blinzelnd. »Suchst du Grace?«

Ich nicke und schlucke das Brennen in meiner Kehle hinunter.

Zoe nippt an ihrem Tee und deutet dann auf den leeren Korridor hinter sich. »Sie ist weg.«

Ich starre sie an, ohne zu verstehen.

»Sie ist heute Morgen gegangen«, stellt Zoe klar. »Früh. Sagte, sie fährt zu ihrer Mutter. Hat eine Notiz dagelassen, glaube ich.« Sie verschwindet für eine Sekunde, kommt dann mit einem Stück liniertem Papier zurück. Sie gibt es mir nicht, sondern liest es einfach laut vor, mit flacher, unbeteiligter Stimme.

»Sorry, Z. Brauchte einen Tapetenwechsel. Melde mich, wenn ich zu Hause bin. Lass nicht zu, dass Paul meine Weetabix isst.‹«

Ich höre meinen Namen, aber nur als Hintergrundgeräusch.

»Sie kommt nicht zurück?«, frage ich.

Zoe zuckt mit den Schultern. »Bezweifle ich, das Semester ist so gut wie vorbei. Sie war letzte Nacht ziemlich aufgedreht. Hat eine ganze Flasche billigen Fusel geleert und angefangen, den Küchenfliesen Gedichte zu zitieren. Du weißt doch, wie sie ist.«

Ich weiß nicht, wie sie ist. Oder vielleicht weiß ich es, aber es passt nicht zu der Geschichte, die ich mir immer über sie erzählt habe.

»Danke«, sage ich und gehe, ohne auf mehr zu warten.

Wieder draußen, gehe ich, bis die Kälte so scharf ist, dass es sich anfühlt, als würde sie mir das Innere meines Mundes aushöhlen.

Während ich gehe, baue ich mir die Erzählung in meinem Kopf zusammen: Sie muss sich hinter meinem Rücken beworben haben. Vielleicht wollte sie mich von Anfang an gar nicht, nur die Nähe zu dem, was sie wirklich wollte. Oder vielleicht war das alles nur ein Spiel für sie, und ich war der Letzte, der den Witz kapiert hat.

Ich könnte ihr eine SMS schreiben. Ich könnte anrufen oder sogar einen Zug nehmen und bei ihrer Mutter auftauchen. Aber das würde bedeuten, zuzugeben, dass es mir wichtig ist, dass ich eine Erklärung von ihr brauche. Es würde bedeuten, eine Version der Geschichte zu akzeptieren, in der ich nicht der Held bin.

Also tue ich es nicht.

Stattdessen gehe ich nach Hause und rede mir ein, dass ich darüber hinweg bin. Dass es keine Rolle spielt. Dass das nächste Mal, wenn ich ihren Namen sehe, es in einer Autorenzeile sein wird, die zu lesen ich mir nicht die Mühe machen werde.

Zurück in meinem Zimmer schließe ich die Tür ab, trete meine Schuhe aus und setze mich auf das Bettende. Ich starre lange auf die Risse in der Decke und zähle sie, als wären es Tage an einer Gefängnismauer.

Schließlich ziehe ich mein Handy heraus, tippe ihre Nummer in eine neue Nachricht und lösche sie dann, bevor daraus etwas werden kann.

Irgendwo in einem Teil meines Gehirns, den ich nicht abschalten kann, spiele ich die Szene am Aushangbrett noch einmal ab. Jedes Mal erwarte ich, dass sie anders endet. Jedes Mal tut sie das nicht.

Ich frage mich, ob es sich so anfühlt, etwas vorzutäuschen: die Wahrheit zu kennen, sich aber für die bessere Lüge zu entscheiden.

Ich rede mir ein, dass ich ihr diese Genugtuung niemals geben werde.

Ich lüge so gut, dass ich es fast selbst glaube.

NEUN

GRACE

Es gibt nur zwei Arten, eine Redaktion zu betreten, nachdem man viral gegangen ist: mit der lässigen Arroganz eines römischen Kaisers, der aus Gallien zurückkehrt, oder mit der verbissenen Ergebenheit von jemandem, der sich dem öffentlichen Pranger nähert. Ich habe Letzteres schon immer bevorzugt.

Heute Morgen komme ich auf die Minute pünktlich an, den Flat White in der Hand, den Blick stur auf die Horizontlinie meines eigenen Schreibtisches gerichtet, und steige mit der Anmut einer zum Tode Verurteilten auf ihrem letzten Weg über ein Kabelnest. Im Großraumbüro herrscht volle Lautstärke – klingelnde Telefone, klappernde Tastaturen, das Feuilleton-Team bereits in seinem täglichen Zustand kontrollierter Hektik –, doch in der Sekunde, in der ich ihren Luftraum betrete, gibt es eine kurze Flaute, wie die Stille, bevor ein B-Promi auf dem Eis auf die Nase fällt.

Es ist nicht so, dass irgendjemand wirklich aufhört zu arbeiten. Es ist nur so, dass sich ihre Aufmerksamkeit neu kalibriert und einen Bruchteil auf mich ausrichtet, so wie Zimmerpflanzen sich der Sonne zuneigen. Sogar die Praktikanten – die nie lange brauchen, um Blut im Wasser zu riechen – sind plötzlich überaus fleißig und tun so, als würden sie mich ignorieren, während sie sich jedes Detail für ihren nächsten WhatsApp-Gruppenpost einprägen.

Ich lasse mich in meinen Stuhl sinken, ein ergonomisches Folterinstrument mit einer Lendenwirbelstütze wie der Lauf einer Pistole, und logge mich in den langsamsten PC der Welt ein. Der Bildschirm braucht ganze dreißig Sekunden zum Hochfahren, was reichlich Zeit für das soziale Schauspiel lässt, das sich nun abspielt. Von rechts nehme ich ein absichtliches Räuspern wahr; von links den schweren Seufzer von jemandem, der mich wissen lassen will, dass allein meine Existenz einen Stau bei seiner wichtigen Arbeit verursacht. Der Typ am Nachbartisch (groß, gebräunt, trug sechs Wochen lang einen falschen Verband nach einem kleinen Fahrradunfall) blickt über seinen Monitor und grinst mich so schief an, dass es fast schon ein Akt der Aggression ist.

»Morgen, Grace«, sagt er. Sein Tonfall ist zuckersüß, aber es liegt ein Anflug von echter Bosheit darin.

»Morgen«, erwidere ich, ruhig und professionell. Ich lege demonstrativ meinen Notizblock bündig an die Schreibtischkante und öffne meinen Stift mit einem geübten Schnippen. Ich habe den Tagesplan bereits überprüft – zwei Planungstreffen, ein Telefoninterview und ein Brainstorming für das »virale Vertical« –, aber ich spule trotzdem das Programm ab. An diesem Tag sehne ich mich mehr als alles andere nach Routine, nach der Behaglichkeit eines Systems ohne Raum für Fehler oder Demütigung.

Ich nippe an meinem Kaffee, der jetzt zu bitter und zu kalt ist, und versuche, nicht zuzuhören, wie eine kleine Gruppe junger Redakteure im Bühnenflüsterton über »die nächsten Brangelina« spricht. Mein Name fällt, aber nicht auf eine Weise, die eine direkte Antwort provoziert.

Um 9:03 Uhr erscheint die Chefredakteurin. Sie steht vorn im Großraumbüro, und die Leuchtstoffröhren verstärken den unmenschlichen Grünton ihres Anzugs. Sarah ist wie immer perfekt ausstaffiert für maximale psychologische Einschüchterung: das Haar so streng zurückgekämmt, dass es an Faschismus grenzt, das Tablet wie eine heilige Reliquie vor sich gehalten, die

Stimme so kalibriert, dass sie die letzte Reihe erreicht, ohne jemals ins Schwitzen zu geraten.

»Morgen, Team. Könntet ihr euer Doomscrolling für zehn Sekunden unterbrechen?«

Der Raum gehorcht. Handys werden in der Handfläche versteckt, Tabs minimiert. Alle Augenpaare richten sich nach vorne, bis auf eines.

Paul Callaghan sitzt genau in der Mitte der ersten Schreibtischreihe, die Beine vor sich ausgestreckt, die Arme verschränkt, als würde er einem Zauberer zusehen, der jemanden in zwei Hälften zersägt. Er trägt die übliche Paul-Uniform – schlecht sitzende schwarze Jeans, ein zerknittertes Hemd, das diesen Monat wahrscheinlich sauber war, und eine abgenutzte Regenjacke, die über der Rückenlehne seines Stuhls hängt. Auf den ersten Blick passt er nicht auf, aber ich weiß es besser. Wenn Paul eines gut kann, dann, den Raum zu beobachten, ohne ihn anzusehen.

Sarah beginnt ihre Standard-Eröffnung: Zahlen, Engagement-Statistiken, die existenzielle Bedrohung durch »Content-Müdigkeit«. Es folgt ein kurzer, abgehackter Rückblick auf den viralen Erfolg der letzten Woche. Sie deutet auf den Bildschirm, auf dem ein Balkendiagramm so steil ansteigt, dass es wie ein Börsencrash im Rückwärtsgang aussieht. »Unsere Kolumne ›Moderne Romanze‹ ist ein Selbstläufer. Die Verweildauer auf der Seite beträgt immer noch über drei Minuten, die Shares haben sich im Vergleich zur letzten Woche verdoppelt, und unsere organische Reichweite bei den unter Dreißigjährigen ist offiziell ›branchenführend‹. Also, nochmals Glückwunsch, Grace und Paul.« Sie sagt unsere Nachnamen nicht zusammen, aber der implizite Hashtag schwebt radioaktiv und unsterblich in der Luft.

Es gibt eine Runde Applaus, aber es ist die sarkastische Variante eines verhaltenen Golf-Applauses. Ich lächle, klein und zurückhaltend, und kämpfe gegen den Drang an, einfach nach Hause zu gehen.

»Als Nächstes«, sagt Sarah, »wollen wir das Momentum beibehalten. Wir stehen auf der Tagesordnung für das Vorstands-Briefing, und es wurde uns nahegelegt, die Chemie der letzten beiden wöchentlichen Kolumnen mit etwas noch ... fesselnderem fortzusetzen.« Sie sieht mich an, dann Paul, dann wieder mich, wie bei einem Tennisspiel, bei dem ich immer die Verliererin bin.

Daraufhin geht ein Raunen durch den Raum. Das Grinsen des Fahrrad-Typen kehrt zurück, verstärkt durch das Kichern der Social-Media-Redakteurin, die sich mit der raubtierhaften Anmut einer Katze, die sich vor dem Angriff streckt, über ihren Schreibtisch beugt.

»Können wir in dieser Ausgabe mehr von deinen ›ungefilterten Ansichten‹ erwarten, Grace?«, fragt sie mit honigsüßer, aber geladener Stimme.

Ich bewahre einen neutralen Gesichtsausdruck. »Ich bin sicher, das Büro wird wie immer reichlich Feedback haben«, erwidere ich und füge dann hinzu: »Hoffen wir mal, dass die Kommentarspalte dieses Mal nicht das eigentliche Stück übertrifft.«

Sie will gerade antworten, als von hinten aus dem Raum ein lautes, ungefiltertes Kichern kommt. »Wenigstens gebt ihr es endlich zu«, sagt jemand, gerade laut genug, dass ich es hören kann.

Ich spüre, wie mir das Blut ins Gesicht schießt, eine schnelle, heiße Röte der Verlegenheit. Das ist das Problem, wenn man viral geht: Man wird zum Eigentum aller. Jeder Witz, jeder private Blick, jedes Pixel deines Lebens wird zum Meme und seziert. Ich sehe zu Sarah auf und erwarte, dass sie dem Einhalt gebietet, aber sie ist bereits zum nächsten Punkt auf ihrer Tagesordnung übergegangen. Für sie ist meine Demütigung nur eine weitere Engagement-Kennzahl.

Ich riskiere einen Blick auf Paul. Er sieht mich jetzt direkt an, mit einem Halblächeln im Gesicht, das entweder als Solidarität oder Sabotage interpretiert werden könnte. Er deutet einen kleinen Salut mit seiner Tasse an und formt dann stumm die Lippen: »Überlebst du?«

Ich will mit den Augen rollen, aber ich nicke nur. Das ist das Nächste, was wir in einem Raum voller Schakale an Intimität erreichen werden.

Das Meeting plätschert dahin. Aufgaben werden verteilt,

Fristen verschoben, Ressourcen »neu ausgerichtet«. Nichts davon ist von Bedeutung; das Einzige, woran sich jeder im Raum erinnern wird, ist die Art, wie Sarah unsere Namen zusammen ausgesprochen hat, die Andeutung einer Beziehung, die so durchsichtig ist, dass man sie als Fenster benutzen könnte.

Als sie uns entlässt, ist mein Kiefer so angespannt, dass ein Zahn splittern könnte. Ich stehe auf, packe meine Sachen zusammen und mache mich auf den Weg zur Küche, verzweifelt auf der Suche nach einem Moment der Stille und vielleicht einer frischen Tasse Kaffee, die nicht nach Galle schmeckt. Als ich am Feuilleton-Schreibtisch vorbeigehe, beugt sich die Praktikantin – eine von den ehrgeizigen, mit einem Lebenslauf länger als ihr Rock – zu mir herüber und flüstert: »Glückwunsch übrigens. Ihr seid jetzt quasi der Büro-Adel.«

»Danke«, sage ich, da ich mir nicht zutraue, mehr hinzuzufügen.

In der Küche ist die neue Kaffeemaschine bereits kaputt und hinterlässt eine dünne, braune Pfütze auf dem Laminat. Ich starre sie für eine Sekunde an und beschließe, dass sie eine ebenso gute Metapher für meinen Morgen ist wie jede andere. Ich spüle meine Tasse aus, fülle sie mit Leitungswasser und zähle bis zehn. Meine Hände sind ruhig, aber mein Herz ist es nicht.

Der Lärm aus dem Großraumbüro schwillt an und ebbt ab, unterbrochen von gelegentlichen Rufen oder nervösem Lachen. Ich höre wieder meinen Namen, dann Pauls, und dann den Satz »Kriegen sie sich oder kriegen sie sich nicht«, ausgesprochen in dem spöttischen Tonfall, der für Soap-Opera-Zusammenfassungen und politische Skandale reserviert ist. Ich frage mich, ob irgendjemand wirklich glaubt, die Kolumne sei ein Fake, oder ob sie bereits entschieden haben, dass jede Beziehung sowieso zur Hälfte aus einer Inszenierung besteht.

Ich lehne mich an die Küchentheke und schließe für einen Moment meine Augen. Als ich sie wieder öffne, steht Paul in der Tür, die Arme verschränkt, und beobachtet mich mit einem Ausdruck, den ich nicht entziffern kann. Er sagt nichts, hebt nur die Augenbrauen, als wollte er fragen: *Na und?*

Ich schüttle den Kopf. »Man sollte meinen, die Leute hätten Besseres mit ihrer Zeit zu tun.«

Er schnaubt. »Das weißt du doch besser. Es ist eine nachrichtenarme Woche. Wir sind alles, was sie haben.«

Wir stehen einen Moment lang schweigend da, keiner von uns bereit, nachzugeben. Dann stößt er sich von der Wand ab und stellt sich neben mich, Schulter an Schulter.

»Alles okay bei dir?«, sagt er mit leiser Stimme.

Ich zwinge mich zu einem Lächeln. »Nie besser.«

Er wirft mir einen langen, forschenden Blick zu und sagt dann: »Lass dich nicht von denen fertigmachen. Sie werden sich auf das nächste Ding stürzen, das hochkocht.«

»Ja, nun. Vielleicht bist du ja nächstes Mal dran«, sage ich und versuche, es leicht klingen zu lassen, treffe aber nicht den richtigen Ton.

Er grinst. »Bezweifle ich. Du bist die Interessante von uns beiden.«

Ich will widersprechen, aber die Wahrheit ist, ich bin zu müde. Stattdessen fülle ich mein Wasser nach, nicke ihm zu und gehe zurück an meinen Schreibtisch. Als ich mich setze, schnappe ich das Ende eines anderen Gesprächs auf – jemand spekuliert darüber, wie lange es dauern wird, bis die Personalabteilung eingreifen und ein »Verbrüderungsmemo« herausgeben muss.

Ich beiße die Zähne zusammen, öffne Word und beginne, den nächsten Beitrag zu entwerfen. Der Cursor blinkt mich an, geduldig und ohne zu urteilen. Ich denke an das, was Sarah gesagt hat – über Chemie, über Engagement, über das unerbittliche Bedürfnis nach Spektakel – und frage mich, ob ich vielleicht, nur dieses eine Mal, etwas schreiben könnte, das ehrlich genug ist, um den Meme-Zyklus zu überdauern.

Wahrscheinlich nicht. Aber ich beginne trotzdem zu tippen.

Bis zum Mittag ist das Geflüster verklungen. Der Nachrichtenzyklus bewegt sich schwerfällig vorwärts und zieht die Aufmerksamkeit des Büros mit sich. Ich bin wieder nur ein Teil der Kulisse.

Aber die ganze Zeit über spüre ich ihre Blicke auf mir –

wartend, messend, mich herausfordernd, einen Fehler zu machen.

Ich werde ihnen nicht die Genugtuung geben.

Jedenfalls noch nicht.

Am Nachmittag ist mein Schreibtisch eine Insel des kontrollierten Chaos. Ich habe drei offene Notizbücher, alle in unterschiedlichen Stadien des Nervenzusammenbruchs, und einen Stapel Leseexemplare vom Bücher-Ressort, alle mit Post-its in meinem ganz privaten System aus Triage und Scham markiert. Das grelle Licht meines Monitors ist ein ständiger Schmerz an meinem Schädelansatz, und die Büroluft ist dick vom Geruch nach verbranntem Filterkaffee und halbherzigem Deodorant.

Irgendwo im Hintergrund ist das Klicken des Gruppen-Slacks vom Feuilleton-Team wie ein digitaler Specht, der Löcher in meine Konzentration bohrt. Aber ich lasse meinen Blick auf dem Bildschirm, schreibe die erste Zeile unserer nächsten »Moderne Romanze«-Kolumne und schreibe sie wieder um, bis jede Variante entweder passiv-aggressiv oder leicht obszön klingt.

Ich bin zwei Sätze tief in der dritten Überarbeitung, als mein Handy vibriert. Die Benachrichtigung leuchtet vom Schreibtisch auf: »Prof. Harlow.« Es ist nur eine SMS – *Hey du, habe die neueste Kolumne gesehen, hoffe, der Moloch frisst dich nicht bei lebendigem Leibe. Wenn du reden willst, ich bin immer da. x H.* – aber der Effekt ist unmittelbar und seismisch.

Ich starre auf die Nachricht, der Daumen schwebt bereit zum Antworten über dem Display, aber ich kann mich nicht dazu durchringen, etwas zu tippen. Stattdessen durchläuft mein Gehirn eine Highlight-Rolle jeder schlechten Entscheidung, die ich je an der Uni getroffen habe, jedes Seminars, in dem ich mich durch eine Lektüre geblufft habe, die ich nur überflogen hatte, jedes beiläufigen Kompliments, das Harlow mir je gemacht hat und das ich heimlich an die Wand meines Wohnheimzimmers geschrieben hatte. Ich kann den Modergeruch aus dem Seminar-raum des Medienblocks riechen, das leise metallische Heulen der

Heizkörper hören, die trockene Hitze seines Blicks spüren, als er uns erzählte, wir seien die Zukunft des britischen Journalismus.

Ich will zurückschreiben – etwas Fröhliches und Selbstironisches, vielleicht sogar einen Witz über das Medien-Stockholm-Syndrom. Aber ich kann nicht. Ich muss eine Kolumne schreiben, mir einen Ruf aufbauen und eine sorgfältig gepflegte Fassade aufrechterhalten. Also sperre ich das Handy und schiebe es mit dem Display nach unten in meine Schublade, dann tue ich vor mir selbst so, als wäre es nicht da.

Ein Schatten fällt über meinen Bildschirm. Ich sehe erschrocken auf und erblicke Paul, eine Tasse in der einen Hand, ein zerfleddertes Moleskine in der anderen.

Er setzt sich nicht, sondern lehnt sich nur an die Seite meines Schreibtisches und dringt in meinen persönlichen Bereich um einen Betrag ein, der nur in Nanometern messbar ist. »Hast du Zeit, über Logistik zu reden?«

Ich ziehe eine Augenbraue hoch. »Ist das nicht dein Code für ›aufschieben und die Tagesordnung untergraben‹?«

Er grinst, unbeeindruckt. »Diesmal nicht. Sarah will, dass wir die nächste als richtiges Date machen – nur wir, Abendessen, Drinks, vielleicht was Peinliches mit Karaoke, wenn wir Glück haben. Sie glaubt, die Leser werden verrückt danach sein.«

Ich stöhne und lasse meinen Kopf in meine Hände fallen. »Da würde ich mich lieber mit rohem Speck einreiben und durch einen Hundepark rennen.«

»Nicht auszuschließen, dass das die Aufgabe für nächste Woche ist«, sagt er. »Aber für den Moment müssen wir nur so aussehen, als würden wir es versuchen. Anscheinend gibt es ›Erwartungen‹.«

Er macht bei dem letzten Wort Anführungszeichen in die Luft, und für eine Sekunde erwische ich mich dabei, dass ich fast lächle.

Dann sagt er: »Wenn es irgendein Trost ist, wir können die Getränke absetzen. Und das Essen. Und, laut Sarah, jede chemische Reinigung, die sich aus ›kreativen Differenzen‹ ergibt.«

Er wirft mir einen Blick zu, die Art, die entwaffnen soll, aber stattdessen lässt sie meine Zähne knirschen.

»Wir sollten uns wohl einen Abend aussuchen«, sagt er. »Eine Reservierung machen, uns auf ein Alibi einigen, unsere Texte proben.«

Irgendetwas an der Art, wie er »Alibi« sagt, sticht mich. »Bist du unfähig, irgendetwas ernst zu nehmen, oder ist das eine bewusste Entscheidung?«

Sein Gesicht wird für einen Moment ausdruckslos, dann flackert das überhebliche Lächeln wieder auf. »Wusste nicht, dass wir schon zum Method Acting übergegangen sind.«

Die Worte sind aus meinem Mund, bevor ich sie aufhalten kann. »Ich nahm nur an, du würdest es vorziehen, dich durchzu-improvisieren und mir dann die Schuld zu geben, wenn es schiefgeht.«

Er blinzelt, überrumpelt. »Das ist nicht fair.«

»Nichts davon ist fair«, fauche ich, und jetzt ist meine Stimme hoch und dünn und hallt in der toten Luft zwischen uns wider.

Für eine Sekunde rührt sich Paul nicht. Er blickt auf seine Tasse, dann auf mich. Seine Augen verengen sich – nicht wütend, nur müde, als hätte er dieses Drehbuch schon einmal gehört und immer auf eine bessere Überarbeitung gehofft.

»Warum gehst du immer vom Schlimmsten bei mir aus?«, fragt er leise.

Ich erstarre. Für einen irrationalen, herzzerreißenden Moment fühlt es sich an, als würde das gesamte Büro den Atem anhalten und darauf warten, zu sehen, wer von uns beiden zuerst weinen würde.

Ich will mich entschuldigen, aber die Gewohnheit der Selbst-verteidigung ist zu tief verwurzelt. Stattdessen sage ich: »Weil das Schlimmste normalerweise das ist, was ich bekomme.«

Er öffnet den Mund und schließt ihn wieder. Die Stille dehnt sich, angespannt und hässlich.

Dann, ohne Vorwarnung, richtet er sich auf, wirft das Notiz-buch auf meinen Schreibtisch und wendet sich ab. »Schön. Kümmer du dich darum. Ich habe einen anderen Artikel, an dem ich arbeiten muss. Sag mir Bescheid, an welchem Abend ich auftauchen muss.«

Er ist weg, bevor ich den Satz überhaupt verarbeiten kann. Ich starre auf sein Notizbuch, die Seiten mit Eselsohren und übersät mit Kugelschreiberskizzen von wütenden Tieren. Einen Moment lang will ich es zerreißen, nur um etwas anderes als diese dichte, schmerzende Schuld zu spüren.

Das Feuilleton-Team sieht plötzlich auf ostentative Weise nicht zu mir. Sogar der Fahrrad-Typ tut so, als hätte er ein spontanes, lebensveränderndes Interesse am Steuerrecht entwickelt. Ich spüre den alten, vertrauten Drang zu rennen – aus dem Büro, aus der Stadt, zurück zu diesem ersten Moment am Schwarzen Brett, als noch nichts entschieden war.

Stattdessen nehme ich meinen Stift und umklammere ihn so fest, dass sich das Plastik biegt. Ich versuche, zur Kolumne zurückzukehren, aber die Worte verschwimmen immer wieder, die Buchstaben ordnen sich zu alten Streitereien und unvollendeten Entschuldigungen neu an.

Schließlich öffne ich mein Handy, lese Harlows Nachricht noch einmal und tippe fast – fast – eine Antwort.

Dann schließe ich die App, sperre das Handy und starre auf die halbmondförmigen Abdrücke, die der Stift in meiner Handfläche hinterlassen hat.

Den Rest des Tages halte ich den Kopf unten und meine Worte für mich.

Aber hin und wieder ertappe ich mich dabei, wie ich auf den leeren Platz blicke, wo Pauls Kaffeetasse früher stand.

Ich will glauben, dass es nichts bedeutet.

Ich will glauben, dass ich darüber hinweg bin.

Aber die Abdrücke auf meiner Hand verblassen nicht, und die Worte kommen immer weiter, jedes Mal härter, bis ich nichts anderes tun kann, als sie sich anhäufen zu lassen und zu hoffen, dass ich eines Tages mutig genug sein werde, sie laut auszusprechen.

ZEHN

PAUL

Wenn ich noch eine Sekunde länger auf den blinkenden Cursor starre, muss ich einen Priester rufen. Der »kollaborative Arbeitsbereich« des *Chronicle* ist eine Übung in gegenseitiger Zerstörung: Großraumbüros, die wie ein Schachbrett angeordnet sind, jeder Zug sichtbar und anfällig dafür, gekontert zu werden, die Luft durchzogen von Verzweiflung und altem Deo. Mein Bildschirm ist auf die niedrigste Helligkeitsstufe eingestellt, aber das Dokument starrt mich immer noch an wie ein Suchscheinwerfer.

Ich tippe »Das Problem mit der Liebe ist«, dann lösche ich es so schnell wieder, dass die Buchstaben keine Zeit haben, sich im Gedächtnis festzusetzen. Nächster Versuch: »Im Zeitalter der Algorithmen sind Beziehungen ...« Ich verliere das Interesse, bevor der Satz vollständig ist, und hämmere auf die Löschtaste, bis nichts als Weiß übrig ist. Wenn die Produktivität in Anschlägen pro Stunde gemessen wird, sollte ich für eine Beförderung infrage kommen.

Quer durch den Viererblock ist Graces Schreibtisch leer. Wahrscheinlich ist sie in einer Besprechung oder versteckt sich im Treppenhaus, einem bekannten Zufluchtsort für die emotional Angeschlagenen. Ich rede mir ein, dass es mir egal ist, aber mein peripheres Sehen ist auf ihre Abwesenheit geeicht. Der

Stuhl ist herangeschoben, ihre Wasserflasche ist halb voll und schwitzt auf einem Post-it. Darunter ein einzelner, perfekter Kondenswasserring, von der Sorte, die man in Werbespots für Mineralwasser sieht und sich wünscht, man könnte ihn schmecken.

Die Kolumne ist in weniger als vierundzwanzig Stunden fällig. Jedes Mal, wenn ich nach oben scrolle, wirkt der erste Absatz kleiner, als ob das erneute Lesen ihn zu einem Splitter zurechtschleift. Der Redaktions-Slack lässt mein Handy immer näher an die Tischkante vibrieren: »Lass es knistern, Paul!« »Toller erster Entwurf, aber geht da noch mehr ... Reibung?« »Vergesst nicht die Team-Drinks heute Abend!« Ich schalte den Kanal stumm, dann sofort wieder an, denn Stille ist schlimmer.

Ich habe zwei Stunden lang nicht gesprochen, ein persönlicher Rekord seit der elften Klasse. Das bleibt nicht unbemerkt. Ich spüre die Seitenblicke vom Social-Media-Team, dem Jungen aus Notting Hill mit der Statement-Brille, den Praktikanten, die jeden Tag wie ein Live-Vorsprechen für *The Apprentice* behandeln. Normalerweise sorge ich für die Hintergrundgeräusche – Sarkasmus, trockene Faktenchecks, einen laufenden Kommentar zur Idiotie der modernen Medien. Heute bin ich ein Vakuum.

In diese Leere tritt Jamie. Er navigiert durch die Redaktion mit der ungezwungenen Anmut eines Mannes, der weiß, dass er jederzeit nach oben in die Finanzabteilung zurückkehren kann und sich nur wegen des Dramas und des Klatsches zu den Arbeiterbienen herablässt. Er hält zwei Kaffees in den Händen, wobei er den Pappträger für eine dramatischere, einhändige Darbietung aufgegeben hat. Er lässt sich am Rand meines Schreibtisches nieder, lehnt sich gegen die Trennwand und wartet darauf, dass ich seine Existenz zur Kenntnis nehme.

»Ganze drei Wochen. Hätte nicht gedacht, dass du immer noch hier bist«, sagt er und schiebt mir eine Tasse zu. »Dachte, du wärst inzwischen durchgedreht und hättest dich aus dem Fenster gestürzt.«

Ich nehme den Kaffee, ohne aufzusehen. »Ich habe auf ein empfänglicheres Publikum gewartet.«

Er mustert das Schlachtfeld: den leeren Bildschirm, den

wütend roten Rand im Google Doc, das leise, stetige Wippen meines Beins unter dem Schreibtisch.

»Du siehst aus wie ein Mann, der entweder verliebt oder verstopft ist.«

Ich bringe ein halbes Lächeln zustande, das nur aus Kiefermuskeln besteht, und schlucke die halbe Tasse Kaffee auf einmal. Er ist verbrannt und dadurch umso besser. »Schließt sich nicht gegenseitig aus«, sage ich und bereue sofort, überhaupt etwas gesagt zu haben.

Jamie setzt sich ungefragt neben mich und streckt seine Beine unter dem Schreibtisch aus, wobei er gegen den Rahmen stößt. Er ist die einzige Person im Büro, die sich dieses Maß an aufdringlicher Gemütlichkeit erlauben kann, ohne dass jemand die Personalabteilung ruft.

»Ist Grace heute nicht da?«, fragt er in einem Tonfall, der jede böse Absicht von sich wies.

»Sie ist da«, sage ich. »Nur nicht hier.« Die Unterscheidung fühlt sich wichtig an.

Er nickt und mustert den Raum, als könnte sie aus dem Nichts auftauchen. »Wirst du es ihr jemals sagen?«

Ich heuchle Unwissenheit. »Was sagen?«

Er zuckt mit den Schultern. »Dass du unfähig bist, über irgendjemanden etwas Nettes zu schreiben, außer über sie. Dass du am Wochenende ihr Instagram stalkst. Dass du immer noch ihre alte Geburtstagskarte in deiner Laptophülle kleben hast. Such dir was aus.«

Ich erwäge zu lügen, aber die Anstrengung ist größer, als ich aufbringen kann. »Sie weiß es«, sage ich. »Sie ist nicht dumm.«

»Nein, Kumpel«, sagt er, »aber du bist es. Weil du denkst, nichts zu tun sei dasselbe wie sich nicht zu kümmern.«

Das ist eine ehrlichere Einschätzung, als ich um zehn vor zwölf am Morgen vertragen kann. Ich blicke auf meine Hände, die leicht zittern, dann auf die Tasse, auf der »WORLD'S OKAYEST WRITER« steht. Es war ein Witz, aber der Witz ist schal geworden.

Jamie blickt auf den Bildschirm, wo der Cursor in einem Schneefeld blinkt. »Hängst du fest?«

Ich nicke. »Es soll ein Hot Take über Scheinbeziehungen sein, aber ich kann nicht mal den Hot Take vortäuschen.«

Er lacht einmal, so laut, dass der Praktikant am Nebentisch zusammenzuckt. »Wenn das jemand kann, dann du, Kumpel. Du spielst eine Rolle, seit du angefangen hast, dir einen Bart wachsen zu lassen.«

Ich erlaube mir ein kleines, fieses Lächeln. »Du projizierst.«

Er zuckt unbekümmert mit den Schultern. »Vielleicht. Aber wenigstens bringe ich zu Ende, was ich anfange.« Er schaut auf sein Handy – immer vibrierend, immer im Krisenmodus – und steht auf. »Kommst du nachher mit in den Pub?«

Ich zögere. »Vielleicht.«

»Sag nicht vielleicht«, sagt er, »sag ja. Du machst mehr Spaß, wenn du zwei Bier intus hast und nicht so verdammt viel nachdenkst.«

Er geht davon, eine Gewitterfront, die zu interessanterem Terrain weiterzieht.

Ich starre noch eine Weile auf den Bildschirm, dann versuche ich es erneut.

»Das Problem mit der Liebe ist, dass sie eine Geschichte ist, die wir uns selbst erzählen. Die Wahrheit ist das, was nach dem Ende der Geschichte kommt, wenn man mit der Version von sich selbst leben muss, die man sich nur ausgedacht hat, um durchzukommen.«

Ich lese es dreimal, dann lösche ich es.

Irgendwo aus dem Büro erhebt sich ein Lachen, durchbricht das Summen und stirbt. Ich warte, bis der Klang verblasst ist, bevor ich wieder anfange.

Ich bin mir nicht sicher, ob ich verstopft oder verliebt bin, aber so oder so ist das Ergebnis dasselbe: ein Kopf voller Nichts, ein Herz, das nicht mal mehr in der richtigen Postleitzahl ist, und eine Kolumne, die sich weigert, sich selbst zu schreiben.

Das Hundecafé ist so überdeutlich, dass es sich wie eine gestellte Szene anfühlt. »Paws & Pause« liegt an der Ecke einer Straße, die sich nicht entscheiden kann, ob sie Shoreditch oder Hackney ist. Die Fassade ist eierschalenblau gestrichen, die Fenster sind bereits von der Körperwärme von fünfzig Instagrammern und ihren Hunde-Accessoires beschlagen. Drinnen ist die Luft eine Emulsion aus Kaffee, nassem Fell und diesem unterschwelligen Hauch von Panik, den man überall dort findet, wo mehr als drei Kreative zu Smalltalk gezwungen werden.

Ich bin zu früh. Nicht absichtlich, aber so ist es nun mal. Ich beanspruche ein abgenutztes Sofa am Fenster, bestelle den billigsten schwarzen Kaffee, der angeboten wird, und versuche, nicht wie die Sorte Mann auszusehen, die allein in einem Hundecafé sitzt und wartet. Das ist nicht einfach. Es sind mindestens sieben Hunde im Raum, jeder mit einer lächerlicheren Affektiertheit als der letzte: ein Whippet in einer Schottenstoffjacke, ein Shih Tzu mit rosa Schleifen, ein Corgi, dem sein Besitzer einen »Puppuccino« spendiert, während er jede Bewegung auf TikTok Live kommentiert. Der einzige andere unbegleitete Mensch ist ein Mann in einem Fleece, der über ein zerlesenes Exemplar von *Unendlicher Spaß* gebeugt ist und Mineralwasser mit der Vorsicht von jemandem nippt, der sich schon einmal die Finger verbrannt hat.

Ich vertreibe mir die Zeit, indem ich die Einleitung der Kolumne in meinem Kopf neu schreibe. »Moderne Romanzen sind ein Wettbewerb, bei dem es darum geht, wer am längsten am wenigsten er selbst sein kann.« Zu düster. »Dating im einundzwanzigsten Jahrhundert: Alles nur Spaß und Spiel, bis jemand gedoxxt wird.« Zu aktuell. Der Kaffee kommt. Er ist nicht heiß, aber er ist erfrischend bitter, was passend erscheint.

Grace ist zehn Minuten zu spät. Sie erscheint in der Tür in einem maßgeschneiderten marineblauen Blazer, die Haare nach hinten gekämmt, die Brille glänzt unter den kränklichen Deckenlampen. Für eine Sekunde schaut sie mich direkt an, das alte lasergesteuerte Zielsystem voll im Einsatz. Dann fokussiert sie mich und bahnt sich ihren Weg durch den Hindernisparcours aus Leinen und überkoffeinierten Schnauzern.

Sie setzt sich, geschmeidig wie immer, und macht sich nicht die Mühe, den Blazer auszuziehen, obwohl es drinnen gut fünf

Grad wärmer ist. Sie wirkt fehl am Platzer als der Mann mit *Unendlicher Spaß*, und irgendwie lässt sie das noch kontrollierter erscheinen.

»Hi«, sagt sie.

»Hi«, wiederhole ich und hebe die Tasse, als wollte ich auf unser gemeinsames Leid anstoßen.

Sie blickt sich mit gespitzten Lippen um und nimmt den Laden mit einem einzigen Blick auf. »Geht das nur mir so oder riecht es hier nach Krankenhaus?«

Ich denke darüber nach, atme ein. »Könnte das Desinfektionsmittel sein. Oder die Hundefürze.«

Sie tippt etwas in ihr Handy, der Daumen bewegt sich schnell. Ich versuche, mir die Notizen nicht vorzustellen: »PAUL: CHAOTISCH, HUNDECAFÉ: EBENFALLS TRAGISCH.« Sie bestellt einen Tee, faltet dann ihre Hände auf dem Tisch, die Haltung so steif, dass sie für eine West-End-Wiederaufführung von ›Statue‹ vorsprechen könnte.

»Also«, sagt sie, »wir ziehen das durch.«

»Anscheinend.«

»Wir brauchen ein paar Fotos«, sagt sie, als wäre es das Natürlichste auf der Welt.

Ich verziehe das Gesicht. »Ich würde lieber meinen Kopf ins Bällebad stecken.«

Sie lacht nicht. »Du kennst das Spiel. Die Leser stehen drauf.«

Ich nehme an, das tue ich. Auf jeder Oberfläche im Raum ist eine Kamera, einschließlich der in meiner eigenen Hand, die dies für die Nachwelt und/oder die Personalabteilung aufzeichnet.

Sie richtet ihr Handy aus, wählt einen Winkel, der den Großteil des schrecklichen Dekors ausblendet, und schießt drei Fotos in schneller Folge. Auf allen mache ich eine Grimasse, aber sie wählt das am wenigsten schreckliche aus und postet es auf dem gemeinsamen Instagram-Account der Kolumne mit einer Bildunterschrift, bei der selbst der Algorithmus zusammenzucken würde.

»Lächle«, befiehlt sie, obwohl es schon zu spät ist.

Wir verfallen in ein Schweigen, das fast schon kameradschaftlich ist. Ein Labrador schleicht sich an unseren Tisch, beschnüffelt mein Knie und legt dann seinen riesigen Kopf in Graces Schoß. Sie zuckt nicht zusammen, tätschelt ihn nur geistesabwesend, so wie man einen Aufzugknopf drückt. Die Besitzerin, eine Frau mit übergroßen Kopfhörern und einem Sweatshirt mit der Aufschrift »GRL PWR«, zeigt uns einen Daumen nach oben und kehrt zu ihrem Hafer-Latte zurück.

»Also«, sage ich, »wie läuft's?«

Sie zuckt mit den Schultern, ohne den Blick vom Hund zu nehmen. »Gut.«

Ich versuche es noch einmal. »Hast du irgendein Feedback von Sarah bekommen?«

Sie nickt. »Sie will mehr Geplänkel. Und vielleicht mehr Außenaufnahmen, wenn wir es schaffen, fünf Minuten lang so zu tun, als würden wir uns nicht hassen.«

»Ich hasse dich nicht«, sage ich, zu schnell.

Sie sieht mich an, wirklich an. »Tust du nicht?«

Ich schüttle den Kopf. »Wenn ich es täte, wäre das hier einfacher.«

Der Hund hebt den Kopf, gelangweilt vom Mangel an Leckerlis, und trottet davon, um die Hand eines Kindes zu lecken, das eindeutig allergisch ist.

Grace sieht ihm nach, dann prüft sie ihr Telefon. »Wir müssen das hier gut aussehen lassen«, sagt sie. »Wir sind nächste Woche auf der Homepage.«

»Wir wollen die Fans ja nicht enttäuschen«, sage ich und wünschte sofort, ich hätte es nicht getan.

Sie muss es spüren, denn ihre Stimme wird weicher. »Es ist nur ein Job.«

Das ist es nicht, aber ich lasse sie so tun, als ob.

Eine Kellnerin in einer gepunkteten Schürze bringt Graces Tee. Die Tasse hat die Form eines Mopsgesichts, was je nach Ansicht über neuartiges Geschirr entweder markenkonform oder ein Hassverbrechen ist. Grace nippt, dann verzieht sie das Gesicht.

»Sie haben Zimt reingetan«, stellt sie fest und stellt die Tasse wie ein Beweisstück ab.

Ich lächle. »Du könntest dich beschweren.«

Sie schüttelt den Kopf. »Ich beschwere mich nicht. Ich mache To-do-Listen.«

»Klassisch«, sage ich. Es ist als Witz gemeint, aber er kommt nicht an.

Ich versuche, das Gespräch in eine weniger unangenehme Richtung zu lenken, aber jeder Weg führt zurück zu der Sache, die wir nicht aussprechen. Sie scrollt immer noch auf ihrem Handy, sortiert wahrscheinlich E-Mails, aber ab und zu blickt sie über den Rand ihrer Brille zu mir, als ob sie darauf wartet, dass etwas passiert.

Und das tut es.

Ein Golden-Retriever-Welpe, kaum mehr als ein empfindungsfähiger Wischmopp, kracht gegen die Seite unseres Tisches und jault überrascht auf. Der Besitzer – ein Mann, der aussieht, als hätte er einst im Finanzwesen gearbeitet und verkaufe jetzt ätherische Öle – entschuldigt sich überschwänglich, um sich dann sofort dem Hund in Babysprache zuzuwenden. Der Welpe schüttelt sich und leckt dann aus Solidarität meine Hand.

Grace lacht, ein echtes, scharfes und unerwartetes Lachen. Es durchschneidet den Dunst wie ein Startschuss.

»Früher hast du Hunde gehasst«, sagt sie und lächelt immer noch.

»Ich habe die Metapher gehasst«, korrigiere ich. »Loyalität, bedingungslose Liebe, all das. Es schien immer wie ein Garant für Enttäuschungen.«

Sie nickt. »Darin bist du gut. In allem die Katastrophe zu sehen.«

»Das ist eine Fähigkeit«, sage ich.

»Solltest du bei LinkedIn eintragen.«

Für einen Moment sind wir wieder in der Redaktion der Studentenzeitung, umgeben von Abgabeterminen, Instantnudeln und der Gewissheit, dass alles von Bedeutung ist. Ich sage es beinahe, aber der Welpe hat ein verirrtes Stück Gebäck gefunden und verschlingt es mit der Intensität eines Todeskandidaten. Der Moment vergeht.

Eine Frau am Nachbartisch beugt sich zu uns herüber und

lächelt uns an. Sie ist mittleren Alters, hat eine silberne Strähne im Haar und trägt einen Schal, der mehr kostet als mein monatliches Essensbudget. »Entschuldigung«, sagt sie, »aber ihr beide seid einfach bezaubernd. Seid ihr verheiratet?«

Die Frage landet mit dem Gewicht eines geworfenen Ziegelsteins. Ich öffne den Mund, um zu antworten, aber Grace ist schneller.

»Noch nicht«, sagt sie, ihre Stimme hell und kalt wie Tonic Water.

Die Frau klatscht in die Hände. »Oh, wie schön! Ihr erinnert mich an meine Tochter und ihren Verlobten. Eine Uni-Liebe. Sie haben nächsten Monat eine Hochzeit mit Hundethema. Ihr solltet mal die Einladungen sehen.«

Sie kramt in ihrer Handtasche, zückt ihr Handy und beginnt, durch Fotos zu scrollen. Graces Hand liegt plötzlich auf meinem Unterarm, eine Warnung oder ein Rettungsseil, ich kann es nicht sagen.

»Wir haben uns an der Uni kennengelernt«, sage ich, und die Worte sind wahr genug. »Wir haben zusammen bei der Studentenzeitung gearbeitet.«

»Oh, wie romantisch!«, strahlt die Frau. »Also von Rivalen zu Liebenden?«

Ich blicke zu Grace, die meinem Blick länger standhält, als ich es ertragen kann.

»So was in der Art«, sagt sie.

Wir belassen es dabei. Die Frau zeigt uns drei Bilder von Möpsen in Smokings, dann wendet sie sich dem Labradoodle zu ihren Füßen zu. Das Hintergrundgeräusch schwillt an und legt sich wieder.

Grace lässt meinen Arm los, aber der Geist ihrer Hand bleibt.

Sie trinkt ihren Tee aus, stellt dann die Tasse ab und richtet sie perfekt am Rand der Untertasse aus. »Wir sollten gehen«, sagt sie.

Ich nicke. »Ich übernehme die Rechnung.«

An der Theke rechnet der Barista ab und fragt dann, ob wir eine Marken-Tasse für einen guten Zweck kaufen wollen. Ich sage ja, weil es einfacher ist als nein zu sagen. Grace wartet an der Tür, die Arme verschränkt, in ihr Handy vertieft.

Draußen ist die Luft schneidend und der Himmel beginnt sich gerade erst bläulich zu verfärben. Wir stehen eine Minute lang da, keiner von uns bereit, weiterzugehen.

»Weißt du«, sage ich, »wir könnten einfach die Wahrheit schreiben.«

Sie zieht eine Augenbraue hoch. »Worüber?«

»Darüber, warum wir das hier wirklich tun.«

Sie erwägt es, dann schüttelt sie den Kopf. »Niemand würde uns glauben.«

»Vielleicht ist das ja der Punkt«, sage ich.

Sie lacht wieder, diesmal sanfter. »Du bist unmöglich.«

Sie winkt ein Taxi heran, und ich sehe zu, wie sie in der Stadt verschwindet und mich mit der Tasse, der Rechnung und der Erinnerung an ihr Lachen zurücklässt.

Ich gehe nach Hause. Die Straßen sind voller Hunde, und zum ersten Mal seit Langem stört es mich nicht.

Ich komme in meiner Wohnung an, klappe meinen Laptop auf und fange an zu tippen.

»Das Ding an der modernen Liebe ist, es sind nicht die Lügen, die dich fertigmachen. Es sind die Momente, in denen die Wahrheit herausrutscht, roh und ohne Drehbuch, und du so tun musst, als hättest du sie nicht gehört. Das ist es, was dich immer wieder zurückkommen lässt.«

Ich lösche es nicht.

Ich mache einfach weiter, Wort für Wort, bis die Wahrheit das Einzige ist, was noch übrig ist.

ELF

❤

GRACE

Eine neue Woche beginnt und ich finde an meinem Schreibtisch zwei neue Kabel und einen frischen Post-it-Zettel von der Hausverwaltung, der mich warnt, »Steckdose #6 meiden – Funkengefahr«. Ich verstaue meine Tasche unter dem Schreibtisch, stecke den Stecker trotzdem ein und beginne mein tägliches Ritual, vier Kalender, fünf Posteingänge und einen ständig wachsenden Friedhof von Pressemitteilungen mit Sperrfrist zu synchronisieren. Der einzige Beweis meiner Existenz, abgesehen vom gelblichen Schein meines Monitors, ist ein Kaffeebecher von Pret aus dem Foyer, der noch zu heiß zum Trinken ist.

Die Luft knistert bereits vor Spannung. Man kann den viralen Moment förmlich riechen, wie das metallische Ozon vor einem Gewitter. Der Witz des Tages – abgesehen davon, dass seit Wochen niemand die Personalabteilung gesehen hat – ist, dass unsere einst als Parodie gedachte Dating-Kolumne »Modern Connection« inzwischen die gesamte Politikredaktion in Sachen Unique User überholt hat. Die Schlagzeile an der Wand, in Magnetbuchstaben: »Sex verkauft sich, aber nur, wenn du traurig bist«. Das habe ich geschrieben. Sarah hat es aufgehängt. Paul hat mit einem Kuli einen Penis dazugezeichnet.

Ich beuge und strecke meine Finger, öffne Slack und beginne, methodisch die Nachrichten von letzter Nacht abzuarbeiten. Da ist die übliche Mischung aus Korrekturen, ein unterschwelliger Sub-Tweet über den Zustand meiner Haare (»der ewige Pferdeschwanz«) und drei separate Erinnerungen vom Verleger an das Meeting zur »Content-Abstimmung« um 10:30 Uhr. Ich antworte mit einem passiv-aggressiven Emoji und wende mich dann den Briefings des Tages zu.

Die Kolumne dieser Woche lautet »Konflikt in Beziehungen: Warum wir es lieben zu streiten«. Ich überfliege die Gliederung, die ich letzte Nacht getippt habe. Meine Notizen sind akribisch, fast schon krankhaft, und ich lese sie, wie ein Patient den Beipackzettel eines Medikaments liest – auf der Suche nach Bestätigung, aber hauptsächlich Nebenwirkungen erwartend. Der erste Entwurf ist halb fertig und zweimal überarbeitet; ich hasse ihn bereits.

Der Lärm im Großraumbüro wird eine Stufe lauter, und ich höre meinen eigenen Namen. Nicht direkt, aber in dem Hundepfeifen-Ton von Journalisten, die wissen, wie man ohne Namensnennung lästert.

»Sie hat um elf einen Anruf bei der Rechtsabteilung«, sagt die Frau aus der Finanzabteilung, laut genug, dass das Feuilleton-Ressort es mitbekommt. »Anscheinend geht es um den...«, sie blickt sich um, senkt die Stimme, »... den Auszahlungsskandal.«

»Ist das dasselbe wie die Divorcegate-Sache?«, fragt ein Junior aus der Datenanalyse.

»Nein, das ist ein anderer juristischer Albtraum. Bei diesem hier geht es um Geheimhaltungsvereinbarungen und irgendwelche Schatten-Spender. Könnte ein Spendenskandal sein.«

Sie lachen beide, auf eine Art, die mehr dazu dient, das Unheil zu bannen, als dass sie wirklich amüsiert wären. Ich behalte mein Gesicht ausdruckslos und meine Augen auf meinen Bildschirm gerichtet. Der Kaffee hat jetzt die optimale Temperatur; ich nehme einen Schluck und verbrenne mir trotzdem die Zunge.

Eine Benachrichtigung erscheint in der Ecke meines Bildschirms: #legal-hotfix. Die Nachricht ist von Sarah, aber sie ist an mich und Paul gerichtet.

DRINGEND: Lasst alles stehen und liegen – gerade ist ein Fall bezüglich des Spendenskandals aufgetaucht, aber die Quelle ist geschwärzt. Potenziell eine Riesengeschichte. Seht mal, ob Callaghans Kontakte die Identität des Spenders ausgraben können.

Ich will mich gerade an die Arbeit machen und halte dann inne. Warum sollte ich die Führung übernehmen? Wenn Paul schon mit im Autorennamen stehen will, kann er verdammt noch mal auch mal was dafür tun. Ich schreibe Paul, bitte ihn, mir seine ersten Gedanken zu schicken, schnappe mir meine Tasche und beschließe, dass jetzt ein guter Zeitpunkt ist, um Mum zu besuchen.

Die Fahrt zurück nach Surrey ist genau so, wie ich sie in Erinnerung habe: zwei Stunden vorstädtisches Verkehrschaos, vierzig Minuten die pure Hölle auf der M25, dann die langen, zerfurchten Landstraßen durch Dörfer mit Namen, die wie ein Seufzer der Mittelklasse klingen. Ich fahre auf die Einfahrt, die Reifen sinken in dieselben schlammigen Furchen, die in der siebten Klasse mein erstes Paar weiße Turnschuhe ruiniert haben. Das Haus sieht jedes Mal, wenn ich nach Hause komme, kleiner aus und schrumpft aus Mitgefühl mit den Knochen meiner Mutter, die mit einem Geschirrtuch über der einen Schulter und der Lokalzeitung in der anderen Hand an der Tür wartet.

»Grace, Schatz, du siehst erschöpft aus«, sagt sie und zieht mich in eine Umarmung, die eine Puderzuckerschicht auf meinem Blazer hinterlässt.

Ich will protestieren, sagen, es sei nur das Licht, aber im Flur hängt ein Spiegel und ich kann die Schatten unter meinen Augen sehen, der Pferdeschwanz rebelliert bereits gegen die stunden-lange Bändigung. Ich folge ihr in die Küche, das wahre Herz des

Hauses, wo der Ofen immer an ist und der Kühlschrank von Wohltätigkeitsmagneten zusammengehalten wird. Der Tisch ist für zwei gedeckt, in der Kanne mit dem Sprung zieht Tee.

Sie setzt sich und fordert mich mit einer Geste auf, es ihr gleichzutun. »Ich hoffe, du magst Zitronenkuchen. Dein Vater hat hohe Cholesterinwerte, also habe ich die Butter ersetzt, aber sag es ihm nicht. Er ist beim Golf, er wird es bedauern, dich zu verpassen.« Sie schneidet mit klinischer Präzision und schiebt mir den Teller zu. Der Zitronenguss ist so säuerlich, dass sich mein Zahnfleisch zusammenzieht.

Wir spulen das übliche Programm ab – Smalltalk, die Nachrichten, das Wetter, die Lokalpolitik: »Eine Schande, der Gemeinderat«, sagt sie, »absolute Korruption.« Sie fragt nach meinem Job, der neuen Kolumne, ob ich mit »dem Team« zurechtkomme. Ich erzähle ihr, es sei alles in Ordnung, das neue Regime sei »innovativ«, und ich würde die Herausforderung genießen. All die Lügen gehen mir leicht von den Lippen, die Rillen sind durch jahrelange Übung ausgetreten.

Sie kneift die Augen zusammen, so wie sie es immer tut, wenn sie Blut im Wasser wittert. »Du arbeitest wieder zu viel. Ich sehe es. An deinem Kiefer.«

Ich fasse mir überrascht ins Gesicht. »Ich bin nur müde. Deadlines.«

»Bei dir sind es immer die Deadlines, Grace.« Sie schenkt mehr Tee nach, die Flüssigkeit hat die Farbe alter Kupfermünzen. »Ich habe deinen letzten Artikel gelesen, weißt du. Den über moderne Romanzen.«

Mein Gesicht wird erst heiß, dann kalt. »Ach ja?«

»Ja. Ich fand es clever, wie du und Mr. Callaghan euch duelliert habt. Sehr scharfsinnig, sehr lebhaft. Ist er immer noch so eine – wie nennt man das – Plage?«

Diesmal lache ich richtig. »Er ist ein professionelles Sicherheitsrisiko, aber dafür wird er bezahlt.«

Sie nickt zufrieden. »Nun, er kann gut mit Worten umgehen. Nicht so clever wie du, aber unterhaltsam. Ich habe immer gesagt, du brauchst jemanden, der dich auf Trab hält.«

Ich nehme mir ein zweites Stück Kuchen, hauptsächlich, um meine Hände zu beschäftigen. »Mum, bitte.«

Sie ignoriert mich, fängt an, mit der Post auf der Anrichte zu hantieren, und kommt dann auf das Thema zurück. »Ich mache mir Sorgen um dich, weißt du. Du musst nicht immer perfekt sein. Niemand muss das.«

Ich mache ein unverbindliches Geräusch und tue so, als würde ich die Schlagzeilen auf ihrer Zeitung lesen, aber sie setzt bereits zum Todesstoß an.

»Im Flur steht eine Kiste«, sagt sie mit beiläufiger Stimme. »Ich habe sie auf dem Dachboden gefunden. Da sind ein paar von deinen alten Sachen drin – Zeugnisse, diese schrecklichen Geburtstagskarten, Fotos von der Uni. Ich dachte, du willst sie vielleicht durchsehen, bevor ich alles wegwerfe.«

Sie sagt »alles wegwerfen«, aber ich weiß, dass sie jeden Schnipsel aufheben wird und wir in etwa vier Jahren den gleichen Tanz wiederholen werden. Ich nicke und hoffe inständig, sie würde das Thema fallen lassen.

Das tut sie nicht. »Da ist tatsächlich ein Foto von dir und Paul drin. Das vom Ball. Erinnerst du dich?«

Ja. Ich erinnere mich an alles in jener Nacht: den billigen Wein, die verlorenen Schuhe, die Art, wie Paul mich so zum Lachen brachte, dass ich mich an einer Pastete verschluckte. Ich erinnere mich an das Bild, weil es das erste Mal war, dass ich mich auf einem Foto glücklich sah, anstatt nur dafür zu posieren. Ich erinnere mich auch daran, wie ich es am Tag nach unserer Trennung – wenn man es so nennen kann – von meinem alten Facebook-Profil gelöscht hatte, wie ein Chirurg, der einen Tumor entfernt.

»Mum, ich will wirklich nicht ...«

Sie steht auf, kehrt mit der Kiste zurück und stellt sie auf den Tisch zwischen uns. »Schau sie einfach durch, Grace. Mir zuliebe.«

Ich seufze und öffne den Deckel. Drinnen: ein Durcheinander aus pastellfarbenen Karten, alle in der perfekten Schönschrift meiner Mutter beschrieben; eine Handvoll Fleißkärtchen aus der Schule (meistens für »Bemühen« oder »Anwesenheit«);

ein zerlesenes Exemplar von *Der Fänger im Roggen* mit meinem Namen und dem Schuljahr auf der Innenseite. Das Foto liegt ganz unten, mit dem Gesicht nach unten, als hätte es sich eingeschlichen, als niemand hinsah.

Ich drehe es um. Da sind wir: ich in einem marineblauen Abendkleid, Paul in einem geliehenen Smoking, die Haare gut sieben Zentimeter zu lang und ein Lächeln, das breit genug ist, um für Aufrichtigkeit gehalten zu werden. Sein Arm liegt um meine Schultern, meine Hand auf seiner Brust. Wir schauen beide in die Kamera, aber ich erinnere mich, dass wir über etwas anderes lachten – vielleicht über den katastrophalen Flirtversuch des Fotografen oder die Erinnerung an die Drinks, die wir gerade von der Bar geklaut hatten.

Meine Brust zieht sich zusammen. Ich will nichts fühlen, aber das Gefühl ist trotzdem da. Nostalgie vielleicht, oder ihre bösartige Cousine, das Bedauern.

»Er war ein hübscher Junge«, sagt meine Mutter und schaut mir über die Schulter. »Sogar mit diesen lächerlichen Haaren.«

Ich schnaube und schiebe das Foto unter einen Stapel alter Geburtstagskarten. »Wir sind jetzt nicht gerade Freunde, Mum.«

Sie zuckt unbekümmert mit den Schultern. »So ist das Leben. Man verliert Menschen, aber man vergisst sie nie wirklich.«

Ich möchte widersprechen, sagen, dass ich schon vieles vergessen habe, aber stattdessen fahre ich nur mit dem Daumen über den Rand des Fotos, der Karton ist von jahrelanger Berührung weich geworden.

Sie schenkt den letzten Rest Tee ein, lehnt sich zurück und mustert mich. »Mit dir wird alles gut, Grace. Hör nur auf, so sehr zu versuchen, es zu beweisen.«

Ich lächle, auf die höfliche Art, und sage nichts.

Nach dem Mittagessen erfinde ich eine Ausrede, um »E-Mails zu checken«, und ziehe mich ins Gästezimmer zurück. Die Luft ist schwer vom Duft der Lavendelsäckchen und der schwachen, geisterhaften Spur des Aftershaves meines Vaters. Ich setze mich aufs Bett und starre auf mein Handy, aber alles, was ich sehen kann, ist das Bild von Paul und mir, wie wir über etwas lachen, das nur wir verstanden.

Ich fahre mir mit der Hand über die Haare, glätte den Pferdeschwanz und löse ihn dann. Er fällt in einem wilden, zerzausten Vorhang herab, so wie ich ihn an der Uni getragen habe. Ich betrachte mich im Spiegel und versuche, das Mädchen auf dem Foto zu finden. Sie ist da, aber verblasst, als hätte jemand die Sättigung auf null gedreht.

Lange Zeit sitze ich nur da, die Kiste auf dem Bett geöffnet, das alte und das neue Leben nur durch eine dünne Membran aus Zeit und Verleugnung getrennt.

Als ich endlich in die Küche zurückkehre, räumt meine Mutter den Kuchen weg und summt zum Radio mit. Sie blickt auf, ihre Augen leuchten. »Hast du etwas gefunden, das es wert ist, aufgehoben zu werden?«

Ich schüttle den Kopf, aber ich lasse das Foto trotzdem in meine Tasche gleiten.

»Nur altes Zeug«, sage ich.

Sie nickt, als würde das alles beantworten.

Wir verbringen den Nachmittag damit, im Garten Unkraut zu jäten, ein stiller Waffenstillstand zwischen den Generationen. Sie erzählt mir von den Nachbarn, dem Hund, der ständig ausbüxt, dem neuen Pfarrer von St. Mark's. Ich höre zu, halb anwesend, meine Gedanken drehen sich immer noch wie ein Sorgenstein um die Vergangenheit.

Als ich schließlich fahre, steht die Sonne tief über den Hecken. Meine Mutter umarmt mich an der Tür, dann steht sie auf der Schwelle und winkt, bis ich außer Sichtweite um die Ecke biege.

Bevor ich auf die Autobahn fahre, halte ich an, um auf mein Handy zu schauen. Es gibt eine Nachricht von Sarah (»Die Rechtsabteilung will eine Überarbeitung des Liebesroman-Entwurfs«) und eine von Paul (»Muss dich auf den neuesten Stand bringen. Der Spendenskandal eskaliert. Ruf mich an, wenn du Zeit hast.«)

Ich antworte auf keine von beiden, noch nicht.

Stattdessen öffne ich meine Tasche und betrachte das Foto erneut. Ich fahre unsere Gesichter nach, das ungelenke Gewirr der Arme, das breite, wilde, unbedarfte Lächeln.

Dann stecke ich es weg, sicher und geheim, und verspreche mir, dass ich eines Tages herausfinden werde, was ich damit anfangen soll.

Für den Moment lasse ich einfach den Schmerz zu, diesen vertrauten blauen Fleck, und fahre damit auf meinem Schoß den ganzen Weg zurück nach London.

ZWÖLF

PAUL

Ich merke immer am Geschmack meines Atems, wenn ich im Begriff bin, etwas Idiotisches zu tun. Heute Morgen schmeckt er nach Kupfer, nassen Münzen und kaltem Tee – ein Aroma, das bedeutet, dass ich in eine Falle tappe, aber noch nicht sicher bin, wer sie gestellt hat.

Ich arbeite seit Wochen an dieser Story – füttere sie mit Brocken meines Lebens wie einen sterbenden Ofen mit Kohle. Späte Nächte, inoffizielle Anrufe, ein Dutzend Spuren, die zu nichts führten, bis eine es endlich tat. Grace denkt, ich hätte auf der faulen Haut gelegen und meinen Teil zur Kolumne nicht beigetragen, aber sie weiß es nicht. Konnte sie nicht. So etwas teilt man nicht. Nicht, bis es echt ist. Nicht, bis man etwas hat, was niemand sonst hat.

Außer, dass es jetzt jemand anderes hat.

Das Geflüster begann gestern: ein anderer Reporter, eine andere Zeitung, dasselbe Ziel. Die Wohltätigkeits-Story – meine Wohltätigkeits-Story – war nicht mehr meine, jedenfalls nicht, wenn ich nicht schnell handelte.

Also bin ich hier, jage Geistern nach und hoffe, dass mein Kontakt noch hat, was er versprochen hat. Beweise. Papier. Etwas Greifbares, bevor mir die ganze Sache durch die Finger rinnt. Ich sollte es Grace sagen. Ich sollte es Sarah sagen. Verdammt, ich sollte es irgendjemandem sagen. Und das werde ich, wenn ich die Beweise habe, um es zu untermauern.

Die Druckerei ist genau dort, wo sie schon immer war: am hinteren Ende eines Eisenbahnviadukts in Hackney, die Ziegel fleckig von einem Jahrhundert Kohlerauch, das Schild über dem stählernen Rolltor so verblasst, dass es in jeder Sprache sein könnte. Man findet diesen Ort nur, wenn man bereits danach sucht, und man sucht nur danach, wenn man verzweifelt, verrückt oder ein freiberuflicher Journalist mit zu viel Zeit und zu wenig Angst ist.

Drinnen hat es vierzig Grad und ist stickig. Die Druckpresse läuft, und der ganze Raum riecht nach verbranntem Plastik, uraltem Öl und diesem bitteren, chemischen Gestank, den man von Toner bekommt, der vor sich hin köchelt. Über uns surrt eine Leuchtstoffröhre, als würde sie sich auf ihren letzten Auftritt vorbereiten. Die einzige Belüftungsquelle ist ein Klappfenster, das mit einem knorrigen Holzabschnitt aufgekeilt ist und durch das ich gerade noch die Füße eines Mannes sehen kann, der oben auf dem Bürgersteig eine raucht. Ich schließe die Tür hinter mir und der Lärm verdoppelt sich, wie eine Drohung.

Der Mann an der Druckpresse blickt nicht auf. Das tut er nie; nicht, bevor man nah genug ist, um zu greifen oder gegriffen zu werden. Er ist drahtig, in der Mitte gekrümmt von einem Jahrzehnt an der Druckplatte, seine Hände tätowiert mit alten Verätzungen und frischer Tinte. Er trägt ein T-Shirt mit abgeschnittenen Ärmeln und einem Slogan über Gewerkschaften, der einen auf die schwarze Liste von drei Vierteln der Fleet Street bringen würde. Sein Name ist für die Zwecke meines Notizbuchs »Stan«, aber niemand hat ihn in meiner Gegenwart je so genannt.

Ich warte, bis er die heikle Operation, die er vorgibt zu tun, beendet hat, dann räuspere ich mich auf eine, wie ich hoffe, lässige, unbeeindruckte Weise. Es kommt ein wenig rau heraus. Zuerst reagiert er nicht, dann schlägt er mit dem Handrücken gegen die Seite der Presse und lässt die Maschine ratternd zum

Stillstand kommen. Die Stille ist unmittelbar und so laut, dass sie tatsächlich schmerzhaft ist.

Er dreht sich um, wischt seine Hände an einem Lappen ab, der einmal eine britische Flagge gewesen sein könnte, und mustert mich durch das verschmierte Plexiglas seiner Schutzbrille.

»Callaghan«, sagt er und zieht die Silben in die Länge, als würde er Blut schmecken. »Hätte nicht gedacht, dass du aufkreuzt.«

»Nachrichtenarme Woche«, erwidere ich. »Und ich war in der Gegend.«

Er grinst und entblößt eine Zahnreihe, die wie alte Elfenbein-Schachfiguren aussieht. »Du bist nie in der Gegend, Kumpel. Nicht, wenn dich nicht jemand dafür bezahlt hat.«

Er hat nicht unrecht, aber es sticht mehr, als es sollte. Ich frage mich, ob er weiß, dass die freiberuflichen Aufträge versiegen, oder ob er einfach annimmt, dass sich jetzt jeder durchschlagen muss.

»Hast du das Ding?«, frage ich, denn Small Talk ist der Feind.

Er nickt in Richtung des ramponierten Metallschreibtischs im hinteren Teil. »Da drüben. Umschlag, genau wie du gesagt hast. Aber du hast nicht gesagt, warum.«

Ich gebe mein Bestes, einen Mann zu mimen, der woanders Besseres zu tun hat. »Du weißt ja, wie das ist. *The Chronicle* braucht einen Konzeptnachweis. Der Redakteur will Papier. Vielleicht bezahlen sie mich diesmal.«

Er zuckt mit den Schultern, und seine Schultern machen ein Geräusch wie knisternde Alufolie. »Heutzutage ist alles digital, weißt du. Keiner schert sich mehr um gedruckte Exemplare. Außer ...« Er wirft mir einen Blick zu, der weniger Neugier als vielmehr wie eine Obduktion ist.

»Außer Leute, die wissen, wie einfach man digitale Spuren verwischen kann«, beende ich den Satz für ihn.

Darüber lacht er, ein trockenes Raucherhusten, das zu lange andauert und mit einem Keuchen endet. »Wirst du nie müde, klug zu sein, Callaghan? Oder bringt es dir nur was für's Bett?«

»Weder noch«, sage ich. »Aber es hält mich am Leben.«

Er schüttelt den Kopf, als würde er eine aussichtslose Rettung aufgeben. Dann geht er zum Schreibtisch, kramt in einer Schublade und holt einen Manila-Umschlag hervor, der so von Fingerfett und Druckerstaub durchtränkt ist, dass er auch eine Biogefährdung sein könnte. Er legt ihn auf den Schreibtisch, lässt ihn aber nicht los.

»Hör zu«, sagt er, jetzt mit leiserer Stimme, »ich weiß, ich bin nur ein Mittelsmann, aber ich kriege Dinge mit. Ich habe von dem letzten Typen gehört, der in dieser Sache herumgestochert hat. Der Wohltätigkeitsbetrug. Die Offshore-Sache.«

Ich versuche, dumm zu spielen, aber mein Körper verrät mich – ein Zucken meines Daumens an meiner Jeans, ein krampfhaftes Zusammenpressen der Hand, von der ich nicht einmal wusste, dass sie zur Faust geballt war. »Ach ja?«

»Ja.« Seine Augen verengen sich, und ich erinnere mich an das Mal, als ich sah, wie er einem Mann den Zeigefinger brach, weil er eine Zahlung verpasst hatte. »Ein Kerl von einer der seriösen Zeitungen. Kam ständig hierher, riss das Maul auf, gab eine Runde nach der anderen im Lion aus. Ein richtiger Journalist, kein Schmierfink wie du.«

»Ich fühle mich geschmeichelt.«

»Er ist nicht mehr aufgetaucht. Man munkelt, er hat einen Job in Sydney angenommen. Man munkelt, er wollte nicht gehen, aber jemand hat ihn überzeugt.«

Ich sehe ihm in die Augen, was ein Fehler ist. »Glaubst du, ich gehe nach Australien?«

Er schüttelt langsam den Kopf. »Ich glaube, du solltest aufhören, nach Wohltätigkeitsorganisationen zu fragen, die nicht befragt werden wollen. Ich glaube, du solltest den Umschlag nehmen, rausgehen und nie wieder zurückkommen.«

Wir sehen beide auf den Umschlag, der jetzt weniger wie ein Umschlag und mehr wie eine tote Ratte wirkt, die als Warnung geliefert wurde.

»Ist das eine Drohung, Stan?«

Er lächelt, aber dahinter ist nichts. »Ich drohe nicht. Ich drucke. Und ich will kein Blut an der Presse haben, wenn es dir recht ist.«

Meine Hand schwitzt, aber ich greife nach dem Umschlag, stecke ihn in meine Jackentasche und versuche, lässig auszusehen. »Manche Storys sind es wert«, sage ich, ein Satz, den ich aus einem Film geklaut habe und sofort bereue.

Er schüttelt wieder den Kopf, diesmal mit etwas, das einer Mitleidsbekundung nahekommt. »Nicht diese. Manche Storys fressen die Leute, die sie schreiben.«

Ich will lachen, einen Witz über Journalismus und Kannibalismus machen und über die Zeit, als der *Express* mich zu einem veganen Essenskampf in Ealing geschickt hat. Aber ich tue es nicht. Stattdessen sage ich: »Gut, dass ich nichts zu verlieren habe«, und gehe zur Tür.

Er ruft mir mit tonloser Stimme nach: »Manche Storys sind die Namenszeile nicht wert, Callaghan. Denk dran.«

Ich trete hinaus ins Tageslicht, was ein Fehler ist. Meine Augen brennen, und die Straße scheint lauter, der Verkehr aufdringlicher. Ich flüchte in den ersten Eckladen, den ich sehe, kaufe eine Flasche Wasser und einen Energieriegel und stehe im Gang, als hätte ich vergessen, wie Essen funktioniert.

Meine Hand zittert immer noch, also nehme ich den Umschlag heraus und halte ihn eine Sekunde lang an meine Brust, nur um etwas Festes und Echtes zu spüren. Dann stopfe ich ihn zurück in meine Jackentasche, bezahle das Wasser und überquere die Straße in Richtung U-Bahn-Station. Mein Handy vibriert zweimal, beides von Grace: »Wo bist du?« und dann, zwei Minuten später: »Sarah will uns um drei bei sich haben. Sei nicht zu spät.«

Ich antworte: »Bin auf dem Weg«, lösche die Nachricht dann aber, bevor sie gesendet wird, und gehe weiter. Den ganzen Weg über spüre ich den Schweiß in meinen Achselhöhlen und das Blut in meinen Ohren pochen, als wäre ich bereits gejagt und gefasst worden.

Vielleicht bin ich das.

Als ich die Redaktion erreiche, ist der Umschlag immer noch warm.

Ich denke darüber nach, was Stan über den anderen Journalisten gesagt hat, und frage mich, ob sich jemand die Mühe machen würde, mich nach Australien zu schicken.

Dann denke ich an Grace und Sarah und die Story, die ich in meiner Tasche habe, und beschließe, dass es keine Rolle spielt. Manche Storys fressen die Leute, die sie schreiben. Vielleicht bekomme ich vorher noch eine Namenszeile dafür.

Ich gehe die Treppe hinauf, eine Stufe nach der anderen, und versuche, nicht über meine Schulter zu schauen.

Ich erreiche die Redaktion zur Stoßzeit, das ganze Großraumbüro der Features-Abteilung summt von dem Geräusch halbwegs wacher Leute, die versuchen, sich aus der Bedeutungslosigkeit zu tippen. Es ist die Stunde, in der bei allen das Koffein seinen Höhepunkt erreicht und die Temperatur steigt, die Luft eine Suppe aus billigem Deodorant und der schwachen, verbrannten Karamellnote von in der Mikrowelle aufgewärmtem Instantkaffee ist. Die Leuchtstoffröhren an der Decke veranstalten eine Wette, welche zuerst explodieren wird, und die einzige Erleichterung kommt von den Fenstern, die gerade so weit aufgerissen wurden, dass Verkehrslärm und gelegentlich etwas Regen hereinkommen.

Grace ist schon am Schreibtisch, was bedeutet, dass ich zu spät bin, obwohl ich technisch gesehen zu früh bin. Sie ist in voller Kampfmontur – die Haare zurückgebunden, die Bluse bis zum Hals zugeknöpft, ihr Arsenal an Gelschreibern und Markierungsstreifen wie eine farbkodierte Maginot-Linie aufgestellt. Ich kann nicht sagen, ob sie wütend oder nur konzentriert ist, aber die Art, wie sich ihr Kiefer anspannt, während sie an ihrem Daumennagel kaut, verrät mir, dass es beides ist, plus eine dritte Sache, die sie niemals zugeben wird.

»Schön, dass du dich auch noch zu uns gesellst«, sagt sie, ohne aufzublicken.

»Ich wollte die Serie ja nicht unterbrechen«, sage ich und lasse mich in den Stuhl gegenüber gleiten. Das Sitzkissen ist dasselbe, das wir beim *Express* hatten, nur mit weniger Kaugummi und mehr Ehrgeiz.

Sie blickt auf den Umschlag, der aus meiner Jackentasche ragt. »Ist das der große Knüller?«

Ich nicke. »Druckerexemplar. Das Original ist längst weg, aber die Scans haben überlebt. Wir haben einen Versuch, bevor sie merken, was da draußen ist.«

Sie nimmt einen Post-it-Zettel auf und legt ihn wieder ab. »Ich habe den Zahlungsfluss bereits zurückverfolgt. Es ist meist ein Kreislauf – Spender an Briefkastenfirma, Briefkastenfirma an die Wohltätigkeitsorganisation, und dann wieder raus. Das Einzige, was fehlt, ist eine Unterschrift.«

»Dafür ist das hier da«, sage ich und klopfe auf den Umschlag, als wäre er ein Sprengsatz. »Stan sagt, da ist ein Genehmigungsformular drin. Unterschrieben. Datiert. Wenn wir das bringen, schlägt es ein wie eine Bombe.«

Sie reagiert nicht, aber ich sehe das Zucken in ihrem Auge, als sie neu kalibriert. »Oder es hetzt uns die Rechtsabteilung auf den Hals, und der ganze Artikel wird unter einem Stapel Verschwiegenheitserklärungen begraben.«

»Wir gehen zuerst an die Öffentlichkeit«, sage ich, ziehe den Umschlag ganz heraus und lege ihn auf den Schreibtisch. »Zwingen sie zur Reaktion.«

Sie beugt sich vor, ihre Stimme ist leise. »Das hier ist nicht der *Express*, Paul. Wir haben einen Prozess. Ich setze meine Namenszeile nicht unter etwas, das uns in den Ruin klagt, bevor es überhaupt gedruckt wird.«

»Du glaubst, *The Chronicle* ist jetzt nicht mehr *The Express*? Wir sind fusioniert. Name und Prozess«, murmele ich zu laut. Ein paar der Freiberufler schauen herüber, dann tun sie wieder so, als würden sie nicht zuhören.

Grace starrt mich hart an. »Ich finde, wir sind es der Quelle schuldig, ihr Leben nicht in die Luft zu jagen, ohne zumindest einen Tag Fakten zu prüfen. Du willst einen Skalp, schön. Ich will eine Story.«

»Tu nicht so, als wärst du hier die Moralapostelin«, schieße ich zurück, und jetzt rast mein Herz wirklich. »Du bist genauso verzweifelt wie der Rest von uns. Du willst nur dorthin gelangen, ohne dir die Hände schmutzig zu machen.«

Sie wird blass, dann rot. »Wenigstens reiße ich nicht jede Brücke auf dem Weg ein.«

»Ach, bitte. Du bist die Königin der glaubhaften Abstreitbarkeit.« Die Worte kommen schneller, als ich sie aufhalten kann. »Du machst dir nie selbst die Hände schmutzig; du lässt nur jemand anderen das Streichholz anzünden.«

Sie lehnt sich zurück, verschränkt die Arme und schaut weg. »Fertig?«

»Nicht mal annähernd«, sage ich, aber die Schärfe ist jetzt weg, ersetzt durch eine kranke Leere in meinem Magen.

Es gibt eine Pause, nur gefüllt von dem Geräusch der Praktikantin, die eine Tasse auf die Fliesen fallen lässt, und dem Leiter der Social-Media-Abteilung, der auf Mandarin flucht. Ich versuche zu atmen, aber die Luft fühlt sich dick an.

Grace nimmt wieder ihren Stift in die Hand, aber sie schreibt nicht. »Hör zu. Ich weiß, dass du gut darin bist. Du siehst Blickwinkel, die niemand sonst sieht. Herrgott, du hast die ganze Story gesehen, bevor irgendjemand anderes auch nur eine Ahnung davon hatte. Aber du kannst nicht so tun, als wäre es dir egal, wer ins Kreuzfeuer gerät.«

»Weißt du was?«, sage ich, diesmal lauter, damit es der ganze Schreibtisch hören kann, wenn er will. »Nicht jeder von uns hatte den Luxus der Unterstützung einer seriösen Zeitung, Grace. Einige von uns haben Klinken geputzt. Drei Monate mit der Miete im Rückstand, Bohnen aus der Dose essend, aussichtslosen Storys nachjagend, weil niemand unsere Anrufe erwidert hat. Einige von uns mussten ihre eigenen Lebensläufe in der Bibliothek drucken, weil wir uns keine neue Druckerpatrone leisten konnten.«

Sie sieht mich jetzt an, und es ist keine Wut. Es ist etwas anderes, etwas, das ich nicht benennen will.

Ich mache weiter, weil es entweder das ist oder ich implodiere. »Willst du wissen, was Boulevard-Theatralik ist? Es ist, siebzig Pfund dafür zu bekommen, einen Leitartikel für jemanden zu ghostwriten, der den fertigen Artikel nicht einmal liest. Es ist zu wissen, dass man eine Story groß rausbringen könnte, wenn einem nur jemand Beachtung schenken würde. Es ist –« Meine Stimme bricht, und ich tue so, als wäre es ein Husten.

Ihre Hand liegt flach auf dem Tisch, die Knöchel weiß. Sie sagt: »Ich wusste nicht, dass es so schlimm war.«

Ich schnaube. »Niemand weiß das. Darum geht es ja.«

Im Großraumbüro ist es still. Selbst das Social-Media-Team tut so, als wäre es in der Mittagspause, aber sie hören alle zu. Ich spüre, wie mein Gesicht heiß wird.

Grace zuckt nicht zusammen. »Dann lass uns ihn öffnen. Zusammen.«

Ich nicke einmal, und wir greifen beide nach dem Umschlag. Meine Hände zittern, ihre sind wie immer ruhig. Sie schlitzt das Siegel mit einem Fingernagel auf und fächert den Inhalt auf dem Schreibtisch aus.

Da ist es: eine Zahlungsspur, einige Kontoauszüge, eine gefälschte Quittung. Aber ganz unten ein Briefkopf – offiziell, makellos, mit einer echten, feuchten Unterschrift. Es ist nicht nur eine Story. Es ist eine Kugel.

Sie fährt mit dem Finger über den Namen. »Das ist der CEO. Das ist –«

»Das Ende der Fahnenstange«, beende ich den Satz, die Worte ein Bleigewicht in meinem Mund.

Wir sitzen beide da und starren auf die Seite, als könnte sie explodieren. Mir wird klar, dass ich eine volle halbe Minute lang nicht ausgeatmet habe.

Grace spricht zuerst. »Wir müssen die Rechtsabteilung anrufen.«

»Ja«, sage ich. »Das müssen wir.«

Sie sieht mich an, ihre Augen weicher, als ich sie je gesehen habe. »Paul. Ich meine es ernst. Du bist nicht allein. Nicht damit.«

Etwas in meiner Brust versucht, sich zu entkrampfen, aber ich ersticke es, bevor es weit kommt. »Mach jetzt nicht auf Therapiestunde mit mir. Wir haben einen Job zu erledigen.«

»Okay, dann.«

Sie sammelt die Papiere ein, stapelt sie mit dieser mechanischen Präzision, die sie auf alles anwendet, und steht auf. »Ich bringe Sarah die Unterlagen. Willst du den Aufmacher entwerfen?«

Ich nicke, traue mir immer noch nicht zu, zu sprechen.

Sie zögert, dann sagt sie: »Du bist gut, weißt du. Wirklich gut. Selbst wenn du ein Arschloch bist.«

Ich kann nicht anders – ich lächle, nur ein bisschen. »Sagt die Richtige.«

Sie schüttelt den Kopf, und für den Bruchteil einer Sekunde denke ich, sie wird meinen Arm berühren oder etwas sagen, das den Zauber brechen wird. Stattdessen geht sie einfach, die Papiere an ihre Brust gedrückt.

Ich sitze da, der Kiefer angespannt, die Hände auf dem Tisch abgestützt. Der Raum füllt sich wieder – Telefone klingeln, Leute streiten über Schlagzeilen, die Skandale des Tages jagen sich gegenseitig über die Bildschirme. Ich schaue auf den Platz, wo sie gerade noch war, und frage mich, ob ich vielleicht, nur vielleicht, noch nicht alles ruiniert habe.

Vielleicht fängt es so an. Nicht mit der Story, sondern mit ihrer Wahrheit.

Ich schaue auf das leere Dokument auf meinem Laptop und fange an zu tippen, lasse die Worte kommen, schnell und roh und unredigiert.

Diesmal lösche ich nichts.

DREIZEHN

GRACE

Meine Aufgabe ist es, die Geldwäsche einer Wohltätigkeitsorganisation aus einem ganzen Jahr in nur wenigen Stunden
aufzudröseln. Ohne jeden Druck. Ich habe farbcodierte Tabellen
für jeden verdächtigen Spender, Post-its, die auf der Tastatur
wuchern, und ein Word-Dokument, das so voller Kommentare
ist, dass es sich jetzt wie der Blog eines Verschwörungstheoreti-
kers liest. Es sollte sich wie Kontrolle anfühlen, doch es verstärkt
nur die panische Angst, das Offensichtliche zu übersehen, eine
einzige Verbindung zu verbocken und die Story im Keim zu ersticken, bevor sie überhaupt in den Druck kommt.

Ich beginne mit den Zahlungsströmen. Die Spenderunter-
lagen sind ein Gruselkabinett aus gefälschten Adressen, Überweisungen mit runden Beträgen und der Sorte Fehler, die entweder
bedeuten, dass jemand Geld wäscht, oder dass britische Büroan-
gestellte noch nie von der Rechtschreibprüfung gehört haben.
Jeder Name ist gewöhnlicher als der letzte – Smith, Jones, Patel,
ein paar desaströse Doppelnamen mit einem Hauch von
Kleinadel – und jeder einzelne ist über eine zum Aus-der-Haut-
Fahren frustrierende Kette mit einer Briefkastenfirma an einem
Strand im Südpazifik verbunden. Paul lag mit vielen seiner
Vermutungen erstaunlich nah an der Wahrheit, und seine Liste

möglicher Verdächtiger erweist sich öfter als richtig denn als falsch. Ich überprüfe die Zahlen dreifach und gleiche sie dann mit den Büchern der Wohltätigkeitsorganisation ab, nur für den Fall, dass ich den Verstand verloren habe und mir jetzt aus reiner Lust und Laune Verschwörungen ausdenke.

Es dauert zweiunddreißig Minuten, um zu bestätigen, was wir bereits wussten: Die Zahlen gehen nicht auf, und jemand lügt. Wahrscheinlich mehrere Jemandse.

Ich kritzle eine Notiz – »nachhaken: Bexley Trust, Anomalie Q2 März« – und stelle dann fest, dass ich sie an den Rand eines ganz anderen Berichts geschrieben habe. Es bleibt keine Zeit, das zu korrigieren; wenn die Welt untergeht, werde ich mit meinen ordentlich falsch abgehefteten Unterlagen untergehen.

Das Ressort Feuilleton ist lauter als sonst. Ich höre meinen Namen, dann Pauls, in einer Salve Geplänkel, die es schafft, gleichzeitig bewundernd und bösartig zu klingen. Ich widerstehe dem Drang aufzuschauen, aber der Drang ist stark. Pauls Schreibtisch ist ein Schrein des kreativen Chaos: Kaffeeränder, zerrissene Entwürfe, ein Gewirr aus Ladekabeln wie ein Nest für eine tollwütige Metallschlange. Er ist nicht da, was sowohl eine Erleichterung als auch eine Herausforderung ist, denn ich kann meinen Fortschritt nicht mit seinem abgleichen. Er hat eine Art, jeden Auftrag wie ein Kinderspiel aussehen zu lassen, selbst wenn er sich kaum über Wasser hält.

Ein Stift klopft auf den Notizblock. Schnell, stakkatoartig, selbst für mich zu laut. Ich kann nicht aufhören. Die Beweise wollen sich einfach nicht zusammenfügen, die Lücken werden immer größer, je mehr ich sie fülle. Ich versuche eine Atem-übung, von der ich in einer Flughafen-Zeitschrift gelesen habe: einatmen, bis vier zählen, ausatmen, bis sechs zählen, so tun, als würde man nicht ertrinken. Es funktioniert für genau einen Atemzug, bevor die Panik mit voller Wucht zurückkehrt.

»Grace«, sagt eine Stimme hinter mir. Sarah, in ihrem übli-chen grünen Hosenanzug und High Heels. Sie lehnt sich so schwer auf die Trennwand, dass der ganze Schreibtisch vibriert, dann lugt sie über meine Schulter auf meinen Bildschirm.

»Sagen Sie mir, dass Sie kurz davor sind«, sagt sie, nicht unfreundlich, aber auch nicht gerade freundlich.

Ich ziehe den Cursor nach unten und markiere die wichtigsten Zahlen in der Hoffnung, dass die Farbe den Mangel an Substanz ausgleicht. »Ich bin dran. Die Zahlungsströme sind ein Sumpf, aber ich habe mindestens drei Fälle gefunden, in denen dasselbe Geld durch fünf verschiedene Wohltätigkeitsorganisationen geschleust wird, bevor es wieder beim ursprünglichen Spender landet. Es ist« – ich deute hilflos auf das Chaos – »ein Ökosystem des Betrugs.«

Sarah ist von Metaphern nicht beeindruckt. »Ich brauche bis fünf einen Entwurf für die Rechtsabteilung. Und ich brauche ihn hieb- und stichfest, sonst wird er an die *Mail* weitergereicht, und Sie müssen mit der Schmach leben, von jemandem mit einem Cartoon-Avatar ausgestochen zu werden.«

Ich nicke. »Sie bekommen ihn. Ich will nur sichergehen, dass er ...« Ich sage beinahe ›perfekt‹, fange mich aber wieder. »... wasserdicht ist.«

Sie richtet sich auf, ein zufriedenes Funkeln in ihren Augen. »Gut. Denn der Vorstand bereitet sich schon darauf vor, sich selbst auf die Schulter zu klopfen, und wenn Sie stolpern, werden sie es Ihnen in die Schuhe schieben. Oder mir. Keine der beiden Optionen ist akzeptabel.«

Sarah wartet einen halben Herzschlag, überfliegt die Oberfläche meines Schreibtisches, beugt sich dann näher zu mir, ihr Parfüm riecht irgendwie medizinisch und ein bisschen furchteinflößend. »Wir können es uns nicht leisten, diese Story an jemanden zu verlieren, der hungriger ist, Grace. Ich brauche Sie im Killermodus. Können Sie das?«

Meine Hand klopft immer noch, aber ich zwinge sie, aufzuhören. »Ja«, sage ich mit etwas, das hoffentlich wie Überzeugung klingt.

Sie nickt knapp, gleitet dann davon und hinterlässt eine kalte Spur aus Adrenalin.

Ich zähle bis vier. Ich atme aus. Ich versuche, an die Zahlen zu denken und nicht daran, wie sich mein Magen zu Origami faltet.

Das Telefon klingelt wieder. Nicht meins – meins klingelt nie, denn die einzigen Leute, die mit mir reden wollen, sind in diesem Raum, und sie ziehen es vor, über den Gang hinweg zu brüllen. Aber das Klingeln ist ansteckend; ich schaue für alle Fälle auf mein Handy, hoffe auf ein Wunder, vielleicht eine SMS von einem Whistleblower aus der Wohltätigkeitsorganisation, der mir helfen kann, das alles in der nächsten Stunde zu klären. Nichts.

Ich kehre zur Haupttabelle zurück, aber die Spalten verschwimmen. Ich kann mich nicht konzentrieren. Der Druck baut sich hinter meinen Augen auf, ein dumpfer, vertrauter Schmerz.

Ich erinnere mich an letzte Woche im Hundecafé, als Paul sagte: »Das System ist manipuliert, Grace. Du kannst es nicht schlagen, indem du brav mitspielst.«

Damals dachte ich, er wäre einfach nur sein übliches Ich – zynisch, charmant, dem Untergang geweiht –, aber jetzt höre ich das Echo in jeder Zelle meines Körpers. Ich will glauben, dass es nicht wahr ist, dass die Arbeit zählt, dass wir mehr sind als nur schnell zuckendes Fleisch in einem digitalen Fleischwolf. Aber die Zahlen weigern sich, mir recht zu geben.

Mein Handy summt. Diesmal ist es eine unbekannte Nummer, und mein Herz macht einen Hoffnungssprung, bevor die Angst einsetzt.

Ich nehme mit heiserer Stimme ab. »Hampton.«

Am anderen Ende: Rauschen, dann die leise, eindringliche Stimme einer Frau. »Sie müssen aufhören. Sie überwachen die Kommunikation.«

Bevor ich das überhaupt verarbeiten kann, ist die Leitung tot.

Ich starre auf das Telefon, mein Daumen schwebt über der Wahlwiederholung, aber es hat keinen Sinn. Rufnummer unterdrückt, wie immer. Als es das erste Mal passierte, nahm ich an, es sei ein Scherz, aber jetzt weiß ich es besser. Es ist Teil des Spiels, die Warnung, dass man der Wahrheit näher ist, als es irgendjemandem lieb ist.

Ich mache mir eine weitere Notiz: »OPSEC. Signal prüfen.«

Dann stelle ich fest, dass ich keine Ahnung habe, wonach ich suchen soll.

Der Raum ist leiser geworden. Ich schaue auf. Pauls Schreibtisch ist immer noch leer, aber das Feuilleton-Team steckt tief in einer Besprechung, die Gesichter dicht beieinander, die Stimmen leise. Ab und zu wirft jemand einen Blick in meine Richtung und schaut dann wieder weg.

Ich sollte mich dadurch wichtig fühlen, aber es lässt die Temperatur nur um weitere zwei Grad ansteigen.

Ich zwinge mich, etwas Kaffee zu trinken. Er schmeckt nach chemischer Kriegsführung, aber ich schlucke ihn trotzdem hinunter. Meine Finger zittern gerade so sehr, dass ich einen Tropfen auf das Trackpad verschütte. Ich wische ihn weg und fange dann wieder von vorne an, Zeile für Zeile, und zwinge die Daten, sich zu fügen.

Um vier Uhr nachmittags habe ich einen Entwurf, der stark genug ist, um die erste Runde der Rechtsabteilung zu überstehen. Ich hänge ihn an eine E-Mail, tippe und überarbeite die Betreffzeile mehrmals und drücke dann einfach auf Senden, bevor ich den Mut verlieren kann.

Der Adrenalinstoß hält genau sechs Sekunden an, dann kehrt die Panik zurück, schlimmer als zuvor. Ich starre auf den Ordner mit den gesendeten E-Mails und warte auf eine Antwort, obwohl ich weiß, dass es noch eine Stunde dauern wird, bis sich jemand bei mir meldet.

Auf der anderen Seite des Büros befindet sich die Chefredakteurin in ihrem gläsernen Heiligtum und spricht angeregt in ihr Headset. Ab und zu sticht sie mit zwei Fingern auf ihre Tastatur ein, wie ein Scharfschütze, der sich seine Ziele aussucht. Ich beobachte sie und warte auf den Moment, in dem sie mich zu sich winkt. In meinem Kopf stelle ich mir den Satz vor: »Wir gehen in den Druck«, und meinen Namen in der Verfasserzeile, und für eine kurze, verräterische Sekunde fühle ich mich stolz.

Dann erinnere ich mich an Pauls Warnung, und die Panik setzt von Neuem ein.

Ich schaue noch einmal zu seinem Schreibtisch. Immer noch

leer, aber eine Tasse mit seinem Namen (»Bester Autor, schlechtester Mensch«) steht kopfüber auf einem Stapel Entwürfe.

Ich versuche, mich wieder an die Arbeit zu machen, aber die Zahlen verschwimmen. Das Telefon summt erneut – diesmal eine SMS von meiner Mutter, die fragt, ob ich gegessen habe. Ich ignoriere sie.

Der Sekundenzeiger der Bürouhr tickt so langsam, dass ich am liebsten das Zifferblatt zerschlagen und die Zeiger befreien würde.

Vierzig Minuten später lehnt sich die Chefredakteurin aus ihrem Glaskasten und bellt: »Grace. In mein Büro. Sofort.«

Ich stehe nicht auf, ich entfalte mich, wie jemand, der nach einem Bombardement aus einem Schützengraben klettert. Meine Beine sind wie aus Holz. Ich überquere den Raum und spüre jeden Blick, der meine Bewegung verfolgt.

Im Büro winkt Sarah mich zu einem Stuhl und wartet, bis die Tür ins Schloss klickt.

»Wir bringen Ihren Artikel morgen früh«, sagt sie ohne Umschweife. »Die Rechtsabteilung hasst ihn, was bedeutet, dass er gut ist.«

Für einen Moment registriere ich das Kompliment nicht.

Sie faltet die Hände und fixiert mich mit diesem Raubtierblick. »Ich möchte, dass Sie etwas wissen. Diese Geschichte wird hässlich werden, bevor sie schön wird. Die Spender werden sich wehren. Die Wohltätigkeitsorganisation und die Beteiligten werden versuchen, sie unter den Teppich zu kehren. Aber wenn Sie die Nerven behalten, könnten Sie das Ganze auf eine Weise auffliegen lassen, die wirklich etwas bedeutet. Sind Sie bereit dafür?«

Mein Mund ist trocken. Ich will Ja sagen, aber was herauskommt, ist: »Ich weiß es nicht.«

Sarah blinzelt nicht. »Das weiß niemand. Deshalb funktioniert es ja.«

Sie reicht mir einen Ausdruck, der bereits mit der roten Tinte des Redakteurs und den Vorbehalten der Anwälte versehen ist. »Gehen Sie nach Hause. Ziehen Sie sich um und sehen Sie zu, was Sie heute Abend noch herausfinden können. Morgen ist ein neuer Tag; Sie werden berühmt oder gefeuert sein. So oder so haben Sie eine Geschichte.«

Ich nehme den Ausdruck und nicke, wobei ich versuche, wie die Art von Person auszusehen, die das verdient. Ich bin mir nicht sicher, ob ich das bin.

Zurück an meinem Schreibtisch packe ich meine Sachen zusammen und achte darauf, keine Spur meiner Nervosität zu hinterlassen. Der Raum ist jetzt größtenteils leer; die Leute verschwinden schnell, wenn die Arbeit getan ist. Ich suche den Horizont nach Paul ab, aber er ist nicht hier, nicht einmal ein Zeichen, dass er je da war.

Ich schwinge meine Tasche über die Schulter, leere den letzten Rest Kaffee und gehe hinaus, die leere Tasse als Totem zurücklassend.

Die Angst begleitet mich den ganzen Weg den Aufzug hinunter, hinaus in die Abendluft und auf die Straße der Stadt. Erst dann, als die Lichter des Büros verblassen, erlaube ich mir, mich zu fragen, ob Paul recht hatte.

Vielleicht ist das System manipuliert. Vielleicht warten wir alle nur auf den Moment, in dem es uns bei lebendigem Leibe frisst.

Oder vielleicht, nur vielleicht, kann ich diejenige sein, die es ändert.

Ich gehe schnell in die Dunkelheit, die Knöchel weiß hervortretend, während meine Hand den Riemen meiner Tasche umklammert.

Der Veranstaltungsort ist ein Denkmal für schlechten Geschmack und exzessives verfügbares Einkommen. Nachgeahmte griechische Säulen säumen den Eingangsbereich, jede einzelne in weißen Stoff gehüllt und mit einer Stimmungsbeleuchtung in der Farbe von Hämoglobin von hinten angestrahlt. An der Schwelle schmettert ein Streichquartett mit ernster Miene »Rolling in the Deep«. Der Effekt ist so vollkommen lächerlich, dass ich am liebsten applaudieren oder zum Notausgang rennen würde.

Auf meiner Einladung stand Black Tie, aber niemand hat der Kleiderordnung von der Inflation erzählt: Jede zweite Frau in der Lobby ist in Couture gezwängt, die ein Entwicklungsland ein Jahr lang ernähren könnte. Ich habe mich für die sicherste Option in meinem Kleiderschrank entschieden – ein schwarzes Etuikleid, nichts Ausgefallenes, nicht zu kurz, nicht zu eng, einfach die Art von Kleidungsstück, das sagt: »Ich bin geschäftlich hier, bitte fordern Sie mich nicht zum Tanz auf.« Meine Schuhe sind fünf Zentimeter hoch und einen Grad vernünftiger als die der Konkurrenz. Der einzige Hauch von Persönlichkeit ist die abgenutzte Clutch, die von meinem Notizbuch, drei Stiften und einem Notfall-Zehner für die Garderobe leicht ausgebeult ist.

Am Eingang befindet sich ein Anmeldetresen, flankiert von zwei Eisskulpturen des Wohltätigkeitslogos von *The Kidz Trust*. Jeder Gast erhält ein Namensschild mit dem Namen seiner Organisation und ein farbcodiertes Schlüsselband – rot für die Medien, gold für »Mäzene« und weiß für alle anderen. Die junge Frau am Tresen mustert mich von Kopf bis Fuß, ihr Blick fällt auf meine Tasche und sie lächelt mit der neutralen Kompetenz von jemandem, der darauf trainiert ist, einen ungebetenen Gast auf fünfzig Schritte Entfernung zu erkennen.

»Hampton? *Chronicle*?«, fragt sie.

Ich nicke, reiche ihr meine Einladung und versuche, mein Kleid nicht durchzuschwitzen.

Sie schiebt das Schild über den Tresen und flüstert: »Die Bar ist links. Canapés gibt es im Gartenzimmer.« Sie lässt es so klingen, als wären beides zwei verschiedene Welten.

Im Inneren ist die Veranstaltung bereits zum Bersten voll. Jedes Gespräch findet bei maximaler Lautstärke statt, jedes Glas wird wieder aufgefüllt, bevor es leer ist. Kellner mit schwarzen Fliegen tragen Tabletts mit *Amuse-Bouches* umher – Mikro-Blinis, Pipetten mit etwas, das Gazpacho sein könnte, Löffel mit leuchtendem Rogen –, während die Gäste in kleinen, dichten Schwärmen zirkulieren. Ich entdecke mindestens drei Parlamentsabgeordnete, zwei Medienkolumnisten, für die ich eine Niere verkaufen würde, um als Ghostwriter für sie zu arbeiten, und ein Quartett unbedeutender Prominenter, die alle so tun, als würden sie sich nicht erkennen. Der Leiter der Wohltätigkeitsorganisation hält in der Nähe der Bühne Hof, flankiert von einem Gefolge von Assistenten und jemandem, der wie ein Menschenrechtsanwalt in Versace aussieht.

Ich drehe eine Runde und arbeite mich am Rand entlang. Der Plan ist, unterzutauchen, zu beobachten, die Strippenzieher und die Schwachstellen in der Herde zu identifizieren. Wir werden mit oder ohne veröffentlichen, aber wenn ich einen Whistleblower zitierfähig bekomme ...

Immer wieder bleibe ich stehen, um eine Notiz zu kritzeln: »Spender m. Manschettenkn., tief gebräunt, südafr. Akzent. Sitzt m. potenzieller Frau, nicht auf Liste. Mögl. Briefkastenfirma?« oder »Lobbyistin, w., 6oer, Prada. Spricht mit allen, vergisst Namen.« Ich bin nicht die einzige anwesende Journalistin, aber die anderen kleben wie ein wildes Rudel zusammen, tauschen Tipps aus und stürzen sich auf die offene Bar. Ich meide sie, vorerst.

Ich stürze eine Flûte Cava hinunter (kein *echter* Champagner; ich kann die Supermarktregale herausschmecken), dann noch eine, nur um die Anspannung zu lösen. Mein Magen hat sich zu einem Knoten zusammengezogen, eine Mischung aus sozialer Angst, Vorfreude auf den Artikel, der nur noch Stunden von der Veröffentlichung entfernt ist, und dem ständigen Wissen, dass ich nicht in diesen Raum gehöre. Wenn sich hier jemand an meine Namenszeile erinnert, dann wegen der Divorcegate-Enthüllung oder wegen des Mals, als ich einen hochrangigen Parteiberater live im Radio versehentlich als »sexuell erloschen« bezeichnet habe. Vielleicht wird es nach der morgigen Schlagzeile anders sein.

Die ersten drei Gespräche sind vorhersehbar: Ein Mann schlägt mir einen Artikel über »Krypto-Philanthropie« vor, eine Frau von einer Konkurrenzzeitung versucht, mich auszufragen, woran ich arbeite (»nur eine menschliche Geschichte, das Übliche, Sie wissen ja, wie das ist«), und ein Mann mit den Zähnen eines Hais erzählt mir, dass er meine Kolumnen liebt, sie aber nie liest. Ich lächle, nicke, nehme eine Visitenkarte entgegen und lasse dann alle drei im Stich, sobald ihre Aufmerksamkeit woandershin wandert.

»Grace«, sagt eine Stimme hinter mir. Ich zucke zusammen.

Es ist Sarah, die wie aus dem Nichts aufgetaucht ist. Sie hat sich dem Anlass entsprechend gekleidet – Satinanzug, glänzendes Haar, die Augen bemühen sich, angesichts des Spektakels nicht die Fassung zu verlieren. »Sie sollen Kontakte knüpfen«, zischt sie. »Nicht bei der Garderobe herumlungern.«

Ich zwinge mich zu einem Lächeln. »Ich sondiere nur das Terrain.«

»Gut. Sondieren Sie es, während Sie mit Spendern reden. Holen Sie sich ein paar Zitate. Und um Himmels willen, versuchen Sie, so auszusehen, als hätten Sie Spaß.« Sie setzt ein diplomatisches Lächeln auf, dann verschwindet sie, von der Menge verschluckt.

Ich versuche eine weitere Runde, diesmal selbstbewusster. Ich schüttle einem Mann die Hand, der eine Obdachlosenhilfsorganisation leitet, liefere mir einen Schlagabtausch mit einem Reporter der *Sun* und lande in einer Dreierdebatte über »Impact-Journalismus« mit zwei Influencern der neuen Medien, die mehr Instagram-Follower haben als ich Gehirnzellen. Die ganze Zeit über suche ich nach jemandem – irgendjemandem –, der auch nur im Entferntesten wie ein Insider oder eine Quelle aussieht.

An der Bar mache ich endlich mein Ziel ausfindig: die Finanzdirektorin der Stiftung, eine der Hauptunterzeichnerinnen der verdächtigen Dokumente. Sie ist klein, hat scharfe Gesichtszüge und trägt ihren Stress wie ein Ehrenabzeichen. Ich schleiche mich heran, bestelle ein Glas Weißwein und wähle den perfekten Zeitpunkt für meinen Einstiegssatz.

»Viel los heute Abend«, sage ich.

Sie lacht hohl. »Viel los dieses Jahr.«

Ich beuge mich vor. »Bestimmt ist es schwer, bei all den neuen Vorschriften die Bücher in Ordnung zu halten.«

Sie wirft mir einen Blick zu, der sowohl berechnend als auch ein wenig verzweifelt ist. »Sie haben ja keine Ahnung.«

Wir halten Small Talk, das oberflächliche Zeug. Sie ist gut darin, professionell, und lässt die Maske nie fallen. Aber immer wieder huscht ihr Blick zur Seite, als hätte sie Angst, beobachtet zu werden.

Ich lenke das Gespräch auf die Prüfung. »Ich habe gehört, es steht eine Art Überprüfung an.«

Sie erstarrt, nur für eine Sekunde, dann fängt sie sich wieder. »Standardverfahren. Heutzutage muss man alles dreifach beweisen.«

»Bürokratie«, sage ich mitfühlend. »Die Hürden, durch die sie einen springen lassen.«

Sie zuckt mit den Schultern. »Es ist ein Job.« Dann, leiser: »Ehrlich gesagt, will ich nur Menschen helfen. Es ist nicht immer so, wissen Sie.«

Ich nicke und für eine Sekunde glaube ich ihr fast.

»Entschuldigen Sie mich«, sagt sie und entschwindet mit ihrem Glas in der Hand. Ich beobachte, wie sie sich dem Aufsichtsratsvorsitzenden und dem Tech-Typen anschließt, die Köpfe eng zusammengesteckt. Es wird schwierig werden, einen von ihnen allein und entspannt genug anzutreffen, um zu reden.

Ich ziehe mich an den Rand zurück, mein Herz hämmert. Ich will gerade mein Notizbuch zücken und anfangen, alles zusammenzufassen, als ich ihn sehe.

Paul, in einem Smoking.

Er ist auf der anderen Seite des Raumes und lehnt an einer Säule, als würde sie ihm gehören. Das Haar ist gekämmt, die Stoppeln sind getrimmt, das Hemd ist tatsächlich gebügelt. Er spricht mit einem Mann im Smoking, aber seine Augen sind nicht auf das Gespräch gerichtet – sie mustern die Menge und führen dieselbe Aufklärung durch wie ich.

Für einen Moment sieht er mich nicht. Dann doch, und die Veränderung ist augenblicklich: ein Aufflackern des Wiedererkennens, dann das alte, unverschämte halbe Lächeln. Er gibt ein winziges Nicken, dann wendet er seine Aufmerksamkeit wieder seinem Ziel zu.

Ich sollte triumphieren, da ich ihn außerhalb seines Elements sehe, aber es löst nur eine neue Welle des Ärgers aus. Er war den ganzen Tag verschwunden und hat überhaupt nichts zum Artikel beigetragen. Wenn er hier ist, dann weil er dieselbe Spur verfolgt. Und wenn er dieselbe Spur verfolgt, wird er die Story entweder groß aufdecken oder sie für uns beide in den Sand setzen.

Ich flüchte in den zur Terrasse führenden Korridor, brauche Luft, muss mich neu sortieren. Die Nacht ist kalt und die Lichter der Stadt sind durch die billigen Glastüren gebrochen. Ich stehe da, die Hände um das Geländer gekrallt, und versuche, meinen nächsten Schritt zu planen.

Es spielt keine Rolle, denn eine Sekunde später gesellt sich Paul zu mir.

»Hätte nicht erwartet, dich hier zu sehen«, sagt er, seine Stimme tiefer als ich sie in Erinnerung habe.

Ich tue so, als wäre es mir egal. »Man wird ja wohl noch dürfen.«

Er lacht leise. »Nicht in dieser Gesellschaft.«

Ich werfe einen Seitenblick auf ihn. »Schicker Smoking.«

Er zuckt mit den Schultern. »Geliehen. Wie die meisten Leute in diesem Raum.«

Wir stehen schweigend da. Es ist nicht angenehm, aber es ist weniger gefährlich als zu reden.

Schließlich sagt er: »Wie nah bist du dran?«

Ich tue nicht so, als würde ich ihn missverstehen. »Habe genug, um etwas Staub aufzuwirbeln. Die Rechtsabteilung ist mit der Veröffentlichung einverstanden. Es fehlt nur noch ein Zitat oder ein Geständnis, das ich zitieren kann.«

Er grinst, aber ohne Bosheit. »Du warst darin schon immer besser.«

»Warum kommst du mir dann immer zuvor?«, schieße ich zurück.

Er sieht mich an, wirklich an, und ich spüre diese vertraute Strömung – Ärger, Bewunderung, noch etwas anderes. »Vielleicht bin ich einfach besser darin, den Bullshit zu wittern, weil ich länger darin gewatet habe.«

Wir verfallen wieder ins Schweigen und beobachten, wie unser Atem in der Kälte kondensiert.

Drinnen pulsiert die Party, ohne von uns beiden zu wissen, die wir aus beruflichem Stolz fast erfrieren.

Er dreht sich um. »Willst du hierbei zusammenarbeiten oder das Kalter-Krieg-Ding weiter durchziehen?«

Ich zögere. Ich will Ja sagen, aber ich bin immer noch stinksauer, dass er seinen Posten verlassen hat, nachdem er die Beweise geliefert hatte. Ich wollte heute Nachmittag mit ihm zusammenarbeiten, nicht jetzt, nachdem ich den verdammten Artikel bereits geschrieben habe.

Ich sehe ihn an, das Schwarz seines Anzugs wirkt im Neonlicht des Festsaals fast blau. Für eine Sekunde erinnere ich mich an die Unipartys, die Debatten, die Streitereien, die in Gelächter oder gelegentlich einem zerbrochenen Glas endeten. Ich erinnere mich, wie es sich anfühlte, ihm zu vertrauen, und wie es sich anfühlte, als dieses Vertrauen zerbrach.

Ich sage: »Du zuerst. Was hast du?«

Er grinst. »Nicht viel. Noch nicht.«

Ich lache, trotz meiner selbst. »Also alles wie immer.«

Er legt mir sanft eine Hand auf die Schulter. »Aber ich werde etwas finden.«

Ich nicke und er nimmt seine Hand wieder weg, die Berührung verweilt als Wärme.

Wir gehen Seite an Seite wieder hinein. Die Party ist in vollem Gange; die Musik ist zu Siebziger-Jahre-Disco gewechselt, und die meisten Gäste tanzen Line Dance in der Nähe des stillen Auktionstisches.

Paul und ich gehen zur Bar. Er bestellt einen Whisky, pur. Ich nehme noch einen Cava. Wir stehen dicht beieinander, unsere Arme berühren sich fast, und überblicken das Chaos.

Ich flüstere: »Wir müssen mit der Aufsichtsratsvorsitzenden reden.«

Er nickt. »Sie ist ein aalglatter Typ.«

»Sie verbirgt etwas«, sage ich mit leiser Stimme.

Er dreht sich zu mir um, und für eine Sekunde sind wir die einzigen beiden Menschen im Raum. »Was glaubst du, was es ist?«

Ich schüttle den Kopf. »Geld, immer. Oder Macht. Aber ich glaube nicht, dass sie der Kopf der Sache ist.«

Er grinst. »Du bist der Kopf der Sache.«

Ich erröte, unwillkürlich.

Bei der stillen Auktion gibt es einen Tumult – jemand hat ein Tablett mit Gläsern umgestoßen, und der Klang hallt vom Marmor wider. Die Leute schauen auf, vom Drama angezogen. In der Verwirrung entdecke ich, wie die Finanzdirektorin zur hinteren Treppe huscht, das Telefon am Ohr, und sich schnell bewegt.

Ich stoße Paul an. »Jetzt oder nie.«

Er nickt, und wir bewegen uns gemeinsam, schlängeln uns durch die Menge, als hätten wir das schon seit Jahren gemacht. An der Treppe holen wir sie ein, gerade als sie in einen Seitenkorridor abbiegt.

Sie dreht sich um, erschrocken, uns beide zu sehen.

»Oh, hallo«, sagt sie, ihre Stimme brüchig.

Paul lächelt entspannt. »Wollten nicht stören. Nur kurz mit Ihnen reden.«

Sie mustert uns. »Worüber?«

Ich ziehe mein Notizbuch heraus, den Stift bereit. Paul holt sein Handy hervor, das Diktiergerät läuft bereits.

»Wir wollen nur den Prozess verstehen«, sage ich. »Wie die Prüfungen ablaufen. Wer sie abzeichnet. Wo die Aufsicht ins Spiel kommt.«

Sie seufzt und lehnt sich gegen die Wand. »Hören Sie. Ich weiß nicht, was Sie hier versuchen –«

»Wir versuchen, die Wahrheit herauszufinden. Wenn das alles ans Licht kommt. Und es wird ans Licht kommen«, sagt Paul langsam und macht eine effektvolle Pause. »Was glauben Sie, wem man die Schuld geben wird?«

»Ich habe keine Ahnung, wovon Sie reden. Und nun, wenn Sie mich entschuldigen würden.«

Paul tritt zur Seite, um sie vorbeizulassen, und hält ihr eine Karte hin. »Wenn Sie eine offizielle Aussage machen wollen –«

Sie schüttelt den Kopf. »Noch nicht.«

Wir danken ihr, und sie verschwindet und lässt uns im Echo unserer eigenen Anmaßung zurück.

»Schade. Ich dachte, sie würde einknicken«, sagt Paul.

»Sie wird sich wünschen, sie hätte es getan.«

Zurück im Ballsaal hat der Lärm einen Fieberpegel erreicht. Der CEO steht auf der Bühne und stellt die »nächste große Initiative« der Wohltätigkeitsorganisation vor. Ich spüre, wie die Handys gezückt werden, die Hashtags bereits trenden.

VIERZEHN

❤

PAUL

Keine Menge billiges Kölnischwasser oder redaktioneller Zynismus kann einen auf eine Spendengala im Savoy vorbereiten. Die Beleuchtung ist darauf ausgelegt, der reichsten, ältesten Haut zu schmeicheln; die Gläser funkeln mit jener besonderen Bosheit, die Dingen vorbehalten ist, deren Zerbrechen man sich niemals leisten könnte. Jede Oberfläche ist poliert, jeder Stuhl mit dem nervösen Fleisch von tausend toten Kühen gepolstert. Ich stehe mit Grace am Rande des Geschehens, Schulter an Schulter, doch ohne uns je ganz zu berühren.

Die Spender der Wohltätigkeitsorganisation schweben um uns herum wie Quallen – makellos, durchscheinend und auf eine Weise stechend, die man erst bemerkt, wenn es zu spät ist. Die Hälfte von ihnen wird »Lord« genannt, die andere Hälfte »Lady«, und jedes Gespräch beginnt mit dem Satz: »Oh, ein Journalist, wie putzig.«

Grace ist bereits einen Tick blasser geworden; sie trägt Stress wie ein edles Parfum, unsichtbar, aber raumfüllend. Ihr Kleid ist marineblau, streng, makellos geschnitten, und plötzlich wünschte ich, ich hätte mehr als drei Minuten damit verbracht, mein Haar zu bändigen oder Manschettenknöpfe auszusuchen, die nicht so aussahen, als wären sie beim geliehenen Smoking gratis dabei gewesen – was sie auch waren. Zu meiner Verteidigung: Ich habe mein Hemd gebügelt.

Sie sagt: »Du siehst aus, als würdest du planen, den Laden auszurauben.«

Ich nippe an dem Whiskey, der das Zweitbeste ist, was ich heute Abend zu trinken bekomme. »Du siehst aus, als würdest du ihn kaufen, in den Bankrott treiben und dann wegen Verstößen gegen Gesundheits- und Sicherheitsvorschriften schließen lassen.«

Ihr Mund verzieht sich zu diesem Ausdruck, bei dem sie lächeln will, aber moralisch dagegen ist. »Das ist nicht sehr fortschrittlich von dir, Paul.«

»Hier drin ist es nicht sehr fortschrittlich«, sage ich und deute in den Raum. Die Bar ist zwanzig Reihen tief mit Männern gefüllt, die eine Million im Jahr verdienen und so tun, als würden sie sich für arme Kinder interessieren, und die Canapés sind so minimalistisch, dass sie genauso gut theoretisch sein könnten.

Wir halten uns am Rande des großen Ballsaals auf, beide mit freier Sicht auf den nächsten Ausgang, als könnte jeden Moment ein Feueralarm losgehen und wir in die Freiheit sprinten. Ich sehe auf mein Handy, nur um mich mit einer Welt verbunden zu fühlen, in der ich keine Requisite bin, und da ist sie: »Denken Sie dran, zu LÄCHELN!«, von der Ressortleiterin, mit drei grinsenden Emojis, die in mir den Wunsch wecken, meinem eigenen Bildschirm Gewalt anzutun.

Wie auf ein Stichwort taucht das Social-Media-Team der Wohltätigkeitsorganisation auf. Sie bewegen sich zusammen, als wären sie an der Hüfte zusammengewachsen, und riechen nach nervösem Schweiß und Bio-Trockenshampoo. Ihr Anführer – ein Mann, der sich einen Namen damit gemacht hat, die Social-Media-Strategie einer der Billigfluglinien zu überarbeiten und sich selbst als »Influencer-Flüsterer« bezeichnet – nähert sich mit der steifen Energie von jemandem, der sich seit der Pubertät Red Bull intravenös spritzt.

»Paul! Grace! *The Chronicle*, richtig? Perfekt, perfekt. Wir brauchen nur ein schnelles Foto für Insta – könnt ihr, äh, ein bisschen näher zusammenrücken? Vielleicht den Arm um ihre Schulter legen? Großartig, danke.«

Graces Lippen bewegen sich kaum. »Ich würde mich lieber erschießen lassen.«

Ich sage: »Es ist für einen guten Zweck«, und lasse die Worte hängen, wo sie in der Luft sauer werden wie billiger Prosecco.

Der Social-Media-Typ stellt uns vor einer Blumenwand auf, die aussieht, als hätte sie mehr gekostet als meine Wohnung. Der Fotograf – ein echter Profi mit einer kompliziert aussehenden Kamera – positioniert uns, rückt meine Fliege zurecht und sagt: »Ein bisschen weniger mörderisch, Paul. Denk an ›freundlich‹.«

Grace lehnt sich an, aber nur ganz knapp. Ich spüre die Wärme ihrer Schulter, und es kostet mich echte Anstrengung, die Lücke nicht zu schließen. Die Kamera klickt, blitzt, und es ist vorbei. Der Social-Media-Typ überprüft sein Handy, lächelt zu breit und zeigt uns dann den Beitrag. »Das neue Gold-Duo des *Chronicle*«, steht über unseren Gesichtern, nebeneinander, mitten im Blinzeln und mit einer halben Grimasse erwischt. Ich sehe aus wie eine Geisel. Grace sieht aus wie die Verhandlungsführerin, die kurz davor ist, abzudrücken.

Der Beitrag geht live, bevor wir protestieren können. Mein Handy vibriert, und ich sehe, wie sich die Likes stapeln – zuerst von Unterstützern der Wohltätigkeitsorganisation, dann vom Rest der Redaktion. Mein Kiefer spannt sich instinktiv an, eine alte Muskel-Erinnerung an das letzte Mal, als mein Gesicht als Clickbait benutzt wurde.

Grace gibt einen leisen, gepressten Laut von sich. »Die werden das doch überall bringen, oder?«

»Schon erledigt«, sage ich. »Wir trenden aus den völlig falschen Gründen.«

Sie flucht leise vor sich hin, das Wort knapp und sparsam. »Brillant. Einfach brillant.« Sie leert ihr Weinglas in einem einzigen Schluck und nickt dann in Richtung des Küchentrakts. »Ich brauche Luft.«

Ich folge ihr, teils weil ich es will, hauptsächlich weil ich sie bei so vielen Feinden im Gebäude nicht aus den Augen lassen werde.

Wir schlüpfen durch eine halb offene Tür in einen Dienstkorridor, der in jenem gebrochenen Weiß gestrichen ist, das man nur an Orten sieht, die die Haftung mehr fürchten als den Tod. Das Summen des Hauptraums wird zu einem entfernten Murmeln; hier drinnen herrscht das langsame, beruhigende Surren der Kühlung und das Klappern von Personal, das eine frische Armee von Canapés vorbereitet.

Grace lehnt an der Wand, die Arme so fest verschränkt, dass sie wahrscheinlich ihren eigenen Blutkreislauf abschnüren könnte. Sie sieht nicht mich an, nur den Boden, wo eine einzelne Cocktailserviette unter dem Absatz eines Budapesters in Größe 43 zerknüllt wurde. Die Stille ist greifbar.

Sie sieht mich an, sieht mich wirklich an, und in ihrem Gesicht liegt etwas, das ich nicht benennen kann, ohne es zu zerstören.

»Wünschst du dir manchmal, wir könnten einfach … aufhören?«

»Womit aufhören?«

Sie zuckt mit den Schultern. »Aufhören, so zu tun. Aufhören, eine Show abzuziehen. Einfach nur für eine Minute sein.«

Ich will Ja sagen, zugeben, dass die einzige Zeit, in der ich nicht meine eigenen Zeilen probe, die ist, in der ich mit ihr rede. Aber ich tue es nicht, denn es gibt Wahrheiten, die man nicht ausspricht, wenn man weiterhin in seiner eigenen Haut leben will.

Stattdessen sage ich: »Du weißt, dass das nicht möglich ist. Wir sind nur so real wie die nächste Story.«

Sie schließt die Augen, als wäre das die Antwort, die sie erwartet, aber gehofft hatte, nicht zu bekommen. »Du bist unmöglich.«

»Nicht wahr. Nur sehr, sehr konsequent.«

Ihr Mund zuckt, und die Stille wird leichter, eher wie die Ruhe, die auf einen Sturm folgt. Sie blickt an mir vorbei, hinaus in den Hauptraum, wo das Stimmengewirr einen fieberhaften

Höhepunkt erreicht hat. »Wir sollten zurückgehen. Wir müssen jemanden zitieren können.«

Ich nicke, aber keiner von uns bewegt sich.

Ein Kellner gleitet vorbei, ein Tablett auf einer Hand balancierend, seine Augen huschen zwischen uns hin und her, als wäre er in einen Liebesstreit oder das Vorspiel zu einer Personalmeuterei geraten. Ich fange den verurteilenden Blick in seinen Augen auf und lache beinahe.

Grace richtet sich auf, streicht sich die Haare glatt. »Bereit, wieder das Gold-Duo zu sein?«

Ich sage: »Nur, wenn du versprichst, mich nicht mit einem Mini-Satay-Spieß zu erstechen.«

»Keine Versprechungen«, sagt sie.

Wir treten zurück in das grelle Licht des Ballsaals. Mein Handy brummt erneut – diesmal eine WhatsApp von Jamie: »Ihr seid überall, Kumpel. Könntet euch genauso gut auf der Tanzfläche küssen und es hinter euch bringen.«

Ich zeige es Grace. Sie liest es und gibt es mir dann zurück. »Du bist nicht mein Typ.«

Ich grinse. »Du hast keinen Typ. Du hast nur ein sehr ausgeklügeltes Auswahlverfahren.«

»Bei dem du spektakulär durchgefallen bist.«

Wir lassen uns von der Menge verschlucken, aber zwischen uns gibt es jetzt einen Faden, unsichtbar, aber zugfest, und ich weiß, wenn ich daran ziehen würde, würde sie wahrscheinlich folgen. Eine Weile mischen wir uns unter die Leute, wir scherzen, wir spielen die erwarteten Rollen. Aber jedes Mal, wenn sich unsere Blicke treffen, verschwimmt der Rest des Raumes zu einem Rauschen.

Es ist auf seine Weise fast ehrlich.

Ich stehe neben ihr in einem geliehenen Anzug, den ich morgen zurückgeben werde, und tue so, als wäre es nicht das beste Schlimmste, was mir seit Jahren passiert ist, Teil dieses Gold-Duos zu sein.

Am Ende des Abends hat uns jeder im Gebäude zusammen gesehen, und ausnahmsweise macht es mir nichts aus, beobachtet zu werden.

Der schlimmste Regen in London ist nicht der biblische, derjenige, der Schlagzeilen macht und die U-Bahn flutet. Es ist der seitliche, gehässige Nieselregen, der Schirmdächer in konkave Schwimmbecken verwandelt und jede lose Gehwegplatte zu einer Todesfalle macht. Wir stehen unter dem Portikus – ich, Grace und eine Frau, von der ich glaube, dass sie früher die Innenministerin war –, alle drei gestrandet durch das Wetter und die Nichtverfügbarkeit von bezahlbaren Ubers. Die Markise des Savoy bietet keinen Schutz, nur die falsche Hoffnung, dass sich irgendwann jemand an uns hier draußen erinnern und eine Rettungsaktion schicken wird.

Grace kuschelt sich tiefer in ihren Schal, die Augen auf den peitschenden Regen verengt. Sie schweigt, was nie ein gutes Zeichen ist, und als ich ihr meine Jacke anbiete, wirft sie mir den Blick zu, der für Männer reserviert ist, die den Kern des Feminismus komplett verfehlt haben. Ich zucke mit den Schultern, hänge die Jacke über meinen Arm und beobachte, wie sich die anderen Gäste um das einzige schwarze Taxi streiten, das gerade vorgefahren ist.

Am Ende ist es eine der Kellnerinnen, die offensichtlich selbst nach Hause will und die Warteschlange regelt. »Sie fahren beide Richtung Osten, ja?«, sagt sie und schiebt uns zu dem offenen Taxi. »Teilen Sie, oder wir stehen hier, bis die Themse sich zurückzieht.«

Der Fahrer mustert uns und seufzt, bereits auf eine Fahrt ohne Geplauder mit einer Beilage Kalter Krieg gefasst. Wir steigen ein, zuerst Grace, dann ich, und es gibt einen Moment, in dem ich denke, sie könnte ganz zur anderen Tür rutschen, stattdessen parkt sie sich genau in der Mitte, ihre Knie berühren fast meine.

Das Innere des Taxis ist ein Gewächshaus: feucht, dampfig, die Fenster bereits mit dem Kondenswasser von tausend nassen Nächten vor dieser beschlagen. Die Stadt draußen ist ein Farbrausch aus Rot und Gold, Rücklichter und Straßenlaternen, die zu Streifen verschwimmen. Die Sitze sind klebrig von Regenwasser und ich bin nicht sicher, was noch.

Ich nenne dem Fahrer meine Adresse. Grace murmelt ihre, korrigiert sie dann und sagt nichts mehr. Ganze drei Minuten lang sprechen wir nicht. Ich zähle die Sekunden auf der Digitaluhr, beobachte, wie die Wassertropfen am Glas hinunterlaufen. Die Scheibenwischer schlagen einen Rhythmus, der entweder beruhigend oder wie eine Totenklage ist; ich kann mich nicht entscheiden.

Grace reibt sich die Schulter, die Finger kneten den Muskel direkt über dem Schlüsselbein. Sie tut es geistesabwesend, als hätte sie vergessen, dass ich da bin. Aber ich habe es nicht.

»Macht sie dir immer noch zu schaffen?«, sage ich leise, als ob es möglich wäre, im Fond eines Londoner Taxis ein Geheimnis zu wahren.

Sie blinzelt, ihre Hand hält mitten in der Bewegung inne. »Was?«

»Deine Schulter.«

Sie schnaubt, aber es ist nicht unfreundlich. »Daran erinnerst du dich?«

»Ich erinnere mich, dass du die letzten fünf Minuten des Hockeyspiels gespielt hast, während sie dir aus der Gelenkpfanne hing. Und trotzdem ein Tor geschossen hast.« Ich beobachte ihr Gesicht in den flackernden Straßenlaternen, die Art, wie die Erinnerung versucht, durch die Maske zu dringen.

Sie zuckt mit den Schultern, was wahrscheinlich eine Qual ist, aber das wird sie nicht zugeben. »Rücksichtslose Dummheit. So hast du es genannt.«

»Ich hatte recht«, sage ich. »Aber es war beeindruckend.«

Sie blickt mich an, ihre Augen suchen nach Spott, finden aber keinen. »Du hast mich vom Spielfeld getragen. Dachte nicht, dass du dich daran auch erinnern würdest.«

»Schwer, den Geruch von Schlamm, Blut und Head & Shoulders Shampoo zu vergessen.«

Sie lacht, kurz und scharf, und die Spannung im Auto wandelt sich von feindselig zu etwas anderem. Nostalgie vielleicht. Oder die erste Phase der Trauer.

Das Taxi fährt über ein Schlagloch, und die Erinnerung zerspringt. Wir werden auf unseren Sitzen durchgeschüttelt und ihre Schulter stößt gegen meine. Für eine Sekunde zieht sie sich nicht zurück. Ich spüre ihre Wärme durch die nasse Baumwolle, und ich möchte etwas sagen, das kein Witz oder eine Herausforderung ist.

Stattdessen schaue ich aus dem Fenster, wo die Stadt zu schnell vorbeizieht, um auch nur ein einziges Detail zu erfassen. Ich frage mich, ob es in ihrem Kopf auch so ist: alles kommt mit hoher Geschwindigkeit auf sie zu, keine Zeit zum Verarbeiten, nur reagieren und überleben.

Auf der Hackney Road kommen wir zum Stillstand, der Verkehr staut sich auf eine Weise, die nur passiert, wenn jede andere Straße in London wegen eines königlichen Besuchs oder eines Wohltätigkeitslaufs gesperrt wurde. Der Fahrer seufzt und schaltet das Radio ein, irgendeine nächtliche Anrufsendung über die neueste »Initiative« der Regierung. Grace lässt ihre Knöchel knacken, eine nervöse Angewohnheit, die ich bis gerade eben vergessen hatte.

An der nächsten Ampel schaut sie herüber, mit leiser Stimme. »Warum hast du dich im nächsten Jahr nicht für das Praktikum beim *Chronicle* beworben?«

Ich zögere, dann antworte ich ehrlich. »Nachdem ich ein Jahr als Freelancer rumgekrebst hatte, hatte ich nicht mehr das Gefühl, dazuzugehören.«

Sie kaut darauf herum. »Du hast immer dazugehört, Paul. Du hast es nur gehasst, es zuzugeben.«

Ich will widersprechen, all die Gründe aufzählen, warum ich nicht passte, dass ich es immer noch nicht tue, aber es scheint jetzt sinnlos. »Vielleicht hast du recht.«

Sie lehnt sich zurück, die Augen geschlossen, den Kopf an der Lehne. Im Spiegelbild sehe ich, wie sich ihr Mund verzieht, nicht vor Schmerz, sondern so etwas wie Bedauern.

Das Taxi hält endlich vor meinem Gebäude, einem Sozialbau aus den 6oern, bei dem im halben Eingangsbereich die Lichter ausgefallen sind.

»Willst du mit hochkommen?«, frage ich, bevor ich es mir anders überlegen kann.

Sie zieht eine Augenbraue hoch. »Wozu?«

Ich habe keine gute Antwort. »Um dich abzutrocknen. Oder ... ich weiß nicht, Tee trinken.«

»Sicher«, sagt sie, bezahlt den Fahrer, bevor sie aus dem Taxi gleitet, meine Jacke über den Kopf geklemmt, und im Regen wartet, bis ich vorangehe.

Ich tue es.

Der Regen ist jetzt stärker, durchnässt mein Hemd und rinnt mir in kalten Strömen den Nacken hinunter. Die Lichter in der Lobby sind aus, aber sie hat den Aufzugknopf bereits gefunden. Ich schließe die Tür auf, und wir treten gemeinsam in die Dunkelheit, unsere Schritte hallen von den Fliesen wider.

Ich weiß nicht, warum ich es angeboten habe oder warum sie Ja gesagt hat. Ich weiß nur, dass ihre Hand meine streift, als wir den Korridor entlanggehen, und dieses Mal tut keiner von uns so, als würde er es nicht bemerken.

Wir erreichen meine Tür. Ich fummle mit den nassen, ungeschickten Schlüsseln, aber sie wartet, schweigsam, und beobachtet mich, als wäre sie sich nicht sicher, was als Nächstes passiert. Ich auch nicht.

Ich stoße die Tür auf, und wir stehen auf der Schwelle, zwei ertrunkene Ratten, die nichts mehr zu verlieren haben.

Sie sagt: »Nach dir.«

Also gehe ich voran.

Die Wohnung ist kalt und düster, das einzige Licht kommt von den Straßenlaternen draußen. Sie lässt ihren nassen Schal und meine Jacke auf den Boden fallen. Ich gehe in die Küche und setze den Wasserkocher auf, weil es dafür Protokolle gibt und mir nichts Besseres einfällt.

Sie lehnt sich gegen die Arbeitsplatte, die Arme verschränkt, und beobachtet mich mit demselben alten Laserfokus.

»Wir sind nicht fertig«, wiederholt sie, und jetzt ist klar, dass sie alles meint: die Arbeit, den Streit, die Story, vielleicht sogar uns.

Ich schenke zwei Tassen ein, meine Hände zittern immer noch. Ich frage nicht, ob sie Zucker will.

Wir stehen in der Stille, der Regen hämmert gegen das Glas, Dampf steigt von den Tassen und von der Oberfläche unserer Haut auf.

Hier steckt irgendwo eine Geschichte. Vielleicht schreibe ich sie eines Tages auf.

Vorerst stehen wir einfach im Dunkeln, nicht fertig.

FÜNFZEHN

GRACE

Es gibt drei Rechtfertigungen dafür, nach Mitternacht in der Wohnung seines Ex-Freundes aufzutauchen, von denen keine stichhaltig ist. Erstens: Man muss sich über eine brandheiße Story austauschen. Zweitens: Man muss das Handy-Ladekabel zurückgeben, das man gestohlen hat. Drittens: Man braucht ihn, und wenn man das laut ausspricht, versinkt die Welt in einem Abgrund der Selbstparodie, aus dem sie sich vielleicht nie wieder erholt.

Die Wohnung ist nicht nur unordentlich, sie befindet sich in aktiver Rebellion – Stapel von Ausdrucken auf jeder Oberfläche, der Boden ein Friedhof aus Textmarkern, Essensboxen vom Lieferservice, die neben dem Sofa eine tragende Wand bilden. An die Heizung ist ein Whiteboard gelehnt, auf dem die Worte »Motiv, Gelegenheit, Apathie« in Blau eingekreist sind. Ich erinnere mich an die Handschrift von hundert Nächten in der Studentenredaktion, an die Art, wie er selbst die banalsten Abgabetermine zu einer Angelegenheit existenzieller Verzweiflung machte.

Die Fallakten, an denen wir eigentlich zusammenarbeiten sollen, sind in einer Collage des Elends über die Oberfläche verstreut: Screenshots von Social-Media-Posts, Überweisungsbelege, ein unscharfes Foto einer Spendenaktion, auf dem alle grinsen, außer der Person, um die es in der Geschichte geht. An einer Seite eines Blattes steht eine Liste mit Namen in Großbuchstaben: drei sind markiert, einer ist durchgestrichen, und die restlichen sind am Rand mit einer Fülle von Beleidigungen und Spekulationen kommentiert. Er hat hart daran gearbeitet, aber kein Wort darüber verloren oder, was noch wichtiger ist, kein Wort geschrieben.

»Nette Bude«, sage ich.

Paul schnaubt, ein Geräusch irgendwo zwischen Zustimmung und Entschuldigung. »Ich hatte keine Zeit, für die Überraschungsinspektion aufzuräumen.«

Ich setze mich auf die Kante des Sofas und achte darauf, die schlimmsten losen Papiere zu meiden. Er wirft mir ein Handtuch zu und setzt sich ans andere Ende, die Beine ausgestreckt, schiebt sie dann zur Seite, als klar wird, dass ich mehr Platz brauche. Mir wird nachträglich klar, dass er jetzt barfuß ist. Das letzte Mal, dass ich ihn barfuß gesehen habe, war in unserem Urlaub in Brighton, wo er das ganze Wochenende damit verbrachte, sich über meine Sonnenschutz-Gewohnheiten lustig zu machen, und dann einen so schlimmen Sonnenbrand bekam, dass er eine Woche lang keine Schuhe tragen konnte.

Für einen Moment sage ich nichts. Der Regen ist jetzt lauter und hämmert mit der Art von Entschlossenheit gegen das Glas, wie es nur London im Februar kann. Ich beobachte, wie die Tropfen die Scheibe hinunterjagen, und zwinge mich, keine Metapher daraus zu machen.

»Hörst du eigentlich jemals auf?«, frage ich und deute auf die Ermittlungsunterlagen um uns herum.

Er denkt darüber nach und fährt sich mit einer Hand durchs Haar, bis es in neuen und interessanten Richtungen absteht. »Hab ich versucht. Hat nicht geklappt.«

Wir sehen beide auf das Whiteboard, auf das Chaos aus Notizen und Pfeilen. Dann wieder zueinander.

Ich will ihm sagen, dass ich stolz auf ihn bin, dass ich seine Hartnäckigkeit bewundere. Aber die Worte bleiben mir im Hals stecken. Stattdessen sage ich: »Du brennst aus, bevor du irgendetwas erreichst, das weißt du.«

Er lacht, aber es ist ein leises, müdes Geräusch. »Ein alter Hut. Willst du versuchen, mich zu retten, Hampton?«

»Nicht meine Aufgabe«, sage ich, aber wir wissen beide, dass das eine Lüge ist.

Ich erinnere mich an Nächte in der Studentenredaktion, in denen wir bis zwei Uhr morgens stritten und keiner von uns bereit war, nachzugeben. Ich erinnere mich auch an das eine Mal, als uns die Streitthemen ausgingen und wir einfach nur schweigend dasaßen, sein Kopf in meinem Schoß, meine Finger, die gedankenverloren durch sein Haar strichen, bis er einschlief.

Ich schüttle die Erinnerung ab.

Paul nimmt mir das feuchte Handtuch ab und trocknet sich die Haare. Er steht auf, um sich zu strecken, die Arme über dem Kopf, wobei sein Hemd gerade so weit hochrutscht, dass die helle Linie seiner Hüfte zum Vorschein kommt. Ich mache ein Geräusch, das definitiv kein Wimmern ist, und überspiele es dann mit einem Husten.

Er grinst mich an, und für eine Sekunde ist der Ausdruck auf seinem Gesicht so offen, so vollkommen ohne Falschheit, dass ich spüre, wie sich etwas in mir verkrampft.

Ich ziehe mich unter dem Vorwand, mehr Tee zu brauchen, in die Küche zurück. Der Zustand des Raumes ist katastrophal, aber es gelingt mir, die Teebeutel zu finden.

Paul kommt hinterher und lehnt sich neben mir an die Theke. »Erinnerst du dich, als wir das früher jede Nacht gemacht haben?«

»Was?«, frage ich. »Bis zum Morgengrauen wach bleiben, um kalten Spuren nachzujagen, oder mit unserer gemeinsamen Besessenheit perfekt funktionierende Beziehungen zu ruinieren?«

»Beides«, sagt er lachend. »Hauptsächlich das Zweite.«

Ich gieße den Tee ein und konzentriere mich auf den Milchstrudel, bis die Flüssigkeit genau den Beigeton annimmt, der bedeutet, dass ich der Frage ausweiche.

Er streckt die Hand aus, sie schwebt knapp über meiner

Schulter. Für einen Moment denke ich, er wird mich berühren, und jede Zelle meines Körpers wartet darauf. Stattdessen zupft er ein verirrtes Haar von der Rückseite meines Kleides und hält es triumphierend hoch.

»Du haust jetzt schon? Es ist noch nicht mal Frühling.«

Ich schnippe das Haar von seiner Hand, aber nicht bevor meine Finger seine Handfläche streifen. Der Schlag ist elektrisierend, peinlich in seiner Intensität.

Ich räuspere mich. »Etwas Abstand, Callaghan.«

Er ist nah, so nah, dass ich das Aftershave auf seiner Haut riechen kann. »Früher hat es dich nie gestört.«

»Jetzt schon«, lüge ich, aber es wirkt nicht.

Er mustert mein Gesicht einen Moment lang, seine Augen suchend. Dann tritt er zurück, die Arme verschränkt, und gibt mir den Abstand, den ich gefordert habe. Dadurch fühle ich mich kälter.

Wir trinken unseren Tee an der Küchentheke, die Stille wird nur vom Regen und dem leisen Klirren von Keramik durchbrochen.

Nach einer Minute sagt er: »Warum bist du heute Abend gekommen?«

Ich schlucke schwer. »Die Story. Wir sollen doch zusammen daran arbeiten.«

Er nickt, aber ich merke, dass er es mir nicht abkauft.

Ich starre auf meine Tasse, dann auf ihn. »Und du? Warum machst du das immer noch? Du könntest einfach aufhören, weißt du. Dir einen Job suchen, bei dem mehr als nur ein Butterbrot bezahlt wird und du nicht freitagabends zum Speed-Dating musst.«

Er blickt aus dem Fenster, die Lichter der Stadt von Wasser und Entfernung verschmiert. »Ich weiß nicht, wie man etwas anderes macht«, sagt er. »Und selbst wenn ich es wüsste, würde ich es nicht wollen.«

Es ist zu ehrlich, zu unverblümt. Ich will einen Witz machen, aber die Luft lässt es nicht zu.

Stattdessen greife ich nach dem Wasserkocher, um meine

Tasse aufzufüllen, verzweifelt auf der Suche nach etwas, das ich mit meinen Händen tun kann.

Paul greift auch danach, und unsere Finger stoßen aneinander, Knöchel an Knöchel. Keiner von uns bewegt sich. Für eine lange Sekunde verharren wir einfach so, unsere Hände übereinander, die Hitze steigt und fällt gleichermaßen.

»Ich sollte gehen«, sage ich, aber ich rühre mich nicht.

Er neigt den Kopf. »Du könntest bleiben. Nur bis der Regen aufhört.«

Ich sehe ihn an, die Linie seines Kiefers, die Narbe an seinem Handgelenk von dem Mal, als er meine Ehre in einer Schlägerei in der Studentenvereinigung verteidigt hatte. Ich will Ja sagen. Ich will sagen: »Lass uns die letzten sieben Jahre vergessen und hier und jetzt von vorn anfangen, bei scheußlichem Tee und einem Tisch voller Beweismittel.« Ich will sagen: »Ich habe nie aufgehört, dich zu vermissen.«

Aber das tue ich nicht.

»Denkst du jemals darüber nach, was wir tun würden, wenn wir nicht hier wären?«, fragt er.

Ich will sagen: »Wir wären im Bett, und du würdest dir Verschwörungstheorien über die Bettdeckenindustrie ausdenken«, aber die Worte bleiben mir im Hals stecken. Stattdessen sage ich: »Wahrscheinlich schlafen«, und der Moment verstreicht, aber nur knapp.

Er grinst, aber es erreicht seine Augen nicht. »Lügnerin.«

Ich blicke hinüber, und er beobachtet mich – er beobachtet mich wirklich, so wie man eine offene Wunde ansieht oder ein Gedicht, das man hasst, aber nicht aufhören kann, es immer wieder zu lesen.

Unsere Gesichter sind nur wenige Zentimeter voneinander entfernt. Ich weiß nicht, wer sich zuerst bewegt, aber plötzlich bin ich nah genug, um die Fältchen um seinen Mund zu zählen, die blauen Sprenkel in seinen Augen, die nur zum Vorschein kommen, wenn er kurz davor ist, etwas Wichtiges zu sagen.

Das tut er.

»Du kannst jetzt mit der Schauspielerei aufhören«, sagt er,

und die Worte sind eine Herausforderung, eine Wette, ein Geständnis.

Ich will lachen, etwas Schlagfertiges und Verletzendes erwidern, aber meine Brust ist weich und ohne Rüstung geworden. Er beugt sich langsam vor, so wie man sich einem Tier nähert, von dem man glaubt, es könnte beißen.

Für einen Moment lasse ich ihn gewähren.

Dann, mit der Geschwindigkeit einer Panikattacke, ziehe ich mich zurück. »Wir sollten nicht«, sage ich, und es ist weniger eine Entscheidung als ein Reflex.

Er blinzelt einmal. »Warum nicht?«

»Das kommt mir zu bekannt vor«, sage ich, meine Stimme kaum hörbar. »Und wir wissen beide, wie es das letzte Mal geendet hat.«

Sein Kiefer spannt sich an, und für eine Sekunde sehe ich den alten Zorn, die Version von ihm, die eine Tür zugeschlagen oder einen Streit angefangen hätte, nur um nicht der Erste zu sein, der zerbricht. Aber er tut es nicht. Er steht einfach nur da, die Hände flach auf der Theke, als hätte er Angst, irgendetwas anderes zu berühren.

»Vielleicht hat es so geendet, weil du uns nie eine Chance gegeben hast«, sagt er, und seine Stimme ist leise, ungeschützt.

Ich will etwas sagen, irgendetwas, aber die Luft ist dick von Dingen, die sich nicht mit Worten reparieren lassen.

»Ich muss gehen«, sage ich lauter als beabsichtigt. Ich ziehe meine Hand weg und hebe meinen klatschnassen Schal vom Flurboden auf. »Ich habe ein frühes Meeting«, sage ich. »Und wenn ich so aussehe, als hätte ich nicht geschlafen, wird Sarah annehmen, dass wir miteinander schlafen, und mich aus reiner Bosheit feuern.«

Er grinst. »Keine Sorge, sie denkt, bei dir scheint die Sonne aus dem Arsch.«

Ich bin an der Tür, bevor ich merke, dass ich mich bewege. Ich drehe mich um, die Hand am Knauf, und sage: »Vergiss nicht, das Google Doc zu aktualisieren, wenn du etwas findest. Und versuch, nicht auf dem Sofa einzuschlafen.«

Er salutiert, eine absolut lächerliche Geste. »Verstanden.«

Ich öffne die Tür und lasse das Geräusch des Regens den Flur füllen. Für einen Moment denke ich, er wird mir folgen. Aber er steht nur da und schaut zu, während das Licht hinter ihm sein Gesicht in einen Schatten verwandelt.

»Gute Nacht«, sage ich, und mehr bringe ich nicht zustande.

Draußen ist die Luft schneidend, der Regen irgendwie kälter als zuvor. Ich kauere mich unter dem Eingang des Wohnblocks zusammen, atme den Geruch von feuchtem Beton ein und versuche mir einzureden, dass ich immer noch die Kontrolle habe.

Ich schaue auf mein Handy. Da ist eine E-Mail von Sarah mit dem Betreff: »Lebst du noch?« und ein verpasster Anruf von meiner Mutter. Ich ignoriere beides.

Stattdessen stehe ich einfach nur da, allein, und beobachte das Flimmern der Stadt in der Dunkelheit, jedes Fenster eine Geschichte, jede Straßenlaterne ein Versprechen.

Es ist fast genug.

Fast.

SECHZEHN

PAUL

Die Wohnung ist so still, dass ich meinen Herzschlag hören kann, was neu für mich ist. Normalerweise gibt es irgendeine Ablenkung – das Brummen des Kühlschranks, hin und wieder eine Sirene, die Nachbarin von oben, die mit ihrem Geklimper das Klavier massakriert. Aber jetzt gibt es nur das perkussive Klappern der Tasten und die Nachwehen von Graces Abgang, die lauter sind als jede Musik.

Der Cursor blinkt, eindringlich. Ich starre seit zwanzig Minuten auf denselben Absatz und versuche, ihn in eine kohärente Form zu zwingen. »Moderne Romanzen«, fängt er an, um dann einen nassen, unspektakulären Tod zu sterben. Ich versuche es mit einem anderen Ansatz: »Wenn man jemanden fragt, der jemals versucht hat, im Zeitalter des Überwachungskapitalismus zu daten ...« Das ist irgendwie noch schlimmer. Ich lösche, schreibe neu, lösche wieder.

Jedes Mal, wenn ich vom Laptop aufschaue, erwarte ich halb, Grace am anderen Ende des Sofas zu sehen, mit nassen Haaren, in einem marineblauen Abendkleid, ein Finger, der im Takt ihrer Gedanken tippt. Stattdessen gibt es nur eine Ansammlung loser Ausdrucke und mein Spiegelbild auf dem schwarzen Fernsehbildschirm, das aussieht wie jemand, der gerade erkannt hat, dass er von einem besseren Gegner ausgespielt wurde.

Ich versuche, über die Liebe zu schreiben, aber alles, woran ich denken kann, ist Verlust. Genauer gesagt, die Art, wie sie gegangen ist: nicht dramatisch, nicht einmal wütend, einfach fertig. Endgültig, wie das Klicken eines Telefons, das aufgelegt wird. Ich spiele das letzte Gespräch in meinem Kopf noch einmal ab, als gäbe es einen Director's Cut, in dem ich etwas Kluges genug sage, um sie davon abzuhalten, zu gehen. Gibt es nicht. Die ganze Szene ist mir so vertraut, dass ich sie aus dem Gedächtnis inszenieren könnte – bis hin zu der Art, wie sie sich nicht umdreht, als die Tür ins Schloss fällt.

Ich rufe den Entwurf unserer Kolumne auf, den Sarah immer noch fertig haben will, obwohl die große Story der Wohltätigkeitsskandal ist. Das Google Doc ist ein Friedhof von Kommentaren, die meisten davon von ihr. »Du lehnst dich hier zu sehr auf die Metapher«, hat sie geschrieben. »Versuch, den letzten Satz zu streichen. Oder den ganzen Absatz. Ach, fang einfach noch mal von vorne an.«

Ich will widersprechen, aber sie hat recht. Der Text hat jetzt eine Leere. Er liest sich wie zwei Menschen, die ein Gespräch durch eine Glasscheibe führen und so tun, als würden sie ihr eigenes Spiegelbild nicht sehen. Ich scrolle durch unsere alten Arbeiten, Kolumnen aus der Zeit, als wir noch an der Uni waren und uns um drei Uhr morgens bei billigem Wein aus Plastikbechern über Kommas und Fußnoten stritten. Die Worte damals knisterten, voller Leben und Bosheit und dem Kick, klüger als alle anderen zu sein. Jetzt ist es nur noch Lärm.

Die Nacht draußen ist eine Studie in Nichts. Der Regen hat aufgehört und die Straßen der Stadt aalglatt und anonym zurückgelassen. Ich sollte ins Bett gehen, aber der Gedanke an Schlaf ist lächerlich. Ich habe keine drei Stunden am Stück geschafft, seit die Kolumne »Moderne Romanzen« angefangen hat. Mein Gehirn läuft auf Koffein und Nostalgie, und beides geht zur Neige.

Ich klappe den Laptop zu und versuche, es mir aus den Beinen zu laufen. Die Wohnung ist klein, also besteht das aus einem Rundgang von der Küche ins Bad und zurück, wobei ich das wachsende Trümmerfeld aus Papierkram und ungespülten Tassen von vorhin meide. Ich erhasche einen Blick auf mich im Badezimmerspiegel. Es ist kein schöner Anblick. Ich sehe aus wie jemand, der eine Woche in einem Casino eingesperrt war und jede Hand verloren hat.

Ich spritze mir Wasser ins Gesicht und trockne es mit dem am wenigsten schmutzigen Handtuch ab, das ich finden kann. Die Baumwolle ist steif, riecht schwach nach Bleichmittel und Niederlage. Ich fahre mir durch die Haare, die bereits in alle Richtungen abstehen, und überlege, mich zu rasieren. Ich tue es nicht.

Zurück am Tisch überprüfe ich mein Handy auf Nachrichten. Nichts von Grace. Nicht, dass ich eine erwarte.

Ich öffne das Dokument wieder, entschlossen, zumindest so zu tun, als wäre ich ein funktionierender Erwachsener. Ich schaffe zwei Zeilen, bevor der Drang, ihr Profil zu überprüfen, die Oberhand gewinnt. Es ist wie eine Krankheit. Da ist sie: immer noch wach, grünes Licht bei WhatsApp, arbeitet wahrscheinlich immer noch. Schreibt wahrscheinlich das Stück offline selbst und wartet nicht darauf, dass ich aufhole.

Ich will eine Nachricht schicken. Etwas Kurzes, Direktes, das man unmöglich falsch verstehen kann. Stattdessen tippe ich: »Der Entwurf für ›Moderne Romanzen‹ ist auf dem neuesten Stand. Sag Bescheid, ob du den nächsten Abschnitt übernehmen willst.« Ich lösche es, bevor ich auf Senden drücke. Ich kann mich nicht entscheiden, ob das Selbstbeherrschung oder Feigheit ist.

Ich lege mich ins Bett und starre an die Decke, zähle die Risse im Putz und all die Arten, auf die ich eine Enttäuschung für die Menschen bin, die mir wichtig sind, und immer sein werde.

Es dauert lange, bis der Schlaf kommt. Als er es tut, ist er flach und überfüllt, voller unterbrochener Sätze und Bilder von ihr in diesem Kleid bei der Wohltätigkeitsgala.

SIEBZEHN

<hr>

GRACE

Ich wache um fünf auf, was ein persönlicher Rekord darin ist, mein Gehirn nicht abschalten zu können. Meine Wohnung ist erfüllt vom Geruch des Panik-Kaffees von letzter Nacht und einem Hauch von verbranntem Toast, den selbst drei offene Fenster nicht ganz vertreiben können. Ich laufe die Ränder ab, Becher in der einen, Handy in der anderen Hand, und vollführe den Tanz der chronisch Übermüdeten: scrollen, nippen, neu laden, wiederholen.

Auf der Startseite des *Chronicle* steht immer noch die Schlagzeile von letzter Nacht – irgendetwas über ein Stadtratsmitglied, das bei der Vortäuschung von Invaliditätsansprüchen erwischt wurde, was mich an einem normalen Tag zum Schnauben bringen würde. Heute nehme ich es kaum zur Kenntnis. Ich wische zurück zu Twitter, überprüfe die Benachrichtigungen und wechsle dann zu WhatsApp, für den Fall, dass die Redakteure beschlossen haben, den Artikel in letzter Minute zurückzuziehen. Haben sie nicht, aber ich sehe trotzdem noch einmal nach, nur für den Fall.

Die Uhr tickt über sechs hinaus. Das Kleinkind der Nachbarn schreit bereits, und von oben kommt ein rhythmisches

Pochen, als ob die Frau über mir wieder ihre Möbel stemmt. Ich lehne mich über die Küchentheke, die Stirn gegen das künstliche Granit gepresst, und flehe das Universum an, es einfach hinter sich zu bringen.

Um Punkt 06:30 Uhr geht er online.

Die neue Titelseite lädt mit einem Ruck, die Pixel ordnen sich neu und enthüllen eine Schlagzeile, die so groß ist, dass sie den Bildschirm fast verschlingt: »WOHLTÄTIGKEITSBETRUG AUFGEDECKT: POLITIKER UND VORSTANDSVORSITZENDE IN 12-MIO.-£-BETRUG VERWICKELT.« Darunter mein Name. In Großbuchstaben. GRACE HAMPTON. Im Fließtext all die hässlichen Beweise, die Paul zusammengetragen hatte, und was ich aus den Finanzunterlagen ausgegraben habe. Einiges davon ist, zugegebenermaßen, eher Vermutung als Tatsache, aber wo Rauch ist ...

Ich lese das Ganze einmal, dann noch einmal, und suche nach Anzeichen dafür, dass es entschärft wurde. Die Rechtsabteilung hat die scharfen Kanten abgeschliffen, ein paar »angeblich« und »nach Informationen des *Chronicle*« hinzugefügt, aber der Kern ist geblieben. Ich warte auf den Moment, in dem es sich wie ein Sieg anfühlt, aber meistens ist mir nur kalt und ein bisschen schlecht.

Mein Handy vibriert so heftig, dass es fast von der Theke springt. Die WhatsApp-Gruppe der Redaktion ist explodiert: Einer der Redakteure schickt eine Parade schreiender Emojis, gefolgt von »WACH AUF UND RIECH AN DER TITELSEITE, DU SCHLAMPE«, dann ein Screenshot der Schlagzeile, dreimal rosa eingekreist. Max meldet sich zu Wort: »Omg, hast du ›Fehlverhalten‹ tatsächlich beim ersten Versuch richtig geschrieben?« und ein GIF einer älteren Frau, die in Ohnmacht fällt. Sogar ehemalige Kollegen, die jetzt bei anderen Zeitungen arbeiten, mischen sich ein, ihre Nachrichten eine Mischung aus Bewunderung und kaum verhohlenem Neid.

Es gibt eine SMS von meinem Vater, der normalerweise nie einen Finger an die Tastatur legt, es sei denn, jemand ist tot. Seine Nachricht ist kurz: »Bin stolz auf dich, Liebes. Vergiss nicht zu essen.«

Für einen Moment pulsieren die drei Pünktchen, als ob er abwägt, ob er mehr schreiben soll, dann nichts.

Auf Twitter sind die Auswirkungen sofortig und glorreich.

Um acht Uhr ist der CEO der Wohltätigkeitsorganisation »von seiner Rolle zurückgetreten, um mehr Zeit mit seiner Familie zu verbringen«, der Finanzdirektor wird in ein Polizeiauto geführt und ein Staatssekretär, der noch vor einem Monat gerne mit übergroßen Schecks posiert hatte, ist plötzlich »auf unbestimmte Zeit beurlaubt«. Ich erlaube mir den kleinen Nervenkitzel, zuzusehen, wie der Hashtag trendet, mein Handy zischt vor Erwähnungen, Beleidigungen, Verschwörungstheorien und dem gelegentlichen »gut gemacht«.

Die Story wird von jeder anderen Nachrichtenagentur aufgegriffen. Der *Evening Standard* formuliert sie als »Vertrauenskrise« um, die *Mail* nennt sie »Hamptons Hammerschlag für die City Hall«, und *The Sun*, die Zeitung, die meine Schreibe einst als »schrill« bezeichnet hatte, druckt den gesamten zweiten Absatz wörtlich ab, komplett mit dem Tippfehler, den ich den Redakteur gebeten hatte, als Falle für faule Aggregatoren drin zu lassen.

Ich mache mir eine Notiz, Tess für diesen Vorschlag zu danken.

Um zehn ist mein Posteingang ein Schlachtfeld. Es gibt Anfragen von Fernsehproduzenten, drei verschiedenen Radiosendungen und eine Nachricht von der Rechtsabteilung, die mich daran erinnert, nichts über »laufende Ermittlungen« in den sozialen Medien zu posten. Es gibt auch eine E-Mail von der Personalabteilung, aber die lösche ich, ohne sie zu öffnen. Wenn es um die Mitarbeiterzufriedenheitsumfrage geht, können sie mich mal.

Ich ziehe mich endlich an, was bedeutet, dass ich die Pyjamahose gegen die sauberste Jeans tausche, die ich finden kann, und schleppe mich zum Spiegel. Auf meinem Gesicht ist eine Falte, die ich noch nie zuvor gesehen habe, sie verläuft vom Rand meiner linken Augenbraue bis hinunter zum Wangenknochen. Es ist keine Narbe, nur ein Graben, der sich durch sechs Monate Kieferpressen eingegraben hat. Ich reibe daran, aber er geht nicht weg.

Ich esse Toast. Ich trinke mehr Kaffee. Ich beobachte, wie die Zahlen in der »Meistgelesen«-Seitenleiste des *Chronicle* in Echtzeit steigen, der kleine Fortschrittsbalken bei jedem Neuladen nach vorne schnellt. Ich weiß, ich sollte mich ausloggen, einen Spaziergang machen oder zumindest meine Haare waschen, aber ich bin wie angewurzelt, unfähig, das Gefühl abzuschütteln, dass die Story verschwinden wird, wenn ich nur blinzle, und ich gleich mit.

Um 09:02 Uhr ruft Sarah an. Ich nehme mit Freisprecheinrichtung an, meine Hände zittern nur ein wenig.

»Du hast es geschafft«, sagt sie, ihre Stimme erfüllt von Genugtuung und, wenn ich ehrlich bin, ein bisschen Ehrfurcht. »Du verdammte Maschine. Hast du die Erklärung gesehen? Der CEO hat einen auf Boris Johnson gemacht.«

Ich grinse, die Muskeln in meinem Gesicht protestieren gegen die plötzliche Bewegung. »Bis Montag ist er in Málaga. Ich gebe ihm sechs Stunden, bevor er es auf einen übereifrigen Praktikanten schiebt.«

Sarah gackert, wird dann wieder ernst. »Im Ernst. Das ist die beste Arbeit, die du je gemacht hast. Ich meine, du bist immer noch ein Albtraum, aber dafür könntest du tatsächlich eine Gehaltserhöhung bekommen.«

»Oder verklagt werden.«

»Oder verklagt werden! Aber wenigstens wärst du dann berühmt. Oder berüchtigt. Kommt drauf an, wen du fragst.«

Sie hält inne, die Leitung ist vom Geräusch erfüllt, wie sie in etwas Knuspriges beißt. »Wie auch immer, kannst du reinkommen? Miriam will die Nachbesprechung um zwei machen, und sie bringt Gebäck mit.«

»Ja«, sage ich und starre aus dem Fenster, während die Stadt unter mir vor sich hin trottet. »Ich bin da.«

»Zieh etwas an, das ›Investigativjournalistin‹ sagt, nicht ›auf Untersuchungshaft‹.«

Ich lege auf und verbringe ganze fünf Minuten damit, mich zu fragen, was das überhaupt bedeutet. Dann werfe ich einen Blazer über mein T-Shirt, zwänge meine Füße in Stiefel und bereite mich darauf vor, der Welt als die Person zu begegnen, die sie für einen Morgen ein kleines bisschen erschüttert hat.

Wenn es in der Luft knistert, als ich die Redaktion betrete, dann nur, weil die kollektive Spannung eine Explosion auslösen könnte. Der Ort pulsiert wie in einer Wahlnacht. Nicht nur die alten *Chronicle*-Haudegen, sondern auch die *Express*-Mitarbeiter – die meisten tun so, als wären sie genervt, dass sie sich den Schreibtischplatz teilen müssen, aber es gibt lauter Seitenblicke und Mikroschmunzeln, wenn sie denken, dass niemand zusieht. An der Bürokaffeemaschine gibt es eine Schlange, und jemand hat bereits die »zwei Teile pro Person«-Regel gebrochen, sodass der Praktikant einen kleinen See aus Hafermilch aufwischen muss.

Mein Schreibtisch ist heute im Zentrum von allem: zwei Plätze neben dem Team für digitale Politik, drei vom Ressort für Reportagen entfernt und fast perfekt positioniert für maximale Aufmerksamkeit von jedem, der mich angreifen oder mir gratulieren will. Ich bekomme beides, bevor ich mich überhaupt einlogge.

Sarah taucht auf, drückt mir eine Tupperdose mit selbstgemachten Muffins in die Hand, ihre Augen sind so leuchtend, dass ich leistungssteigernde Drogen vermute. »Hast du die Kommentare gesehen? Verdammte Legende«, sagt sie, ihre Stimme ist leise, aber deutlich zu hören. »Iss außerdem nicht die Muffins aus der Kantine, die schmecken wie Teppichkleber.«

Ich danke ihr und überprüfe dann dreifach meinen Desktop auf E-Mails von der Rechtsabteilung, bevor ich es wage, meinen Posteingang aufzumachen. Es ist schlimm, aber überlebbar. Fünf Bitten um Stellungnahme, sieben Danksagungen, drei scharf formulierte Beschwerden von Leuten, die ich noch nie getroffen habe, die aber anscheinend denken, ich hätte ihr Leben ruiniert. Das Verhältnis ist jedoch schmeichelhaft, also erlaube ich mir, es zu genießen.

Ich bin bei der Hälfte eines Muffins, als ich Paul bemerke, der wie ein Türsteher, dem gerade erst eingefallen ist, dass er dienstfrei hat, an Sarahs Türrahmen lehnt. Er hat die Arme verschränkt, das Kinn gesenkt, die Augen hinter einem Pony versteckt, der eloquenter als jedes Geständnis »Ich habe nicht geschlafen« sagt. Als er mich sieht, bewegt sich sein Mund nicht, aber seine Haltung verändert sich – kaum, aber doch genug. Er wartet auf etwas.

Ich hebe eine Hand in einem zaghaften Winken. Er erwidert es nicht. Stattdessen dreht er sich um, tritt in Sarahs Büro und lässt die Tür hinter sich ins Schloss klicken.

Ich starre eine Sekunde lang, den Muffin auf halbem Weg zum Mund, dann hole ich Luft und fange an zu tippen. Wenn das ein Gespräch unter vier Augen wird, will ich meine Version der Geschichte parat haben.

Fünfzehn Minuten später öffnet sich die Tür, und Sarah lehnt sich heraus. »Grace? Kann ich dich kurz sprechen?«

Ich stehe auf, klopfe die Krümel von meinem Blazer und gehe los. Die ganze Redaktion schaut zu, tut aber so, als ob nicht.

Drinnen ist Sarahs Büro so eingerichtet, dass die Machtverhältnisse unklar bleiben: drei Stühle, alle identisch, einander gegenüber an einem winzigen Tisch, auf dem eine einzelne, ungeöffnete Wasserflasche steht. Paul geht auf und ab, die Hände in den Taschen, genauso wie er es an der Uni vor einer großen Debatte getan hat. Sarah sitzt da und tippt bereits etwas Unsichtbares auf ihrem Handy.

»Schließen Sie bitte die Tür«, sagt sie, dann blickt sie auf, ganz professionelles Lächeln und keine Wärme. »Halten wir es kurz. Ich möchte nur etwas über den Prozess hören.«

Ich setze mich, schaue Sarah in die Augen, dann werfe ich einen Blick auf Paul. Sein Gesichtsausdruck ist wie aus Holz geschnitzt. Ich erinnere mich daran, dass ich die Stille nicht füllen muss. Ich tue es trotzdem.

»Ich habe die Endfassung um 02:30 Uhr an die Rechtsabteilung geschickt«, sage ich. »Sie haben sie um 05:15 Uhr zurückgeschickt, also habe ich die Änderungen vorgenommen und sie ins

CMS geladen. Ich hatte gehofft, wir hätten gestern Abend auf der Gala jemanden für eine offizielle Aussage gewinnen können, aber das hätte eine Nachverfolgung ohne Garantie auf etwas Saftiges erfordert. Angesichts des Leckrisikos und der Tatsache, dass der CEO bereits Andeutungen machte, dachte ich, wir müssten dem zuvorkommen.«

Sarah nickt und tippt mit einem Nagel auf ihr Handy. »Sie haben es Paul nicht mitgeteilt?«

Die Antwort ist nein, und das weiß sie bereits, aber ich versuche, meine Würde zu wahren. »Ich hatte die ganze Woche auf Paul gewartet. Ich weiß, er hat seine eigenen Fährten verfolgt, er hat die Arbeit gemacht, aber er hat nichts zum gemeinsamen Dokument beigetragen. Ich wollte keine weitere Verzögerung riskieren. Wir waren die Ersten bei den Beweisen, und ich wollte den Vorsprung behalten.«

Paul unterbricht, seine Stimme ist kühl. »Übersetzung: Sie wollte meinen Beitrag nicht.«

Sarah hält eine Hand hoch, als würde sie eine Biene verscheuchen. »Hier geht es nicht darum, Punkte zu sammeln. Es geht um Vertrauen. Wir haben die Teams aus einem Grund zusammengelegt, und nicht, damit wir zwei parallele Operationen fahren. Wenn die *Express*-Seite mitbekommt, dass Sie sie ausschließen, werden sie einen Aufstand machen – und wenn die Rechtsabteilung denkt, wir haben den Prozess nicht im Griff, werden sie uns alles in dreifacher Ausfertigung machen lassen.«

Ich nicke, aber ich spüre, wie sich mein Kiefer anspannt.

Paul hört auf, auf und ab zu gehen, und stellt sich hinter den Stuhl mir gegenüber. »Darf ich nur kurz –« Er hält inne, blickt zu Sarah, dann zurück zu mir. »Die Story ist gut. Mehr als gut. Aber du musstest sie nicht überstürzen. Du wolltest einfach nur den Sieg.«

Ich will widersprechen, aber er hat recht, und der Beweis dafür ist überall in meinem Posteingang und in meinem Gesicht.

Sarah seufzt, eine Darbietung von Erschöpfung, die nur geringfügig übertrieben ist. »Hören Sie, es ist mir egal, wer namentlich genannt wird. Was mir wichtig ist, ist, dass wir nicht vor dem nächsten Zyklus implodieren. Sie sind beide zu gut, um sich mit Büropolitik zu verschwenden, aber wenn Sie nicht zusammenarbeiten können, sind wir alle am Arsch.«

Ich schlucke die Erwiderung herunter und sage stattdessen: »Verstanden.«

Paul sagt nichts. Steht nur da und strahlt Spannung aus.

Sarahs Handy summt, und sie blickt nach unten. »Der Staatssekretär hat gerade eine Erklärung veröffentlicht. Grace, können Sie einen Kommentar für Digital vorbereiten? Paul, verfolgen Sie den Vorstand der Wohltätigkeitsorganisation. Wer wusste was und wann? Ich will, dass das die ganze Woche läuft, nicht nur als Strohfeuer.«

Sie steht auf und signalisiert, dass wir fertig sind. Ich stehe auf, bereit zu gehen, aber Paul zögert, seine Augen auf einen Punkt über Sarahs Kopf gerichtet. Für eine Sekunde denke ich, er wird etwas sagen, aber er nickt nur, fast zu sich selbst, und tritt dann zur Seite, damit ich zuerst gehen kann.

Die Redaktion ist lauter als zuvor. Mehr Klicks, mehr Stimmen, der Koffeinschub erreicht die kritische Masse. Ich ducke mich zurück an meinen Schreibtisch, versuche mich auf den Bildschirm zu konzentrieren, aber mein Herz rast und die Worte verschwimmen.

Ich beobachte Paul an seinem Schreibtisch, den Kopf gesenkt, die Finger tippen auf seiner Tastatur. Hin und wieder blickt er auf, ertappt mich dabei, wie ich ihn ansehe, und schaut dann weg, bevor ich sein Gesicht deuten kann.

Meine Frustration kocht über. »Hör zu –«

»Beschäftigt.« Paul tippt weiter. Er macht sich nicht einmal die Mühe, mir in die Augen zu sehen.

Na gut. Ich blase meine Wangen auf und zähle bis drei, bevor ich mich dem Entwurf für den nächsten Artikel zuwende, die Worte kommen nur stockend. Die Redaktion summt, erfüllt vom Mythos der Teamarbeit und der Realität des individuellen Ehrgeizes. Ich tippe, lösche, tippe neu, die Geschichte entfaltet sich in zwei Richtungen gleichzeitig.

Ich lösche alles und gönne mir eine einzige Minute des

Nichts, die Hände schlaff in meinem Schoß, die Augen gegen das weiße Rauschen geschlossen.

Dann fange ich wieder an, jage der nächsten Story hinterher, der nächsten Schlagzeile, dem nächsten Grund, weiterzumachen. Auf mich allein gestellt. Wie immer.

Vielleicht lerne ich eines Tages, wie man aufhört.

Aber nicht heute.

ACHTZEHN

PAUL

Als ich aus Sarahs Büro komme, schaffe ich es bis zu meinem Schreibtisch, ohne Grace anzusehen.

Das ist eine taktische Entscheidung: Ein Teil Selbstschutz, zwei Teile kalkulierte Provokation. Der zusammengelegte Newsroom ist noch so neu, dass niemand so recht weiß, wo die besten Plätze sind, also sitzen Grace und ich an einem Tisch für vier Personen, während die anderen Stühle je nach Bedarf um uns herum auf- und wieder abtauchen. Heute sind es nur wir beide. Sie sitzt bereits an ihrem Laptop, die Ärmel hochgekrempelt, das Haar hochgesteckt, das universelle Zeichen für »Ich bin beschäftigt, aber auch aggressiv gesprächsbereit«. Ich ignoriere sie.

Mein Kiefer schmerzt, noch bevor ich mich überhaupt eingeloggt habe, ein dumpfer, mahlender Schmerz, der irgendwo bei Bermondsey begann, als ich den Artikel live auf der Startseite sah, und sich seitdem in meine linke Schläfe vorarbeitet. Ich beiße fester zu, nur um zu testen, ob es möglich ist, einen Backenzahn allein mit Willenskraft zu zertrümmern. Es ist möglich.

Sie fängt mit »Hör zu ...« an, aber darauf bin ich vorbereitet.

»Beschäftigt«, sage ich und starte mein E-Mail-Programm. Das Wort klingt brüchig, aber es erfüllt seinen Zweck. Stille.

Im Büro herrscht geschäftiges Treiben, die Etage ist erfüllt von dieser Art von Energie, die aus Koffein, leichten Katern und dem Bewusstsein entsteht, dass Graces Artikel eine *wirklich* große Story ist. Telefone klingeln. Drucker rattern. Jemand aus der Anzeigenabteilung spielt ein TikTok auf voller Lautstärke ab, wahrscheinlich aus Bosheit.

Grace macht sich klein. Kein leichter Trick für sie – sie hat eine Präsenz, selbst wenn sie es nicht versucht, was der Grund dafür ist, dass der morgendliche Nachrichtenzyklus voll von ihrem Namen ist und nicht von meinem. Ich scrolle erneut über die Startseite, nur um mich zu bestrafen: Da ist sie, die Top-Story, ihr Foto neben der Verfasserzeile. Die Schlagzeile ist ein Musterbeispiel an Zurückhaltung – keine Ausrufezeichen, keine billigen Schüsse, nur die kühle Gewissheit von »Chronicle deckt Betrug in Höhe von 12 Millionen Pfund auf«. Der Artikel ist gut. Ich hasse, wie gut er ist.

Immer wieder bleiben Leute an ihrer Seite des Schreibtisches stehen. Manche meinen es aufrichtig – »Tolle Arbeit, Grace«, »Wie bist du überhaupt an dieses Dokument gekommen?« –, aber die meisten sind hier, um sie einzuschätzen, um herauszufinden, ob sie kurz davor steht, der neue Liebling zu werden, oder ob sie nur Glück hatte und nächste Woche wieder eine von uns sein wird. Jedes Kompliment ist wie ein kleiner, fieser Papierschnitt. Sie nimmt sie mit einem Lächeln entgegen, aber ich sehe die Anspannung in ihrem Nacken, die Art, wie ihre Hand die Tastatur nicht ganz loslässt. Sie ist auf etwas gefasst, wahrscheinlich von mir.

Was sie bekommt, ist nichts.

Sarah hat mir schon meinen Auftrag für den Tag geschickt: ein »Porträt eines lokalen Helden«, die Art von Lobhudelei, die dazu dient, die Sonntagsbeilage zu füllen und die Werbekunden bei Laune zu halten. In einer normalen Woche würde ich mich dagegen wehren oder zumindest die Deadline so lange hinauszögern, bis jemand von weiter oben eingreift, aber heute bin ich dankbar für die Beschäftigungstherapie. Ich öffne ein neues Dokument, schreibe die Überschrift »BÄCKERS DUTZEND: DIE FRAU, DIE DEPTFORDS OBDACHLOSE SPEIST« und lehne mich dann zurück, um abzuwarten, bis sich der Zorn in etwas Nützlicheres verwandelt.

Tut er nicht. Er köchelt weiter.

Die Leertaste auf meiner Laptoptastatur klappert leicht. Das ist mir vorher nie aufgefallen, aber jetzt klingt jedes Wort, als würde ich eine Warnung trommeln. Ich mache es lauter, nur für den Fall, dass Grace daran erinnert werden muss, dass ich hier bin, dass ich nicht schmolle, dass ich tatsächlich meine Arbeit mache. Ich spüre, wie sie mich aus den Augenwinkeln beobachtet, aber ich weigere mich, aufzuschauen.

Eine Nachricht von Jamie kommt an: »alles ok bei dir? hab den artikel gesehen. wenn du dich später abschießen willst, ich lade dich ein.« Ich ignoriere sie, obwohl ich weiß, dass er mit einem Meme oder einem Foto seines Frühstücks nachhaken wird. Er meint es gut, und genau das ist das Problem.

Um halb zwölf bringt jemand vom Feuilleton Grace eine Tasse Tee. Mir bringen sie keine. Sie versucht, sie mir anzubieten – »Willst du?« –, aber ich schüttle den Kopf, ohne meinen Rhythmus zu unterbrechen. Ich bin bei Absatz drei und habe bereits eine halbe Seite Zitate, von denen ich keines verwenden werde, aber es ist die Illusion von Fortschritt, die zählt.

Die Luft um unseren Tisch ist dick von all dem, was wir nicht sagen. Sie öffnet immer wieder den Mund, schließt ihn dann, öffnet ihn wieder, wie ein Fisch, der aus dem Aquarium gezogen wurde und sich nicht entscheiden kann, ob er kämpfen oder einfach ersticken soll. Es wäre komisch, wenn es nicht so vertraut wäre.

Ich beende den Rohentwurf, hänge ihn an eine E-Mail an und schicke ihn an Sarah mit einer Betreffzeile, die so lapidar ist, dass sie ihr eigener Nachruf sein könnte: »Hier.« Dann klappe ich den Laptop zu und sitze mit verschränkten Armen da und starre geradeaus.

Für eine Sekunde denke ich, vielleicht endet es so: zwei Menschen, Seite an Seite, jeder versucht, den anderen in einem Wettstreit zu überdauern, für den sich keiner von uns angemeldet hat.

Aber dann sagt sie ganz leise: »Wirst du den Artikel nicht einmal kritisieren?«

Ich sehe sie endlich an, und der Ausdruck auf ihrem Gesicht ist so unverstellt, dass mir die Zähne wehtun.

Ich will Ja sagen. Ich will sagen, dass ich ihn zweimal gelesen habe, dass er makellos war, dass ich nicht einmal wütend bin, nur neidisch, und dass ich mir wünschte, nur ein einziges Mal, dass ich auf der anderen Seite der Verfasserzeile gestanden hätte. Ich will all das sagen, aber die Worte bleiben mir im Hals stecken.

Stattdessen stehe ich auf, nehme meinen Laptop und gehe zum anderen Ende des Newsrooms, wo das WLAN schlechter ist, die Gesellschaft aber zumindest optional.

Als ich weggehe, höre ich, wie jemand vom Social-Media-Team über die Trennwand ruft: »Gute Arbeit, Grace!« Ihre Antwort ist zu leise, um sie zu verstehen.

Ich gehe weiter, aber der Schmerz in meinem Kiefer lässt nicht nach, und der Lärm all der Dinge, die ich nie sagen werde, auch nicht.

Um 13:58 Uhr taucht Jamie mit einer Tasse Kaffee und einem Ausdruck auf, den ich als »freundliche Besorgnis« bezeichnen würde, wenn ich dächte, er wäre zu einem von beiden fähig. Wahrscheinlicher ist, dass er sich einfach nur langweilt. So oder so schwebt er am Rande meines geliehenen Schreibtisches, bis ich ihn zur Kenntnis nehme, was länger dauert, als es sollte.

»Wirst du mit ihr reden«, sagt er, »oder dich weiter wie ein schmollender Teenager aufführen, bis die Personalabteilung einen Therapiehund holt?«

Seine Stimme ist gerade laut genug, um die Aufmerksamkeit der Frau am Nebentisch zu erregen, die mit professioneller Gleichgültigkeit herüberschaut und dann wieder wegsieht.

Ich antworte nicht, starre nur auf den Bildschirm und scrolle durch einen Artikel über den Müllstreik in Wandsworth, als ob er das Geheimnis der Existenz enthielte.

Jamie seufzt und setzt sich auf die Kante des Schreibtisches, der protestierend knarrt. »Im Ernst, Kumpel. Habt ihr euch nicht genau so das letzte Mal selbst zerstört?«

Ich werfe ihm einen Blick zu, der so scharf ist, dass ich hoffe, er tut ihm weh. »Ich arbeite.«

»Ja, du arbeitest«, sagt er. »Du arbeitest immer. Aber du isst auch nicht, du schläfst nicht und« – er beugt sich vor, seine Stimme wird leise – »du gewinnst nicht.«

Er meint es als Stichelei, aber es kommt wie eine Herausforderung an. Ich lasse sie nachwirken und klappe dann meinen Laptop mit einem Schnappen zu.

»Was willst du, Jamie?«

Er zuckt mit den Schultern, nippt an seinem Kaffee und mustert den Raum, als würde er ihm gehören. »Nichts. Dachte nur, du solltest wissen, dass sie nicht die Einzige ist, die ein Briefing von Sarah bekommen hat. Sie planen für Sonntag so eine ‚Pro-und-Kontra‘-Sache. Die digitale Abteilung wird eine Umfrage starten. Der beste Kommentar gewinnt eine Flasche Tesco-Gin und für eine Woche eine Kolumnen-Position.«

Ich schnaube, aber es ist hauptsächlich Luft. »Echter Journalismus, das.«

Er grinst. »Die Zukunft, anscheinend. Vielleicht könntest du versuchen, es diesmal nicht für euch beide zu versauen.«

Ich öffne den Laptop wieder, das blaue Leuchten des Bildschirms hebt jede Ader auf meiner Hand hervor. »Ihr wird es gut gehen.«

»Ich weiß, dass es ihr gut gehen wird«, sagt Jamie. »Die Frage ist, wird es dir auch gut gehen?«

Er steht auf, streckt sich und trottet davon, wobei er einen Kaffeering am Rande meiner Arbeitsfläche hinterlässt. Ich wische ihn mit meinem Ärmel weg, nur um zu sehen, ob er abgeht. Tut er nicht.

Ich überprüfe meine E-Mails – nichts Dringendes, nur ein laufender Thread über Parkausweise und eine Rundmail an alle Mitarbeiter, keinen Fisch in der Teeküche in der Mikrowelle aufzuwärmen. Mein nächster Auftrag ist ein Nebenartikel für die Rubrik »Moderne Romanze«, die, die Sarah als Doppelact haben will. Ich soll mit Grace zusammenarbeiten, aber die Vorstellung von »uns« als Team ist so lächerlich, dass ich das Briefing beinahe aus Prinzip lösche.

Stattdessen öffne ich ein neues Dokument und tippe: »Moderne Romanze: Warum sie nie funktioniert.«

Der Titel ist eine Provokation, und ich lasse ihn fett gedruckt ganz oben stehen, nur für den Fall, dass mir jemand über die Schulter schaut.

Ich schaue endlich auf, hinüber zu Grace, die Kopfhörer aufhat und deren Augen auf ihren Bildschirm gerichtet sind. Sie ist wahrscheinlich schon drei Entwürfe weit, ihre Finger rasen über die Tastatur. Zwischen ihren Brauen hat sich eine kleine Furche gebildet, eine Falte, die verrät, dass sie tief in der Maschinerie steckt und etwas Gemeines und Schönes zugleich erschafft. Ich sollte es hassen, aber das tue ich nicht. Nicht wirklich.

Der Newsroom ist ein Echoraum aus lauter werdenden Stimmen und Deadlines. Bei der Hauptgruppe von Schreibtischen streitet jemand mit der IT über ein zurückgesetztes Passwort, während die Feuilleton-Gruppe in einem erbitterten Streit darüber gefangen ist, wessen Telefon ständig klingelt. Der nächste Drucker hat einen Papierstau und beginnt zu kreischen; der Typ aus der Redaktion schlägt darauf ein, bis er wieder Seiten ausspuckt, alle leicht schief und deplatziert. Ich lasse das weiße Rauschen anschwellen und dann wieder abklingen.

Ich tippe:

»Jede Beziehung ist ein Wettkampf. Selbst die guten. Besonders die guten. Manche Leute gewinnen, manche gehen unentschieden aus, aber die meisten versuchen nur, nicht zu verlieren.«

Ich halte inne und lösche dann *»aber die meisten versuchen nur, nicht zu verlieren«*. Das ist zu weich.

Ich fange von vorne an, diesmal schärfer, härter, und ziele mit jedem Wort auf den unsichtbaren Punkt direkt hinter Graces linker Schulter.

Wenn man auf dem zweiten Platz ist, wird man des Kämpfens nie müde. Man gewöhnt sich an den Blutgeschmack im Mund, die Knoten im Magen, die Art und Weise, wie der Herzschlag zu einem Metronom für jedes Bedauern und jedes ›Beinahe‹ wird. Das ist nicht edel. Es ist nicht tragisch. Es ist einfach das, was passiert, wenn man den Gedanken nicht ertragen kann, Letzter zu werden.

Ich tippe weiter, schneller, lasse die Zeilen schroff und unverblümt fließen. Jeder Satz ist eine Machtdemonstration, ein Stich gegen das unsichtbare Publikum, von dem ich mir vorstelle, dass es zuschaut und darauf wartet, dass ich stolpere oder ins Wanken gerate. Diese Genugtuung kann ich ihnen nicht geben. Nicht heute.

Graces Kopf neigt sich, nur für eine Sekunde, als hätte sie meinen verirrten Gedanken in der Luft aufgefangen. Dann kehrt sie zur Arbeit zurück, ihr Gesicht ist nicht zu deuten.

Ich schreibe:

»Am Ende gibt es kein Unentschieden. Jemand hat immer das letzte Wort.«

Ich setze es kursiv und klicke dann auf Speichern.

Der Akt des Schreibens fühlt sich an wie Atmen unter Wasser – angespannt, notwendig, gefährlich, wenn man zu lange verweilt. Ich lehne mich zurück, lasse die Schultern kreisen, und zum ersten Mal an diesem Morgen deutet sich ein schwaches Lächeln an. Kein glückliches, nicht einmal ansatzweise, sondern die Art von Lächeln, die kommt, wenn man genau weiß, was man tun wird, und es trotzdem tun wird.

Auf der anderen Seite des Raumes tippt Grace, ahnungslos. Die Linie zwischen uns ist sauber, scharf und genau dort, wo sie hingehört.

Möge die bessere Verfasserzeile gewinnen.

NEUNZEHN

GRACE

Der Tag beginnt mit dem kalten, reptilienhaften Blinken meines Handys – 6:14 Uhr. Das blaue Licht gräbt einen Graben durch die Dunkelheit. Die Wohnung ist um diese Uhrzeit am ehrlichsten: Stille, der Geruch des Pizzakartons von letzter Nacht, mein Morgenmantel, der Wärme auf die Bettdecke abgibt. Im Halbdunkel fühlen sich meine eigenen Glieder wie geliehen an, zu schwer und nicht ganz mit mir verbunden.

Ich nehme das Handy, mein Fingerabdruck reagiert schlaftrunken langsam. Da ist eine E-Mail von Paul Callaghan. Betreff: »Entwurf für Sarah, fristgerecht.« Keine Einleitung. Kein »Guten Morgen«, kein Händedruck, keine erkennbare menschliche Regung.

Das sollte eine Erleichterung sein. Aber mein Puls ist bereits in die Höhe geschnellt, und die Erwartung einer Katastrophe ist mir so vertraut, dass sich mein Magen schon zusammenkrampft, bevor ich das Dokument überhaupt geöffnet habe.

Ich tippe auf den Bildschirm und es lädt mit der Geschwindigkeit einer Handkurbel.

Da ist ein Anhang. Nichts im Textfeld, rein gar nichts.

Einen Moment lang starre ich auf den E-Mail-Header und warte darauf, dass mein Gehirn die verborgene Bedeutung liefert, den Kontext, den ich irgendwie übersehen habe. Es gibt keinen. Paul war schon immer allergisch gegen unnötige Worte, aber das hier ist eine neue Stufe der Kürze.

Ich lade die Datei herunter. Sie öffnet sich in Pages und verwendet standardmäßig eine Schriftart, die ich bei allen *Chronicle*-Artikeln verboten hatte, nur um ihn zu ärgern. Der Titel ist ein Platzhalter: »Modern_Romance_4_vFINAL.« Ich überfliege den ersten Absatz und unter meinen Füßen tut sich der Boden auf.

Mein Name steht nicht darauf. Nicht am Anfang, nicht in der Autorenzeile, nicht einmal in Klammern in der ersten Fußnote.

Ich scrolle und suche nach einem Hinweis auf meine eigene Existenz. Nichts. Nicht einmal ein »Dank an meine Kollegin«, nicht einmal ein »wie meine Co-Autorin argumentiert«. Der Artikel ist messerscharf, jedes Argument auf den Punkt gebracht, jeder Abschnitt ein Echo der Debatten, die wir um drei Uhr morgens in der uralten, Tequila-getränkten Studentenredaktion geführt hatten. Die Worte sind seine, aber die Struktur – die intellektuelle Strenge, die bissige Kadenz der Eröffnungssalve, der gesamte Mittelteil über »algorithmisches Dating und der Mythos der Authentizität« – ist meine. Meine Notizen, meine Gliederung, mein Herzblut.

Ich überprüfe die E-Mail noch einmal. Die Adresse ist dieselbe wie immer. Kein »cc«, kein verstecktes »bcc« an Sarah oder Liam oder den Freelancer-Pool. Ich suche nach einer weiteren Nachricht, einer SMS, einer Erklärung. Da ist nichts. Ich will glauben, dass das ein Fehler ist, eine technische Panne, aber die Grube in meinem Magen ist bereits überfüllt mit den Geistern jedes alten Verrats.

Ich öffne meinen eigenen Entwurf, den, an dem ich letzte Nacht fünf Stunden lang gefeilt habe. Er ist klüger. Er ist origineller. Er liegt aber auch nur im »Entwürfe«-Ordner, ungesendet, weil ich ihn vor dem Verschicken noch einmal durchgehen wollte.

In der Stunde, die ich mit Lesen und Wiederlesen verbracht habe, ist die Wohnung kalt geworden. Ich kann meinen Atem sehen, als ich den Kühlschrank für Milch öffne, und die Flasche ist fast leer. Ich versuche, mich so anzuziehen, als würde ich nicht zu meiner eigenen Hinrichtung schreiten: grünes Kleid, hochgestecktes Haar, dezenter Lippenstift. Ich überlege, das Haus ohne meine Ringe zu verlassen, nur um zu sehen, ob es jemandem auffällt. Am Ende ziehe ich jeden einzelnen an, die vertrauten Silber- und Goldringe beißen sich in meine Finger.

Die U-Bahn ist die Hölle. Jemand hat sich auf dem Bahnsteig übergeben und der Zug ist vollgestopft mit Pendlern in verschiedenen Stadien der Verzweiflung. Ich umklammere die Haltestange, die Knöchel weiß, und sehe zu, wie die Stadt an mir vorbeiblitzt. An der Liverpool Street steigen zwei Schulmädchen ein und fangen sofort an, einen Jungen namens Seb zu zerpflücken, der »ein totaler Spießer« und außerdem »heiß, aber mit einem unglücklichen Augenbrauenproblem« sei. Ich möchte sagen: »Er wird sich nicht an euren Namen erinnern, selbst wenn ihr ihn ein Jahrzehnt lang in seinen Träumen heimsucht.« Stattdessen steige ich in Moorgate aus, verliere fast einen Schuh in der Lücke zwischen Zug und Bahnsteig und gehe die drei Blocks im Eiltempo zum Büro.

Die Fassade des *Chronicle* wurde seit letzter Woche neu gestrichen, aber das Logo blättert bereits ab. Der Wachmann nickt mir zu, das Nicken, das für »Gesichter, die in den Nachrichten waren« reserviert ist. Die Rezeption ist mit Paketen übersät – PR-Sendungen, tote Pflanzen, ein einzelner Heliumballon mit der Aufschrift »CONGRATS!«, der langsam schlapp macht. Ich drücke den Aufzugknopf und warte, während ich mein Spiegelbild in der goldgesprenkelten Verkleidung anstarre. Ich habe dunkle Schatten unter den Augen. Mein Kragen ist bereits schief.

Oben brüllt die Redaktion auf Hochtouren. Die Leute vom Ressort Features streiten darüber, ob man einen Cocktail legal »Negroni Sbagliato« nennen kann, wenn man nicht die richtige Sorte Wermut verwendet. Das Podcast-Team macht einen Testanruf mit einer Quelle, also ist jedes zweite Wort »Scheiße« oder »das schneiden wir raus«.

Ich halte nach Paul Ausschau. Sein Schreibtisch ist leer. Die

Tasse ist da, der ramponierte alte Laptop, ein Notizbuch mit seiner charakteristischen Kritzelei (»Korrupt zu korrekt zu Kollaps« mit Kugelschreiber). Aber kein Paul.

Für eine Sekunde denke ich: *Vielleicht hat er eine Deadline. Vielleicht musste er früher los, um einer Spur nachzugehen. Vielleicht ist das alles nur ein ausgeklügeltes Manöver, um mich aus dem Gleichgewicht zu bringen.*

Ich werfe meine Tasche an meinem Schreibtisch ab, fahre den Laptop hoch und öffne den Gruppenchat. Es gibt bereits einen Thread – Sarah, ich, Paul und das gesamte Features-Team. Die Nachricht ganz oben: »Brauche die FINALE FINALE Version bis 10 Uhr für die Rechtsabteilung, sonst verlieren wir den Sendeplatz.« Es sind noch genau vier Minuten.

Ich sehe mir noch einmal meinen Entwurf an, dann den, den Paul geschickt hat. Ich habe keine Zeit, daran zu feilen, keine Zeit, Sarah oder sonst jemandem meine Situation zu erklären. Ich schicke seinen Entwurf zusammen mit meinem eigenen, mit einer einzigen Zeile: »Anbei.«

Ich öffne das Dokument. Ich markiere jede einzelne Zeile, die aus meiner Gliederung stammt, jede Formulierung, die so präzise, so unverkennbar von mir ist, dass selbst ein Journalismusstudent im ersten Semester die Überschneidung bemerken würde. Ich will es an Sarah mailen, eine lange, kommentierte Liste mit Beschwerden anhängen. Aber das tue ich nicht. Ich bin kein Opfer. Ich werde ihn nicht so einfach gewinnen lassen.

Ich gehe in die Küche, meine Beine zittern vom Adrenalin. Ich schenke mir den letzten Rest Kaffee ein und stehe am Fenster, beobachte, wie die Stadt durch den Nebel erwacht. Die Sonne geht über dem Fluss auf, die Gebäude fangen nacheinander das Licht ein, wie ein nervöses Lächeln.

Ich denke an das letzte Mal, als wir das durchgemacht haben – vor acht Jahren, eine andere Zeitung, eine andere Deadline, dasselbe Gefühl drohenden Unheils. Paul war zwölf Minuten schneller als ich. Es war der letzte Tag unseres zweiten Studienjahres und ich habe die ganzen Semesterferien nicht mit ihm gesprochen. Er schickte eine Postkarte aus Berlin, ohne Worte, nur mit einem schlecht gezeichneten Totenkopf mit gekreuzten Knochen.

Ich fahre mit dem Daumen über meine Ringe und drehe sie, bis sie sich in die Haut schneiden. Ich schließe die Augen. Ich atme.

Als ich zu meinem Schreibtisch zurückkomme, wartet die E-Mail von Sarah schon. Sie hat sie an uns beide geschickt.

»Nehmen Callaghans Version. Konzentrierter, schärfer. Sorry, Grace – deine war solide, aber diese hier hat mehr ›Stimme‹. Nächstes Mal setzt ihr euch bei allen Änderungen gegenseitig ins CC, damit wir nicht noch ein Autorendrama haben. Ihr seid beide zu alt für so was.«

Ich starre auf den Bildschirm und zwinge mich, nicht zu weinen. Werde ich nicht. Nicht hier. Nicht jetzt.

Stattdessen öffne ich ein neues Dokument. Titel: »Grace verlieren.«

Ich schreibe die erste Zeile: »Moderne Liebe ist ein Blutsport und ich vergesse ständig, auf welcher Seite ich stehe.«

Die Worte kommen schnell. Das tun sie immer.

Als Paul ins Büro zurückkehrt, bin ich drei Absätze weit und es werden immer mehr. Ich sehe ihn nicht an. Ich muss es nicht.

Er setzt sich, der alte Stuhl ächzt unter seinem Gewicht. Ich spüre seine Augen auf meinem Rücken.

Ich tippe und tippe und tippe, bis die Welt zu nichts als Worten verschwimmt.

Am Vormittag ist mein Posteingang ein Eisbad aus »dringenden« Betreffzeilen, eine verzweifelter als die andere. Ich starre auf den Bildschirm und versuche, meine Fassung zu wahren, aber ich muss ständig daran denken, wie Pauls Name allein unter dem Artikel steht, wie Sarahs Urteil wie eine Betonplatte auf mich herabkrachte. »Zu alt für so was.« Wenn sie Liebeskummer meinte, hat sie recht. Ich habe dafür nicht mehr die nötige Substanz.

Ich muss es wissen – muss es bestätigt bekommen, schwarz auf weiß, damit ich das Gefühl in meine Knochen meißeln kann.

Sarah ist eine Göttin des Korridors, immer in Bewegung, immer auf dem Sprung zu einem wichtigeren Meeting. Ich fange sie ab, als sie auf den gläsernen »Strategie-Raum« zuschreitet, das Handy am Ohr, ihre Absätze gnadenlos auf den Fliesen.

»Sarah – kann ich Sie kurz eine Minute stören?«, frage ich und achte darauf, die Verzweiflung in meiner Stimme unter der Hörschwelle zu halten.

Sie schaltet den Anruf stumm und hebt eine Augenbraue, eine Mischung aus »schießen Sie los« und »Sie haben dreißig Sekunden«.

»Ich wollte nur etwas wegen der Autorenzeile klären. Für die Sache mit der modernen Liebe.« Ich sage es leichthin, als wäre es unwichtig, als wäre es nur ein weiterer Punkt auf meinem wöchentlichen Selbstgeißelungsbericht. »War das eine Anweisung vom Vorstand oder ...?«

Sie runzelt die Stirn, echte Verwirrung lässt ihr Gesicht zum ersten Mal seit der Fusion weicher werden. »Anweisung vom Vorstand? Nein. Wieso?«

»Ich dachte nur – Paul hat seinen Entwurf allein eingereicht. Ich dachte, wir sollten, ich weiß nicht, zusammenarbeiten.« Das letzte Wort schmeckt bitter auf meiner Zunge.

Sarah schaut auf ihr Handy, dann auf den Kalender an ihrem Handgelenk. »Das tun Sie. Taten Sie. Tatsächlich wollte ich Ihnen heute Morgen sagen, dass die gemeinsame Arbeit von Ihnen beiden funktionierte. Mit getrennten Entwürfen habe ich nicht gerechnet.«

Mein Gehirn stottert. »Also, niemand hat gesagt –?«

Sie schüttelt den Kopf. »Nein. Ich habe Ihnen beiden gesagt, Sie sollen die Geschichte verfolgen. Ich wollte das klassische Gezanke, die ›Kriegen-sie-sich-oder-kriegen-sie-sich-nicht‹-Energie. Der Vorstand liebt so einen Scheiß. Aber solo? Das ist nicht das, was wir wollen. Ich meine, wir werden dieses Mal Pauls Version nehmen, aber –« Sie zuckt mit den Schultern, wieder ganz Geschäftsfrau, und blickt den Korridor hinunter, eindeutig nur Sekunden davon entfernt, wieder ins Gespräch einzusteigen. »Ich dachte, ihr beide würdet das endlich auf die Reihe kriegen.«

Ich antworte nicht. Ich kann nicht.

Sie hält meinen Blick eine Sekunde länger, dann sagt sie: »Wenn es ein Problem gibt, dann lösen Sie es. Zwingen Sie mich nicht, den Schiedsrichter zu spielen.«

»Natürlich«, sage ich mit einer Stimme, die so neutral wie Luft ist. »Kein Problem.«

Sie geht weg, bereits wieder im Chefin-Modus. Die Stille, die sie hinterlässt, ist klinisch.

Es dauert eine Minute, bis die Erkenntnis durchsickert. Er hat das getan. Er allein. Ob aus Sabotage oder um sich selbst zu retten, das Ergebnis ist dasselbe: Mein Name wurde nicht genannt, meine Arbeit verdaut und unter dem Namen eines anderen wieder ausgeschissen. Eine Vergeltung für meinen alleinigen Credit bei der Wohltätigkeits-Story.

Für eine Sekunde tut meine Brust so weh, dass ich mich nicht bewegen kann. Im nächsten Moment gehe ich, im Eiltempo, zurück zur Schreibtischinsel. Paul ist da, die Krawatte bereits gelockert, die Tasse in der Hand, und unterhält sich mit Liam über irgendeinen Premier-League-Mist, der keinen von beiden wirklich interessiert. Er lächelt. Kein echtes Lächeln, sondern das, das er für die Menge aufsetzt, das, das niemals seine Augen erreicht.

Ich sage kein Wort. Ich logge mich ein, öffne den Entwurf, den er eingereicht hat, und drucke das ganze Ding aus – doppelseitig, Zehn-Punkt-Schrift, so sparsam, wie man nur sein kann. Der Drucker stockt kurz, dann spuckt er es aus, warm und schwach nach Ozon und recycelter Hoffnung riechend.

Ich nehme einen roten Stift vom Schreibtisch der Verwaltung, den mit der feinen Spitze, und mache mich an die Arbeit.

Jedes falsch gesetzte Komma, jeder Satz, der straffer sein könnte, jeder faule Übergang oder wiederverwendete Metapher: Ich markiere es. Ich mache mir die Mühe, Kommentare an den Rand zu kritzeln, so wie ich es früher tat, als wir beide noch Studenten waren und er behauptete, ehrliches Feedback zu wollen. Ich schreibe schnell, mit der Überzeugung der frisch

Rachsüchtigen. Als ich fertig bin, sieht das Papier aus, als wäre aus nächster Nähe darauf geschossen worden.

Ich lasse die Seiten auf seinem Schreibtisch liegen.

Ich packe meinen Laptop, meine Tasche, meine Ringe – einen nach dem anderen, drehe sie von meinen Fingern und lege sie auf dem Schreibtisch auf, bevor ich sie wieder anstecke. Ich sage nichts. Ich muss es nicht.

Ich gehe hinaus. Vorbei an den Podcasts und der Features-Abteilung, vorbei an Sarah und ihrem Telefonat, vorbei an dem Wandgemälde an der Wand neben der Rezeption, das »Innovation inspirieren« soll.

Ich blicke nicht zurück.

Kein einziges Mal.

ZWANZIG

♥

PAUL

Es wartet auf mich. Ein Ausdruck, mit dem Gesicht nach unten und bereits mit Eselsohren, der auf meinem Laptop liegt wie eine Todesdrohung aus der Vergangenheit. Ich nehme ihn hoch und das Erste, was mir auffällt, ist die Farbe – rote Tinte, kein Kuli-Blau, nicht der weiche Bleistift, den Grace, wie ich weiß, für Zeilenkorrekturen bevorzugt, sondern chirurgisches, arterielles Rot. Sie ist überall. An jedem Rand, in jeder Kopfzeile, ganze Absätze in den Rändern seziert, Sätze mit kleinen Pfeilen und dreifachen Unterstreichungen und Ausrufezeichen aufgeschlitzt, die immer nur Schmerz bedeuten.

Das oberste Blatt ist mein Entwurf. »Modern_Romance_4_v-FINAL«. Der, den ich Sarah gestern Abend gemailt habe, in dem Glauben – nein, in der Überzeugung –, dass ich Grace dieses Mal mit ihren eigenen Waffen schlagen würde. Dass sie ihn sehen und vielleicht die Mühe respektieren oder zumindest etwas finden würde, an dem sie sich die Zähne wetzen konnte. Stattdessen sieht es so aus, als hätte sie den ganzen Vormittag damit verbracht, ihn durch einen Häcksler zu jagen.

Ein Flüstern schallt vom Designtisch herüber. Irgendwas über »Callaghan« und »Massaker«. Ich tue so, als würde ich es nicht hören, aber das Blut steigt mir schnell ins Gesicht.

Ich blättere durch die Seiten, eine private Galerie meiner eigenen Unfähigkeit. Die Kommentare fangen professionell an – »Zu viele Nebensätze, achte auf die Struktur«, »Klischee, siehe angehängtes Meme«, »Dir ist klar, dass das nur eine Umschreibung dessen ist, was ich in Sheffield gesagt habe?« – aber geraten schnell zu etwas anderem. Auf Seite drei eine Zeile am Rand: »Liest du jemals deine eigene Arbeit, oder schickst du sie einfach ab und betest?« Auf Seite fünf: »Das ist tatsächlich gut – warum hast du es unter dem ganzen Geschwätz versteckt?« Auf der siebten Seite klebt ein Post-it, auf dem nur »LOL« steht, zweifach unterstrichen. Auf Seite zehn ist die Grenze zwischen redaktionell und existenziell völlig verschwunden.

Ich spüre, wie die Leute mich jetzt beobachten, nicht direkt, aber auf diese Art, wie Journalisten es tun, wenn es eine Live-Übertragung von beruflicher Gewalt gibt. Grace ist nicht an ihrem Schreibtisch – sie ist verschwunden, vielleicht in die Küche oder aufs Dach, um die Themse anzuschreien –, aber ihre Anwesenheit ist überall, in die Substanz meines Entwurfs eingeätzt. Das Layout-Team tut so, als würde es nicht jedes Mal aufblicken, wenn ich eine Seite umblättere, aber ihre Augen kleben an den Rändern. Einer der Jungs vom Ressort für Reportagen, zwei Arbeitsinseln weiter, kommentiert aktiv jedes Detail für eine freie Mitarbeiterin, die mich noch nie getroffen hat und, ihrem Gesichtsausdruck nach zu urteilen, auch nie treffen wollte.

Ich lese jeden einzelnen Kommentar. Das ist die einzige Möglichkeit, die Inquisition zu überleben. Ich lese sie langsam, denn einige von ihnen brennen und einige von ihnen sind, was noch schlimmer ist, verdammt noch mal absolut zutreffend. Auf Seite sechs hat sie einen Logiksprung entdeckt, von dem ich dachte, ich hätte ihn so tief vergraben, dass ihn niemand je finden würde. Auf Seite sieben hat sie geschrieben: »Du hast hier den springenden Punkt verpasst, aber es ist nicht zu spät, es noch einmal zu versuchen.« Das ist der, der mich erwischt. Nicht die brutalen Notizen, nicht der spitze Sarkasmus, nicht einmal das »NEIN« in Großbuchstaben, das über eine Analogie gekritzelt ist, die ich aus einem populärpsychologischen Buch geklaut hatte.

Es ist die Geduld in dieser Zeile, die Einladung. Als ob sie tatsächlich will, dass ich es besser mache.

Ich komme zur letzten Seite und da ist sie, die endgültige Diagnose: »Du hättest einfach fragen können. Aber das tust du nie.« Das »einfach« ist unterstrichen, genauso wie das »nie«. Nach jedem Wort steht ein Punkt, als würde sie die Bedingungen meiner eigenen Hinrichtung diktieren. Darunter, kleiner gedruckt: »Versuch es noch einmal oder lass es. So oder so, es ist vorbei.«

Ich schließe den Ausdruck. Meine Finger umklammern das Papier fest, die Haut an meinen Knöcheln ist ungesund weiß. Für eine Sekunde will ich das ganze Ding zerreißen und wie Konfetti über ihren Schreibtisch streuen. Dann will ich unter den Tisch kriechen und dort sterben oder zumindest den nächsten Medienzyklus abwarten, bis jemand anderes der Parias des Büros ist. Stattdessen sitze ich einfach nur da und lasse die Leuchtstoffröhren kleine Löcher in mein Blickfeld brennen und den Klang von hundert wütenden Tastaturen meinen Schädel füllen.

Das Ding, wenn Grace einen zur Schnecke macht, ist, dass sie nie ihre Stimme erhebt. Das muss sie nicht. Ihre Korrekturen treffen hart. Es ist die Ökonomie dahinter, die wehtut. Das Fehlen jeglicher Inszenierung. Wenn andere Redakteure mich zerreißen, ist es ein Machtspiel – eine Show für den Raum oder ein Versuch, die Karriereleiter hochzuklettern. Bei Grace ist es anders. Es ist persönlich, aber nicht auf die Weise, wie ich es immer denke. Es ist persönlich, weil sie will, dass es etwas bedeutet. Weil sie denkt, dass ich es ertragen kann.

Mein Kiefer ist verkrampft, meine Zähne knirschen in einem langsamen, bewussten Rhythmus. Ich versuche mich zu entspannen, aber die Muskeln lassen nicht locker. Ich beuge meine Hände, schüttle den Schmerz aus ihnen und nehme den Entwurf wieder in die Hand, auf der Suche nach einer Möglichkeit, die Reste meiner Würde wieder zusammenzusetzen. Stattdessen sehe ich nur ihre Handschrift, geschwungen und klar und unmöglich zu ignorieren. Sie ist jetzt in meinem Kopf, jede Notiz und jede Korrektur spielt sich ab wie die passiv-aggressivste Voicemail der Welt.

Ich starre über das Großraumbüro, auf die Reihen von Bildschirmen und Kaffeetassen und das langsame, unerbittliche Mahlen der Nachrichtenzyklen. Zum ersten Mal, seit ich im Journalismus angefangen habe, frage ich mich, ob ich vielleicht das Problem bin. Ob vielleicht, nur vielleicht, der Grund, warum wir immer wieder aneinandergeraten, der ist, dass ich so davon überzeugt bin, der Einzige am Steuer zu sein. Dass ich, wenn ich nur schnell genug fahre, den Dingen entkomme, die ich nicht zugeben will.

Ich blättere die Seiten noch einmal durch, diesmal langsamer. Ich beginne, die Umrisse dessen zu erkennen, was ich falsch gemacht habe – nicht nur beim Schreiben, sondern auch in der Art, wie ich davon ausging, dass der einzige Weg zu gewinnen darin bestand, einen Alleingang zu machen, sie auszugrenzen, als Erster oder gar nicht ins Ziel zu kommen. Die Korrekturen sind nicht nur eine professionelle Kritik; sie sind ein Protokoll dessen, wie ich immer wieder den springenden Punkt verpasse. Wie ich immer wieder genau das tue, was damit endet, dass sie mir meine eigenen Worte zurückgibt, umgeschrieben zu einer Warnung.

Ich lege die Seiten hin, die Hände flach auf dem Schreibtisch, und versuche, die Demütigung wegzuatmen. Die Redaktion summt immer noch, aber es ist jetzt nur noch Hintergrundrauschen, ein weißes Rauschen zum Puls in meinen Ohren. Ich starre auf den Platz, an dem sie normalerweise sitzt, und warte darauf, dass sie zurückkommt, etwas sagt, irgendetwas tut, das mich vom Haken lässt. Aber sie ist weg und die Abwesenheit schmerzt.

Ich frage mich, ob ich sie suchen sollte. Ich frage mich, ob ich überhaupt das Recht dazu habe.

Stattdessen sitze ich da und lese die letzte Zeile noch einmal: *»Du hättest einfach fragen können. Aber das tust du nie.«*

Und zum ersten Mal seit Monaten, vielleicht jemals, wird mir klar, dass sie überhaupt nicht von der Story spricht.

Ich sitze vierzig Sekunden lang still an meinem Schreibtisch, was länger ist, als es klingt. Lange genug, damit die Scham gerinnt, lange genug, damit die Aufmerksamkeit der Redaktion woandershin wandert, lange genug, um mich davon zu überzeugen, dass ich in dieser Angelegenheit eine Wahl habe. Habe ich nicht. Ich stehe auf, der Stuhl schnellt mit einem Geräusch zurück, das Blicke auf sich zieht, und gehe los. Ich kümmere mich nicht um mein Jackett, mein Handy oder die halb leere Tasse mit dem teerartigen Kaffee. Nur der Ausdruck, zusammengerollt und von meiner weißen Faust umklammert.

Sie ist nicht in der Küche. Nicht bei den Druckern oder am Treppenhaus oder in der kleinen Glaskabine mit der Aufschrift »Privacy Booth«, die jeder für Telefonsex und Panikattacken benutzt. Ich umrunde die Etage und gebe mein Bestes, nicht so auszusehen, als wäre ich auf der Jagd, aber das Adrenalin lässt meine Füße mit doppelter Intensität auf die Fliesen klatschen. Überall sind Leute, zu viele Zeugen, die Luft ist schwer vom Geruch alten Toners und Instantnudeln. Der Ausgangskorridor ist ein langer, heller Streifen des Nichts – nur eine Handvoll Weihnachtskarten vom letzten Jahr, die an die Wand geklebt sind, und eine Reihe von bodentiefen Fenstern mit Blick auf die graue, feuchte Stadt.

Ich finde sie auf halbem Weg, mit dem Rücken zu mir, die Arme verschränkt, die Umrisse ihres Haares eine dunkle Flamme vor dem Glas. Sie ist nicht allein: Ein Techniker redet auf sie ein, beide Hände in der Luft, gestikuliert auf etwas auf seinem Tablet, aber sie sieht es nicht. Sie schaut an ihm vorbei, auf den Horizont oder den Fluss oder was auch immer die Leute sehen, wenn sie es nicht ertragen können, die Person neben sich anzusehen.

Der Korridor verstärkt alles. Meine Schritte klingen wie ein Hinrichtungskommando. Der Techniker blickt auf, bemerkt, wie ich mich nähere, und findet abrupt einen Grund, woanders zu sein.

Grace weicht nicht zurück. Sie ist im vollen Verteidigungsmodus – perfekte Haltung, das Kinn hoch, dieser Mikroausdruck in ihren Mundwinkeln, der bedeutet: *Ich habe bereits entschieden, wie das hier endet.* Sie spricht nicht zuerst. Das tut sie nie.

Ich fange an, weil es jemand tun muss. »Du hättest nicht gleich die Atombombe zünden müssen«, sage ich, was nicht die Eröffnung ist, die ich geplant hatte, aber die, die herauskommt.

Sie beobachtet mich, regungslos, als würde sie auf eine bessere Zeile warten. Als ich keine liefere, sagt sie: »Du hast damit angefangen.«

Ich halte den Entwurf hoch, der immer noch rot blutet. »Das war nicht persönlich.«

»Alles ist persönlich, Paul«, sagt sie, leise, aber beherrscht. »Dafür sorgst du.«

Ich will ihr sagen, dass sie falschliegt, dass ich getan habe, was ich für die Story getan habe, für die Deadline, für Sarah und den Vorstand und die zwölf anderen Managementebenen, die sehen wollen, wie wir uns gegenseitig zerfleischen. Aber sie hat recht und das wissen wir beide.

Ich atme tief durch und versuche, das Zittern in meiner Stimme zu beruhigen. »Ich dachte ...«

Sie unterbricht mich mit einer erhobenen Hand. »Nein, hast du nicht. Das ist das Problem.«

Der Korridor ist kalt, die Fenster an den Rändern beschlagen, und sie steht zwischen mir und dem Licht. Sie wartet darauf, dass ich etwas Echtes sage, etwas Wahres, und die einzigen Dinge, die mir einfallen, sind alle die falschen.

Ich sage: »Du hast immer gesagt, es geht um die Arbeit. Um die Wahrheit.«

Sie schüttelt den Kopf, ihre Haare fallen ihr locker ins Gesicht. »Das tut es. Aber du denkst, der einzige Weg, dorthin zu gelangen, ist im Alleingang. Als wärst du der Einzige, der es richtig machen kann.«

»Das ist nicht fair«, sage ich, und schon während ich es ausspreche, höre ich, wie schwach es klingt.

»Ist es nicht?«, fragt sie. Nichts liegt in ihrer Stimme, kein Zittern, kein Biss. Nur Luft. »Du hast mich aus dem Prozess herausgelassen. Also habe ich es geschrieben und veröffentlicht.«

Es ist ein perfekter Treffer. Nicht gemein, nicht dramatisch – einfach nur exakt. Ich spüre, wie mir das Blut ins Gesicht steigt, die Hitze sich in meine Ohren kräuselt.

»Aber anstatt daraus zu lernen«, fährt sie fort, »legst du noch einen drauf und schreibst deine eigene Version unserer gemeinsamen Kolumne und ignorierst meinen Entwurf komplett.«

Ich versuche es noch einmal. »Hör zu, ich bin in Panik geraten. Die Deadline war knapp. Ich wollte etwas, aber ...« Ich zögere, verliere den Faden, und sie ist mir schon voraus.

Sie sagt: »Du hast nicht gefragt. Du hast für uns beide entschieden, und jetzt willst du, dass ich dir sage, dass es in Ordnung ist. Das ist es, was du willst, nicht wahr?«

Ich will nein sagen. Ich will ja sagen. Ich will etwas sagen, das die Art, wie ihre Augen mich durchbohren, auslöscht, aber ich kann nicht.

Der Korridor ist jetzt voller anderer Leute, aber keiner von ihnen zählt. Sie ist die einzige Person auf der Welt, und sie geht.

Sie tritt an mir vorbei, der Duft ihres Parfums sticht in der Kälte hervor. Als sie vorbeigeht, sagt sie: »Du hast nicht nachgedacht. Punkt.«

Das Klacken ihrer Absätze auf den Fliesen ist das einzige Geräusch. Ich stehe da, sehe ihr nach, wie sie weggeht, und für einmal ist nichts Schlaues mehr in mir. Nichts zu sagen, nichts, wofür es sich zu kämpfen lohnt, nichts als die langsame, kalte Erkenntnis, dass wir uns genau so immer verlieren: ich, der vorauseilt, sie, zurückgelassen.

Ich lasse die Stille den Raum füllen, den sie hinterlassen hat, und versuche, mich daran zu erinnern, wann ich das letzte Mal nicht gewinnen musste.

Draußen ist die Stadt grau und endlos, der Himmel eine leere Seite, die darauf wartet, dass jemand Besseres die nächste Zeile schreibt.

EINUNDZWANZIG

GRACE

Die Nacht ist so still, als ich ankomme, dass ich mich für einen Moment frage, ob die Welt untergegangen ist, während ich unterwegs war. Meine Wohnung – winzig, unterheizt, voller Ecken und Groll – riecht schwach nach dem zwei Tage alten Burrito auf der Anrichte und dem Deo, das ich letzte Woche im Impuls gekauft habe, weil ich dachte, es würde mich zu einem besseren Menschen machen. Hat es nicht.

Ich werfe meine Tasche ab, steige über ein Gewirr von Schuhen und den Korb mit sauberer Wäsche, der immer noch darauf wartet, weggeräumt zu werden, und ignoriere die schleichende Armee ungeöffneter Post unter dem Briefschlitz. Die Küche ist ein aktiver Tatort: drei halb leere Weingläser auf dem Tisch (alle von mir, alle von verschiedenen Abenden), eine Ansammlung von Notizbüchern mit der Art von Randkritzeleien, für die man in der Grundschule zum Gespräch gebeten worden wäre, und ein überquellender Mülleimer mit missglückten Sparmenüs. In der Spüle die Überreste eines heroischen Versuchs, Risotto zu kochen – hauptsächlich Pilze und Salz, am Topf festgebacken wie Zement.

Ich sollte duschen oder mich wenigstens in einen Schlafanzug umziehen, der nicht so aussieht, als hätte ich eine Zeichentrickfigur ausgeraubt. Stattdessen stehe ich vor der Mikrowelle, in der einen Hand ein Chicken-Tikka-Fertiggericht von Sainsbury's und in der anderen mein Handy. Ich erinnere mich nicht, es gekauft zu haben. Ich erinnere mich an das meiste von heute nicht.

Die Wut ist eine Konstante, wie ein Ohrwurm oder ein Hochdruckgebiet. Selbst jetzt, wo ich hier in der sanften, cremeweißen Demütigung der Energiesparlampe stehe, gehe ich den Streit wieder durch, jedes Wort von Paul hallt in meinem Schädel wider. »Du musstest ja nicht gleich die Atombombe zünden.« Als ob er jemals etwas anderes getan hätte.

Das Fertiggericht kommt rein. Zwei Minuten fünfundvierzig bei hoher Stufe. Ich drücke die Tasten fester als unbedingt nötig, die Plastikfolie quietscht unter meinem Daumen. Das Handy ist bereits in meiner anderen Hand, die Kontaktliste leuchtet mir entgegen: Zara, ganz oben im Feed, ihr Profilbild ein Foto von uns beiden bei der Abschlussfeier. Ich tippe auf Anrufen und schalte sie auf Lautsprecher, klemme mir das Telefon unters Kinn, während ich eine Gabel und einen Teller aus dem Schrank hole.

Sie geht beim dritten Klingeln ran, immer noch außer Atem von welchem Training oder welcher List auch immer sie gerade nachgeht. »Sag mir, dass du nicht an deinem Schreibtisch sitzt.«

Ich schnaube und zerre an der Plastikfolie. »Ich bin zu Hause. Ich wärme etwas in der Mikrowelle auf, das technisch als Essen durchgeht.«

Sie macht ein Geräusch, das zu gleichen Teilen Erleichterung und Ekel ist. »Ich werde für deinen Darm beten. Wie war der Tatort?«

»Schlimmer als erwartet.« Ich setze mich auf die Tischkante und schiebe ein Weinglas beiseite, um Platz zu schaffen. »Er hat es getan, Zara. Er hat voll auf Herr der Fliegen gemacht. Hat seine eigene Version geschrieben und abgeschickt, ohne mir was zu sagen. Und dann so getan, als hätte ich ihn dazu gezwungen.«

»Bitte sag mir, dass du ihn angezündet hast«, sagt sie mit einer Aufrichtigkeit, die ich nur bewundern kann.

Ich atme aus. »Ich wollte. Aber Sarah hatte sich schon für seine Version entschieden. ›Eine schärfere Stimme‹, hat sie gesagt. ›Setzen Sie sich das nächste Mal gegenseitig ins CC, zwingen Sie mich nicht, Schiedsrichterin zu spielen.‹ Als ob ich das Problem wäre.«

Sie ist einen Moment lang still, was selten ist. »Hast du ihm gesagt, was du wirklich denkst?«

»Ha. Nicht wirklich.« Ich steche mit der Gabel in das Hühnchen und sehe zu, wie die Soße herausquillt. »Ich habe ihn ein egoistisches Arschloch genannt, wenn das zählt. Aber es ist sinnlos. Es ist ihm egal.«

»Das stimmt nicht«, sagt Zara und ihre Stimme wird eine Oktave tiefer. »Es ist ihm viel zu wichtig. Deshalb benimmt er sich wie so ein Arschloch.«

»Mir wäre es lieber, es wäre ihm weniger wichtig«, sage ich mit vollem Mund voll Mikrowellenreis. »Oder es wäre ihm wenigstens auf eine Weise wichtig, die nicht beinhaltet, meine Karriere für sein Ego zu zerstören.«

Sie lacht. »Grace, deine Karriere ist das Einzige, was noch unzerstörbarer ist als dein Männergeschmack.«

»Wenn er nur ein Kollege wäre, hätte ich ihm wahrscheinlich schon längst eine geklatscht. Aber es ist ...« Ich breche ab und kaue auf der Innenseite meiner Wange. Ich spüre, wie sich der alte Groll in meiner Brust sammelt. »Es ist kompliziert.«

»Du meinst, du stehst immer noch auf ihn«, sagt sie in dem Ton von jemandem, der eine behandelbare Krankheit diagnostiziert.

»Nicht«, erwidere ich. »Es ist nicht ... Es ist nur eine unerledigte Angelegenheit. Das ist alles.«

Zara macht ein Geräusch, die Art, die sie für Leute aufhebt, die leugnen, eine Therapie zu brauchen. »Hör zu. Du warst immer die Klügere. Die Bessere. Er weiß das und es macht ihm eine Scheißangst. Deshalb versucht er immer wieder, dich auszustechen.«

Ich laufe auf und ab, das Essen in der Hand, ein heißer Tropfen Tikka-Soße brennt auf meinem Daumen. »Warum muss es immer ein Wettbewerb sein? Warum kann er nicht einfach ...«, wende ich mich an den leeren Raum. »Warum kann er nicht einfach sagen: ›Gute Arbeit, Grace, lass es uns zusammen machen‹?«

Es gibt eine Pause, das Rauschen ihres Boilers im Hintergrund. »Weil er denkt, dass du Nein sagen wirst.«

Ich starre auf das Essen auf meinem Teller, Soße sprenkelt meine Fingerknöchel, und für einen Moment bin ich so müde, dass ich im Stehen einschlafen könnte. »Würde ich nicht. Ich meine, ich … Nicht jetzt.«

Zaras Stimme ist sanft. »Du willst, dass er dich sieht. Das ist alles.«

Ich lache, aber es ist ein sprödes, leeres Geräusch. »Er sieht mich jeden Tag. Das ist ja das Problem.«

Sie lässt mich in der Stille hängen. Dann, als ich die Soße mit einem Papiertuch von meiner Hand wische, sagt sie: »Vielleicht bist du nicht wütend, weil er es geschrieben hat. Vielleicht bist du wütend, weil du immer noch willst, dass er zuerst um Erlaubnis fragt.«

»Das ist nicht …«

»Doch, ist es. Aber lass die Wahrheit nicht einer guten Märtyrergeschichte im Wege stehen. Iss dein Abendessen, Grace. Hab dich lieb.«

Ich lege auf, bevor ich die Andeutung verarbeiten kann, das Telefon immer noch an meine Wange gedrückt, die Worte hallen in meinem Ohr wider.

Die Wohnung ist wieder still. Ich stehe am Tisch und versuche zu entscheiden, ob ich das Telefon werfen oder mich einfach nur übergeben will.

Die Wut ist nicht verschwunden, aber jetzt hat sie Gesellschaft – eine langsame, kriechende Scham, die Art, die sich in der Kehle festsetzt und sich nicht bewegt, egal wie oft man schluckt. Ich lege das Telefon hin, rutsche in den Stuhl und starre auf das Durcheinander aus Weingläsern und leeren Notizbüchern.

Ich möchte sie zurückrufen, ihr sagen, dass sie falschliegt, dass es mir egal ist, was Paul Callaghan denkt oder sagt oder tut. Dass er nur eine weitere Fußnote in einer langen, ruhmlosen Karriere von Männern ist, die es nicht kapiert haben.

Aber ich kann nicht. Denn zum ersten Mal seit Monaten, vielleicht überhaupt, weiß ich, dass sie recht hat.

Ich löffle einen Bissen geronnenen Reis, den geschmacklosen orangefarbenen Brei, und spüre, wie sich die Demütigung des Tages zu einem einzigen, brennenden Punkt hinter meinen Augen verdichtet.

Es ist nicht die Story. Das war es nie.

Ich will, dass er mich sieht.

Und das tut er niemals.

Die Vergangenheit lebt in blauem Licht und Secondhand-Rauch.

Ich schließe die Augen und bin zurück im studentischen Newsroom in Sheffield, die Decke kaum dreißig Zentimeter über meinem Kopf. Es gab zwei Dutzend Computer und vielleicht halb so viele Stühle, aber nur einer zählte heute Nacht wirklich: der ramponierte Mac am Newsdesk, wo Paul mit einer Flasche Beck's in der einen und einem Layoutabzug in der anderen Hand lümmelte, die Beine gespreizt, als würde er die Möbel herausfordern, unter ihm zusammenzubrechen.

Wir hatten es geschafft. Wir hatten es tatsächlich geschafft. Die Story über die Bestechung des AStA-Präsidenten – zwei Wochen voller falscher Namen, Wegwerf-E-Mails und dem Durchwühlen von Mülltonnen hinter dem Verwaltungsgebäude – war online gegangen, und der Posteingang war bereits voller Drohungen, Richtigstellungen und drei separater Einladungen zu einer Schlägerei. Es war fast ein Uhr morgens. Die einzigen Leute, die noch im Gebäude waren, waren wir, ein Wachmann, der manchmal hinter dem Empfangstresen schlief, und der Geist jedes Autors, der jemals dachte, er würde beim *Guardian* landen, bevor die Welt ihn eines Besseren belehrte.

Paul grinste mich über den Rand seiner Flasche an. An seinem Kiefer klebte Tinte, seine Haare saßen völlig falsch, und der einzige saubere Fleck auf seinem Hemd war die Stelle, an der er seine Hände abgewischt hatte.

»Hast du die E-Mail vom Vizekanzler gesehen?«, sagte er mit

leiser Stimme, damit sie im leeren Raum nicht hallte. »Er hat tatsächlich den Ausdruck ›verärgertes Element‹ benutzt. Das gibt es wirklich. Ich dachte, das gäbe es nur in Filmen aus dem Kalten Krieg.«

Ich stieß ein gackerndes Lachen aus, drehte meinen eigenen Stuhl, bis er gegen den Schreibtisch stieß und beinahe den Papierkorb umwarf. »Er hat uns auch ›jugendliche Anarchisten‹ genannt, was an diesem Punkt im Grunde ein Kompliment ist.«

Paul strahlte, die Lücke zwischen seinen Vorderzähnen war zum ersten Mal seit der durchgemachten Nacht von gestern zu sehen. Er beugte sich vor und wedelte mit der Seite. »Wir werden so was von verklagt.«

»Nur, wenn wir falschliegen«, sagte ich, griff nach dem Abzug und verfehlte ihn, was bedeutete, dass ich halb auf den Schreibtisch klettern musste, um ihn zu erreichen. Mein Knie landete auf seinem Oberschenkel, aber er zuckte nicht; wenn überhaupt, rückte er ein wenig zur Seite, um mehr Platz für mich zu schaffen. Die Wärme seines Beines sickerte durch meine Strumpfhose. Ich ignorierte sie, oder tat zumindest so.

Wir überflogen die Seite gemeinsam, die Köpfe so dicht beieinander, dass ich, wenn ich mich auch nur einen Bruchteil drehen würde, sein Aftershave riechen würde – billig, zitrusartig, irgendwie schärfer als sein Witz. Die Stille war eine Decke, dick und privat, nur unterbrochen vom fernen Summen der uralten Wandheizung.

Ich fuhr mit einem Kugelschreiber die Spalte entlang und suchte nach Tippfehlern. »Hast du diesen Teil über die Finanzierung tatsächlich auf Fakten geprüft, oder hoffst du nur, dass es niemandem auffällt?«

Er zuckte mit den Schultern, was einem Schuldeingeständnis so nahekam, wie es bei ihm nur möglich war. »Technisch gesehen gibt es eine Quelle. Ob er zu der Zeit nüchtern war, ist eine andere Frage.«

Ich versuchte, ihn böse anzusehen, aber stattdessen musste ich lachen, und es dauerte länger als es sollte. Ich stieß ihn mit meiner Schulter an, hart genug, um ihn fast vom Stuhl zu kippen. Er revanchierte sich, indem er meinen Arm anstieß, was einen Streifen blauer Tinte auf meinen Fingerknöcheln verschmierte.

Er blickte auf den Fleck hinunter und grinste breiter. »Jetzt ist es Blutsbrüderschaft.«

»Widerlich«, sagte ich, aber ich wischte ihn nicht weg. Wir wandten uns wieder der Seite zu, lasen diesmal langsamer, und das Lachen wurde zu so etwas wie Stolz. Zwei Stunden zuvor waren wir uns noch an die Gurgel gegangen, ob wir die Anschuldigungen veröffentlichen oder sie begraben sollten, bis die Universitätsleitung uns dazu zwang. Jetzt gab es keine Frage mehr. Wir waren die Story, und jeder wusste es.

Pauls Stimme wurde plötzlich ernst. »Dir ist klar, dass das ein ziemliches Chaos anrichten wird, oder?«

Ich nickte. »Macht es immer.«

Er schaute zu mir rüber, die Augen strahlender als die Halogenröhren über uns. »Ich würde es mit niemand anderem machen wollen.«

Ich spürte, wie die Worte einschlugen, ein physisches Gefühl direkt unter meinem Brustbein. Ich wollte antworten, etwas sagen, das keine Pointe oder ein selbstironischer Spruch war, aber die Worte blieben mir im Hals stecken. Stattdessen ließ ich den Moment auf mich wirken, lange genug, dass der Bildschirmschoner aufflackerte und die Decke mit wandernden blauen Quadraten bemalte.

Wir saßen da, das Bier zwischen den Knien, die Seite zwischen unseren Händen, und für eine Sekunde war die ganze Stadt still und hielt den Atem an.

Er durchbrach die Stille als Erster. Er tat es immer.

»Hab mich übrigens für ein Praktikum beim *Chronicle* beworben«, sagte er, als wäre es nichts. »Dachte, es wäre an der Zeit zu sehen, ob ich es bei den Großen schaffe.«

Das Lachen entfuhr mir, bevor ich es aufhalten konnte. »Du? In einer echten Redaktion? Dir ist schon klar, dass du Bürozeiten einhalten und dich anziehen müsstest?«

Er stieß ein lautes, scharfes Lachen aus. »Ja, auf den Teil freue ich mich nicht wirklich.«

Wir lasen die Seite zu Ende. Er machte eine Notiz am Rand,

und ich tat dasselbe, unsere Hände berührten sich. Für einen Moment zog keiner von uns seine Hand weg. Seine Finger waren warm, ruhig. Ich ließ meine länger verweilen, als ich sollte.

Die Stille kehrte zurück, dicker jetzt. Ich blickte auf, und seine Augen waren auf mich gerichtet, direkt, ohne zu blinzeln. Zum ersten Mal in der ganzen Nacht wusste ich nicht, was ich sagen sollte.

Er schon. »Warum bewirbst du dich nicht?«

Ich schnaubte, aber die Worte kamen leise heraus. »Ein Praktikum beim *Chronicle*? Nein, ich will erst mal ein bisschen reisen. Das aus dem System kriegen, bevor ich, weißt du, mich der Realität der Arbeit für den Rest meines Lebens stellen muss.«

Er lächelte, aber es war jetzt sanfter, die Schärfe war verschwunden. »Wahrscheinlich das Beste. Wenn du dich bewerben würdest, würden sie dich sicher vor mir nehmen.«

»Das stimmt nicht.«

Es war spät, als wir endlich zusammenpackten und das Schnarchen des Wachmanns aus dem Foyer hörten. Wir fummelten mit Mänteln, Laptops und dem Bündel Abzüge herum, die gemeinsame Energie knisterte, obwohl die Nacht kälter wurde. Draußen hatte der Regen begonnen – scharf, eisig, er wehte direkt von den Pennines herüber. Ich schauderte, und Paul zog seine Jacke aus und legte sie mir mit einer theatralischen Geste über die Schultern.

»Die Ritterlichkeit ist tot«, sagte ich, »aber danke für die Leiche.«

Er lachte, und für eine Sekunde dachte ich, er würde noch etwas sagen, etwas Wichtiges. Stattdessen stand er einfach da, die Hände in den Taschen, und beobachtete, wie die Straßenlaternen durch den Regen flackerten.

Wir trennten uns an der Straßenbahnhaltestelle.

Er sagte: »Bis morgen, Chefin.«

Ich sagte: »Bring das nächste Mal deine eigenen Snacks mit.«

Die Stadt war leer, glänzte nass, und ausnahmsweise fühlte sich der Weg nach Hause leichter an, als könnte ich über den Bürgersteig schweben, wenn ich mich nur ließe.

Die Wohnung war dunkel, als ich ankam. Meine Mitbewohner waren entweder aus oder bewusstlos. Ich ging direkt in mein Zimmer, stieß meine Stiefel ab und warf die Abzüge auf mein Bett. Das Adrenalin war immer noch da, scharf und süß, und weigerte sich, mich schlafen zu lassen. Ich ging auf und ab, schaltete die Lampe an und las die Randnotizen immer wieder, bis meine Augen verschwammen.

Auf dem Schreibtisch wartete ein Brief auf mich. Ich erkannte die Schriftart – University of Sheffield, offiziell und unnahbar –, aber er war an mich adressiert, was selten genug war, um meine Hände leicht zittern zu lassen, als ich ihn öffnete.

Drinnen: ein einzelnes Blatt, der Briefkopf gestochen scharf, die Tinte kaum trocken.

Sehr geehrte Miss Hampton,

wir freuen uns, Ihnen mitteilen zu können, dass Ihr Name für das Praktikumsprogramm beim *The London Chronicle* vorgeschlagen wurde ...

Ich hörte auf zu lesen. Die Worte verschwammen.

Ich hatte mich nie beworben. Ich hatte nicht einmal daran gedacht.

Die Erkenntnis war ein Schlag, nicht in die Magengrube, sondern in den weichen Bereich direkt hinter meinen Rippen, wo sich normalerweise die Hoffnung versteckte. Ich setzte mich, die Matratze sank unter mir ein, und starrte auf den Brief, bis sich die Worte zu einer einzigen, unbeantwortbaren Tatsache zusammenfügten.

Paul würde denken, ich hätte hinter seinem Rücken gehandelt.

Er würde es morgen oder übermorgen herausfinden, und wenn er es tat, würde alles, was wir zusammen aufgebaut hatten – Artikel, Tinte, Lachen, die leise Berührung von Händen auf Abzügen – verschwunden sein. Es würde nichts ändern, und es würde alles ruinieren.

Ich lehnte mich zurück, ließ das Blatt aus meiner Hand fallen und starrte an die Decke, wo das blaue Nachbild des Newsrooms in den Putz eingebrannt war.

Ich wünschte mir für eine Sekunde, ich könnte zu vor dreißig Minuten zurückkehren, als wir uns nur um Klagen und kalten

Regen und den Nervenkitzel sorgten, gemeinsam allen Widrig-
keiten zu trotzen.

Aber das konnte ich nicht.

Stattdessen saß ich da, lauschte dem aufziehenden Sturm
draußen und wusste, dass ich morgen wieder von vorn anfangen
musste, allein.

Es war auf seine eigene Weise fast schon komisch.

Fast.

ZWEIUNDZWANZIG

♥

PAUL

Wenn man jemals eine Demonstration des Spätkapitalismus in Aktion sehen wollte, wäre man gut beraten, um neun Uhr morgens vor Miriam Levins gläsernem Büro zu stehen und zuzusehen, wie die neue Chefredakteurin einem mit einem Lächeln den letzten Rest Würde raubt. Das Glas ist nicht schalldicht, aber es könnte genauso gut so sein; alles, was sie sagt, ist auf eine Tonlage kalibriert, die sowohl herablassend als auch plausibel ist, und alles, was ich sage, bleibt mir roh irgendwo im Hals stecken. Hinter ihr pulsiert und kreischt die Redaktion – Telefone, Drucker, das Summen kollektiver Verzweiflung –, während sie an ihrem Schreibtisch thront und über das gemeine Volk herrscht.

Sie bietet mir nicht einmal einen Stuhl an. Ich nehme ihn mir trotzdem, aus Trotz.

Ihr Schreibtisch ist ein Ozean der Leere. Kein einziger Stift liegt schief, kein verirrter Post-it-Zettel, nur ein brandneues MacBook, ein Montblanc und ein Block A4-Papier, perfekt im rechten Winkel zur Kante ausgerichtet. Er ist so aggressiv sauber, dass ich halb erwarte, dass sie auf der Stelle anfängt, mich zu operieren – ohne Betäubung.

Sie blickt auf, die Brille tief auf der Nase, das Gestell so dünn, dass es eine Halluzination sein könnte. »Paul«, sagt sie, und ihre Worte fließen nur so dahin. »Danke, dass Sie so früh gekommen sind.«

Ich nicke. Mehr habe ich nicht zu bieten.

Sie deutet auf den Stuhl, den ich bereits besetzt habe, ein kleines Stirnrunzeln über meine Eigeninitiative.

»Ich wollte mit Ihnen über Ihren aktuellen ... Produktivitätszyklus sprechen.«

Sie sagt es, als wäre es eine chronische Krankheit oder vielleicht ein bedauerlicher Fetisch.

Ich presse die Kiefer aufeinander, aber die Finger meiner rechten Hand beginnen zu trommeln, der erste Takt der unvermeidlichen Abwärtsspirale. »Wenn es um die Schlussredaktion geht, ich–«

»Nein, darum geht es nicht«, unterbricht sie mich, was dasselbe bedeutet, wie dass es genau darum geht. »Es geht um Ihre Leistung beim ›Modern Romance‹-Projekt.« Sie macht eine schnelle Handbewegung, und der Laptop-Bildschirm dreht sich mit der Präzision einer Guillotine. Der geöffnete Tab ist ein Google Doc mit meinem und Graces Namen in der Kopfzeile und einer hervorgehobenen Notiz von Sarah, die schlicht lautet: »BITTE MEHR KOHÄRENZ.«

Miriam erhebt nie ihre Stimme. Das braucht sie auch nicht. »Die Kolumne soll eine Zusammenarbeit sein, Paul. Keine Übung mit scharfer Munition.«

»Grace und ich haben eine funktionierende Dynamik«, sage ich, und meine Stimme klingt flacher als beabsichtigt. »Das Gezanke ist Teil des Konzepts.«

Sie blickt über den Rand ihrer Brille. »Die einzige Marke, die mich interessiert, ist die des *Chronicle*. Ich habe Sie vom *Express* geholt, weil Sie eigentlich Ecken und Kanten haben sollten. Stattdessen stecken Sie in einer Endlosschleife aus« – sie wirft einen Blick auf ihre Notizen, als würde sie eine Diagnose bestätigen – »persönlichem Rachefeldzug und performativer Sabotage fest.«

Ich lächle, aber nur mit der linken Gesichtshälfte. »Das nennt man Journalismus.«

Sie blinzelt nicht. »Ich will bis Freitag eine endgültige, veröffentlichungsreife Kolumne auf meinem Schreibtisch haben. Mit den Namen von Ihnen *beiden* darauf.« Sie beugt sich vor und faltet die Hände zu einem Dach. »Wenn nicht, muss ich eine strategische Neuausrichtung in Betracht ziehen.«

Da ist sie, die Drohung im Samthandschuh. Das lehren sie an der Management School, Modul eins.

Ich beiße mir auf die Innenseite der Wange. Ich sehe Graces Bearbeitungen am Rand und weiß genau, welche Worte gedruckt und welche im Mülleimer landen werden. »Sie wollen sie, Sie kriegen sie.«

Sie nickt und schreibt etwas mit dem Montblanc auf, ein blauer Schnörkel, so scharf, dass er fast eine Wunde ist. »Ich bin froh, dass wir uns verstehen.«

Es gibt nichts mehr zu sagen. Ich stehe auf, achte darauf, dass es lässig aussieht, und greife nach dem Türgriff. Das Glas verzerrt mein Spiegelbild zu etwas Glattem und Geisterhaftem.

»Oh, Paul?«, sagt sie, gerade als ich halb aus der Tür bin.

Ich halte inne. Meine Schultern sind so verspannt, dass ich meine Wirbel knirschen höre.

Sie neigt den Kopf nur um ein paar Grad, wie eine Schachspielerin, die ein Gambit prüft. »Das ist Ihre letzte Warnung. Wir müssen tatsächlich kürzen. Machen Sie mir diese Entscheidung nicht leicht.«

»Verstanden«, sage ich, denn alles andere wäre beruflicher Selbstmord.

Sie schenkt mir ein Lächeln, so dünn, dass man damit Schinken schneiden könnte. »Gut. Wir sehen uns beim Stand-up.«

Ich gehe hinaus und tue so, als wäre es mir egal, dass jedes Auge in der Redaktion meinen Weg über die offene Fläche verfolgt. Ich schaffe es bis zum Ende des Ganges, bevor meine Hände anfangen zu zittern. Ich balle sie zu Fäusten, aber das Zittern wandert nur nach oben und nistet sich irgendwo hinter meinem linken Auge ein.

Ich höre bereits Graces Stimme in meinem Kopf, die mich verhöhnt: »Hattest du wieder ein Motivationsseminar bei den Anzugträgern?« Das Schlimmste daran ist, ich könnte nicht einmal widersprechen.

Ich rede mir ein, dass ich die Kolumne schreiben werde. Ich rede mir ein, dass ich sie brillant und wütend machen werde und so scharf wie an dem Tag, als wir mit unserem letzten gemeinsamen Artikel bei der Studentenzeitung ein Vermächtnis hinterlassen haben. Ich rede mir eine Menge Dinge ein.

Es gibt Arbeit zu tun.

Es gibt immer Arbeit zu tun.

Der Trick beim Alleinleben ist, so zu tun, als sei das Chaos nur vorübergehend. Man kann sich alles verzeihen, wenn man sich einredet, es diene der Effizienz, der Hygiene oder (mein Favorit) dem »kreativen Flow«. Deshalb sieht es in meiner Wohnung aus wie die forensischen Überreste eines ungelösten Mordes. Der Heizkörper ist an, aber er heizt nur die Luft direkt darüber, sodass der Rest des Zimmers in einer Art Permafrost gefangen ist.

Ich stelle den Laptop auf den Tisch und schiebe eine Pyramide ungeöffneter Post und ein Gewirr von Ladekabeln beiseite, die zu nichts mehr passen, was ich besitze. Der Bildschirm leuchtet auf, und da ist sie: die Kolumne. »Modern Romance« ganz oben im Dokument, gefolgt von zweihundert Worten purem Cringe. Ich lese es, dann lese ich es noch einmal, in der Hoffnung, dass mich etwas anspringt und mir eine Ohrfeige gibt. Nichts tut es.

Meine Finger schweben über der Tastatur, aber das Einzige, was ich heraufbeschwören kann, ist die Erinnerung an Miriams Drohung: »Der Vorstand erwartet Ergebnisse.« Der Vorstand. Das mythische Pantheon, das über uns allen thront, mit sauberen Händen, und auf das nächste Menschenopfer wartet.

Ich versuche zu tippen, aber die Worte kommen geronnen, plump, schon bei der Ankunft tot heraus.

Ich stehe auf und laufe im Zimmer auf und ab, steige über einen Stapel Wäsche, der so dicht ist, dass er tatsächlich tektonische Platten haben könnte. Ich fahre mir durch die Haare, die bereits das maximale Chaos erreicht haben, und bleibe dann vor dem Bücherregal stehen. Es ist voll von alten Lehrbüchern, die ich nie verkauft oder zum Wohltätigkeitsladen gebracht habe, die Buchrücken gebrochen und die Ränder mit Beleidigungen bekritzelt – meistens von Grace, in ihrer Handschrift, die man unmöglich missverstehen kann. Auf dem untersten Regal steht ein Karton mit der Aufschrift »Sheffield«. Ich ziehe ihn heraus und blättere durch den Inhalt, halb in der Erwartung, in den Trümmern eine Antwort zu finden.

Da ist ein alter Studentenausweis mit einem so peinlichen Foto, dass ich ihn fast geschreddert hätte: ich, achtzehn, die Haare bis zu den Ohren, das Gesicht so dünn, dass ich unterernährt aussehe. Ich lege ihn beiseite. Da sind eine Handvoll ramponierter Notizbücher, die Ecken zerbissen, die Seiten voller Fristen und Kritzeleien und, auf einer, eine Liste mit »Besten Kolumnentiteln, die nie verwendet wurden«. Ich blättere durch, und auf der letzten Seite steht nur eine einzige Zeile: »Sorg dafür, dass es zählt.«

Ganz unten im Karton liegt, gefaltet und vergilbt, ein Foto aus der Universitätszeitung. Grace und ich stehen in der studentischen Redaktion, beide mitten im Lachen, die Wangen gerötet, Tinte an den Händen. Sie hat die Haare hochgesteckt und macht eine unanständige Geste zu jemandem außerhalb des Bildes. Ich schaue sie an, nicht die Linse. Das Foto ist so ehrlich, dass es wehtut.

Ich schließe die Augen. Die Luft fühlt sich dünner an als zuvor.

Auf dem Bücherregal liegt noch etwas anderes: ein Faltblatt, leuchtend blau, mit dem NHS-Logo in der Ecke. »Ihren Herzinfarkt verstehen«. Es ist von vor drei Monaten, als mein Vater den Kampf mit seinen Arterien endgültig verlor und im Krankenhaus landete. Ich hatte eine Woche im Warteraum der Station geschlafen, mich von Automaten-Schokolade ernährt und versucht, nicht an die Welt da draußen zu denken.

Als er zu sich kam, war das Erste, was er sagte: »Hast du die Zeitung mitgebracht?« Das Zweite war: »Sag deiner Mutter nichts.«

Ich habe es nie jemandem erzählt, nicht einmal Jamie, der mein bester Freund sein soll. Ich habe alles in eine Kiste gestopft, wie ich es mit allem tue, und dachte, ich würde mich später darum kümmern.

Zurück am Tisch wartet die Kolumne immer noch, leer und verurteilend. Ich zwinge mich, mich hinzusetzen. Meine Brust fühlt sich eng an, aber ich ignoriere es.

Ich tippe: »*Moderne Romanzen sind ein Spiel der gegenseitigen Zerstörung. Der einzige Weg zu gewinnen ist, sich nicht darum zu scheren.*« Ich lösche es. Ich versuche es noch einmal: »*Im Zeitalter radikaler Transparenz haben wir nur noch Angst davor, gekannt zu werden.*« Ich lösche das auch. Jeder Satz ist eine Lösegeldforderung, und ich kann nicht herausfinden, wer die Waffe hält.

Ich scrolle nach oben und sehe Graces Kommentare von letzter Woche, einer verheerender als der andere. »*Unfokussiert*«, schrieb sie neben einen Absatz, den ich für brillant gehalten hatte. »*Streng dich mehr an*«, tippte sie an den Rand. Gegen Ende steht einer, der nur lautet: »*Deshalb bist du nicht glücklich.*«

Ich lehne mich zurück und lasse den Stuhl kippen, bis mein Kopf die Wand berührt. Ich starre an die Decke und zähle die Haarrisse.

Vielleicht bin ich deshalb nicht glücklich. Vielleicht bin ich wirklich allergisch gegen meine eigenen Gefühle.

Das Telefon summt wieder. Ich gehe nicht ran. Ich kann nicht.

Stattdessen öffne ich ein neues Fenster und suche nach »Symptome chronischer Stress«. Der erste Treffer ist eine NHS-Seite, im selben Blauton wie das Herzinfarkt-Faltblatt. Ich schließe den Tab und öffne einen anderen. Ich weiß nicht, wonach ich suche, aber ich suche weiter.

Das Zimmer fühlt sich von Minute zu Minute kleiner an. Die Wände rücken näher, langsam und leise, bereit, mir den Atem aus der Lunge zu pressen.

Ich nehme das Foto von mir und Grace in die Hand und halte es ans Fenster. Draußen ist die Stadt verschwommen und leblos, hunderttausend Menschen, die so tun, als hätten sie alles im Griff. Ich drücke das Foto flach gegen das Glas. Es hinterlässt einen Fettfleck.

Ich denke darüber nach, sie anzurufen, nur um ihre Stimme zu hören, aber ich weiß genau, was sie sagen würde. Sie würde sagen: »Du bist ein Idiot.« Sie würde sagen: »Du hättest einfach fragen können.« Sie würde sagen: »Es ist nicht zu spät, es sei denn, du willst, dass es so ist.«

Die Luft ist jetzt so dünn, dass ich kaum noch atmen kann.

Ich lege das Foto hin, klappe den Laptop zu und rutsche vom Stuhl. Meine Beine sind taub. Ich schlurfe zum Fenster und schaue dem Verkehr zu, der vorbeikriecht, die Scheinwerfer durch den Regen zu Kometen verschmiert.

Ich rede mir ein, dass ich niemanden brauche. Ich sage es laut, nur um es real zu machen. »Ich brauche niemanden.«

Aber das Echo im Raum klingt wie eine Lüge.

Mein Telefon leuchtet wieder auf, und ich lasse es klingeln.

Ich starre immer noch aus dem Fenster, als die Sonne untergeht und die Stadt in Orange, dann in Rot und dann in das Grau des totalen Versagens taucht. Ich lasse die Dunkelheit kommen. Ich lasse sie herein.

Zum ersten Mal seit Monaten, vielleicht überhaupt, weiß ich, dass es mir nicht gut geht.

Ich weiß nur nicht, was ich dagegen tun soll.

Das Telefon klingelt wieder.

Ich lasse es klingeln.

<h1 style="text-align:center">DREIUNDZWANZIG</h1>

GRACE

Die Sache ist die, wenn man unangekündigt in der Wohnung eines Mannes auftaucht, bekommt man genau die Reaktion, die man verdient. Nämlich: den Blick eines aufgeschreckten Hundes, der den Postboten erwartet hat und stattdessen Gott vor der Tür findet, der Tandoori-Hähnchen und zwei Dosen polnisches Lagerbier in den Händen hält.

Ich stehe auf dem Treppenabsatz, in der einen Hand eine Alutüte, aus der das Fett schwitzt, in der anderen ein Sixpack (minus vier). Der Flur hat die Farbe von altem Nikotin, und die Deckenlampe flackert so, dass mein Schatten an den Betonwänden vibriert. Durch die Tür höre ich Pauls Fernseher, etwas, das nach Fußball und Wut klang, die Stimme des Kommentators, die in Wellen an- und abschwoll. Für eine Sekunde denke ich: *Tu es nicht, Grace, schmeiß das Essen einfach weg und verbuch es als persönliche Weiterentwicklung*, aber dann fällt mir ein, dass die Alternative wäre, in meine Wohnung zurückzugehen und in die Tausend-Watt-Stille eines leeren Kühlschranks.

Ich klopfe. Drei gleichmäßige Klopfer, so wie die Leute in alten Filmen, kurz bevor sie ermordet werden.

Der Fernseher verstummt mitten im Satz. Gedämpfte Schritte, dann das Kratzen der Kette, dann öffnet sich die Tür einen Spalt. Paul schaut heraus, seine Haare im Zustand maximaler Entropie, auf seinem T-Shirt steht in einer Schriftart, die aussieht, als sei sie von einem Mann mit sehr festen Meinungen über IPA entworfen worden: »JA, ICH BIN IMMER NOCH TRAURIG«. Er blinzelt zweimal, sieht mich und macht dieses winzige Zucken, als hätte sich der Luftdruck gerade geändert.

»Ich habe nichts bestellt«, sagt er.

»Ja, ich weiß. Dachte, ich versuch's einfach mal.« Ich halte das Essen zum Mitnehmen und die Dosen hoch und gebe mein Bestes, nicht auf den Teil seiner Wohnung zu schauen, der hinter ihm sichtbar ist: chaotisch, vertraut, vielleicht noch mehr als bei meinem letzten Besuch. »Du sahst aus wie jemand, der Kohlenhydrate und Gesellschaft braucht.«

Er starrt auf das Essen, als könnte es ihn beißen. »Ist das eine Mitleidsmission, oder bist du hier, um verbrannte Erde zu hinterlassen?«

»Kann es nicht beides sein?«, frage ich und trete bereits an ihm vorbei. Der Flur riecht nach Staub und etwas leicht Medizinischem, wie Pflaster oder Paracetamol. Ich höre, wie die Tür ins Schloss klickt und der Riegel vorgeschoben wird.

Das Wohnzimmer sieht aus wie ein tierisches Nest: Zeitungen liegen wie Inseln auf dem Teppich verteilt, und Essenskartons bilden eine Art Archipel auf dem Couchtisch, am einen Ende des abgenutzten Sofas steht ein Laptop, der offen ist und summt. Drei Tassen sind im Umlauf, alle halb voll mit Tee in verschiedenen Stadien der Verwahrlosung. Ich stelle das Essen ab, schiebe einen Stapel ungeöffneter Post zur Seite und fange an auszupacken.

Paul verweilt an der Tür, die Hände tief in den Taschen seiner Jogginghose vergraben. Für einen Moment sagt keiner von uns etwas. Ich erinnere mich an all die Nächte, die wir damit verbracht haben, im studentischen Newsroom gemeinsam zu schreiben und darüber zu streiten, welche Schlagzeilen uns definitiv eine Klage einbringen würden und welche nur einen scharf formulierten Brief.

Er räuspert sich. »Du hättest nicht–«

»Ich weiß«, sage ich. »Aber du hast meine Ausgabe von *Der*

Leitfaden des Journalisten zum persönlichen Ruin in deinem Badezimmer liegen lassen, und ich will sie zurück.«

Er lächelt fast, aber nur mit den Mundwinkeln. »Das ist auf dem ›Beweismittel‹-Stapel. Nicht anfassen, sonst wird die Beweiskette unterbrochen.«

Ich hole zwei Aluschalen heraus und reiche ihm die mit dem roten Punkt auf dem Deckel. »Tandoori-Hähnchen, extra Pommes, ein Keema-Naan, das schon labberig geworden ist. Ich hab das gute Zeug besorgt.«

Er nimmt es und beäugt das Essen und mich mit gleichermaßen misstrauischem Blick. »Bist du dir wirklich sicher, dass du mich nicht einfach umbringen und es hinter dich bringen willst?«

»Gib der Sache Zeit«, sage ich und öffne zischend eine Dose.

Das Sofa ist technisch gesehen groß genug für zwei, aber wegen des ganzen Plunders nehme ich den Sessel, der seltsam schief ist. Die Federn bohren sich so durch die Polsterung, dass sie entweder zu einer ausgezeichneten Haltung oder zu einer dauerhaften Wirbelsäulenverletzung anspornen. Paul lässt sich auf das Sofa gleiten, zieht die Füße unter sich und öffnet die Schale mit der Vorsicht eines Mannes, der radioaktives Material handhabt.

Die ersten zehn Minuten vergehen wortlos. Ich esse, wechsle zwischen Naan und Lagerbier ab und beobachte, wie er das Essen mit der mechanischen Effizienz von jemandem hineinschaufelt, der den ganzen Tag nichts gegessen hat. Ich dränge nicht auf ein Gespräch. Die Fenster sind gerade so weit gekippt, dass der Klang des Regens hinein- und der Geruch hinausdringen kann.

Ich lasse meinen Blick durch den Raum schweifen. Sein Whiteboard lehnt jetzt an der Wand, dicht mit Gekritzel bedeckt: Namen, Pfeile, das Wort »MOTIV« eingekreist und unterstrichen. Auf dem Heizkörper liegen zwei Stapel Bücher, einer mit Belletristik, einer mit Sachbüchern, und ein Bündel Ausdrucke, das verdächtig nach unserem letzten Kolumnenentwurf aussah, mit Anmerkungen in Rot und Blau.

Ab und zu wirft Paul einen Blick auf mich, als wolle er sichergehen, dass ich mich nicht mitten im Bissen in eine Schlange verwandelt habe. Jedes Mal, wenn ich ihn erwische, wendet er sich wieder dem Essen zu und kaut schweigend.

Wir hören gleichzeitig auf zu essen, synchronisiert wie Tiere, die im selben Labor aufgewachsen sind. Ich stapele die Kartons, wische mir die Finger an der Serviette ab und lasse meine Fingerknöchel knacken, einen nach dem anderen, nur um die Stille zu füllen.

»Also«, sagt er schließlich. »Was ist der wahre Grund, warum du hier bist?«

Ich greife nach meiner Dose, schwenke den Rest. »Vielleicht wollte ich einfach nicht allein essen.«

Er schnaubt. »Sicher. Weil das, was diese Wohnung gebraucht hat, noch mehr unangenehme Stimmung war.«

»Es war fifty-fifty«, sage ich. »Unangenehm hier oder unangenehm allein. Wenigstens funktioniert hier manchmal die Heizung.«

Er sinkt zurück ins Sofa, wischt sich Soße von der Lippe. »Glaubst du nicht auch manchmal, dass wir besser waren, als wir uns noch gehasst haben?«

Ich denke an den Newsroom, an die mit roter Tinte korrigierten Seiten und an die Linie, die er gezogen hat – nein, die Linie, die *ich* gezogen habe, um ihn herauszufordern, sie zu überschreiten. Ich denke darüber nach, was es gekostet hat, die bessere Autorin zu sein, und ob das etwas ist, das man für immer behalten kann, oder ob jeder Sieg eine Liste von Leuten mit sich bringt, die man zurückgelassen hat.

»Ich habe dich nie gehasst«, sage ich leise.

Er sieht mich dann an, wirklich an, als ob er sieht, was übrig bleibt, wenn man die ganze Oberfläche bis auf die Knochen abschleift. »Das hätte ich dir glatt abgenommen.«

Der Fernseher ist immer noch auf Pause gestellt, ein verschwommener, eingefrorener Moment auf dem Bildschirm. Ich will fragen, ob es ihm gut geht. Ich will sagen: »Du siehst scheiße aus«, aber das ist offensichtlich. Die Farbe ist aus seinem Gesicht gewichen, und an seinen Mundwinkeln sind Fältchen, die letzte Woche noch nicht da waren.

»Geht es dir–?«, setze ich an, dann breche ich den Satz ab. »Hast du–«

»Mir geht's gut.« Er sagt es so schnell, dass es automatisch klingt. »Nur müde. Deadline, du weißt schon. Miriam ist allergisch auf mein Gesicht.«

»Das ist sie nicht«, sage ich. »Sie erwartet nur, dass es dir nicht scheißegal ist.«

Er lacht leise auf, und das Geräusch ist beinahe menschlich. »Vielleicht ist sie dann die Einzige, die noch übrig ist.«

Am Ende sitzen wir auf dem Teppich, den Rücken an das Sofa gepresst, die Knie angezogen. Die Stadt ist jetzt dunkel, bis auf die Lichtflecken, die durch das einfach verglaste Fenster sickern, und der Raum hat diese dicke Stille nach dem Essen, in der man das Blut hinter den eigenen Ohren rauschen hört. Paul balanciert sein Bier auf einem Knie, die Finger trommeln nicht ganz im Takt der Uhr auf die Dose. Meine eigene Dose ist längst leer, und auf dem Teppich, wo ich sie abgestellt habe, bildet sich eine Pfütze aus Kondenswasser. Keiner von uns will sich bewegen, nicht einmal, um die nächste Ablenkung zu starten.

Auf dem Beistelltisch steht eine Lampe von der Sorte, die dramatische Schatten wirft und einen älter oder müder oder beides aussehen lässt. Ich beobachte, wie das Licht sich um die Knochen seines Gesichts bricht, die halb verheilte Schramme an seinem Kinn, die Höhlung unter seinem linken Auge, die sich nach der Uni nie wieder gefüllt hat. Er starrt die Wand an, als erwarte er, dass sie zuerst blinzelt.

Meine Hände sind unruhig. Ich spiele mit dem Ring an meinem Daumen, rolle ihn auf und ab, der vertraute Schmerz durch die Reibung. Es wäre leichter zu reden, wenn ich betrunken wäre, aber das bin ich nicht – nicht genug. Die Worte stauen sich nur und verknoten sich hinter meinen Zähnen.

Er durchbricht die Stille, seine Stimme sanfter als das Grollen des Verkehrs draußen. »Hättest du jemals gedacht, dass es so kommen würde?«

Ich denke über die Frage nach, lasse sie in der Luft hängen. »Was, der Zickenkrieg um die Namenszeile oder das allgemeine Abgleiten in die Mittelmäßigkeit?«

Er schenkt mir ein dünnes, horizontales Lächeln. »Eins von beiden. Beides.«

»Nicht wirklich. Ich dachte, ich wäre mit dreißig tot.«

»Das ist optimistisch.« Er leert die Dose, stellt sie neben meine und zupft an einem ausgefransten Faden seiner Jogginghose. »Als wir in Sheffield waren, dachte ich, du würdest die nächste Marina Hyde werden. Oder zumindest berühmt genug, um gecancelt zu werden.«

Ich lache, aber es ist ein schwaches Geräusch. »Ich hatte meinen Höhepunkt im zweiten Studienjahr. Alles danach war nur noch ein langsamer Abstieg.«

Er nickt, und wir lassen die Stille sich wieder ausbreiten, zwei glühende Kohlen, die auf gegenüberliegenden Seiten eines erloschenen Feuers abkühlen.

Ich zappele herum, grabe meinen Fingernagel in das weiche Holz des Couchtischs neben mir. »Paul.«

Er blickt nicht auf, aber ich weiß, dass er zuhört.

»Ich habe dich nicht angelogen«, sage ich, meine Stimme kleiner als beabsichtigt. »Nicht wegen des Textes oder der Bearbeitungen oder irgendetwas davon. Wegen des Praktikums. Beim *Chronicle*. Das, womit das alles angefangen hat.«

Jetzt sieht er mich von der Seite an, ein Flackern misstrauischer Verwirrung. »Wovon redest du?«

Ich schlinge die Arme um meine Knie, das Kinn angezogen. »Mein Tutor hat die Bewerbung eingereicht. Ich wusste es nicht, bis sie die engere Auswahl gemailt haben. Zuerst dachte ich, es sei ein Witz. Ich wollte nicht einmal zum Vorstellungsgespräch gehen, aber Zara hat mich gezwungen, früher aus Thailand zurückzukommen – sie sagte, es wäre eine gute Übung, dass sowieso niemand aus unserem Jahrgang eine Chance hätte.«

Er sagt nichts, aber sein Kiefer spannt sich an.

»Ich hatte volle zwölf Monate in Südostasien geplant«, sage ich, ein halbes Geständnis. »Ich dachte, wenn ich das Interview einfach versemmele, wäre ich frei. Aber dann war ich dort, und–« Ich halte inne, erinnere mich an den plötzlichen Schweißfilm in der Lobby, wie der Händedruck des Chefredakteurs meine Finger zerquetschte, die unmögliche Logik, die besagte, wenn ich so tun würde, als wäre es mir egal, würde es mich nicht verletzen, wenn ich scheitere. »Ich dachte, du würdest es bekommen. Ich wollte, dass du es bekommst.«

Er schüttelt einmal scharf den Kopf, als würde er sich Wasser aus den Ohren schütteln. »Das ist Bullshit.«

»Ist es nicht«, sage ich. »Ich wollte es nie. Nicht wirklich. Aber ich wusste nicht, wie ich es dir sagen sollte. Du warst so wütend, und es fühlte sich an, als würdest du nur denken, ich würde es dir unter die Nase reiben, wenn ich versuchen würde, es zu erklären.«

Er starrt auf den Teppich, seine Augen folgen dem Muster, als ob in den synthetischen Fasern ein Code versteckt wäre. »Warum erzählst du mir das jetzt?«

Ich zwinge mich, ihn anzusehen. »Weil ich, wenn ich es nicht tue, für immer hier festsitzen werde und jede Version dessen durchspiele, was hätte passieren können, wenn wir nur–« Ich gestikuliere hilflos in die Luft zwischen uns. »Wenn wir nur geredet hätten.«

Er ist lange still, und ich kann die Berechnung in seinem Kiefer sehen, das langsame Mahlen der Zähne. Als er spricht, ist es ein Halbes-Flüstern.

»Ich habe mein ganzes Erwachsenenleben auf der Vorstellung aufgebaut, dass du mich verarscht hast. Dass du deine Chance gesehen und genutzt hast.« Er lässt das im Raum stehen, hässlich und roh. »Ich habe jahrelang so getan, als wäre es mir egal, aber jedes Mal, wenn ich deine Namenszeile sah, war es, als würde man mir wieder sagen, dass du besser bist und ich niemals aufholen würde.«

Ich könnte die Hand ausstrecken, seinen Arm berühren, etwas Sanftes sagen. Ich tue es nicht. Das ist eine Wunde, die keinen Verband braucht; sie muss ausbluten.

Er lacht, ein scharfes, leeres Geräusch. »Du hättest es mir einfach sagen sollen. Ich hätte dich eine Woche lang gehasst, aber wenigstens wäre es echt gewesen.«

»Ich habe es versucht, aber du wolltest es nicht hören«, sage ich, was feige ist, aber wahr. »Das wolltest du nie, wenn es darauf ankam.«

Er nickt, aber es ist eher ein Zucken als eine Zustimmung. »Und was jetzt?«

Ich habe keine Antwort. Die Lampe summt, der Kühlschrank springt in der Küche an, ein Lastwagen donnert die Straße entlang und lässt die Scheibe klirren. Ich wünschte, ich könnte den Raum einfrieren, diesen Moment wie ein Insekt festpinnen und ihn davor bewahren, sich im nächsten Streit, der nächsten Namenszeile, der nächsten Runde von »Wer hat wen mehr verletzt« aufzulösen.

Stattdessen atme ich ein und langsam wieder aus. »Jetzt schreiben wir die Kolumne. Und wir versuchen, uns gegenseitig nicht zu verarschen. Nur dieses eine Mal.«

Er sieht mich an, und zum ersten Mal in dieser Nacht ist sein Gesicht vollkommen offen, frei von dem üblichen Sarkasmus und der Selbstverteidigung. Da ist Schmerz, ja, aber auch etwas Sanfteres, wie der Teil des Himmels direkt vor Sonnenaufgang.

Er sagt: »Ich glaube, ich habe dich gehasst, weil ich es nicht ertragen konnte, mich selbst zu hassen.«

Darauf gibt es nichts zu sagen. Ich nicke nur, und die Luft zwischen uns verändert sich, kaum wahrnehmbar, aber real. Eine Entspannung. Vielleicht sogar ein Waffenstillstand.

Er greift nach dem Laptop auf dem Tisch, fährt ihn mit einem Klicken hoch. Der Bildschirm leuchtet blau und taucht unsere beiden Gesichter in denselben künstlichen Schein. Er tippt ein paar Worte, hält inne und sieht mich dann an.

»Willst du die erste Zeile, oder soll ich?«

»Überrasch mich.«

Es ist keine Vergebung oder so etwas Ähnliches. Aber für eine Weile schreiben wir wieder zusammen, Schulter an Schulter, während die Stadt draußen zu einem erträglichen Summen schrumpft. Wir streiten uns, aber nicht wie früher. Wir sind uns nicht einig, aber es gibt keine Verletzungen. Wir arbeiten.

Und am Ende ist die Geschichte besser, als jeder von uns sie allein hätte schreiben können.

Es ist keine Liebe, aber es ist etwas. Und für den Moment ist das genug.

VIERUNDZWANZIG

PAUL

Wir feilen den ganzen Tag an dem Artikel, polieren ihn und überarbeiten ihn, zwischen Stand-up-Meetings, Abteilungsbesprechungen und einem Vortrag der Personalabteilung über neue standardisierte Arbeitsverträge, die in den kommenden Wochen eingeführt werden sollen.

Es ist schon nach halb elf nachts und die Redaktion des *Chronicle* sieht aus wie die Kulisse einer postapokalyptischen Sitcom: Die Hälfte der Monitore ist noch an und wirft blaue Phantome auf unbesetzte Stühle; ein Halbkreis aus leeren Essensverpackungen zum Mitnehmen bildet eine Verteidigungslinie um die Features-Insel; die letzte, heldenhafte Tasse Kaffee klammert sich in der Mitte des Tisches an ihre eigene Relevanz. Der Rest der Belegschaft ist längst verschwunden, verstreut in Pubs, zu Hause oder in der Hölle der verspäteten Züge. Nur Grace und ich sind noch da, Hüter des Blaulicht-Friedhofs, die Bildschirme offen, die Finger ticken in diesem uralten, feindseligen Duett über die Tasten.

Keine Musik. Kein Getuschel, kein Geplänkel von oben. Nur das leise Echo des Tippens und das unregelmäßige Prasseln des Regens gegen das Glas, Londons beständigster Refrain. Es hat etwas fast Religiöses an sich. Ich bin nicht sicher, welche Konfession, aber definitiv eine mit einem starken Fokus auf Selbstgeißelung und dem langen, langsamen Tod des Optimismus.

Grace sitzt zwei Schreibtische weiter, halb abgewandt, sodass ihr Stuhl in einem Winkel steht, der sagt: »Ich könnte jeden Moment gehen, aber ich werde es nicht tun.« Sie ist im Arbeitsmodus: Das Haar mit einem Kuli zurückgesteckt, die Ärmel ihres Pullovers über die Ellbogen geschoben, die Lippen zu jenem schmalen Strich zusammengepresst, den sie macht, wenn sie liest. Jedes Mal, wenn sie eine Formulierung findet, die es wert ist, unterstrichen zu werden, hebt sich ihre Augenbraue, als würde sie von einem winzigen, wütenden Kran hochgezogen. Vier Textmarker liegen in Reichweite, jeder mit einem anderen taktischen Zweck. Der rosafarbene ist für persönliche Angriffe. Der blaue ist für Lob, oder was in ihrer Taxonomie dafür durchgeht.

Ich versuche nicht zu starren, aber die Alternative ist, auf meinen eigenen Bildschirm zu schauen, was weniger unterhaltsam und erheblich demoralisierender ist. Der neueste Entwurf der Kolumne ist geöffnet, der Cursor blinkt am Ende eines Absatzes, den keiner von uns beiden so recht übers Herz bringt, zu löschen oder zu verbessern. Wenn man dem Projektmanagement-Plan glaubt, sind die nächsten Schritte »Tonfall harmonisieren« und »Struktur finalisieren«. Was das wirklich bedeutet, ist »eine weitere Stunde über den Ansatz streiten«, gefolgt von einer Stunde, in der wir nicht miteinander reden, während wir verarbeiten, was gesagt wurde.

Heute Abend hat sich jedoch etwas verändert. Die letzte Korrekturrunde war kühl, aber nicht grausam; der übliche Aderlass wurde durch eine Art resignierte Professionalität ersetzt, als hätten wir beide – stillschweigend – beschlossen, dass die Zeit der gegenseitigen Zerstörung vorbei ist. Oder vielleicht sind wir auch einfach zu müde, um damit weiterzumachen.

Ich lehne mich in meinem Stuhl zurück, strecke mich, bis meine Wirbelsäule knackt. Die Deckenplatten über mir sind mit alten Wasserflecken gesprenkelt, von denen einer genau wie die Grafschaft Kent geformt ist, wenn Kent eine Reihe gezielter Luftangriffe erlitten hätte. Die Deckenleuchte hat nur noch eine funktionierende Röhre, und sie flackert in Intervallen, die sich fast mit meinem Puls synchronisieren.

Grace stößt einen langen, hörbaren Seufzer aus. Nicht verärgert, nur ... erschöpft. Sie tippt mit ihrem Stift auf ihre Unterlippe, eine so tief verwurzelte Angewohnheit, dass ich nicht sicher bin, ob sie es überhaupt merkt. Der grüne Textmarker ist in ihrer anderen Hand, griffbereit und nervös zuckend. Ich sehe zu, wie sie eine Notiz an den Rand macht, inne- und sie dann wieder ausradiert, nur um etwas anderes in kleinerer, aggressiverer Schrift hinzuzufügen.

Es ist eine perfekte Studie darüber, wie wir arbeiten: ich, der eine Mauer aus defensiven Sätzen aufbaut; sie, die den Mörtel nach Schwachstellen durchsucht. Früher dachte ich, das Einzige, was uns zusammenhält, wäre unsere Fähigkeit, uns gegenseitig zu reizen. Jetzt bin ich mir da nicht mehr so sicher.

»Fragst du dich manchmal, ob wir immer und immer wieder dasselbe Argument vorbringen?«, frage ich, ohne sie direkt anzusehen.

Sie blinzelt, überrascht von dem Bruch des Protokolls, und zuckt dann mit den Schultern. »Jede Beziehung ist eine Feedbackschleife. Unsere hat nur ein besseres Lektorat.«

Ich schnaube leise und unwillkürlich. »Ich weiß nicht. Ich glaube, wir recyceln an diesem Punkt nur noch Material.«

»Das nennt man ein Leitmotiv, Callaghan. Lies mal ein Buch.«

Wir verfallen wieder in Schweigen. Sie hat natürlich recht. Das hat sie immer. Das ist die Hälfte des Problems.

Nach einer Minute steht sie auf und geht zur Küchennische – ein drei Meter langer Streifen aus Resopal-Arbeitsplatte und einem Wasserkocher, der so antik ist, dass er als historisches Erbe durchgehen könnte. Sie schenkt sich ein Glas Leitungswasser ein, schwenkt es und nimmt einen langen Schluck. Die Art, wie sie dasteht – eine Hüfte zur Seite geschoben, den Kopf geneigt, der Ärmel schon nass vom Aufstützen auf der Arbeitsplatte –, erinnert mich gegen meinen Willen an Nächte an der Uni, als wir wahnsinnig lange aufblieben, nur um die nächste Deadline zu schaffen oder um einfach den anderen zu überdauern.

Sie kommt zurück, lässt sich in ihren Stuhl fallen und dreht sich zu mir um.

»Du machst es schon wieder«, sagt sie.

Ich blinzle. »Was?«

»Dieses Ding, wo du auf den Bildschirm starrst, als würde er die Kolumne für dich fertigschreiben. Das ist keine KI. Du musst tatsächlich etwas tippen.«

»Dachte, ich lasse mal das Universum eingreifen«, sage ich, aber der Witz kommt mir nicht von Herzen.

Sie wird weicher, nur ein klein wenig. »Ich habe deinen letzten Abschnitt gelesen. Er ist tatsächlich gut.«

»Übertreib mal nicht«, murmle ich verlegen.

Sie beugt sich vor, die Ellbogen auf die Knie gestützt. »Du weißt, dass du es einfach sagen kannst, oder?«

Ich tue so, als wüsste ich nicht, was sie meint, aber die Röte in meinem Gesicht verrät mich.

»Dass du es vermisst«, sagt sie, der Blick auf den Stapel Korrekturen zwischen uns gerichtet. »Das Streiten. Das Schreiben. Alles davon.«

Ich sehe sie an, jetzt richtig, und für eine Sekunde zerbröckelt die Mauer aus Bullshit, die ich zwischen uns aufrechterhalte. »Tue ich«, sage ich, kaum lauter als ein Flüstern.

Grace ist nicht für Verletzlichkeit gemacht. Sie weicht immer aus, mit Sarkasmus oder Fakten oder beidem. Aber dieses Mal sitzt sie einfach nur da und lässt die Luft sich mit allem füllen, was wir nicht sagen.

»Ich vermisse es auch«, sagt sie, und der Klang davon trifft mich irgendwo zwischen meiner Lunge und meinem Brustbein. »Nicht das Drama. Nur ... den Rhythmus.«

Ich will etwas Kluges sagen, etwas, das es weniger gefährlich macht. Stattdessen platzt es aus mir heraus: »Du bist brillant, weißt du.«

Es ist ein katastrophales Kompliment. Die Art, die mit Airbag und in Zeitlupe bei der Untersuchung wiedergegeben wird.

Sie blinzelt erschrocken, dann lächelt sie – klein und schief, so wie früher, wenn ich sie auf dem falschen Fuß erwischt hatte.

»Vorsicht, sonst fange ich noch an zu denken, dass du mich magst.«

Das tue ich. Das habe ich immer. Selbst als ich sie hassen sollte, selbst als es einfacher war, sie zum Bösewicht in meiner eigenen Geschichte zu machen.

Sie schaut weg, aber nicht bevor ich das Aufflackern von etwas Echtem in ihren Augen sehe. Sie steckt sich eine Haarsträhne hinter ihr Ohr, atmet beruhigend ein und nimmt wieder den grünen Textmarker auf.

Es herrscht eine lange, angenehme Stille – die Sorte, die man nur mit Menschen hat, die jeden Winkel von einem kennen und sich trotzdem entschieden haben, zu bleiben.

»Wir sollten das hier wahrscheinlich fertig machen«, sagt sie.

»Ja«, antworte ich. »Wahrscheinlich.«

Wir arbeiten. Nicht wie früher. Wie jetzt: zwei Menschen, die wissen, wie man sich gegenseitig verletzt, sich aber heute Abend dagegen entschieden haben. Zwei Menschen, die zusammen besser sind, auch wenn es nur für diesen Moment ist.

FÜNFUNDZWANZIG

GRACE

In der Wohnung ist es eiskalt, als ich hereinkomme, und es wird mindestens eine Stunde dauern, bis die einzige Heizung im Wohnzimmer genug Wärme abgibt, sodass es sich sicher anfühlt, den Mantel auszuziehen.

Alles sieht genauso aus, wie ich es verlassen habe – zwei Tassen auf dem Tisch, der *Evening Standard* von gestern Abend liegt schlaff an der Fußleiste. Mein Handy hat noch sieben Prozent Akku. Ich schließe es an und lasse das blau-weiße Leuchten den Raum fluten.

Drei neue E-Mails – zwei von Viv und eine vom Kommunikationsteam –, alle wegen des morgigen Folgeartikels. Ich überfliege sie, antworte, wo es nötig ist, und öffne dann – weil ich schwach bin – Twitter. Grace Hampton: immer noch in den Trends. Eine lobende Erwähnung von einem Abgeordneten wird per Screenshot festgehalten. Ein Beweis, vielleicht. Oder einfach nur etwas, um später damit anzugeben.

Für ein paar Minuten herrscht so etwas wie Frieden. Nicht von der sanften, goldenen Sorte – eher die Art, die man nach einer Schlägerei spürt, wenn die Knochen noch summen und das Adrenalin noch nicht ganz abgebaut ist. Ich atme ihn ein und lasse den Lärm der Stadt im Hintergrund verklingen.

Um 00:11 Uhr macht das Handy »ping«.

Unbekannte Nummer. Britische Vorwahl. Kein Name, kein Symbol, keine vorherigen Nachrichten. Nur eine einzige Zeile:

Sind Sie Grace Hampton vom Chronicle?

Ich blinzle. Könnte Spam sein. Könnte eine falsche Nummer sein. Könnte eine dieser »dringenden« Nachrichten sein, die sich als Phishing-Link herausstellen.

Wer fragt?

Stille. Ich schenke mir ein Glas Wasser ein und beobachte, wie das Kondenswasser am Glas herunterperlt. Wieder ein »ping«:

Sie haben den Artikel über Kidz Trust geschrieben.

Ich zögere, gebe dann aber meiner Neugier nach.

Ja. Haben Sie ein Problem damit?
Der Artikel hat nur an der Oberfläche gekratzt. Sie müssen tiefer graben.

Das weckt meine Aufmerksamkeit. Keine Beleidigung, kein offensichtlicher Betrug – nur ein Vorwurf, der in der Luft hängt.

Wenn Sie etwas wissen, sollten Sie es sagen.

Sie und Ihr Kollege haben nicht gründlich genug recherchiert.

Der Drang, Paul zu verteidigen, flammt sofort in mir auf, aber ich unterdrücke ihn. Er kann sich sehr gut selbst verteidigen – und außerdem möchte ich lieber hören, worauf das hier hinausläuft.

Ich höre.

Nichts. Zehn Minuten vergehen. Ich trinke das Wasser, lese noch mal meine E-Mails. Immer noch nichts.
Mitten beim Zähneputzen leuchtet das Handy auf.

Zu unsicher, um darüber zu texten. Zu gefährlich, sich da einzumischen.

Ich spucke aus und wische mir den Mund ab.

Warum kontaktieren Sie mich dann?

Die drei Punkte, die anzeigen, dass jemand schreibt, hüpfen langsam und bedächtig auf und ab. Wer auch immer das ist, er will, dass man dranbleibt.

Wir können uns persönlich treffen.

Eine lange Pause. Ich glaube fast, ich habe zu sehr gedrängt –

bis:

Saxon Avenue 14, Felixstowe. Morgen Mittag.

Ich lese es zweimal. Ich war vielleicht zweimal in meinem Leben in Felixstowe, beide Male im Sommer. Der Februar ist eine verdammt ungünstige Zeit, um ein Treffen an der Küste zu verlangen.

Kenne ich Sie?
Martin Cheng.

Ich versuche, mehr aus ihm herauszulocken, aber das Handy bleibt dunkel.

Ich liege auf dem Sofa, starre an die Decke und gehe jede Sicherheitsschulung durch, die ich je hatte – triff dich nicht allein mit Quellen, sag immer jemandem, wohin du gehst, sorge dafür, dass die Kommunikation nachverfolgbar ist. Ich ignoriere jede einzelne davon. Dann fällt mir ein, woher ich Martin Cheng kenne, und alles ergibt einen Sinn.

Kurz vor Sonnenaufgang schreibe ich Paul: Roadtrip. Du fährst. Felixstowe. Ein Beamter will reden. Bring Kaffee mit.

Er schickt einen Daumen hoch und ein GIF von einem zitternden Pinguin zurück.

Die Sonne geht auf, die Stadt erwacht, und ich sitze am Fenster und beobachte, wie das Licht über die Gebäude kriecht.

Ich weiß nicht, ob es Furcht oder Aufregung ist. So oder so, ich bin bereit.

Man kann die Nordsee nicht verstehen, wenn sie nicht mindestens einmal versucht hat, einen umzubringen. Das ist es, was ich denke, als Paul eine Kurve zu schnell nimmt, der Wind so stark gegen uns peitscht, dass das ganze Auto seitwärts schlingert, und ein Vorhang aus Nieselregen auf der Windschutzscheibe zerstäubt. Wir sind in einem Dorf, das so klein ist, dass der einzige Pub »The Pub« heißt und jedes Fenster mit »Seaview« wirbt, obwohl das Einzige, was man sieht, eine Wand aus nassem, horizontalem Grau ist. Er weigert sich, Google Maps zu benutzen, also verlassen wir uns auf Pauls angeborenen Orientierungssinn, der weniger ein Kompass ist, als eine ganz besondere Form von männlicher Sturheit.

Ich versuche zu helfen und strenge mich an, durch die Scheibenwischer einen Orientierungspunkt oder ein Straßenschild zu erkennen. »Wenn du nur langsamer fahren würdest«, sage ich, »könnten wir die Straßennamen lesen, bevor sie vorbeihuschen.«

Paul grinst, ohne den Blick von den verschwommenen Cottages vor uns zu nehmen. »Wenn ich langsamer fahre, verlieren wir den Schwung und müssen aussteigen und schieben.«

Er hat nicht unrecht. Der Wind heult so stark, dass das ganze Auto klappert. Er parkt – halb auf dem Bordstein, halb auf etwas, das wie die Überreste einer Gehwegplatte aussieht – und sieht mich mit dem Stolz an, der normalerweise für das erfolgreiche Längsparken eines Busses reserviert ist.

»Warum sind wir noch mal hier?«, fragt er.

»Weil Martin Cheng nur so mit uns reden will. Wenn wir den Rest dieser Geschichte über die Ziellinie bringen wollen, müssen wir selbst am Baum rütteln.« Ich sage das mit der Ruhe einer Person auf, die es vor dem Spiegel geprobt hat, vor einem Publikum, das aus genau einem bestellten Curry und einer Reihe unbezahlter Rechnungen bestand.

Er zieht sich seine Jacke über, ein uraltes Lederding, an dem die Ärmel anfangen aufzureißen. »Alles klar. Führ uns hin, Chefin.«

Das tue ich, denn wenn es eine Sache gibt, in der ich gut bin, dann ist es, andere ins Verderben zu führen. Das Haus ist drei Türen weiter, die Farbe war mal blau, ist jetzt aber größtenteils zu Kapitulation übergegangen. Der Garten ist verwildert, voller

Brennnesseln und Fingerhut, mit einem einzigen Pfad, der hindurchgemäht wurde wie die Spur eines betrunkenen Rasenmähers. Ich ziehe meinen Mantel enger, überprüfe zweimal die Hausnummer und klopfe an die Tür.

Paul stellt sich neben mich, die Hände in den Taschen, die Augen scannen die Fenster ab. »Der Ort sieht aus wie ein Tatort aus einem Skandinavien-Krimi. Tipp schon mal 999 auf deiner Tastatur ein, damit du nur noch auf ›Anrufen‹ drücken musst.«

Ich ignoriere ihn. Die Tür öffnet sich einen vorsichtigen Spalt breit und gibt einen Streifen eines fahlen, bebrillten Gesichts frei.

»Martin?«, frage ich und strahle dabei die Wärme und Vertrauenswürdigkeit einer Moderatorin im Kinderfernsehen aus.

Er ist schlecht gealtert – schütteres Haar, eine Haut mit dem vorgekochten Aussehen eines Mannes, der all seine Mahlzeiten aus der Abteilung für reduzierte Ware isst. Das letzte Mal, als ich ihn sah, schwitzte er in einem Anzug in einem Sitzungssaal der Regierung, beantwortete Fragen zu grüner Technologie und versprach, die Zukunft sei biologisch abbaubar. Jetzt trägt er ein Rugby-Shirt und sein Gesichtsausdruck schreit: *Hauen Sie ab, sonst rufe ich meinen Anwalt an.*

Paul übernimmt und schiebt sich in den Spalt, bevor Martin die Tür schließen kann. »Wir sind uns tatsächlich schon mal über den Weg gelaufen, Martin«, sagt er, als würde er bei einem Pokerturnier ein Gewinnerblatt auf den Tisch legen. »Wir haben uns bei dieser ›Tech4Good‹-Podiumsdiskussion getroffen. Du hast mir ein Bier gekauft und dann versucht, mir Bioethanol-Heizungen anzudrehen. Ich bekomme immer noch Spam von dir.«

Martins Augen weiten sich, als sähe er einen Geist oder möglicherweise den Gerichtsvollzieher. Er blickt hinter sich und öffnet die Tür einen weiteren Spalt. »Ich erinnere mich. Entschuldigung, ich bin ... Können wir das vielleicht ein andermal machen?«

Paul ignoriert den Hinweis. »Wir sind nicht hier, um Sie reinzulegen. Wir wollen nur über den Vertrag mit Bluebell Environmental reden und warum Sie direkt nach der Auszahlung gekündigt haben.«

Martin sackt besiegt in sich zusammen. »Ich hätte Sie nicht kontaktieren sollen.«

»Die Wahrheit ist wichtig«, sage ich und zucke bei meiner eigenen Wichtigtuerei ein wenig zusammen, aber ich verlagere mein Gewicht in den Türrahmen, damit er die Tür nicht wieder schließen kann, ohne eine Szene zu machen. »Wir können drinnen reden, wenn Sie möchten.«

Einen Augenblick lang denke ich, er wird die Tür zuschlagen und die Polizei rufen, aber dann erschlaffen seine Schultern und er winkt uns herein. Der Flur ist eng, ausgelegt mit einem braunen Teppich, der in diesem Jahrhundert noch keinen Staubsauger gesehen hat, und die Luft riecht nach gebratenen Zwiebeln und Räucherstäbchen.

Wir folgen ihm in das vollgestellte Wohnzimmer, das ausschließlich unter dem Motto „Ruhestand an der Küste mit kleinem Budget" eingerichtet ist. Auf dem Kaminsims stehen kleine Holzboote, daneben ein verblichener Druck eines Leuchtturms, und ein dekorativer Rettungsring an der Wand verkündet »Zuhause ist da, wo der Hafen ist.« Die Fenster sind mit Zeitungspapier zugeklebt, von der Sorte, die heutzutage nicht mehr in die Briefkästen geliefert wird.

Martin deutet auf das Sofa und setzt sich dann mit angezogenen Knien und verschränkten Armen in den einzigen Sessel. »Wollen Sie einen Tee?«, fragt er, aber sein Tonfall legt nahe, dass dies kein ernst gemeintes Angebot ist.

»Schon gut«, sage ich, nehme mein Notizbuch heraus und schlage eine neue Seite auf. Paul setzt sich neben mich und versinkt so tief im Sofa, dass er fast verschwindet.

Martin beobachtet uns misstrauisch.

Paul ist untypisch sanft. »Wir wissen, dass du der technische Direktor bei Bluebells Ausschreibung warst. Wir wissen, dass das Projekt im Eilverfahren durchgewinkt wurde, und wir wissen, dass das Geld innerhalb eines Monats von den Konten verschwunden ist. Wir wollen nur wissen, ob du uns sagen kannst, warum.«

Martin zupft am Saum seines Trainingsanzugs und weicht unseren Blicken aus. »Darüber kann ich nicht reden«, sagt er, seine Stimme kaum lauter als das Summen des uralten Kühlschranks in der Küche.

»Verschwiegenheitsklauseln?«, frage ich.

Er schüttelt den Kopf. »Schlimmer.«

Paul beugt sich vor, die Ellenbogen auf die Knie gestützt. »Hör zu, Martin. Die Sache mit Geheimnissen ist, sie haben ein Verfallsdatum. Unsere Rechtsabteilung untersucht bereits das Bezirksamt Hackney und hat ungefähr vierzig Anträge nach dem Informationsfreiheitsgesetz gestellt. Wenn diese Antworten zurückkommen, wird das Amt jemanden zum Sündenbock machen, wahrscheinlich den Kleinsten in der Kette. Dem musst du zuvorkommen. Eigentlich dachten wir, das hättest du schon, und dass du dich deshalb gemeldet hast. Zumindest auf diese Weise kannst du erzählen, wie es wirklich war.«

Martins Augen sind glasig, verzweifelt. »Ihr versteht das nicht. Sie haben meiner Familie gedroht.«

Pauls Stimme ist sanft. »Wer ist ›sie‹?«

Martin öffnet und schließt zweimal den Mund. »Ihr wisst schon, der Typ, der die Konten abgesegnet hat? Der ist nicht mehr im Land. Und die Auftragnehmer – die wurden alle über Briefkastenfirmen ausbezahlt. Ich habe nur den Papierkram erledigt.«

Ich blättere zum veröffentlichten Prüfbericht des Kidz Trust und schiebe ihn über den Tisch. »Dieser Teil hier«, sage ich, »die Referenznummern sind identisch mit denen auf den Verträgen zur ›Offshore-Sanierung‹ und der Bestellung des Bezirksamtes. Meinen Sie, das ist ein Zufall?«

Er blickt auf die Seite, dann zu mir auf. »Nein«, sagt er, das Wort so zart wie Seidenpapier.

Paul nickt langsam und ermutigend. »Du bist nicht der Bösewicht, Martin. Aber wenn du nicht der Sündenbock sein willst, musst du uns helfen.«

Es herrscht eine lange Stille, die nur vom Ticken der alten Wanduhr und dem fernen Kreischen der Möwen unterbrochen wird. Martin blickt zur Tür, als erhoffe er sich eine Feueralarmübung, dann sagt er: »Das könnt ihr nicht drucken.«

»Wir können alles drucken und werden es auch tun«, sage ich. »Aber wir wollen Ihre Version der Geschichte hören, nicht nur das, was wir *glauben*, dass passiert ist.«

Er reibt sich über das Gesicht und hinterlässt einen Schweißstreifen auf seiner Stirn. »In Ordnung. Das Projekt war nur Fassade. Es war immer nur Fassade. Die Firma existierte, um Geld vom Bezirksamt über die Wohltätigkeitsorganisation in die Hände der Leute zu schleusen, die …« Er bricht zitternd ab. »Ich wusste nicht einmal, wer dahintersteckte, bis letzte Woche. Sie haben gedroht, mich fertigzumachen, wenn ich nicht mitspiele.«

Ich schreibe, mein Stift eine verschwommene Linie. Paul beobachtet Martin mit einem Blick, den ich noch nie zuvor an ihm gesehen habe: eine Mischung aus Empathie und reiner, raubtierhafter Konzentration.

»Wer ist ›sie‹?«, hakt Paul mit leiser Stimme nach.

Martin weint jetzt fast. »Es steht alles in den Akten. Sie haben mir gesagt, ich soll alles in einem Lagerraum in London unterbringen. Aber ich komme nicht dran. Sie haben gesagt, wenn ich noch einmal dorthin gehe, lande ich im Kanal.«

Paul sieht mich an, und ich kann die Zahnräder in seinem Kopf förmlich arbeiten sehen. »Kannst du uns den Schlüssel besorgen?«, fragt er.

Martin nickt. »Er ist im Garten, am Bein des Trampolins festgeklebt.«

Er stößt einen zittrigen, jämmerlichen Keucher aus. »Wenn ihr an die Akten kommt, steht da alles drin.«

Ich beobachte, wie Paul dies aufnimmt, nicht als eine Geschichte, sondern als ein Problem, das gelöst werden muss. Er steht auf und vertreibt sich mit ein paar Dehnübungen die Steifheit aus den Armen. »Wir holen sie«, sagt er.

Martin sieht ihn an, Unglaube und Erleichterung mischen sich in seinem Blick. »Ihr könnt nicht allein gehen. Sie beobachten. Sie beobachten immer.«

Paul zuckt mit den Schultern, so wie er es immer tut, wenn

man ihm sagt, die Chancen, dass eine Geschichte sich als wahr herausstellt, gegen null gehen. »Das ist unser Job.«

Ich stehe ebenfalls auf, sammle meine Notizen ein und verstaue sie. »Danke, Martin. Wir werden vorsichtig sein.«

Er erhebt sich, folgt uns aber nicht zur Tür. Sein ganzer Körper scheint in sich zusammenzufallen, wie ein Mann, der bereits damit begonnen hat, seinen eigenen Nachruf zu proben.

Draußen hat der Wind wieder aufgefrischt und peitscht uns Regen ins Gesicht, als Paul das Klebeband abreißt und den kleinen Schlüssel einsteckt.

Die Straße ist leer, bis auf eine einzelne Möwe, die in der Gosse an etwas Unidentifizierbarem pickt.

Paul startet den Motor und sieht mich an, sein Haar immer noch zerzaust, seine Augen strahlender als ich sie seit Wochen gesehen habe. »Glaubst du ihm?«

Ich nicke. »Ja. Das tue ich.«

Er lächelt, aber es ist ein kleines, müdes Lächeln. »Dann lass uns die Story holen.«

Ich blicke zum Haus, zum sterbenden Garten und zum Licht, das immer noch im Fenster brennt. »Wir könnten das tatsächlich schaffen.«

Er grinst, diesmal richtig. »Werd nicht sentimental, Hampton.«

Ich fahre uns weg, und zum ersten Mal seit Monaten denke ich, dass wir in die richtige Richtung unterwegs sind.

Wenn es eine Hölle für englische Agnostiker gibt, dann ist es wahrscheinlich ein viktorianisches Bed & Breakfast bei Ebbe. Unseres ist ein steinernes Ungetüm, das über dem Parkplatz thront, voll von Erkerfenstern und verblasster Pracht, die Art von Ort, die ein „Volles gekochtes Frühstück" verspricht und eine einzelne Banane und einen Teebeutel mit Faden liefert. Das Innere riecht nach zerkochten Zwiebeln und der existenziellen Furcht eines jeden, der es nie geschafft hat, seine Heimatstadt zu verlassen.

Die Frau an der Rezeption – sechzig, wenn sie einen Tag alt ist, mit strenger Dauerwelle und eine Brillenkette um den Hals – wirft uns einen Blick zu, als wir unsere Taschen die Teppichstufen hochschleppen, der weniger verurteilend ist als vielmehr zutiefst an der Möglichkeit eines Skandals interessiert. Sie überprüft das Gästebuch zweimal, bevor sie die Stirn runzelt. »Miss Hampton und Mr Callaghan, ist das richtig? Ich sehe nur, dass nur ein Zimmer gebucht ist – oje. Da muss es wohl eine Verwechslung gegeben haben.« Sie lächelt auf eine Weise, die ein Bootcamp für Soziopathen leiten könnte. »Aber es ist das letzte, das noch frei ist. Festivalwoche, wissen Sie.«

Ich zwinge mir ein Lächeln auf, das ich mir für den Kundenservice und Familienhochzeiten aufhebe. »Das wird schon gehen. Wir kommen zurecht.«

Sie hellt sich auf und führt uns die Treppe hinauf, während sie über das Narzissenfest im örtlichen Park und den einzigartigen Charme der örtlichen Pommesbude plaudert. Das Zimmer befindet sich im obersten Stockwerk, eingezwängt unter der Dachschräge. Sie öffnet die Tür und tritt beiseite, als würde sie einen Preis in einer Nachmittags-Gameshow enthüllen. »Mit allem modernen Komfort!«, zwitschert sie, »und an klaren Tagen ein herrlicher Blick auf die Flussmündung.«

Das Zimmer ist ... optimistisch. Zwei Einzelbetten mit geblümten Bettbezügen, ein Schminktisch, der aussieht, als hätte er ein paar Weltkriege überlebt, und eine Tapete, die so schrill ist, dass sie sich wie eine aufziehende Migräne anfühlt. Es gibt ein einziges Fenster, beschlagen und in seinem Rahmen klappernd, mit Blick auf die Hauptstraße und, ja, ein Stück der Flussmündung, wenn man den Hals reckt und die Augen zusammenkneift.

»Frühstück gibt es von halb acht bis Punkt acht«, sagt die Wirtin. »Wenn Sie es aufs Zimmer gebracht haben möchten, rufen Sie einfach unten an – dort.« Sie deutet auf ein Telefon, das so alt ist, dass es die Toten beschwören könnte. Sie verweilt in der Tür, ihre Augen huschen von Bett zu Bett, als wolle sie sicherstellen, dass wir nicht sofort irgendein Fernseh-Drama nachspielen. Dann geht sie und schließt die Tür mit der sanften

Endgültigkeit von jemandem, der am Schlüsselloch lauschen wird.

Paul lacht, sobald sie weg ist, wirft seine Tasche auf das nächste Bett und breitet sich mit ausgestreckten Armen darauf aus. »Du schlauer Fuchs, das Nur-ein-Bett-Dilemma.«

»Es sind zwei Betten. Es ist ein Zweibettzimmer. Das ist der Punkt. Oder hatte der Herr erwartet, dass *The Chronicle* für jeden eine Suite springen lässt?«

Paul lacht: »Vielleicht kommt da nur mein schmutziger Verstand zum Vorschein.«

»Vielleicht ist es das.«

»Glaubst du, sie hat eine versteckte Kamera im Wasserkocher?«

»Schmeichel dir nicht«, sage ich, lasse meine eigene Tasche auf den Boden fallen und öffne meinen Laptop. »Sie will nur eine gute TripAdvisor-Bewertung.«

Er setzt sich auf, tritt seine Schuhe ab und mustert das Zimmer. »Weißt du, es ist fast romantisch. Wenn man die Tatsache ignoriert, dass es von den Geistern tausender gescheiterter Flitterwochen heimgesucht wird.«

Ich tue so, als würde ich tippen, starre aber in Wirklichkeit nur auf den Bildschirmschoner. »Ich werde darauf achten, das in die Schlagzeile zu packen: ›Paul Callaghan befürwortet Romantik, Bericht um elf.‹«

Er grinst unbekümmert. »Ich habe mich als Mensch weiterentwickelt. Außerdem bin ich mir ziemlich sicher, dass in der Minibar eine ganze Flasche Lidl-Gin steht.«

Die Wahrheit ist, ich stehe unter Strom – Adrenalin und Koffein liefern sich in meiner Blutbahn ein Patt. Das Interview mit Martin Cheng läuft in einer Endlosschleife in meinem Kopf ab, jedes Detail ein neuer Kaninchenbau: die zugeklebten Fenster, die zitternden Hände, der Satz »Sie werden meine Familie ruinieren«, der seit unserem Weggang nicht aufgehört hat, nachzuhallen. Ich öffne ein neues Dokument und beginne, die nächsten Schritte aufzulisten, die Aufzählungspunkte wie ein Erschießungskommando aneinandergereiht.

Paul scrollt derweil auf seinem Handy und sucht nach jedem

möglichen Treffer zum Lagerraum, zum Postfach und zu den Namen, die Martin halb in die Luft gehustet hat. Hin und wieder murmelt er etwas über »Idioten mit Briefkastenfirmen« oder »Das ist genau wie die Sache mit der Deutschen Bank«, um dann wieder in Schweigen zu verfallen.

Eine halbe Stunde lang arbeiten wir in kameradschaftlicher Parallelität, das einzige Geräusch ist das Klappern des Fensters und die Möwen draußen, gelegentlich unterbrochen durch das leise Klicken von Pauls Kiefer, wenn er an einem abgebrochenen Backenzahn herumbeißt. Es ist so heimelig, dass es wehtut.

Irgendwann halte ich es nicht mehr aus. Ich klappe den Laptop mit einem Schnappen zu. »Du schläfst nie, oder?«

Er zuckt mit den Schultern, immer noch auf sein Handy blickend. »Ich schlafe, wenn wir die Story haben oder wenn ich tot bin. Was auch immer zuerst eintritt.«

»Verwitterter Freiberufler«, sage ich, aber es klingt liebevoller, als ich beabsichtige.

Er blickt auf, etwas Helles in seinen Augen. »Und du bist immer noch die einzige Person, die sturer sein kann als ich.«

Ich stehe auf, durchquere das winzige Zimmer und staple meine Notizen auf dem Schminktisch. Der Raum zwischen den Betten ist kaum breit genug für einen Koffer, also berühren sich unsere Knie fast, als ich mich wieder auf die Kante meines Bettes setze.

»Wir sind ein furchtbares Team«, sage ich, »aber wir sind das einzige, das wir haben.«

Er lacht, und das Geräusch vibriert durch den Holzboden. »Weißt du, was immer es auch wert ist, ich mochte es immer, der Underdog für deine Tabellenkalkulations-Besessenheit zu sein.«

»Tabellenkalkulations-Besessenheit ist ein Kompliment«, sage ich, und für eine Sekunde ist die Luft zwischen uns weniger schneidend.

Draußen frischt der Wind auf, lässt das Fenster ächzen und die Tapete sich wölben. Für einen Moment sind wir nur zwei Menschen in einem Zimmer, der Rest der Welt tausend Meilen entfernt.

»Du warst schon immer gut darin«, sage ich.

Er sieht mir in die Augen, ausnahmsweise ernst. »Du warst immer besser.«

Für eine Minute ist es, als würden die Jahre von uns abfallen, und wir sind zurück in der Studentenredaktion um Mitternacht, streiten über Kommas und trinken miesen Wein vom Kiosk, beide davon überzeugt, dass wir die Welt retten oder zumindest das Internet sprengen würden. Die Entfernung zwischen uns ist nicht groß – vielleicht eine Handbreit. Er streckt die Hand aus, seine Finger schweben über meinem Knie, ohne es ganz zu berühren.

Da ist eine Ladung, oder vielleicht ist es nur die statische Aufladung der Polyester-Tagesdecke, aber es reicht aus, um mein Herz einen Satz machen zu lassen. Ich schaue auf seine Hand, dann zu ihm.

»Ich habe das vermisst«, sage ich ihm.

SECHSUNDZWANZIG

PAUL

Bei jeder schlechten Idee gibt es einen Punkt, an dem man noch aussteigen kann. Man sieht ihn kommen, die Gabelung im Weg, den Moment des Abends, an dem man lacht, etwas Bissiges sagt, nach Hause geht und im Trost der eigenen Mittelmäßigkeit schmort. Wer clever ist, steigt aus. Aber ich bin nicht clever, und das hier, genau hier, ist der Punkt, an dem ich über die Klippe stürze.

Sie sieht mich an – wirklich an, ohne Sarkasmus, ohne Filter. Es herrscht eine Stille, perfekt gestimmt, und dann sagt sie: »Ich habe das vermisst.«

Es schlägt ein wie ein Ziegelstein durch ein Panoramafenster. Für eine Sekunde weiß ich nicht, wohin mit dieser Information.

»Die Arbeit?«, frage ich, weil das sicherer ist.

Sie blinzelt nicht. »Dich.«

Etwas in der Luft verändert sich, eine molekulare Neuausrichtung, die die Schwerkraft um eine Stufe erhöht. Mein Mund wird trocken. Ich will einen Witz reißen, sie einen sentimentalen Trottel nennen, den emotionalen Zug auf ein Abstellgleis umleiten, wo er nichts Wertvolles treffen kann. Aber ich tue es nicht. Stattdessen sitze ich da, warte und lasse den Moment schweben, so wie er es verdient.

Grace steht wieder auf, geht zum Fenster, starrt hinaus in die Nacht. Sie verschränkt die Arme enger, die Schultern hochgezogen, als wäre ihr kalt, obwohl es hier drin warm genug ist, um die Scheibe beschlagen zu lassen. »Wir sollten nicht«, sagt sie mit leiser, rauer Stimme.

Ich sage: »Werden wir nicht.«

Keiner von uns beiden glaubt es.

Sie dreht sich um, und der Ausdruck auf ihrem Gesicht ist ein einziger Widerspruch: müde, entschlossen, ein bisschen verängstigt. »Du weißt, dass du ein Arschloch bist, oder?«

»Berufsrisiko«, sage ich. »Du solltest mal die Pensionskasse sehen.«

Sie lacht, diesmal ein echtes Lachen, und die Spannung löst sich gerade so weit, dass sie im nächsten Moment drei Schritte näher ist. Ihre Hände sind zu Fäusten geballt, nicht aus Wut, sondern um sie am Zittern zu hindern.

Ich rühre mich nicht. Ich wage mich nicht zu rühren.

Sie sagt: »Wenn du das hier ruinierst, tackere ich dir deine Ohren an den nächsten Leitartikel der *Mail on Sunday*.«

Ich sage: »Das ist keine Drohung, das ist Vorspiel.«

Die nächste Bewegung ist langsam – bewusst, als gäbe sie mir die Chance, einen Rückzieher zu machen, als wäre jede Mikrosekunde ein Referendum über die letzten zehn Jahre. Sie bleibt einen knappen Meter entfernt stehen, blickt mit diesem Blick zu mir auf, dem, der mich durch die Uni und drei Nervenzusammenbrüche gebracht hat und durch den Tag, an dem sie nach London ging und nicht zurückblickte.

Sie ist am Zug. Das war sie schon immer.

Sie greift nach unten, packt den Kragen meines Hemdes und zieht mich zu sich heran.

Der Kuss ist zuerst ungeschickt, diese Art von unüberlegtem Geknutsche am Arbeitsplatz, das es nie über die zweite Seite eines Personalhandbuchs hinausschafft. Unsere Zähne stoßen aneinander, die Lippen verfehlen sich, die Nasen stoßen zusammen. Wir beide lachen dabei, was den zweiten Versuch nur noch heißer, gefährlicher macht, als würden wir uns gegenseitig herausfordern, weiterzumachen.

Sie schmeckt nach Kaffee, nach Wut und nach etwas Scharfem, das ich nicht benennen kann. Ihr Mund ist weich, aber ihr Griff ist eisern – eine Hand in meinem Hemd verankert, die andere gleitet um meinen Nacken und hält mich fest, als hätte sie Angst, ich würde verschwinden, wenn sie loslässt.

Ich habe keinen Plan, was ich mit meinen Händen tun soll, also lege ich sie an ihre Taille, halb befürchtend, dass sie zurückzucken wird. Tut sie nicht. Wenn überhaupt, drückt sie sich enger an mich, unsere Körper passen zusammen mit der Unvermeidlichkeit von Magneten in einer Kramschublade. Ich spüre jeden Zentimeter von ihr: das Zittern in ihrem Bauch, die Hitze, die von ihrer Haut ausstrahlt, das unregelmäßige Luftholen, als meine Daumen sich in ihren unteren Rücken bohren.

Die Welt geht nicht unter, aber sie verschiebt sich.

Ich will jedes Detail katalogisieren: die Art, wie ihr Haar nach billigem Shampoo und meinem Auto riecht, die Art, wie sich ihre Lippen teilen, kurz bevor ich sie wieder küsse, die Art, wie ihr Puls wie eine Warnung gegen meine Brust hämmert. Ich will mich daran erinnern, denn es gibt keine Garantie, dass es jemals wieder passieren wird.

Sie löst sich zuerst, atemlos, mit wildem Blick. »Werd nicht überheblich«, sagt sie, aber ihre Stimme zittert an den Rändern.

»Zu spät«, sage ich und küsse sie noch einmal, diesmal langsam, ein Fragezeichen am Ende eines sehr langen Satzes.

Ihre Antwort ist ein Biss in meine Unterlippe, gerade so fest, dass ich nach Luft schnappe.

Das ist jetzt ein Krieg, und ich verliere ihn auf wunderschöne Weise.

Wir lösen uns voneinander, die Hände immer noch in einer stillen Herausforderung ineinander verhakt. Ich sehe sie an – wirklich an – und zum ersten Mal sieht sie nicht weg.

Es ist gefährlich. Es ist unvermeidlich. Das sind wir.

Die Grenze ist überschritten, verbrannt, begraben. Es gibt kein Zurück mehr.

Ich lasse ihre Taille los. Sie grinst, ein wolfsähnliches Grinsen. »Und was jetzt?«

Ich zucke mit den Schultern. »Nehme an, wir tun, was wir immer tun. So tun, als ob es keine Rolle spielt.«

Sie beugt sich vor, drückt ihre Stirn an meine, ihr Haar ein Vorhang, der uns vor der Welt verbirgt. »Lügner.«

»Jedes Mal«, flüstere ich und küsse sie wieder, denn das ist die einzige Wahrheit, der ich vertrauen kann.

Grace zerrt an meinem Hemd, als würde sie versuchen, ein Telefonbuch zu zerreißen. Ich versuche zu helfen, aber meine Hände sind voll mit ihr – Haar, Gesicht, die Linie ihres Halses – und als ich einen Griff finde, hat sie bereits die ersten drei Knöpfe sauber abgerissen. Sie springen über den Boden, verloren für die Nachwelt. Es gibt einen Moment gemeinsamer Überraschung, dann lachen wir beide, unsere Zähne klappern im Getümmel aneinander.

Es sollte seltsam sein, dieses Entkleiden im Konsens, aber es ist einfach... richtig. Wir haben es beide eilig, aber auch nicht: Jede Sekunde ist eine Herausforderung, jeder Zentimeter entblößter Haut eine neue Frontlinie. Sie zieht mir das Hemd über die Arme, ihre Finger fahren die blassen Linien alter Narben und neueren, vom Schreibtischjob stammenden Speck nach. Ich lasse es fallen, dann greife ich nach ihrer Bluse, um es ihr heimzuzahlen.

Die Knöpfe sind winzig, gemeine kleine Mistdinger, und meine Hände zittern vor Adrenalin oder vielleicht nur vor Unglauben, dass das hier wirklich passiert. Ich schaffe die ersten beiden, fummle dann am dritten herum, gebe dann einfach auf und gehe aufs Ganze, ziehe den Stoff lose und presse meinen Mund an ihr Schlüsselbein, als wäre es ein Gebet. Sie keucht, biegt sich mir entgegen, ihre Hände jetzt in meinem Haar, und packt es fest genug, um wehzutun.

Für eine Sekunde halten wir inne, beide machen eine Bestandsaufnahme: Ich kann ihr Herz hören, schnell und unregelmäßig, die Hitze ihrer Haut spüren, das Heben und Senken ihrer Brust gegen meine. Es ist eine Rückkopplungsschleife des Verlangens, und nichts davon ist mehr kontrolliert.

Sie setzt sich hin, zieht mich zu ihrem Bett, und die Welt komprimiert sich auf diesen Punkt – lächerlich, wunderschön, rücksichtslos. Ich knie zwischen ihren Beinen, fahre mit meinen Händen ihre Oberschenkel hoch, und sie zittert, die alte Gänsehaut-Reaktion, an die ich mich von vor einer Million Jahre erinnere. Ich küsse sie – diesmal sanfter – und sie unterdrückt ein Stöhnen, ihre Nägel graben Halbmonde in meine Schulter.

Die Jeans ist ein Problem. Ich zerre am Bund, aber er rührt sich nicht.

Sie grinst atemlos. »Sitzt eng.«

»Wem sagst du das«, sage ich, aber meine Stimme ist ganz rau.

Sie legt sich zurück, die Hände hinter dem Kopf, und beobachtet, wie ich versuche, den Denim von ihren Hüften zu zerren. Es ist wirklich lächerlich – es gibt nichts Sexy daran, mit Stretchmaterial zu kämpfen –, aber sie lässt es wie eine Vorstellung aussehen, jedes Wackeln und Zappeln ist darauf ausgelegt, mich verrückt zu machen. Sie hebt ihr Becken, und ich bekomme den Reißverschluss auf, aber die Jeans klammert sich hartnäckig an ihre Oberschenkel, ein letztes Gefecht gegen die Unvermeidlichkeit.

»Brauchst du Hilfe?«, sagt sie, spöttisch und barmherzig zugleich.

»Niemals«, antworte ich und gebe ihnen noch einen heldenhaften Ruck.

Sie rutschen mit einem Ruck herunter, und ich falle fast um. Ich hebe sie wie eine Trophäe über meinen Kopf, triumphierend. Dabei stößt mein Ellbogen gegen die Nachttischlampe, die wackelt, Schlagseite bekommt und schließlich über die Kante kippt.

Der Aufprall ist laut, ein hohles, plastisches Geräusch, gefolgt von einem Klappern. Die Lampe kommt in einem schiefen Winkel zum Liegen und wirft eine verrückte Ellipse aus Licht an die Wand.

Wir erstarren und starren auf das Gemetzel.

Dann lacht sie, ein Kichern, das den ganzen Körper erfasst und zu einem Heulen wird, und ich stimme mit ein, wir beide halbnackt und hysterisch in den Trümmern, die wir selbst angerichtet haben.

»Perfekt«, sagt sie und lacht immer noch. »Verdammt perfekt.«

Ich beuge mich über sie, stütze meine Hände auf beiden Seiten ihres Kopfes ab. »Du bist eine Plage«, sage ich, aber es ist die Art von Anschuldigung, die man einem Komplizen macht.

Sie schlingt ihre Beine um meine Hüften, zieht mich nach unten und küsst mich wieder. Es gibt keine Finesse mehr – nur noch Hunger, roh und unmittelbar. Ihre Hände gleiten unter meinen Hosenbund, die Finger kalt auf meiner Haut, und ich erzittere, jede Nervenendigung in höchster Alarmbereitschaft.

Sie wälzt uns herum, so dass sie oben liegt, ihr Haar fällt wie ein Vorhang um uns herum. Sie sitzt rittlings auf mir, ihre Knie bohren sich in die Matratze, ihre Augen scharf und wild und völlig unter Kontrolle.

»Jetzt nicht mehr so überheblich, was?«, sagt sie und reibt sich an mir, langsam genug, um eine Folter zu sein.

Ich kann nicht sprechen, kann kaum denken. Ich greife nach oben, fahre die Linie ihrer Wirbelsäule nach, staune über die Realität von ihr, die Wärme und das Gewicht und die Art, wie sie sich an mir bewegt. Es ist ein alter Rhythmus, aber er fühlt sich brandneu an – als würden wir unser eigenes Handbuch schreiben, Seite für Seite.

Sie öffnet ihren BH einhändig, die Fertigkeit langer Übung, und lässt ihn aufs Bett fallen. Ich starre sie fasziniert an, und sie zieht eine Augenbraue hoch, als wollte sie sagen: Halt dich ran.

Ich tue es, oder versuche es zumindest. Ich setze mich auf, unsere Münder krachen aufeinander, Hände überall – ihr Rücken, ihre Rippen, die zarte Rundung ihrer Taille. Sie schmeckt nach Triumph. Ich möchte jeden Zentimeter von ihr kartieren, ihn aufzeichnen für den Fall, dass mir das hier unweigerlich wieder genommen wird.

Sie schiebt ihre Hand zwischen uns, und für eine Sekunde bleibt die Zeit stehen. Ich schließe meine Augen, lasse mich auf das Gefühl ein, lasse es mich mitreißen. Es gibt keine Angst mehr, kein Zögern. Nur wir, das Bett, die kaputte Lampe und das unglaubliche Glück, hier und jetzt zu sein.

Sie flüstert etwas – meinen Namen, glaube ich, oder vielleicht nur ein Fragment davon – und das Geräusch reicht aus, um mich zu zerlegen.

Ich hebe sie von mir und drücke sie sanft zurück, ihr Haar ein Heiligenschein auf der billigen Bettwäsche. Ich nehme mir Zeit, fahre mit meinem Daumen über ihre Kieferpartie, küsse die Mulde ihres Halses, lasse meine Hände wandern, bis sie keucht, die Augen geschlossen, ihr Körper sich mir entgegenbiegt.

Wir passen zusammen. Ich weiß nicht wie, aber wir tun es.

Ich lasse meine Hand über ihren Oberschenkel gleiten, nehme die Textur ihrer Haut auf – warm und unglaublich weich, Gänsehaut bildet sich in meinem Kielwasser. Sie zittert, zieht sich aber nicht zurück. Ich fahre mit meinen Fingern über sie, und sie stößt einen kleinen, unwillkürlichen Laut aus, der meinen Puls wieder in die Höhe treibt.

Sie legt sich zurück und öffnet ihre Beine, ihre Hände krallen sich ins Bettlaken. »Du starrst«, sagt sie.

Ich nicke. »Ist für die Forschung.«

Sie lacht, ein leises Summen, das gegen meine Brust vibriert. »Immer so methodisch.«

Ich arbeite mich nach unten. Ich küsse ihren Bauch, dann ihre Oberschenkel, dann ihre Lippen und nehme mir für jeden Zeit. Ich will mir das einprägen, eine Erinnerung schaffen, die ich abrufen kann, wenn die Welt unweigerlich wieder den Bach runtergeht.

Sie ändert ihre Position, und diesmal gibt es keine Eile, kein Gefühl, dass wir versuchen zu gewinnen. Sie legt ihr Bein über meinen Nacken und benutzt den Drehpunkt ihres Knies, um zu führen – nein, zu befehlen –, wo ich als Nächstes küsse und lecke.

Ich begrüße die Führung. Die Erlaubnis. Die Beharrlichkeit. Ich will, dass sie weiß, wie es sich anfühlt, gewollt zu werden – nicht als Rivalin, nicht als Sparringspartnerin, sondern als sie selbst, ungeschminkt und furchtlos.

Grace erwidert es, ihr Körper biegt sich, während ich sauge, küsse und lecke, ihr Atem stockt und sich dann in Wellen löst. Sie verfängt ihre Finger in meinem Haar, zieht mich tiefer. Ich schmecke Salz und Schweiß und die scharfe Süße, die einzigartig für sie ist.

Sie stöhnt – erst leise, dann lauter, der Klang hallt in meinen Ohren und treibt mich an. Ich werde langsamer, dann schneller, jage dem Rhythmus nach, den wir gemeinsam finden. Sie zerrt an meinem Haar, gräbt ihre Nägel ein, hinterlässt zweifellos Spuren. Ich beobachte ihr Gesicht über der Wölbung ihrer Brüste, die Art, wie sich ihr Mund öffnet, wie ihre Augen sich zusammenkneifen, die Röte, die sich von ihrer Brust bis zu ihrem Haaransatz ausbreitet. Sie ist glühend, absolut wunderschön, und für eine Sekunde verliere ich mich fast selbst.

SIEBENUNDZWANZIG

GRACE

Meine Haut kribbelt noch, als das Zimmer endlich zur Ruhe kommt. Mein Körper ist schwer, wie ohne Knochen, aber mein Gehirn – das sich noch nie pünktlich in den Feierabend verabschiedet hat – läuft auf Hochtouren.

Paul seinerseits sieht irgendwas zwischen benommen und zerstört aus. Sein Haar ist ein einziges Chaos – allein meine Schuld – und seine Brust glänzt vor Schweiß und etwas weniger Edlem. Die Bettdecke liegt als Knäuel zu unseren Füßen, die Luft dick vom Beweis, dass, ja, zwei Menschen genug Wärme erzeugen können, um eine kleine Nation mit Strom zu versorgen, wenn sie nur ausreichend geil und unzureichend bekleidet sind.

Er gesellt sich zu mir auf das Kissen, und ich drehe mich auf die Seite und stütze mich auf einen Ellbogen, um ihn genauer beobachten zu können. Er hat immer gesagt, ich sei ein Kontrollfreak, und er hatte nie Unrecht. Sein Mund ist einen winzigen Spaltbreit geöffnet, und in seinem Kiefer zuckt ein Muskel, der Geist eines Streits, den er nicht beendet hat. Ich fahre die Linie seiner Rippen mit einem Finger nach, eher forensisch als zärtlich, und sehe zu, wie sein Bauch reflexartig zuckt.

Er rührt sich nicht. Er zuckt nicht einmal zusammen, aber ich spüre die Spannung, die sich in seinem Oberschenkel zusammenzieht, sein Bedürfnis, das letzte Wort zu haben – verbal, körperlich, emotional. Pech für ihn: Heute Nacht gehört das letzte Wort mir.

»Lebst du noch, Callaghan?«, sage ich und halte meinen Tonfall leicht.

Seine Hand gleitet von seinem Gesicht und gibt ein Auge frei, so blau, dass mir die Zähne wehtun. »Ich muss mir morgen zur medizinischen Beobachtung freinehmen.«

Ich grinse. »Dafür müsstest du erst mal zur Arbeit erscheinen.«

Er grinst, doch es ist mehr eine Grimasse als eine Herausforderung. »Du bist unerbittlich, Hampton.«

»Und du liebst es.«

Er lacht, leise und rau. »Ich habe nie behauptet, dass ich es nicht tue.«

Es entsteht eine Stille, die in beide Richtungen hätte kippen können, aber ich bin nicht in der Stimmung, ihn sich auf den Lorbeeren der gegenseitigen Zerstörung ausruhen zu lassen. Ich rolle mich langsam und überlegt, bis ich rittlings auf seiner Hüfte sitze. Er blickt auf, erschrocken, aber ohne Widerstand, und für einmal habe ich das Überraschungsmoment auf meiner Seite. Er war immer derjenige, der das Gleichgewicht störte, das Tempo vorgab, mich fertigzumachen, um dann so zu tun, als sei es ein Unfall der Chemie gewesen.

Nicht heute Nacht.

Ich beuge mich vor, drücke seine Handgelenke auf die Matratze und lasse mein Haar wie einen Vorhang um unsere Gesichter fallen. Er versucht, selbstgefällig auszusehen, aber die Wirkung wird durch die Röte auf seinen Wangen und die Art, wie sein Puls unter meinen Händen springt, zunichtegemacht.

»Mach es dir nicht bequem«, flüstere ich, mein Mund nah an seinem Ohr. »Du bist nicht der Einzige, der weiß, wie man die Führung übernimmt.«

Er zittert, und es liegt nicht an der Kälte.

Für eine Sekunde atmen wir nur, jeder von uns wartet darauf, wer sich zuerst bewegen wird. Ich lasse meine Hände an seinen Armen entlanggleiten und fahre die alte Brandnarbe in der Nähe seines Ellbogens nach. Er zittert immer, selbst wenn er so tut, als wäre das nicht der Fall. Ich drücke nach unten, nicht fest, aber genug, um ihn daran zu erinnern, wer die Kontrolle hat.

Er schluckt. »Ich dachte, du wärst erledigt.«

»Da siehst du mal, wie wenig du weißt«, sage ich und senke meine Hüften, reibe mich gerade so stark an ihm, dass er aufkeucht. Seine Fassung bekommt Risse. Es ist ein wunderschönes Geräusch, und ich hebe es mir für die Zukunft auf.

Er versucht, sich aufzusetzen, aber ich drücke ihn wieder nach unten, und diesmal liegt ein echter Kampf darin, eine Reibung, die zu gleichen Teilen aus Frustration und Hingabe besteht. Er fletscht die Zähne, eine Herausforderung.

»Wirst du dann eine Ehrenrunde drehen?«

»Führe mich nicht in Versuchung«, sage ich, aber die Wahrheit ist, ich tue es bereits.

Ich lasse ihn los, nur um zu sehen, was er tun wird. Für einen Moment ist er reglos – kalkulierend oder vielleicht genießt er einfach nur den Augenblick. Dann hebt er langsam und vorsichtig seine Hände zu meiner Taille, seine Daumen drücken sich in die Haut direkt über meinen Hüftknochen. Es ist eine geübte Bewegung, aber der Ausdruck auf seinem Gesicht ist reines Staunen.

»Du bist gefährlich«, sagt er.

»Du auch«, erwidere ich und küsse ihn, meine Lippen streifen nur seinen Kiefer, und dann arbeite ich mich langsam und überlegt nach unten, kartiere das Territorium mit Zunge und Zähnen. Ich küsse die alte Narbe an seiner Schulter, dann die Vertiefung unter seinem Schlüsselbein. Seine Hand hebt sich halbherzig, um meine zu fangen, aber ich lenke sie zur Matratze und verschränke unsere Finger, damit er sie nicht als Hebel benutzen kann.

Er versteht den Wink, aber das heißt nicht, dass es ihm gefällt.

Ich mache weiter, tiefer und tiefer, bis ich auf halber Höhe seines Bauches bin und er so schwer atmet, dass es fast wie ein Lachen klingt. Ich halte inne, blicke auf und ertappe ihn dabei, wie er mich mit einem Ausdruck ansieht, den ich nur so beschreiben kann wie: »Wenn du jetzt aufhörst, werde ich es dir nie verzeihen.«

Ich höre nicht auf.

Ich lasse mir Zeit, wechsele zwischen federleichten Berührungen und dem gelegentlichen, bewussten Schaben meiner Zähne. Jedes Mal, wenn ich mich zurückziehe, gibt er ein Geräusch von sich – manchmal ein Zischen, manchmal ein leises Stöhnen, manchmal ein geflüstertes »Verdammt, Grace.«

Als ich endlich den Teil von ihm erreiche, der seit Runde eins leise nach Aufmerksamkeit verlangt, halte ich inne, nur um die Vorfreude auszukosten. Er beißt sich auf die Lippe und starrt an die Decke, als ob er sich daran erinnern wollte, wie man betet.

Ich ziehe es so langsam wie möglich in die Länge, ändere Rhythmus und Druck und halte ihn genau an der Kippe, ohne ihn jemals darüber hinauszulassen. Er beginnt sich zu winden, seine Hüften heben sich vom Bett, und ich drücke ihn mit einer Hand nach unten, die Handfläche flach auf seinem Becken.

»Ruhig«, sage ich, mein Mund verlässt kaum seine Haut.

Er lacht, aber es ist ein verzweifeltes Geräusch. »Du genießt das.«

»Mehr, als ich wahrscheinlich sollte.«

Er versucht, nach meinem Haar zu greifen, um mich zu führen oder sich vielleicht nur zu erden, aber ich fange sein Handgelenk und drücke es zurück auf die Matratze. Er wird still, seine Augen dunkel und geweitet, und ich erkenne: Ich habe ihn noch nie aufgeben sehen, nicht ein einziges Mal, nicht in einem Jahrzehnt der Rivalität und des Bedauerns.

Es ist verdammt schön.

Ich erhöhe das Tempo, füge Streicheleinheiten meiner Hand hinzu und beobachte jeden Mikroausdruck: die Art, wie sich seine Augenbrauen zusammenziehen, die Art, wie sein Mund aufklappt, die Art, wie sich sein ganzer Körper wie eine Bogensehne anspannt, kurz bevor – nun ja.

Er macht ein Geräusch, das ich noch nie zuvor gehört habe – halb Keuchen, halb Fluch – und dann ist es vorbei, sein Körper zuckt unter meinem Griff, der Atem kommt in unregelmäßigen Stößen. Ich lasse ihn die Welle ausreiten, krabbele dann wieder hoch, lege mich neben ihn und fahre ihm mit einer Hand durchs Haar, weil ich es kann.

Für eine Minute sagt keiner von uns etwas.

Schließlich dreht er den Kopf, seine Augen sind glasig, und er murmelt: »Ich hasse dich, verdammt noch mal.«

Ich grinse. »Lügner.«

Er schließt die Augen und lächelt wider Willen. »Du wirst damit für immer angeben, nicht wahr?«

»Offensichtlich.«

Er schüttelt den Kopf, immer noch außer Atem. »Ich hätte es kommen sehen müssen.«

»Tust du nie.«

Er ist still, dann: »Du bist unglaublich.«

Es ist kein Wort, das er leichtfertig benutzt. Ich lasse es unwidersprochen im Raum stehen.

Er rollt sich zu mir, zieht mich nah an sich und küsst mich, langsam und süß, das Gegenteil von allem, was wir je waren. Für einmal konkurrieren wir nicht, tun nicht einmal so. Teilen nur dasselbe Bett, dieselben Nachwirkungen, dasselbe unausgesprochene Versprechen, dass dies vielleicht – nur vielleicht – keine bevorstehende Katastrophe ist.

Er zieht mich an sich, legt beide Arme um mich und murmelt in meinen Hals: »Wenn du jemals jemandem davon erzählst ...«

Ich lache und vergrabe mein Gesicht in seiner Brust. »Nicht die geringste Chance.«

Wir bleiben lange so liegen, unsere Körper ineinander verschlungen, der Kampf ist aus uns beiden gewichen.

Morgen geht der Krieg weiter. Aber heute Nacht ist das Schlachtfeld still, und ich bin diejenige, die das letzte Wort bekommt.

Er schläft zuerst ein.

Ich liege wach, meine Finger zeichnen müßige Muster auf seine Haut, und denke: Lass die Welt nur kommen.

Wir werden bereit sein.

Ich wache mitten in der Nacht auf. Die Luft im Zimmer ist elektrisierend – immer noch geladen, als würde sie auf den nächsten Blitzschlag warten. Pauls Körper ist ein Ofen an meinem Rücken, sein Arm liegt schwer über meiner Taille und drückt mich auf die Matratze. Irgendwann in der Nacht muss ich mich weggerollt haben, aber er hat mich zurückgeholt, ein Reflex, den keiner von uns zugeben wird. Seine Hand ruht, die Finger gespreizt, direkt unter meiner Brust, und jeder langsame Atemzug fächelt über das schweißverklebte Haar in meinem Nacken.

Für ein paar perfekte Minuten rühre ich mich nicht. Ich lasse mich den Moment genießen. Die Wärme, das Gewicht, den Rhythmus. Die Art, wie sein Daumen gelegentlich zuckt, als ob er die Grenzen austesten würde, wo Haut endet und Besitz anfängt.

Aber die Welt wartet auf niemanden, und der Schmerz, der sich zwischen meinen Schenkeln aufbaut, ist sowohl eine Forderung als auch ein Versprechen.

Ich rücke mich zurecht, erst vorsichtig, dann mutiger, als er sich regt. Seine Hand wird fester, nicht aus Protest, sondern auf die schläfrige, egoistische Art von jemandem, der entschlossen ist, nicht zu verlieren, was er gestohlen hat. Er murmelt meinen Namen, die Silben gebrochen und leise, und für einen Moment frage ich mich, ob er noch träumt.

Tut er nicht. Sein Mund landet auf der Rundung meiner Schulter, raue Stoppeln kratzen auf meiner Haut. Er beißt zu, dann besänftigt er, dann beißt er wieder zu, jeder kleine Gewaltakt wird sofort wiedergutgemacht. Er zieht mich zurück, drückt seine Brust an meine Wirbelsäule und lässt mich die volle, harte Wahrheit dessen spüren, was er will.

Ich wölbe mich ihm entgegen, und er stöhnt, seine Stimme ist rau. »Du bist unersättlich«, sagt er, die Worte von meinem Haar gedämpft.

»Berufsrisiko«, schieße ich zurück. Mein ganzer Körper ist wach, summt vor Vorfreude und der Gewissheit, dass wir noch lange nicht fertig sind.

Er rollt mich auf den Rücken und schwebt über mir. Ich

beobachte seine Augen – hungrig, bewundernd, immer noch ein wenig ungläubig – und spüre den Drang, ihn noch einmal zugrunde zu richten.

Ich hake mein Bein um seines, ziehe ihn näher, richte uns auf eine Weise aus, die bewusst und schmutzig und absolut schamlos ist. Ich will sehen, wie er sich verliert. Ich will sehen, wie er bricht.

Ich führe ihn in mich hinein, zuerst langsam, nur die Spitze, eher eine Provokation als ein Geschenk. Er hält sich zurück, beißt sich auf die Lippe, jeder Muskel in seinem Körper ist auf »Leiden« eingestellt. Ich lasse ihn warten, bewege meine Hüften, nehme ihn stückchenweise in mich auf und genieße das Stocken seines Atems jedes Mal, wenn ich ein wenig mehr stehle.

Als er sich endlich ganz hineinschiebt, bebt er so heftig, dass ich denke, er könnte tatsächlich auseinanderfallen, und mein Körper spiegelt dieses Gefühl wider. Er vergräbt sein Gesicht in meinem Hals, und für einen Moment spüre ich, wie seine Brust bebt – als ob er versuchte, nicht zu weinen oder vielleicht nur, um etwas zurückzuhalten, was er nicht zurücknehmen kann.

»Jesus, Grace«, schafft er es, die Worte halb erstickt, hervorzubringen.

Ich schlinge meine Arme um seinen Rücken, meine Nägel graben sich gerade so tief ein, dass sie Spuren hinterlassen. »Du wolltest das«, flüstere ich, und er nickt heiser und stößt härter zu, tiefer, bis die einzigen Dinge, die auf der Welt noch übrig sind, das Knarren der Matratze und das Geräusch unserer aufeinandertreffenden Körper sind.

Es ist Chaos. Es ist unordentlich und verzweifelt und herrlich. Jahre des Verlangens, Jahre des Zurückhaltens und des so Tuns, als wäre es einem egal, Jahre des Kampfes um die Oberhand – all das explodiert im Raum zwischen uns, eine Detonation all dessen, was wir nie gesagt haben.

Er zieht sich zurück, unsere Blicke treffen sich, sein Mund entspannt sich zu etwas gefährlich Zärtlichem. »Du bist verdammt unglaublich«, sagt er, und diesmal gibt es keinen Sarkasmus, keine Maske.

Ich will antworten, aber die Worte gehen in der Flut der

Empfindungen unter, als er sich genau richtig neigt, und ich kann das Wimmern, das mir entfährt, nicht unterdrücken. Er grinst triumphierend, beugt sich dann, um mich zu küssen, die Bewegung rau und perfekt. Ich beiße ihm zur Vergeltung auf die Lippe, und er knurrt, beschleunigt, der Rhythmus wird hektisch.

Wir sind beide kurz davor, und wir wissen es. Es sind keine Spielchen mehr nötig. Ich will, dass er sieht, wie ich komme, will, dass er weiß, was er mir angetan hat. Ich grabe meine Finger in seine Schultern, schlinge meine Beine enger und lasse los.

Er folgt eine Sekunde später, ein leises, kehliges Geräusch, das tief aus seinem Inneren gerissen wird. Lange Zeit bewegt sich keiner von uns.

Der Schweiß kühlt ab. Die Luft ist dick vom Geruch von Sex und altem Staub und etwas Neuem – einem Gefühl, dass das hier, was auch immer es ist, nicht vorübergehend ist. Nicht nur das Körperliche. Der ganze Rest auch.

Er stützt sich auf einen Ellbogen, sein Gesicht Zentimeter von meinem entfernt. Sein Haar ist ein Desaster, seine Augen rot und weich und absolut ungeschützt.

»Alles okay?«, fragt er mit kaum mehr als einem Flüstern.

Ich nicke. »Nie besser.«

Er mustert mein Gesicht, sucht nach dem Haken, der Pointe, dem ersten Anzeichen eines Rückzugs. Er findet es nicht.

»Gut«, sagt er und küsst mich wieder, sanfter diesmal. Ein Satzzeichen, keine Einleitung.

Wir liegen so da, ineinander verschlungen. Ich zeichne Kreise auf seinen Unterarm, zähle die Narben. Er spielt mit den Enden meines Haares, wickelt sie um seinen Finger, als ob er sich in diesem Moment verankern wollte.

Es gibt so viel, was ich sagen will, aber nichts davon passt. Also schließe ich stattdessen die Augen und atme ihn ein, präge mir das Gefühl ein, gewollt zu werden, gehalten zu werden. Für eine kleine Weile nicht kämpfen zu müssen.

Er will gerade etwas sagen – vielleicht sogar etwas Wichtiges –, als mein Handy losgeht, laut und schrill, und den Moment zerstört.

Ich gehe ran und wappne mich für die Stimme der Vermieterin. Stattdessen ist es Tess aus der Redaktion, ihr nordenglischer Akzent doppelt so stark, wenn sie gestresst ist. »Grace, tut mir leid, dass ich so spät anrufe. Es ist dringend.«

»Was ist passiert?«

»Sarah sagt, das Leck wird öffentlich. Jemand hat dem *Standard* einen Tipp gegeben, und die versuchen, einen Artikel über die Verbindung des Stadtrats zum Kidz Trust zusammenzustellen. Wenn du deinen Knüller haben willst, musst du schnell was einreichen. Sonst ist er weg.«

Das Zimmer wird plötzlich kleiner, die Dringlichkeit lässt alles auf einen einzigen, atemlosen Punkt zusammenschnurren.

»Wir sind dran«, sage ich und greife nach meinem Laptop. »Danke, Tess.«

Ich lege auf und wende mich an Paul. »Wir haben vielleicht sechs Stunden, bevor die Story stirbt. Wenn wir den Schlüssel benutzen wollen, müssen wir uns beeilen.«

Er ist schon auf den Beinen, seine Tasche halb geschlossen, das Adrenalin brennt all die Weichheit von vor einer Minute weg. »Wir können in zwei Stunden in London sein.«

Ich stopfe meine Notizen in meine Tasche, schiebe Ladegeräte und Stifte hinterher. »Machen wir.«

Er nickt, und für einen Moment sind wir perfekt synchron: duschen, packen, vorbereiten, zurück im Schützengraben. Wir reden nicht darüber, was gerade passiert ist. Dafür ist keine Zeit. Aber als sich unsere Blicke über dem Chaos des Aufsammelns von Unterwäsche aus den zerwühlten Bettlaken treffen, weiß ich, dass wir es tun müssen. Später.

Als wir hinausstürzen, halte ich im Flur inne, die Hand auf dem Geländer. »Weißt du, wenn das klappt ...«

Er bleibt direkt hinter mir stehen, die Augen weit aufgerissen. »Wenn das klappt?«

»Müssen wir das feiern«, sage ich und fordere ihn fast heraus.

Er grinst, die alte Schärfe ist in sein Lächeln zurückgekehrt. »Ich lade dich zum Frühstück ein. Oder auf einen richtigen Gin.«

Ich nicke, und wir rennen mit dem Wind die Treppe hinunter, auf die Straße, vorbei an der schlafenden Vermieterin und ihrer traurigen, einzigen Banane.

Die Nacht ist erfüllt von Möglichkeiten und drohendem Unheil. Wir steigen ins Auto, schlagen die Türen gegen die Kälte zu und fahren los.

Und zum ersten Mal seit langer Zeit fühlt es sich an, als ob das vielleicht – nur vielleicht – bedeutet zu gewinnen.

ACHTUNDZWANZIG

PAUL

Das Gelände mit den Lagereinheiten an der Old Kent Road ist ein Meisterwerk der urbanen Paranoia: Flutlichter, Sicherheitszäune, Stacheldraht und der nasse Glanz von Beton, der von tausend sinnlosen Pollern zerfurcht ist. Es ist nach drei Uhr morgens und die Luft ist so kalt, dass die Windschutzscheibe beschlägt, bevor wir überhaupt den Motor abgestellt haben. Ich muss mich in den nutzlosen Hauch der Heizung lehnen, um die Nummern der Parzellen zu erkennen.

Grace hat den Schlüssel und den Drang zur Eile, was sie beides zur natürlichen Ansprechpartnerin macht. Sie ist schon aus dem Auto, der Mantel bis oben zugezogen, der Kragen aufgestellt, jede Faser ihres Körpers auf das hintere Ende des Geländes ausgerichtet. Der Ort ist ein Labyrinth – drei Ebenen von Einheiten, jede Tür im selben giftblauen Farbton. Ich bleibe dicht hinter ihr, die Taschenlampe aus dem Handschuhfach klappert gegen das Kleingeld in meiner Hosentasche, meine Hände sind rau und langsam vor Kälte.

Wir finden das Lagerabteil in der hintersten Reihe. Das Schloss ist neu, schwarz wie Öl, und der Riegel glänzt, als wäre er von einem peniblen Roboter sauber geleckt worden. Und es liegt auf dem Boden. Das Rolltor wurde heruntergelassen, aber nicht ganz.

Grace zögert, nur für eine Sekunde, dann reißt sie das Rolltor hoch. Es ist schwerer, als es aussieht, und rattert auf halbem Weg, bevor sie es mit Muskelkraft den Rest des Weges nach oben wuchtet. Der Innenraum hat die Größe eines großen Schlafzimmers, mit dem Aroma von feuchten Spanplatten und dem erdigen Geruch von Pappe im langsamen Verfall.

Aber der Geruch ist nicht das Einzige, was auf uns wartet.

Eine Bewegung. Schnell, aus dem Augenwinkel, hinter einem wahllos aufgetürmten Stapel Kisten.

Ich erstarre, denn mein Körper weiß es besser, als sich in einem dunklen Raum mit unbekannter Gesellschaft bemerkbar zu machen. Grace ist schon einen Schritt voraus, das Handy gezückt, der Daumen schwebt über der Taschenlampenfunktion. Ich stoße sie in den Arm – *nicht*.

Wer auch immer da drin ist, ist gut. Er oder sie hat aufgehört, sich zu bewegen, selbst die Atmung ist gedämpft, aber ich kenne das Geräusch von jemandem, der versucht, nicht gehört zu werden. Es ist die Art von Stille, die eine Absicht hat.

Grace flüstert, ohne den Blick von den gestapelten Kisten abzuwenden: »Sollen wir ...?«

Ich forme mit den Lippen: *Warten.*

Eine Minute vergeht, vielleicht zwei. Die Zeit verlangsamt sich und ordnet sich neu. Mein Gehör stellt sich ein: jedes Tropfen, jedes Scharren von Kies von draußen, das nervöse Klopfen von Graces Nagel auf der Rückseite ihres Handys. Mein eigener Puls, in meinen Ohren verstärkt, macht es schwer, die Sekunden zu zählen. Dann: ein Schaben, leiser als ein Flüstern, aber es reicht.

Ich trete über die Schwelle und knipse die Taschenlampe an, ziele tief. Der Lichtstrahl streicht über ein Durcheinander von Archivkartons, einen schäbigen Koffer, den ungleichmäßigen Schatten einer Person, die sich hinter einem Archivkarton mit der Aufschrift »BBELL ENV. 2025« kauert, die mit Filzstift an die Seite gekritzelt wurde.

»Kein besonders gutes Versteck«, sage ich und versuche, gelangweilt zu klingen, aber meine Kehle ist trocken. »Wollen Sie aufstehen und das erklären, oder sollen wir die Polizei rufen und sie die Arbeit machen lassen?«

Die Gestalt richtet sich auf, nicht viel größer als ich, aber deutlich schlanker. Schwarzer Kapuzenpulli, schwarze Handschuhe, etwas in einer Faust geballt – eine Taschenlampe, keine Waffe. Es gibt einen Moment, in dem ich denke, dass sie vielleicht versuchen wird zu bluffen, aber das tut sie nicht. Sie sieht mich einfach an, die Augen unter der Kapuze scharf und ohne zu blinzeln.

Dann spricht sie, die Stimme verzerrt durch eine Maske oder vielleicht nur durch die Anstrengung, nicht erkannt zu werden: »Zurück. Das geht Sie nichts an.«

Grace rückt nach vorne, das Kinn erhoben, absolut keine Angst in ihr. »Jetzt schon. Sie sind diejenige, die Hausfriedensbruch begeht. Wollen Sie uns verraten, was in diesen Kisten ist?«

Die Gestalt bewegt sich, der Blick huscht zwischen uns hin und her. Ich kann es jetzt sehen: Das Gesicht ist durch eine Neoprenmaske verschwommen, von der Art, die Radfahrer benutzen, um sich vor dem Wind zu schützen. Ihre rechte Hand zuckt. Sie macht sich nicht bereit zu schlagen, sondern zu fliehen.

»Niemand muss verletzt werden«, sagt die Stimme, und jetzt ist es offensichtlich: weiblich, oder eine gute Nachahmung davon. »Gehen Sie einfach.«

Ich trete einen Schritt vor und halte das Licht knapp neben ihre Augen. »Wenn Sie wegen Bluebells Unterlagen hier sind, wir haben bereits Kopien. Es gibt nichts mehr zu stehlen.«

Eine kurze Pause. »Warum sind Sie dann hier?«

Ich überlege zu lügen, aber Grace kommt mir zuvor. »Weil wir Journalisten sind. Sie sind nicht der Erste, der versucht, Beweise abzufackeln, aber vielleicht der Erste, der es vor Zeugen tut.«

Das sitzt. Die Körpersprache flackert – Angst, dann Berechnung. Die behandschuhte Hand spannt sich an, entspannt sich. Dann, als wäre eine Entscheidung gefallen, stürzt sich die

Eindringlingin auf die Kisten, packt eine an den Griffen und stürmt in Richtung des offenen Korridors.

Ich will ihr den Weg versperren, aber sie ist schneller, als sie aussieht, und der Rand der Taschenlampe erwischt nur den Ärmel ihrer Jacke, als sie sich mit der Schulter an mir vorbeidrängt. Grace schreit auf, als ein Karton gegen ihr Schienbein kracht, aber sie lässt ihr Handy nicht los. Ich nehme die Verfolgung auf – keine Zeit zum Nachdenken, nur zum Reagieren.

Sie ist schnell, leichtfüßig trotz des Gewichts des Kartons. Den Korridor hinunter, an zwei Biegungen vorbei, auf dem nassen Beton ins Rutschen geratend. Ich sprinte ihr hinterher, der Atem brennt mir in der Brust, meine Schuhe schlagen Echos von den Blechwänden wider. Sie erreicht das Tor am Ende der Reihe und schleudert mit einem Anflug von Verzweiflung den Karton über den Sicherheitszaun. Papiere fliegen umher, Splitter von Rechnungen und Ausdrucken explodieren im orangen Schein der Straßenlaterne.

Ich hole sie ein, gerade als sie beginnt, den Maschendrahtzaun hochzuklettern. Sie ist schon auf halber Höhe, bevor ich überhaupt eine Hand auf das Gitter legen kann. Ich versuche, einen Fuß zu packen, aber sie dreht sich, verpasst mir einen Tritt gegen die Schulter, und ich verliere den Halt und falle hart zurück. Sie ist drüber und weg und sprintet in den düsteren Spielplatz aus Gassen und Gerüsten.

Ich will ihr folgen, aber meine Lunge fühlt sich an wie voller Nadeln, und mein Arm wird bereits taub an der Stelle, wo sie mich getreten hat. Als ich wieder auf die Beine komme, ist da nichts als der Wind und der wütende Chor meines eigenen Keuchens.

Ich stehe eine Minute da, die Hände auf die Knie gestützt, und fluche leise in die Nacht. Dann schaue ich auf. Grace sammelt bereits Papiere vom Gehweg auf, ihr Gesicht ist angespannt vor Konzentration und noch etwas anderem – so etwas wie Genugtuung.

Ich humple zurück und versuche, nicht so außer Atem auszusehen, wie ich mich fühle. Grace sagt nichts, schiebt mir nur eine

Handvoll Dokumente hin. Ich nehme sie, überfliege sie nach Namen, Nummern, irgendetwas Nützlichem, aber meine Hände zittern zu stark, um zu lesen.

In der Lagereinheit brennt nichts. Die restlichen Kisten sind unversehrt, aber jemand ist sie penibel durchgegangen. Der Koffer ist geöffnet, der Inhalt durchwühlt: ein Gewirr aus alten Kabeln, ein halbes Dutzend mit Klebeband zusammengeklebte USB-Sticks, ein Ausdruck mit der Aufschrift »Zuschlagserteilung: Vertraulich«. Grace kniet schon am Koffer und reißt Streifen von Gaffer-Tape ab, um an die Sticks zu gelangen.

Ich lasse mich neben ihr auf die Knie fallen, und gemeinsam arbeiten wir schweigend, schaufeln jedes Dokument, jeden Fetzen handfester Beweise in einen Müllsack aus dem Kofferraum. Die ganze Zeit spiele ich den Einbruch im Kopf noch einmal durch und versuche zu entscheiden, ob die Eindringlingin mir bekannt vorkam oder ob es nur die Form der Verzweiflung war, die allen gemein ist, die in solchen Geschichten landen.

Als wir alles haben, lasse ich das Rolltor herunter, drehe das Schloss wieder hindurch, und wir stehen einen Moment lang im grellen Schein der Flutlichter. Ich sehe Grace an, sehe sie wirklich an, und sie zittert – aber nicht vor Kälte.

»Wir müssen das an einen sicheren Ort bringen«, sagt sie und drückt die USB-Sticks an ihre Brust wie einen Wurf Kätzchen. »Sie werden zurückkommen. Das tun sie immer.«

Ich nicke, obwohl mein ganzer Körper nach einem steifen Drink und einem heißen Bad schreit.

Zurück im Auto lässt das Adrenalin nach, und was bleibt, ist eine leere, vibrierende Anspannung. Grace sortiert bereits Papiere in Stapel, die Deckenleuchte beleuchtet die harten Linien ihres Profils. Ich fahre uns vom Industriegelände weg, biege dreimal links ab, für den Fall, dass wir verfolgt werden, und entspanne mich erst, als wir wieder auf der Hauptstraße sind.

Sie spricht nicht, erst als wir den Kreisverkehr am Elephant and Castle erreichen. »Glaubst du, das ist dieselbe Person, die Martin bedroht hat?«

Ich denke an die Stimme, die Maske, die kalkulierte Gewalt des Einbruchs. »Ich würde nicht dagegen wetten.«

Grace flucht, leise und ausdrucksstark. »Das ist eine große Sache, oder?«

»Jemand ist bereit, einzubrechen und zu stehlen, vielleicht sogar ein Feuer zu legen, nur um uns aufzuhalten.« Meine eigenen Worte klingen dünn und aufgesetzt, aber zum ersten Mal seit langer Zeit habe ich das Gefühl, dass die Geschichte echt ist – echt genug, um uns beide umzubringen oder zumindest ordentlich zu verklagen.

Sie dreht sich zu mir um, und in ihr ist eine Wildheit, die zu gleichen Teilen aus Angst und Freude besteht. »Wir sollten das zur Rechtsabteilung bringen. Und zwar sofort. Bevor sie hinter uns her sind.«

»Der *Chronicle* macht erst um sieben auf.«

»Wir haben unsere Ausweise, die Security wird uns reinlassen«, sagt sie, und es ist keine Frage.

Ich umklammere das Lenkrad und gebe bei der nächsten gelben Ampel Vollgas.

Während wir fahren, steigert Grace die Intensität, sichtet die Ausdrucke und liest die wichtigen Stellen laut vor. »Hier – schau. Überweisungsanweisungen des Stadtrats. Zwei Millionen auf ein Konto auf den Seychellen. Die Daten passen zum Bluebell-Projekt, aber der Kontoinhaber ist ein anderer. Wahrscheinlich eine Briefkastenfirma.«

Ich werfe verstohlene Blicke auf die Seiten und vertraue darauf, dass sie weiß, was wichtig ist. Meine Hände haben aufgehört zu zittern, aber ich spüre das Summen in jedem Muskel. Die Nacht ist dünn und bösartig, und jeder Scheinwerfer hinter uns ist verdächtig.

Wir schaffen es ohne Zwischenfälle zum *Chronicle*, und Grace ist aus dem Auto, bevor es überhaupt geparkt ist. Wir nehmen den Nebeneingang, ihre Hände sind so voll mit Beweisen, dass sie nicht einmal den Sicherheitstransponder ausgraben kann. Ich tue es für sie, denn dafür bin ich gut: Schlüssel, Türen und der idiotische Optimismus, dass wir demjenigen entkommen können, der dahintersteckt.

Drinnen ist das Gebäude totenstill. Die Redaktion ist eine schlafende Bestie, die Monitore blinken im Ruhezustand, das einzige Geräusch sind die entfernten, hydraulischen Seufzer der uralten Rohrleitungen des Gebäudes.

Wir breiten die Beute auf Graces Schreibtisch aus, ihr Monitor ist der einzige Lichtschein im Universum. Sie ist in ihrem Element, scannt und kopiert, jede Bewegung effizient und geübt. Ich schwebe herum, weil es nichts anderes zu tun gibt, und sehe ihr bei der Arbeit zu.

Nach einer Stunde richtet sie sich auf, ihre Augen sind rot, aber lebendig. »Ich hab alles. Mehrere Backups. Selbst wenn sie das Büro verwüsten, ist es sicher.«

Ich lasse mich in den Stuhl gegenüber von ihr fallen, mein Gehirn am Rande des Zusammenbruchs. »Glaubst du, das ist es wert?«

Sie lacht, der Klang ist spröde, aber echt. »Wenn wir lange genug leben, um unsere Namen unter dem Artikel zu sehen, ja.«

Ich will etwas Kluges sagen, etwas, um die Sache wieder auf den Boden zu holen, aber das Einzige, was herauskommt, ist: »Du bist brillant.«

Sie blickt auf, Überraschung flackert auf, dann wird ihr Blick weicher. »Du auch, manchmal.«

Wir lauschen beide auf Schritte, die nie kommen, das Gespenst der Gefahr summt zwischen uns.

Ich soll eigentlich helfen, aber hauptsächlich laufe ich auf und ab. Der Korridor vor dem Ressort Features ist eine Landebahn aus halbtoten Pflanzen und Auszeichnungen für die »Beste Content-Strategie«, von denen keine etwas mit dem zu tun hat, was wir gerade tun. Ich halte Ausschau nach dem Sicherheitsmann, nach Attentätern, nach irgendeinem Zeichen, dass sich die Außenwelt einen Dreck darum schert, was innerhalb dieser vier Wände geschieht. Nichts. Nur die Stadt dahinter, orange und wild.

Als ich zum Schreibtisch zurückschlendere, ist Grace tief im Prozess versunken: ein USB-Stick nach dem anderen, jeder füttert einen neuen Ordnerbaum, jeder Ordner vollgestopft mit der Art von Beweisen, die einen Compliance-Beauftragten zum Weinen bringen würden. Sie ist methodisch, selbst um diese Uhrzeit, benennt alles mit Datum und Initialen. Alle paar Minuten beugt sie sich vor und blinzelt, als ob sie versucht, eine versteckte Botschaft in der Körnung der Pixel zu finden.

Ich schwebe in der Zwischenzone zwischen nützlich und unnötig. Sie bemerkt es nicht oder tut so, als ob. Das Leuchten ihres Monitors lässt sie unglaublich konzentriert aussehen, als wäre sie die einzige Person auf der Welt, die nicht mit Kaugummi und Selbsthass zusammengehalten wird.

Sie murmelt: »Willst du dir das hier ansehen oder die ganze Nacht auf und ab gehen?«

Ich zwinge mich zu einem Lächeln und lasse mich in den Stuhl neben ihrem fallen. »Ich bin großartig in moralischer Unterstützung.«

Sie wirft mir einen Seitenblick zu, aber ein Zucken umspielt ihren Mundwinkel. »Du bist nicht mal moralisch.«

»Unterstützung also.« Ich scrolle durch einen Ordner, klicke auf eine Tabelle. Reihen über Reihen von Zahlen, die meisten davon Lügen. Meine Augen werden in Rekordzeit glasig.

Aber ich verstehe den Wink und für die nächste Stunde arbeiten wir parallel, als hätte es den Streit der letzten Wochen, eigentlich Jahre, nie gegeben, als wären wir nur zwei Kinder in einer Bibliothek, die versuchen, einen Test auszutricksen, der bereits geschrieben wurde.

»Hab was gefunden. Willst du sehen?«

Ich nicke, weil man das eben so macht.

Sie öffnet ein PDF. Die erste Seite ist ein Deckblatt einer Offshore-Wirtschaftsprüfungsgesellschaft. »Hier wird es lustig«, sagt sie und tippt auf den Bildschirm. »Überweisungen vom Stadtrat an die Wohltätigkeitsorganisation, und dann gingen sie hierhin, und hierhin, und dann direkt an zwei Private-Equity-Fonds – einer auf den Cayman-Inseln, einer in Luxemburg.

Briefkastenfirmen, aber wenn man sich die Geschäftsführer ansieht ...«

Sie klickt auf ein LinkedIn-Profil, und ich sehe das weibliche Gesicht auf dem Bildschirm an.

»Was soll ich sehen?«

Grace schnaubt. »Man muss es dir wirklich mit dem Löffel füttern, was?«, sagt sie, während sie mit Daumen und Zeigefingern eine schmale Lücke formt und sie über das Bild hält. »Unsere Freundin aus dem Lagerraum?«

Ich sehe auf die Augen und den Nasenrücken und die kleine Einkerbung unter der Augenbraue – es ist dieselbe Frau. »Das war sie.«

»Ich weiß. Und rate mal? Sie sitzt im Vorstand der Holdinggesellschaft.«

Ich kneife die Augen zusammen bei dem Namen: Eleanor Chambers. Er sagt mir nichts, aber ich kenne den Typ – eine dieser Serienlobbyistinnen, die sich seitwärts durch die Regierung bewegen, dem Feuer immer einen Schritt voraus.

Grace liest mein Gesicht, grinst. »Bingo.«

Sie ist in diesem Moment so lebendig, mehr sie selbst als in den letzten Monaten. Ich kann sehen, wie es sie auf Touren bringt, der Nervenkitzel, klüger zu sein als alle anderen im Spiel. Es ist magnetisch, auf eine Weise, die mir in den Zähnen schmerzt.

Ich versuche, mich zu konzentrieren. »Also, was ist der Plan?«

»Wir bringen es zu Sarah, und wir veröffentlichen es als Erste, bevor der *Evening Standard* eins und eins zusammenzählt. Die Leute werden stinksauer sein.«

»Das ist ja die Idee«, sage ich, aber meine Stimme ist dünn.

Grace sieht mich an, den Kopf schiefgelegt, als ob sie versucht, den Tonfall zu kalibrieren. »Alles in Ordnung mit dir?«

»Ja. Müde.« Ich reibe mir übers Gesicht, die Bartstoppeln kratzen auf meiner Handfläche. »Einfach nur ... müde.«

Sie wendet sich wieder dem Bildschirm zu, aber die Stimmung hat sich verändert. Die Luft ist schärfer. Sie weiß, dass etwas nicht stimmt, will es aber nicht aussprechen. Das war schon immer unsere Schwäche.

Eine halbe Stunde später ruft sie herüber. »Mit dem hier stimmt was nicht.«

Sie dreht ihren Monitor, zeigt mir ein Bild: einen verschwommenen Scan eines handschriftlichen Hauptbuchs, von der Art, die in kein digitales Archiv gehört.

»Siehst du diese Einträge?«, sagt sie, ihr Finger fährt die Zeile nach. »Zahlungen an ›Berater – JC‹. Das ist nicht Standard. Wenn man Geld wäscht, benutzt man keine Initialen.«

Ich lese die Zeile, die Handschrift kommt mir seltsam bekannt vor, aber ich kann sie nicht zuordnen. Mein Gehirn läuft auf Reserve und Scham.

Sie wartet darauf, dass ich es sage. Dass ich die Verbindung herstelle.

Ich kann nicht. Stattdessen sage ich: »Du hast jetzt, was du brauchst.«

Sie blinzelt, verwirrt. »Was soll das heißen?«

Ich stehe zu schnell auf, werfe fast den Stuhl um. »Es heißt, du kannst das ohne mich zu Ende bringen.«

Sie ist verletzt, aber verbirgt es mit Wut. »Meinst du das ernst? Nach allem, was passiert ist? Es ist *unsere* Geschichte. Wir stehen kurz davor ...«

»Wovor?«, fahre ich sie an, und das Echo ist lauter, als ich erwartet habe. »Davor, denselben Fehler zu machen, den wir immer machen? Du bringst die Story, du wirst befördert, ich werde zurückgelassen, und der ganze Kreislauf beginnt von vorn.«

Ihr Mund verzieht sich, aber sie schaut nicht weg. »Das ist nicht fair. Wir beide werden unter dem Artikel stehen.«

»Aber es ist wahr.«

Sie antwortet nicht, starrt mich nur an, der Kiefer angespannt. Hinter ihr flackert die Stadt, die Morgendämmerung sickert von der Themse herein.

Ich greife nach meiner Jacke, meiner ramponierten Tasche und gehe zur Tür.

Grace ruft mir nach: »Paul ...«

Ich bleibe im Flur stehen, aber drehe mich nicht um. »Bring

die Geschichte einfach zu Ende, Grace. Du brauchst mich nicht. Hast du nie.«

Ich gehe hinaus. Der Aufzug ist langsam, von der Sorte, die einen jedes Stockwerk zwischen dir und dem Ausgang spüren lässt. Ich starre mein Spiegelbild in den verspiegelten Wänden an, auf das Gesicht, von dem ich jahrelang so getan habe, als würde es jemand anderem gehören.

Als sich die Türen öffnen, trete ich in die Kälte hinaus, und zum ersten Mal in dieser ganzen Nacht weiß ich genau, wovor ich weglaufe.

NEUNUNDZWANZIG

GRACE

Ich habe den ganzen Newsroom für mich allein, bis ich um halb sieben aufschaue und feststelle, dass der Feuilleton-Schreibtisch auf Hochtouren läuft: Redakteure ziehen sich Würstchen-, Ei- und Speck-Brötchen rein, Liv dirigiert das tägliche Gedränge mit einer Reihe von »dringenden« Handbewegungen, und jedes Tischtelefon brüllt in Abständen, die darauf ausgelegt sind, Panik auszulösen. Die Heizung ist wie üblich kaputt, aber die Kälte ist fast schon eine Gnade. Ich will mich taub fühlen. Ich will unantastbar sein.

Die letzten vierundzwanzig Stunden haben mein Gehirn zu einem feinen, körnigen Brei zermahlen. Ich glaube nicht, dass ich in Felixstowe mehr als zwei Stunden geschlafen habe. Ich kann mich nicht erinnern, wann ich das letzte Mal etwas gegessen habe. Ich habe einen metallischen Geschmack im Mund, und die Innenseiten meiner Handgelenke sind mit roten Druckstellen tätowiert, weil sie auf der Kante meines Schreibtisches gelegen haben.

Ich tippe. Und tippe. Und tippe. Die Worte kommen härter heraus, als ich beabsichtige, die Sätze sind zu Spitzen geschärft, die Blut ziehen könnten, wenn man unvorsichtig mit ihnen umginge. Ich rufe die Beweise von letzter Nacht auf – Scans der

USB-Sticks, verwackelte Fotos der Geschäftsbücher, eine miserable Audiodatei von Martins panischem Geständnis – und füge alles in das Dokument ein. Jeder Absatz ist eine kleine, kontrollierte Explosion. Jeder Übergang ist eine Granate.

Der Newsroom macht sein Ding um mich herum: Livs Stimme, die sich über das Chaos erhebt, der technische Support, der über den Drucker flucht, eine Parade verzweifelter Freiberufler, die um die Kaffeemaschine kreisen. Sie wissen, dass ich an etwas Großem arbeite. Es herrscht eine Art beschleunigte Entropie, als könnte der ganze Laden jeden Moment in Flammen aufgehen. Es ist mir egal. Es kann mir nicht egal sein. Der Bildschirm ist mein einziger Horizont, die Spaltenzentimeter die einzige Zeitmessung, die eine Bedeutung hat.

Der Kaffee neben meiner Tastatur wird in fünfzehn Minuten kalt. Ich bemerke es erst, als meine Hand auf halbem Weg zu meinem Mund ist, und der Geschmack ist so bitter, dass er mich fast zum Würgen bringt. Ich nippe trotzdem daran, nur um mir zu beweisen, dass ich noch lebe.

Ich drücke auf Speichern. Ich lese das Ganze von Anfang bis Ende laut vor, nur um zu hören, wie die Wut bei Tageslicht klingt. Meine Stimme ist ausdruckslos, aber der Text brennt. Es ist das Beste, was ich je geschrieben habe. Es ist das Schlimmste, was ich je gefühlt habe.

Ein Schlurfen von Schritten, dann erscheint Liv, einen frischen Becher in der einen und eine Handvoll Papier in der anderen Hand. »Du siehst aus wie die Sekretärin des Todes«, sagt sie und bietet mir den Kaffee als Bestechung an.

Ich nehme ihn an und umschließe den Becher mit den Händen, als könnte er mehr als nur meine Haut wärmen. »War schon schlimmer«, sage ich mit zerfetzter Stimme.

Sie blickt auf den Monitor, überfliegt die Schlagzeile und die Namenszeile darunter. »Ohne Paul?«

Ich zögere, nur für eine Sekunde. »Er hat klargemacht, dass wir kein Team sind.«

Liv legt ihre Papiere mit einer sanften Geste ab. »Er ist ein guter Autor. Du bist eine bessere.« Den Rest sagt sie nicht. Das muss sie auch nicht.

Ich sehe sie an, wirklich an, und für einen Moment möchte ich ihr alles erzählen – den Streit, die Vorgeschichte, den endlosen, sich wiederholenden Beweis, dass manche Dinge niemals heilen, egal, wie oft man das Ende neu schreibt. Stattdessen sage ich: »Danke«, und meine es auch so.

Liv geht weg, und ihre Anwesenheit hinterlässt eine ruhige Schneise im Gang. Ich sehe ihr nach, dann rufe ich das Dokument wieder auf. Die Maus schwebt über dem Senden-Button. Ich halte sie dort, einen Moment länger als nötig, nur um zu sehen, ob das Universum eingreifen wird.

Das tut es nicht.

Ich klicke auf Senden.

Der Artikel geht mit einer einzigen, lautlosen Bewegung in die Welt hinaus. Das System protokolliert die Einreichung, versieht sie mit meinem Namen, und das war es – vierundzwanzig Stunden echter investigativer Journalismus, Monate der Wut, ein Jahrzehnt des Grolls und eine Nacht rohen, hemmungslosen Sexes, komprimiert in dreitausend Wörter und ein Exklusiv-Label.

Ich starre lange auf die Namenszeile.

GRACE HAMPTON.

Nur das. Kein Partner. Keine Fußnote.

Der Rest des Büros schwillt an und bewegt sich, ein lebender Organismus aus Deadlines und Ergebnissen. Ich weiß, dass es Konsequenzen geben wird: Vorstandssitzungen, Anwälte, eine Parade von E-Mails zur Schadensbegrenzung und hektische Telefonanrufe. Es wird Applaus geben und Wut, und wahrscheinlich wird jemand in der Küche weinen. Für ein paar Stunden, vielleicht einen Tag, wird es sich so anfühlen, als hätten wir etwas getan, das von Bedeutung ist.

Aber für den Moment gibt es nur mich und den kalten Bildschirm und das Geräusch meines eigenen Herzens, so laut und leer wie eine kaputte Trommel.

Ich trinke meinen Kaffee aus. Ich klappe den Laptop zu. Ich stehe auf und strecke mich, die Gelenke in meinem Rücken knacken wie Luftpolsterfolie.

Ich weiß nicht, wo Paul ist. Ich weiß nicht, ob er jemals zurückkommen wird oder ob er es überhaupt will.

Aber ich weiß, was ich getan habe.

Ich schultere meine Tasche und gehe zu den Aufzügen, aber anstatt nach unten zu drücken, drücke ich nach oben.

Vom Dach des *Chronicle*-Gebäudes hat man eine Aussicht, die einem das Gefühl gibt, man könnte ewig fallen und würde trotzdem in derselben Stadt landen. Ich sitze mit den Füßen über die Kante baumelnd da und beobachte halbherzig, wie alle ihren Geschäften nachgehen. Der Himmel hat diese blaugraue Nirgendwo-Farbe, die Art, die keinen Namen, aber eine Temperatur hat: zu kalt, um tröstlich zu sein, zu vertraut, um belebend zu wirken.

Ich sehe mir auf dem Handy die Startseite des Chronicle an, die Schlagzeile, den ersten Absatz, den ich inzwischen auswendig aufsagen kann. Es ist der Beweis, dass ich hier war, dass ich etwas Echtes getan habe.

Es sollte sich wie ein Triumph anfühlen. Es sollte nach Sieg schmecken.

Stattdessen fühle ich mich einfach nur müde. Nicht die Art von Müdigkeit, die man ausschläft, sondern die Sorte, die sich Schicht für Schicht ansammelt, bis sie das Einzige ist, was einen aufrecht hält. Mein Kopf tut weh, meine Handgelenke schmerzen, und mein Herz ist eine straff gespannte, überdrehte Saite, die reißen könnte, wenn sie nur jemand schief ansehen würde.

Ein dumpfer Schlag ertönt, als die Feuerschutztür hinter mir aufgestoßen wird, dann die langsamen, bedächtigen Schritte von jemandem, der weiß, dass ich lieber allein gelassen werden möchte, es aber nicht zulassen wird. Liv erscheint, das Haar zu einem perfekten Knoten gebunden, die Turnschuhe makellos, zwei Pappbecher in einer Hand. Sie setzt sich wortlos neben mich, nicht nah genug, um mich zu berühren, aber nah genug, um als Geste zu gelten. Der Wind ist hier oben lauter, er schnappt sich den Dampf vom Kaffee und schickt ihn irgendwo südlich des Flusses.

Sie hält mir einen Becher hin. Ich nehme ihn, obwohl ich ihn nicht will. Das ist die Art von Friedensangebot, das man nicht ablehnt, nicht wenn man seine Würde behalten will.

Wir sitzen parallel da, Zwillingsstatuen, und beobachten, wie die Stadt blasser und gemeiner wird. Liv ist nicht wie die anderen; sie füllt die Stille nicht mit motivierenden Zitaten oder fragt, ob man seine »Gefühle verarbeitet«. Sie sitzt einfach da und wartet, als wäre Geduld ihre eigene Art von Druckmittel.

Ich knicke als Erste ein. Natürlich tue ich das.

»Ich dachte, es würde sich besser anfühlen«, sage ich und mache mir nicht einmal die Mühe, die Bitterkeit aus meiner Stimme fernzuhalten.

Sie zuckt mit den Schultern, den Blick auf die Glas- und Stahlzähne des Gherkin gerichtet. »Das tut es normalerweise nicht. Nicht am Anfang.«

Ich stelle den Kaffee auf dem Sims ab, meine Hände krallen sich um den Pappbecher wie um eine Rettungsleine. »Alle haben es schon wieder vergessen. Die Hälfte der Kommentare handelt von meinem Lippenstift oder davon, ob ich für ein Zitat mit dem nächsten stellvertretenden Bürgermeister schlafen werde.«

»Sie werden es nicht vergessen«, sagt sie. »Du hast die richtigen Leute verärgert.«

Ich lache beinahe, aber es bleibt mir im Hals stecken. »Was, wenn ich alles nur noch schlimmer gemacht habe? Die alte Garde wird gefeuert, die neue Garde lernt nur, wie man hinterhältiger ist. Nichts ändert sich. Ich bin nicht einmal sicher, ob ich mich geändert habe.«

Liv zieht die Knie an und balanciert den Kaffee zwischen ihren Turnschuhen. »Das hast du. Du bist nur die Letzte, die es bemerkt.«

Ich sehe sie von der Seite an und suche nach dem Haken. Sie ist nicht ironisch. Das ist das Problem mit Liv; man kann sie nicht an Zynismus übertreffen, weil sie ihn bereits in ihre Rechnung einbezogen hat.

»Ich bin müde«, sage ich. Die Worte kommen klein heraus.

»Nicht nur von der Arbeit. Von …« Ich kann den Satz nicht beenden, also deute ich auf die Skyline, eine ausladende Geste, die das ganze elende Unterfangen umfassen soll. »All dem. Der Rivalität. So zu tun, als wäre es einem egal. Dem Wissen, dass egal, wie sehr man sich anstrengt, immer jemand darauf wartet, deinen Platz einzunehmen oder zu sehen, wie du es vermasselst.«

Liv lehnt sich zurück, die Handflächen auf dem Dachsims abgestützt. »Du musst nicht so tun. Es ist dir nicht egal. Deshalb bist du gut.«

Meine Augen brennen, aber ich weigere mich, etwas anderem als dem Wind die Schuld zu geben.

»Ich dachte nur«, sage ich, meine Stimme zittert beim letzten Wort, »dass es mehr bedeuten würde. Dass es das füllen würde, was auch immer fehlt.«

Liv ist lange still, so lange, dass ich anfange zu denken, sie sei vielleicht mit offenen Augen eingeschlafen. Sie nippt an ihrem Kaffee, stellt ihn ab und sagt: »Du hast nicht nur die Story gebracht, Grace. Du hast dich dabei auch selbst ein wenig kaputtgemacht.«

Das trifft. Es trifft so hart, dass ich mich mit beiden Händen am Sims festkrallen muss, um nicht direkt herunterzurutschen.

Sie greift nicht nach mir oder sagt, dass alles gut werden wird. Sie lässt es einfach dort hängen, die Wahrheit davon, schimmernd im neuen Sonnenlicht.

Ich beobachte die Züge, die über die Brücken kriechen, die Flugzeuge, die Kondensstreifen über den Himmel ziehen, und die Menschen, die Gebäude betreten und verlassen. London schert sich nicht um die Dinge, die man verliert, um es am Laufen zu halten, aber für einen Moment hier oben fühlt es sich an, als würde es jemanden kümmern.

Ich wische mir mit dem Handrücken die Nase. Liv tut so, als würde sie es nicht bemerken.

Ich erlaube mir, noch eine Weile zu bleiben, allein, aber nicht ohne Begleitung, schwebend irgendwo über dem Ort, an dem Dinge zerbrochen werden, und dem Ort, an dem sie repariert werden.

DREISSIG

---❤---

PAUL

Die Redaktion hängt am Tropf. Es ist längst nach der Zeit, in der Nachrichten gemacht werden, aber die Notbeleuchtung ist an, sodass der Raum im kränklichen Blau eines Aquariums und dem schwachen, allgegenwärtigen Geruch von Desinfektionsmittel leuchtet.

Der Laptopbildschirm ist das einzige andere Licht im Raum. Meine Augen sind von zwölf Stunden scrollen bereits völlig fertig, aber ich lese weiter. Ich habe die Startseite des *Chronicle* geöffnet, und ganz oben, noch im sichtbaren Bereich, über den neuesten gesponserten Inhalten und der „Meistgelesen"-Seitenleiste, steht Graces Artikel.

Ihre Autorenzeile steht dort allein. In Großbuchstaben. Kein Und-Zeichen, kein „mit Berichten von", keine kursiv gedruckte Fußnote über zusätzliche Recherchen. Nur GRACE HAMP-TON, so scharf und endgültig wie ein Skalpell. Die Schlagzeile ist straff und unsentimental: „STADTRATSBETRUG AUFGE-DECKT: EIN EINBLICK IN DAS HÜTCHENSPIEL, DAS LONDON MILLIONEN KOSTET."

Er ist gut. Vielleicht die beste Schlagzeile, die ich seit Monaten auf dieser Seite gesehen habe. Die Unterüberschrift ist sogar noch besser. Der erste Absatz? Bissig und präzise, so wie nur sie es hinbekommt.

Ich lese ihn einmal, dann noch einmal, suche nach Rissen, aber es gibt keine. Sie zitiert mich nicht. Sie erwähnt mich nicht einmal. Das muss sie auch nicht. Ich sehe mich in den Leerstellen zwischen ihren Sätzen: die Quellen, die ich jagte, die Akten, die ich markierte, die Sprachnotizen, die sie nie bestätigt, aber immer irgendwie genutzt hat, um die Szene besser zu rekonstruieren, als ich es je gekonnt hätte. Ihre Prosa ist klarer als früher, aber die Schärfe ist dieselbe geblieben. Der Teil, der jeden harten Fakt in eine winzige, glänzende Klinge verwandelt.

Es gibt auch ein Foto, auf halber Höhe der Spalte. Grace im Hintergrund, ein Stift im Mund, die Spiegelung auf ihrer Brille, während sie auf einen Stapel Beweismaterial starrt. Ich erinnere mich an den Tag, an dem Tess es aufgenommen hat, bevor wir tatsächlich viele echte Beweise hatten; ich hatte mich über die Jacke lustig gemacht, die sie trug, ein senfgelbes Ding mit Lederflicken an den Ellbogen, und sie hätte mich fast mit ihrem Kuli erstochen. Jetzt ist das Foto für ganz London sichtbar eingebettet: das Gesicht der Integrität, die alleinige Autorin der besten Story, die *The Chronicle* das ganze Jahr über veröffentlicht hat.

Mein Kaffee ist kalt, die Tasse durch einen Ring aus Zuckerrückständen und Vernachlässigung an den Schreibtisch geschweißt. Ich trinke ihn trotzdem, die Bitterkeit ein kleiner Preis für die Illusion, wach zu bleiben. Das einzige andere Geräusch ist das Reinigungsteam, das einen Henry-Staubsauger durch den Werbebereich zieht. Das Surren ist seltsam beruhigend. Ich lasse es die Stille füllen, die ansonsten zum Bersten voll mit Bedauern ist.

Ich lese den Artikel zu Ende und scrolle dann durch die Kommentare. Die meisten sind wie immer verrückt, aber der oberste ist eine einzige Zeile: „Hampton als Chefredakteurin." Mir dreht sich der Magen um. Nicht, weil ich anderer Meinung wäre, sondern weil ich denke, dass das ein guter Zug wäre. Sie hat es verdient. Alles davon.

Ich klicke vom Browser weg und versuche, mich auf meine eigene unfertige Kolumne zu konzentrieren. Aber die Worte verklumpen einfach und weigern sich voranzukommen. Ich tippe dreimal denselben Satz, lösche ihn dann, fange wieder an und schließe dann das Dokument ganz. Es hat keinen Zweck. Nicht jetzt.

Ich lehne mich im Stuhl zurück, lausche dem Summen des Gebäudes und versuche zusammenzusetzen, wo alles schiefgelaufen ist. Nicht nur die Story. Nicht nur der Wechsel vom *Express* zum *Chronicle*. Die ganze verdammte Zeitachse, von Sheffield bis jetzt. Jedes Mal, wenn ich dachte, ich würde das Richtige tun, endete ich damit, im Schatten eines anderen zu stehen, mit leeren Händen. Jedes Mal, wenn ich weggelaufen war, dann vor einer Zukunft, von der ich nicht glaubte, dass ich sie verdient hätte.

Ich starre an die Decke und verfolge die Risse in den Akustikplatten mit den Augen, als ich jemanden an der Tür höre.

Es ist Jamie, die einzige Person im Gebäude, die noch weiß, wie man die Espressomaschine bedient. Er trägt eine Daunenjacke und Kopfhörer und sieht aus, als wäre er aus einem anderen Klima hierhergekommen. Er sieht mich, hält inne und lehnt sich dann mit verschränkten Armen gegen die Glaswand.

»Du siehst aus, als hätte jemand deinen Hund ertränkt«, sagt er, nicht unfreundlich.

»Ich hatte keinen Hund«, erwidere ich. »Vielleicht war ich der Hund.«

Er lächelt, nur ein wenig. »Was auch immer zwischen dir und Hampton läuft, es macht deinen Kopf kaputt. Und deine Texte. Du weißt, dass Sarah es bemerkt hat, oder?«

Ich zucke nur unverbindlich mit den Schultern, aber er hat recht. Der Abstieg begann schon vor Wochen, und ich kann ihn sogar in meinen eigenen Entwürfen sehen. Die Kolumnen sind nachlässiger, die Argumente dünner, die Pointen alle recycelt. Ich laufe auf Autopilot, lasse mich treiben und warte darauf, gefeuert zu werden.

Jamie kommt herüber. »Hast du schon mit ihr geredet?«

»Sie hat nichts zu sagen«, lüge ich.

Er setzt sich auf die Kante des Nachbarschreibtisches, der mit all den alten „Rettet die Lokalnachrichten"-Ansteckern übersät ist.

»Sei kein Arsch, Paul. Du machst niemandem was vor. Am allerwenigsten ihr.«

Ich lache, aber es klingt flach. »Ich glaube nicht, dass es sie kümmert. Sie hat die Autorenzeile. Sie hat alles, was sie wollte.«

Er sieht mich lange an und schüttelt dann den Kopf. »Hast du jemals daran gedacht, dass du vielleicht derjenige bist, der es mehr wollte?«

Ich will widersprechen, aber die Worte kommen nicht. Ich bin müde. So verdammt müde.

Jamie steht auf, streckt sich und geht zur Tür. »Red mit ihr. Oder nicht. Aber wenn du dich von ihr kaputtmachen lässt, mach es wenigstens für den Rest von uns unterhaltsam.«

Er geht, und die Glastür schließt sich flüsternd hinter ihm.

Schließlich öffne ich mein E-Mail-Programm, dann mein persönliches Archiv, dann die Dropbox, die ich nicht mehr angefasst habe, seit die Welt den Bach runtergegangen ist. Ich fange an zu scrollen – es ist alles, was ich je geschrieben habe. Alte Essays, halbfertige Geschichten, Screenshots von Social-Media-Posts aus der Zeit, als Grace und ich zusammen in Sheffield anfingen. Ich finde ein Foto: wir bei der Studentenzeitung, Bierflaschen in der Hand, ein Ausdruck unseres ersten gemeinsamen Artikels auf dem Tisch ausgebreitet. Sie lacht, mit offenem, unbefangenem Mund. Ich schaue nicht in die Kamera, meine Augen sind auf sie gerichtet.

Es gibt Dutzende davon, jede eine kleine, perfekte Wunde. Die Nacht, in der wir uns ins Büro des Vizepräsidenten der Studentenvereinigung schlichen, um Beweise für die Wohnungsbetrugsgeschichte auszugraben. Der Morgen danach, als wir beide im selben Outfit zum Interview erschienen, ihr Eyeliner immer noch von Tränen oder Lachen verschmiert, ich habe nie herausgefunden, was von beidem. Die Woche, in der sie mich auf ihrer Couch schlafen ließ, nachdem mein Mitbewohner unsere Küche abgefackelt hatte. Die Nacht, in der wir uns versehentlich geküsst und es nie wieder erwähnt hatten.

Ich klicke weiter. Es ist zwanghaft, diese Archäologie des

Scheiterns. Jede Datei ist ein Faden zurück zu einer Version von mir, die noch dachte, irgendetwas davon würde einen Unterschied machen. Die glaubte, Journalismus sei wichtig, die Geschichten könnten etwas Kaputtes reparieren, selbst wenn es nur die kleinen Dinge wären. Die auf eine wilde, idiotische Weise glaubte, dass Grace immer da sein würde und dass wir es gemeinsam mit der Welt oder zumindest mit der Chefredaktion aufnehmen könnten.

Ich klicke auf ein altes Dokument, den allerersten Artikel, den wir je als Paar veröffentlichen. Die Autorenzeile ist da, fett gedruckt, unsere Namen nebeneinander:

Von Grace Hampton & Paul Callaghan

Sie ist hässlich, diese Version von uns. Voller Tippfehler und hochtrabender Worte und der Art von Ernsthaftigkeit, mit der man nur davonkommt, bevor man einundzwanzig wird. Aber sie ist lebendig. Sie ist verdammt lebendig. Ich lese den ersten Absatz, dann den zweiten, dann das ganze verdammte Ding, und für einen Moment kann ich ihre Stimme wieder neben meiner hören, wie wir Witze reißen, Sätze bauen, die Geschichte gemeinsam formen.

Ich starre lange auf die Autorenzeile.

Die Wahrheit ist, all meine besten Arbeiten tragen ihre Handschrift. Die Scoops, die Kolumnen, sogar die Überarbeitungen, die mich damals in den Wahnsinn trieben. Jede Geschichte, die zählte, hatte eine Spur von Grace am Rande. Jede Geschichte, die zählte, zählte wegen ihr.

Ich klappe den Laptop zu, der Lüfter verstummt. Der Raum ist wieder still, die Stadt jenseits der Fenster ein fernes Schimmern.

Es ging nie um die Autorenzeile.

Es ging immer um sie.

Nach der Grabrede kommt die Wiederauferstehung.

Die Stadt schläft jetzt, oder tut zumindest so. Aus dem Fenster der Redaktion leuchtet die Themse im Widerschein der

Straßenlaternen und gelegentlicher Scheinwerfer. Fürs Erste verspüre ich nicht den Drang, darin zu verschwinden.

Ich sitze eine Minute da, die Hände locker im Schoß, und versuche mich zu erinnern, wann ich das letzte Mal für etwas gekämpft habe, das nicht bereits verloren war. Es gibt keine Antwort. Aber es gibt ein Telefon, und ich greife danach.

Liv geht beim zweiten Klingeln ran, ihre Stimme halb Rauschen, halb Zigarettennebel. »Du hast Glück, dass ich noch wach bin. Wenn es um eine Verlängerung deiner Deadline geht, bist du für mich gestorben.«

»Es geht nicht um die Deadline«, sage ich. »Ich muss dir einen Gefallen zurückzahlen.«

Sie schweigt einen Moment, dann, »Du meinst es ernst. Richtig ernst.«

»Ja. Richtig.«

»Was brauchst du?«

Ich gehe die Liste schnell durch. Liv spottet nicht oder urteilt nicht, beginnt einfach laut zu planen, dann sagt sie mir, dass sie in dreißig Minuten hier sein wird.

»Danke«, sage ich, aber es fühlt sich nicht wie genug an.

»Du schuldest mir eine Niere. Oder zumindest eine Flasche Bombay Sapphire.«

»Beides«, sage ich. »Versprochen.«

Sie legt auf und lässt mich allein mit dem Gewicht meines eigenen Optimismus.

Liv wuchtet einen Rucksack auf meinen Schreibtisch und grinst. »Ich hoffe, das ist alles.«

»Du bist ein Schatz, danke.«

Sie wirft mir einen Blick zu – halb Grinsen, halb so etwas wie Stolz – dann verschwindet sie, ihre Schritte verhallen bereits.

Ich öffne den Rucksack, nehme die Post-its heraus und fange an zu schreiben. Die Worte sprudeln heiß heraus, diesmal nicht wie Blut, sondern wie Adrenalin. Ich baue die Geschichte von innen nach außen auf, nicht als Enthüllung oder als Geständnis, sondern als eine Art Liebesbrief. Nicht nur an Grace, sondern an das ganze verdammte Chaos, das wir zusammen angerichtet haben.

Ich arbeite die ganze Nacht durch. Bei Tagesanbruch erwacht das Gebäude wieder, die ersten Schichten tröpfeln herein, die Redaktion füllt sich langsam wieder. Ich höre nicht auf.

Es ist kein Sieg, aber es ist etwas.

Vielleicht ist es sogar genug.

EINUNDDREISSIG

GRACE

Der Morgen nach einer großen Story ist das, was für Journalisten einer Wiederauferstehung am nächsten kommt. Man betritt das Büro und die ganze Welt sieht anders aus, als hätte man über Nacht seine eigene Blutgruppe geändert und alle anderen würden mit der falschen Version laufen. Die Türen des *Chronicle* zischen hinter mir zu und für eine Sekunde denke ich, die Stadt sei tatsächlich einmal still.

Ich irre mich natürlich. Das Gebäude summt. Telefone klingeln, Drucker spucken Papier aus, Praktikanten eilen im Stechschritt auf ihre nächste charakterbildende Demütigung zu. Aber irgendetwas ist … seltsam. Es liegt eine Spannung in der Luft, wie die Ladung vor einem Gewitter. Ich schaffe es bis zur ersten Aufzugsreihe, bevor ich es sehe.

Jede Oberfläche – jede Wand, jede Säule, sogar das Glas der Brandschutztüren – ist mit Post-its bedeckt.

Hunderte. Vielleicht Tausende, alle in ungleichmäßigen Reihen aufgeklebt, einige an den Ecken gekräuselt, alle in einem Spektrum von Neonfarben, das meine Augen schmerzen lässt. Zuerst halte ich es für eine Art Streich oder einen massiven Zusammenbruch des Budgets für Büromaterial, aber dann fange ich an zu lesen.

Auf dem ersten, links neben dem Verkaufsautomaten, steht nur: »Glückwunsch, Chefin. Du hast uns alle alt aussehen lassen.« Ein blaues Quadrat, die aggressiven Großbuchstaben von irgendjemandem.

Der nächste: »ENTHÜLLT: Das geheime Tesco-Gin-Lager der Chefredakteurin«, und ich weiß sofort, dass er von Liv ist, ihre Handschrift verrät sie. Da sind noch andere: »Girlboss-Energie, aber im positiven Sinne«, »Du hast ›Amtsmissbrauch‹ auf Anhieb richtig geschrieben«, »Krasse Thesen, krasse Katastrophen.« Auf einem steht nur: »Ändere dich nie. Oder doch. Wie du meinst.«

Als ich dann näher komme, entdecke ich die in einer anderen Handschrift. Eine unordentlichere, schräge Krakelschrift, bei der jeder Buchstabe mit seinem Nachbarn um Platz kämpft. Pauls Handschrift.

Einige sind Schlagzeilen: »Hampton & Callaghan machen den Vizekanzler fertig (metaphorisch gesehen).« »Studentenzeitung macht die Nacht durch, säuft die Stadt leer.« »Eilmeldung: Sheffields zwei nervigste Leute tun sich zusammen.« Einige sind Fragmente von Insiderwitzen: »Nächstes Mal brennen wir einfach das Verwaltungsgebäude nieder.« »Ich schulde dir immer noch ein Sandwich. Oder fünf.« »Dachte, du würdest es nach dem zweiten Bier langsam angehen lassen, du Wahnsinnige.« Einige sind aus alten Studentenausgaben ausgeschnitten, an den Rändern vergilbt, oder mit Geschichten ausgedruckt, die wir Seite an Seite geschrieben haben. Einer ist ein Scan von dem ersten Mal, als unsere Namen zusammen auf einer Titelseite standen, dreimal mit Kuli eingekreist.

Ich folge der Wand aus Notizen den Korridor hinunter, lese im Gehen, und der Schmerz in meiner Brust wird mit jedem Schritt größer. Ich beginne, ein Muster zu bemerken, ein Satz, der sich alle paar Meter wiederholt: »Du bist die Story, der es sich nachzujagen lohnt.«

Als ich ihn zum dritten Mal sehe, muss ich anhalten und eine Hand an die Wand legen. Die Oberfläche ist rau unter dem Papier, und ich stelle dummerweise fest, dass ich zittere. Ich gehe weiter, die Kollegen beobachten mich aus den Augenwinkeln und versuchen, nicht zu lächeln. Es gibt jetzt noch mehr Zettel, geschrieben in Handschriften, die ich nicht erkenne. Ich fahre mit den Fingern darüber, während ich vorbeigehe, und erwarte fast, dass sie heiß sind, wie frische Tinte.

Die Spur führt mich in den Pausenraum. Natürlich tut sie das. Ich stoße die Tür auf und da ist er.

Paul steht in der Mitte und sieht aus, als hätte er in seinen Klamotten geschlafen und danach einen Kampf mit einer Hecke verloren. Seine Haare sind eine Katastrophe. An seinem Kinn ist ein Tintenfleck und über seinen abgenutzten Turnschuhen sind zwei verschiedene Socken zu sehen. In seiner Hand hält er ein einzelnes gelbes Post-it.

Zuerst sagt er nichts, steht nur da, mit großen Augen, als wäre er sich nicht sicher, ob das eine gute Idee oder die schlechteste überhaupt war.

Ich schließe die Tür hinter mir und lehne mich dagegen, die Arme verschränkt. »Du hast neu dekoriert.«

Er versucht ein Grinsen, aber es landet irgendwo zwischen verlegen und zu Tode verängstigt. »Ich dachte, du wärst mal mit einer Wand der Schande dran.«

Es herrscht eine Stille. Die Art von Stille, die nur existiert, wenn alles, was gesagt werden muss, bereits in der Morgenausgabe gedruckt wurde und jetzt nur noch die Korrekturen übrig sind.

»Ich habe mich geirrt«, sagt er, seine Stimme fest, aber nicht stark. »Wegen des Praktikums. Wegen dir. Wegen allem.«

Er schaut auf den Zettel in seiner Hand und hält ihn dann hoch wie ein Friedensangebot. »Ich dachte – wenn du mich hassen würdest, würde es weniger wehtun, als dich zu verlieren.« Er lacht, kurz und hässlich. »Wie sich herausstellt, habe ich den Schmerz nur vorverlegt und über sieben Jahre in die Länge gezogen.«

Ich lasse die Worte sich setzen, so wie man Whisky seinen Weg hinunterbrennen lässt, bevor man anfängt, etwas zu fühlen.

Er macht einen Schritt auf mich zu. »Die Streitereien tun mir nicht leid. Es tut mir nicht mal leid, dass ich manchmal ein Arschloch war. Aber es tut mir leid, dass ich immer wieder weggelaufen bin, als ich einfach nur hätte ... bleiben sollen. Bei dir.«

Ich sehe ihn lange an, nehme die Fältchen in seinen Augenwinkeln wahr, die Art, wie seine Hände nur ein ganz kleines bisschen zittern. Das Post-it zittert zwischen seinen Fingern.

»Du bist ein schrecklicher Journalist«, sage ich.

Er blinzelt einmal. Zweimal.

»Deine Quellen sind beschissen«, fahre ich fort. »Du verpasst Fristen. Deine Handschrift ist scheiße. Aber dein Timing?« Ich trete vor, nah genug, um ihm das Post-it aus der Hand zu nehmen und es ihm an die Brust zu drücken. »Dein Timing ist endlich mal nicht grauenhaft.«

Er lacht, und diesmal klingt es wie er. »Das ist das Netteste, was du je zu mir gesagt hast.«

Ich greife hoch, vergrabe meine Finger in seinem Haar am Hinterkopf und ziehe sein Gesicht zu meinem herunter.

Der erste Kuss ist ein Chaos – Zähne, Nase und der Geschmack von übersüßtem Automatenkaffee. Er erstarrt für eine Sekunde, und ich denke, er könnte tatsächlich ohnmächtig werden bei dem Versuch, es nicht zu versauen, aber dann erwidert er den Kuss, so heftig, dass ich mich an der Theke festhalten muss, um nicht das Gleichgewicht zu verlieren.

Irgendwo im Korridor johlt jemand. Die Tür schwingt auf, und Liv beugt sich herein, eine Tasse in der Hand, die Augenbraue so hochgezogen, dass sie beinahe an ihrem Haaransatz verschwindet.

»Na endlich«, sagt sie und lässt die Tür mit einem Knall zufallen.

Wir lösen uns voneinander, atmen schwer, und für eine Sekunde sind nur wir beide im Raum, die Stille gefüllt mit allem, was wir nie gesagt haben.

Paul grinst, breit und ungefiltert. »Wird das ein Fall für die Personalabteilung?«

Ich zucke mit den Schultern. »Nur, wenn wir erwischt werden.«

Er zieht mich wieder an sich, diesmal sanfter, und wir stehen so da und halten uns aneinander fest, als hinge unser

Leben davon ab, bis der Tag und die Abgabetermine uns einholen.

Später, als wir wieder Luft holen, ist der Korridor immer noch ein Meer aus Post-its, der Newsroom summt, und die Welt da draußen ist immer noch dasselbe kalte, hässliche, wunderschöne Chaos.

Aber wir sind hier. Und das fühlt sich ausnahmsweise mal wie genug an.

ZWEIUNDDREISSIG

EIN JAHR SPÄTER

GRACE

Der Zustand eines gemeinsamen Bücherregals verrät viel über eine Beziehung. Bevor Paul einzog, waren meine Regale ein nach Farben sortiertes Bataillon: Geschichte, Zeitgeschehen und der eine oder andere Krimi als Guilty Pleasure, alles mit militärischer Präzision aufgereiht. Pauls Sammlung hingegen sah aus wie die Nachwehen eines kleinen, aber heftigen Erdbebens – doppelt geknickte Taschenbücher, alte Ausgaben von *Private Eye* mit vom Schimmel halb zerfressenen Buchrücken und ungefähr siebenundvierzig Broschüren zur Verlagsethik, von denen ich überzeugt bin, dass er sie nie wirklich gelesen hat. An dem Morgen, als er ankam, warf er seine gesamte Bibliothek »nur vorübergehend« auf meine, und ich finde immer noch vereinzelte Exemplare von Zadie Smith und Anthologien über »klassischen Journalismus«, die hinter dem Heizkörper verkeilt sind.

Heute jedoch sehen die Regale – wenn nicht ordentlich, dann zumindest weniger chaotisch aus. Das liegt daran, dass meine Mutter zum Tee vorbeikommt und das Erste, was sie in jeder Wohnung tut, ist, einen nach den vorhandenen Aufbewahrungslösungen zu beurteilen. In meiner Familie gibt es den Dauerwitz, dass sie den Charakter eines Menschen daran erkennen kann, wie er seine alten Quittungen und Gehaltsabrechnungen abheftet. Wenn sie jemals herausfindet, dass Paul seine Post ungeöffnet in »wird ignoriert« und »wird aktiv vernichtet« sortiert, wird sie uns beide beim örtlichen Pfarrer melden.

Ich lehne mit verschränkten Armen am Türrahmen und überblicke das Chaos, das wir gerade soeben verbergen konnten. Der Wäschekorb steht endlich wieder im Schrank, wo er nach Gottes Willen hingehört; der Wohnzimmerboden, der in der letzten Woche aussah wie ein Altkleidercontainer für gescheiterte Fitnessstudio-Mitgliedschaften, ist mehr oder weniger sichtbar. Sogar die Tassen – die sich zuvor in einer Art Dauerwanderung vom Sofa über den Schreibtisch zum Fensterbrett befanden – stehen im Moment alle in der eigentlichen Küche. Es fühlt sich unnatürlich an, als würden wir gleich von einem *Hygge*-Coach ausgeraubt.

Ein Klappern aus dem Schlafzimmer signalisiert, dass Paul endlich seinen morgendlichen »Ankleideprozess« beendet hat. Er erscheint in einer schwarzen Jeans und einem Hemd, das vielleicht einmal einem richtigen Erwachsenen gehört hat. Er hält eine einzelne, zerlumpte Socke hoch, als wäre sie ein forensisches Beweismittel von einem besonders schäbigen Tatort.

»Erklär mir das«, sagt er in dem anklagenden Tonfall eines Mannes, der ein Jahrzehnt lang für Boulevardzeitungen geschrieben hat.

Ich nehme die Socke und untersuche sie. Dunkelblau, ein Loch an der Ferse, ein seltsamer Bleichfleck in der Nähe der Zehen. »Die ist definitiv von dir. Ich habe seit der elften Klasse keine Socken mit Schafen mehr getragen.«

Er schnappt sie sich zurück und runzelt die Stirn. »Du hast gesagt, sie wären süß.«

»Für einen Fünfzehnjährigen sind sie das auch.«

Er sieht verletzt aus, was absurd ist, aber das ist typisch Paul: immer der Märtyrer, selbst bei einem Sockenstreit.

»Erwachsene«, sage ich und lasse das Wort wie eine Drohung in der Luft hängen, »werfen ihre Wäsche nicht in den Kleiderschrank.«

Er schnaubt beleidigt. »Das sind kreative Aufbewahrungslösungen. Nennt sich horizontale Ablage.«

Bevor ich antworten kann, summt die Türklingel. Für den Bruchteil einer Sekunde sieht Paul wirklich verängstigt aus, als wäre der Geist der Schwiegermutter in spe erschienen und würde ihn gleich über die taxonomische Geschichte von Ofenhandschuhen ausfragen.

Er rückt sein Hemd gerade, streicht sich mit beiden Händen die Haare glatt und steht dann ganz still da, wie ein Schuljunge, dessen Handschrift benotet werden soll. Ich unterdrücke den Drang zu lachen, hauptsächlich, weil mein eigener Magen langsame Saltos schlägt. Meine Mutter hat Paul schon einmal getroffen, aber das war, als wir noch Studenten waren; dieses Mal ist es als mein fester Freund. Es ist Jahre her, dass ich meiner Mutter jemanden vorgestellt habe, und das letzte Mal endete nicht gerade mit stehenden Ovationen.

Ich öffne die Tür. Da steht sie: ein Meter dreiundsechzig groß, geblümter Schal und ein Ausdruck belustigter Skepsis, den sie in vier Jahrzehnten als Französischlehrerin an einer weiterführenden Schule perfektioniert hat. Sie beugt sich für einen Kuss vor und wischt mir dann mit einem Taschentuch, das sie aus dem Ärmel ihrer Strickjacke zaubert, Lippenstift von der Wange.

»Grace, Liebes. Du siehst müde aus. Isst du auch richtig?«

Paul steht mit den Händen in den Taschen hinter mir, und sie zieht ihn ohne Umschweife in das Kraftfeld ihrer Anwesenheit.

»Hallo, Paul.« Sie sagt es, als wäre es ein Geständnis und keine Begrüßung.

Er bietet ihr eine Hand an, bricht dann aber sofort ab und entscheidet sich für eine etwas unbeholfene Umarmung. »Hi, Mrs Hampton, ist schon eine Weile her.«

Sie mustert ihn von oben bis unten und strahlt dann. »Nenn mich Marianne. Freut mich, dass du die langen Haare behalten hast, die stehen dir.«

Ich schnaube. Paul errötet tatsächlich. Er ist eins siebenundachtzig und dünn wie eine Vogelscheuche, aber irgendetwas an seinem Auftreten – möglicherweise die Schafsocken – lässt ihn aussehen wie zwölf. Er ist für mich nie attraktiver, als wenn er langsam von der fröhlichen Prüfung meiner Mutter gehäutet wird.

Sie streift ihren Mantel ab und blickt sich in der Wohnung um, ihre Augen huschen vom Bücherregal zur Küche und zurück und erstellen zweifellos ein vollständiges psychologisches Profil.

»Ihr habt aufgeräumt«, sagt sie, keine Frage. »Gut für euch.«

Paul sieht mich panisch an. »Wir geben uns Mühe.«

»Mhm«, sagt sie. »Ich setze mal den Kessel auf, ja?«

Er nickt und bereut sofort, die Kontrolle über die Küche abgetreten zu haben. Mama steuert geradewegs auf die Schränke zu, ihr Laserblick erfasst die Anordnung (alphabetisch, mit einer Unterreihe für Kräutertees) und den Zustand der Tassen (alle mit dem Henkel nach vorn, keine sichtbaren Risse – meine Arbeit). Ich sehe zu, wie Paul erfolglos versucht einzugreifen, während sie die am wenigsten peinliche Teekanne auswählt und sich daran macht, genug English Breakfast aufzubrühen, um ein kleines Regiment wiederzubeleben.

Ich trete einen Schritt zurück und beobachte die Szene, zu gleichen Teilen beschämt und amüsiert. Wir haben Schlimmeres überlebt, erinnere ich mich. Da war das eine Mal, als ich meine Mutter aus Versehen bei einer E-Mail über den »obszön deftigen« Geschmack der Mensa-Lasagne ins CC gesetzt hatte. Sie schickte mir ein Rezept, versehen mit Anmerkungen zum Proteingehalt von echtem Hackfleisch.

Paul schleicht sich zu mir und murmelt: »Sie ist eine Naturgewalt. Sollten wir Angst haben?«

»Nee«, sage ich. »Sie hat es auf dich abgesehen, nicht auf mich.«

Er starrt mich an. »Das ist viel, viel schlimmer.«

Mama taucht wieder auf, das Teetablett in der Hand, und deutet auf den Küchentisch. Paul setzt sich, die Knöchel übereinandergeschlagen, und strahlt nervöse Energie aus. Mama schenkt ein und widmet sich dann dem eigentlichen Verhör.

»Also. Wie findest du London?«, fragt sie und rührt mit klinischer Präzision in ihrem eigenen Tee.

Paul zögert, als würde er eine Falle vermuten. »Groß. Laut. Nie langweilig.«

Sie nickt. »Du kommst ursprünglich aus dem Norden, oder?«

»Leeds«, sagt er, und ich kann die zusätzliche Härte in seiner Stimme hören, wie sein Akzent aus reiner Selbstverteidigung schärfer wird.

Sie lächelt beinahe zustimmend. »Gut. Grace braucht jemanden, der ihr die Stirn bieten kann.«

Er grinst. »Ich versuche es. Ich habe die blauen Flecken, die das beweisen.«

Sie lacht und startet dann eine Flut von Fragen über die Arbeit, die Wohnsituation und die philosophischen Vorzüge von »handwerklich hergestelltem« Sauerteigbrot. Paul beantwortet sie alle mit dem sardonischen Charme, den er sich normalerweise für feindselige Quellen aufhebt, und schon bald fühlt sich sogar die Luft zwischen ihnen leichter an. Es hat etwas fast ... Familiäres, wie sie sich kabbeln, ein seltsames Echo der Debatten, mit denen ich achtzehn Jahre lang an jedem Esstisch aufgewachsen bin.

Ich fülle die Tassen nach und ziehe mich ans Fenster zurück. Mit einem halben Ohr lausche ich, wie Paul eine Geschichte über einen Undercover-Reportageauftrag bei einer Katzenausstellung erzählt, der schiefging. Mama unterbricht ihn mit: »Ich habe nie verstanden, warum jemand eine Nacktkatze haben möchte, aber andererseits habe ich auch noch nie veganen Käse probiert«, und Paul kann nicht mehr an sich halten, seine Schultern beben vor stillem Lachen.

Es ist eine Art Wunder, dieser Frieden. Ich beobachte die beiden und spüre eine stachelige Wärme in meiner Brust, die ich normalerweise entweder auf Verdauungsstörungen oder schlecht unterdrückte Gefühle zurückführen würde. Ich frage mich, ob normale Leute das so machen – einfach ihr Päckchen zum Tee einladen und sehen, was dabei herauskommt.

Als die Kekse fast weg sind und Mama die Adresse eines »echten Metzgers, nicht dieser Tesco-Nonsens« aufschreibt, fängt Paul meinen Blick über den Tisch auf und zwinkert mir klein und verschwörerisch zu.

Die Sache mit meiner Mutter ist, sie »besucht« nicht wirklich, sie kolonisiert. Weniger als eine Stunde nach ihrer Ankunft ist sie bereits vom Teetrinken zum »nur mal kurz aufräumen« übergegangen und arrangiert gerade mit der Rücksichtslosigkeit eines jungen Offiziers bei einer Drill-Inspektion das Schuhregal neu. Sie zuckt mit der Zunge bei den schlammigen Turnschuhen (»Schuhe für draußen gehören an die Tür, Liebes, sonst musst du zweimal wischen«), dann wandert ihr Blick zu Paul, der im Hintergrund schwebt wie ein Mann, der auf das Erschießungskommando wartet.

»Steh still«, befiehlt sie, und bevor er protestieren kann, ist sie an seinem Kragen, die Finger schnell und entschlossen. »So. Jetzt bist du vorzeigbar. Wir können doch nicht zulassen, dass die Nachbarn denken, ich hätte meine Tochter dazu erzogen, mit einer Vogelscheuche zusammenzuleben.«

Paul blinzelt, gefangen zwischen Demütigung und Entzücken. »Danke, Mrs. – Marianne.«

Sie wirft ihm einen Blick zu, der einen schwächeren Mann spontan in Flammen aufgehen ließe. »Gern geschehen, mein Lieber.«

Ich schnaube. Paul errötet so sehr, dass seine Ohrspitzen rosa werden.

Wir lassen uns im Wohnzimmer nieder. Der Tisch ist ein Relikt, das zur Wohnung gehörte, die Oberfläche gezeichnet von uralten Tassenrändern und einem einzigen, trotzigen Brandfleck, der das Ergebnis eines misslungenen Pfannengerichts und eines Moments extremer Hybris ist. Mama wischt trotzdem darüber und faltet sich dann in den Sessel wie eine Katze, die den einen Fleck Sonnenlicht sucht. Sie nimmt ihre Tasse Tee mit der Miene einer Königin entgegen, der das königliche Zepter überreicht wird.

»Also«, sagt sie und umschließt ihre Tasse mit beiden Händen. »Wie schreitet das häusliche Experiment voran? Habt ihr euch schon gegenseitig in den Wahnsinn getrieben?«

Paul lacht und schafft es zu seiner Ehre, ziemlich ausdruckslos zu bleiben. »Nur montags. Sie hortet den guten Kaffee und zwingt mich, beim Frühstück Radio 4 zu hören.«

Mama strahlt. »Das nennt man einen zivilisierenden Einfluss, Paul. Davon könntest du ein bisschen gebrauchen.«

»Siehst du?«, sage ich. »Es liegt nicht nur an mir.«

Mama nippt an ihrem Tee und mustert dann die Wände mit der kühlen Distanz einer Immobiliengutachterin. »Habt ihr überlegt zu streichen? Etwas Helleres vielleicht. Dieses Beige ist doch recht ... trostlos.«

Ich verdrehe die Augen. »Wir sind Mieter. Wenn wir auch nur einen Farbtonfächer ansehen, verdoppelt der Vermieter die Miete.«

Sie schnaubt. »Ihr solltet es trotzdem versuchen. Ein Zuhause sollte Farbe haben.«

Paul, der eine Gelegenheit wittert, sagt: »Wir könnten immer eine radikale Akzentwand machen. Wie Neongrün.«

Mama hebt eine Augenbraue. »Vielleicht nicht ganz so extrem.«

Sie wendet sich mir zu, ihr Blick wird weicher. »Bist du glücklich, Liebes?«

Es ist eine einfache Frage, aber sie schlägt ein wie eine Bombe. Ich nicke und schlucke den Drang hinunter, mehr zu sagen. Mama konnte eine Lüge schon immer auf fünfzig Meter Entfernung erkennen, und im Moment bringe ich nicht einmal eine gute zustande.

Paul spürt vielleicht den Stimmungsumschwung, legt mir eine Hand aufs Knie, nur für eine Sekunde, und zieht sie dann wieder zurück, als hätte er Angst, Mama würde denken, er versuche meine Antwort zu beeinflussen. Ich kann nicht anders als zu lächeln, denn das ist so typisch für Paul: unterstützend, aufrichtig, aber ein bisschen verlegen.

Mama bemerkt den Moment, ihr Gesichtsausdruck schwankt zwischen Zustimmung und Selbstgefälligkeit. »Hat ja lange genug gedauert, bis ihr euch dazu durchgerungen habt, nicht wahr?«

Paul grinst schief. »Auf manche Dinge lohnt es sich zu warten.«

»Oh, hör dir das an, Mr. Romantisch.« Sie schüttelt den Kopf, aber sie ist erfreut.

Das Gespräch wendet sich der Arbeit zu. Mama will alle Details wissen, bis hin zu der Art von Computern, die wir benutzen, und ob der neue Chefredakteur »Rückgrat hat«. Paul pariert ihre Fragen mit der Geschicklichkeit eines Mannes, der gleichermaßen von der Polizei und von Rentnern ins Kreuzverhör genommen wurde. Als sie versucht, ihn über unseren Putzplan auszufragen, verweist er mit einem »Grace ist die wahre Organisatorin« an mich. Sie ist von dieser Antwort begeistert und macht sich eine Notiz, »das in den Weihnachtsbrief zu schreiben«.

Als die Kekse aufgegessen und der Tee kalt geworden ist, fühle ich mich merkwürdig zufrieden. Mama ist nicht hier, um zu urteilen, nicht wirklich. Sie will mich nur sesshaft sehen, und vielleicht – nur vielleicht – Paul ein wenig schwitzen sehen.

Nachdem sie gegangen ist (mit dem Versprechen, nächste Woche eine »richtige« Lasagne mitzubringen), lassen Paul und ich uns auf das Sofa fallen. Er stößt einen langen Atemzug aus, wie ein Taucher, der nach einem tiefen Tauchgang an die Oberfläche kommt.

»Deine Mutter ist furchteinflößend«, sagt er.

»Sie mag dich«, antworte ich. »Vertrau mir, schlimmer wird es nicht.«

Er schnaubt. »War nicht so schlimm, schätze ich. Sie hat nicht einmal die Brexit-Tasse erwähnt.«

»Das kommt nächstes Mal.«

Wir sitzen in gemütlichem Schweigen da und lauschen dem leisen Knarren des Gebäudes, das sich an den Tag anpasst. Draußen summt die Stadt, ahnungslos. Drinnen sind es nur wir, die Wärme von Mamas Besuch hängt noch in der Luft.

»Auf manche Dinge lohnt es sich zu warten, was?«, sage ich und stupse ihn mit dem Bein an.

Er grinst und zieht mich näher an sich. »Nicht auf alle. Für manche Dinge lohnt es sich auch zu kämpfen.«

Ich lehne meinen Kopf an seine Schulter. Für einmal erlaube ich mir, das zu glauben.

Den Rest des Sonntags verbringen wir so, wie ich mir vorstelle, dass normale Leute es tun: abwechselnd mit Hausarbeiten, Snacks und der tiefen, unausgesprochenen Erleichterung, die mit einer überstandenen elterlichen Inspektion einhergeht. Irgendwann versucht Paul, ein IKEA-Bücherregal aufzubauen, das seit Monaten darauf wartet, einem Schraubendreher vorgestellt zu werden, während ich so tue, als würde ich sein zunehmend kreatives Fluchen nicht bemerken. Ich halte es bis drei Uhr aus, bevor ich nachgebe und ihm helfe, die bemerkenswert einfache Anleitung zu entschlüsseln.

Um vier ist die Wohnung so nah an der Perfektion, wie sie es je sein wird. Mamas Lasagne ist im Ofen (sie hat sie mit einem Zettel dagelassen: »NICHT IN DER MIKROWELLE ERWÄRMEN«), das neue Bücherregal steht aufrecht, und die Stadt draußen ist zu dem sanften Surren von Bussen und Kindern auf Skateboards verstummt. Wir sind wieder auf dem Sofa, die Füße ineinander verschlungen, Paul liest die Wochenendbeilage, während ich durch Twitter scrolle. Ich bin mitten in einem Thread darüber, warum Marmelade im Kühlschrank aufbewahrt werden sollte, als er mich anstupst.

»Sieh dir das an«, sagt er und hält eine Seite hoch. Es ist der *Observer*, mit einem Bild meines Artikels ganz vorne, meine Namenszeile im Schriftzug der Schlagzeile. »Du bist viral gegangen.«

Ich stöhne. »Das ist Tage her.«

Er grinst. »Spielt keine Rolle. Du bist berühmt. Der Handelsminister tritt zurück, weißt du.«

»Angeblich.«

Er lacht. »Du wirst es nicht einmal genießen, oder?«

Ich vergrabe mein Gesicht im Kissen. »Es ist nicht ... Es ist nur ein Job. Das Nächste wird doppelt so düster sein.«

Er zieht das Kissen weg und wirft mir einen Blick zu, der sagt:

Hör auf, so verdammt bescheiden zu sein. »Du bist eine Nervensäge, Hampton, aber du bist die beste Nervensäge in der Branche.«

Ich strecke ihm die Zunge raus, was wahrscheinlich die reifste verfügbare Reaktion ist.

Er lehnt sich zurück, den Arm um meine Schulter. Einen Moment lang beobachten wir nur, wie sich das Licht an der Decke verändert, wie der Nachmittag langsam in den Abend übergeht. Es ist nicht dramatisch. Es ist nicht einmal besonders denkwürdig. Aber es fühlt sich ... dauerhaft an, irgendwie.

Mama schreibt um halb sechs eine SMS: »Hast du die Lasagne gegessen? Sie hat Schichten.« Ich antworte mit einem Foto der leeren Schüssel und Paul, der einen Daumen hoch macht. Sie antwortet mit drei Herz-Emojis und einem GIF von einem Hamster, der eine Traube isst.

Es ist lächerlich, aber es bringt mich zum Lächeln. Vielleicht ist es das, was die Leute meinen, wenn sie sagen, sie werden »sesshaft« – nicht aufgeben, sondern einen Ort finden, an dem der ganze Wahnsinn einfach mal zur Ruhe kommen kann.

Paul stupst mich an. »Ich wette mit dir um einen Zehner, dass der Premierminister bis Weihnachten weg ist.«

Ich grinse. »Die Wette gilt. Der Verlierer kocht.«

Er hebt eine Augenbraue. »Du meinst, der Verlierer bestellt Essen zum Mitnehmen?«

»Natürlich.«

Er lacht und zieht mich dann näher an sich. »Weißt du, wenn du mir vor zwei Jahren gesagt hättest, dass ich mit meiner Erzfeindin zusammenleben würde, hätte ich gesagt, du wärst klinisch verrückt.«

Ich schnaube. »Wenn du mir gesagt hättest, dass es mir gefallen würde, hätte ich mich selbst eingewiesen.«

Er küsst mich, schnell und sanft. »Also. Was steht als Nächstes für Londons führende Skandaljournalistin an?«

Ich zucke mit den Schultern, plötzlich ungewohnt schüchtern. »Ich weiß nicht. Wir werden sehen.«

Er drückt meine Hand, und für einmal gibt es keine Pointe.

Die Zukunft ist ungeschrieben, aber im Moment ist es genug.

Das Sofa, der Sonntag, die Stadt, die sich draußen dreht. Hier ist Wärme. Hier ist Hoffnung.

Hier sind wir.

Und das ist mehr, als ich je zu wollen glaubte.

ENDE

Willst du weiterlesen? Sieh dir Mind the App an, eine Slow-Burn Enemies-to-Lovers-Romcom voller Herz, Humor und technikgetriebener Spannung.

ANMERKUNG DER AUTORIN

Hallo,

Vielen Dank, dass du *Druckfrisch Verliebt* gelesen hast!

Es hat sehr viel Spaß gemacht, es zu schreiben. Ich hoffe wirklich, es war eine unterhaltsame Lektüre.

Wenn dir das Buch gefallen hat, wäre ich unglaublich dankbar, wenn du so nett wärst, eine Rezension zu hinterlassen.

Rezensionen helfen Autoren aus mehreren Gründen wirklich sehr, nicht zuletzt, weil sie Feedback darüber geben, was den Lesern gefällt, und die Sichtbarkeit des Buches auf Online-Verkaufsseiten verbessern.

Vielen Dank im Voraus und ich freue mich darauf, deine Gedanken zu lesen.

Alia xx

ÜBER DIE AUTORIN

Alia Smith schreibt herzerwärmende romantische Komödien voller Witz, Charme und genau der richtigen Portion Chaos.

Wenn sie gerade keine Liebesgeschichten verfasst, findet man sie meist eingekuschelt mit einem Buch, emotional involviert in Reality-TV oder dabei, zu verhindern, dass Galaxy – ihre Katze und wichtigste Muse – sich auf ihre Tastatur setzt.

Sie lebt in einem gemütlichen Haus in Oxfordshire und ist fest davon überzeugt, dass jede große Romanze mit einer guten Tasse Tee beginnt.

 instagram.com/aliasmithbooks

BINGE THE SERIES

BALKON media